꿈의 연도

ACONYTE BOOKS
An imprint of Asmodee Entertainment Ltd
Mercury House, Shipstones Business Centre,
North Gate, Nottingham NG7 7FN,UK
Aconytebooks.com//twitter.com/aconytebooks

ARKHAM HORROR

꿈의 연도

아리 마멜

이 책을 훨씬 더 나은 책으로 만들어 주고,
나를 훨씬 덜 무식하고 둔감한 얼간이로 보이게 해 준,
커스틴에게 감사를 담아.

프롤로그

목구멍 깊숙이 질릴 정도로 진하게 엉겨 붙은 생명의 향기가 부패와 죽음이 내는 악취와 나란히 팔짱을 끼고 춤추었다.

퀴퀴한 책과 먼지 쌓인 책장과 수다스러운 학생, 입씨름하는 학자들에게는 익숙하지만 굵은 나뭇가지가 빽빽한 수풀과 그림자 속에서 노려보는 반짝이는 눈동자, 벌레 떼, 그리고 흠뻑 젖은 양말과는 전혀 인연이 없는 창백하고 깡마른 월모트 폴라스키는 두 냄새 중 어느 쪽이 더 지독한지 확신할 수 없었다.

이번 체류를 위해서 서둘러 구매한 부츠는 발에 잘 맞지 않았고 코트는 한심할 정도로 부적절했다. 겨울 끝자락에 남은 추위를 버티지 못할 줄로 짐작했던 모기들이 나른한 물 위에 두터운 구름처럼 맴돌았다. 생소한 새들, 혹은 새로 짐작되는 것들이 멀리서 울음소리를 냈다. 기진맥진한 나뭇가지에서 늘어져 내린 누더기 같은 이끼가 찾아올 줄 모르는 봄의 해빙기 대신 그의 체열에 이끌리기라도 했는지 걸핏하면 앞을 가로막았다.

호코목에 악어가 있던가? 이곳에 그런 생물이 있다는 얘기를 들은 기억은 없으니 아마 없지 싶었다. 하지만 매번 불편하리 만치 길 가까이 밀려와 찰싹대는 어둡고 물결치는 수면을 흘끗거릴 때마다 점점 자신이 없어졌다.

간단히 말해서, 선량한 교수는 진심으로 이곳에 있고 싶지 않았다. 운이 따른다면 오래 있지는 않아도 되리라.

악어 비슷한 것도, 모기보다 더 호전적인 상대도 만나는 일 없이 이십 분을 더 걸었더니 — 마침내! — 아캄에서 기차를 타고 이곳까지 와서 찾고자 했던 부락의 모습이 눈에 들어왔다.

만약 저런 것을 부락이라고 부를 수 있다면 말이지. 그가 다소 경멸조로 생각했다.

그가 알기로 그곳에는 이름이 없었다. 확실한 경계도, 상점도, 자치 중심지도, 고유의 정체성도 없었다. 고작해야 여기저기 흩어진 가옥들과 호코목 늪가에 옹송그린 자그마한 농장들의 집합일 뿐이었고, "부락"이라고 해 봐야 이렇게 다 쓰러져가는 거주지에 사는 수십 가구들이 어느 정도 정기적으로 왕래하고 있으며 그 밖에는 누구와도 교류하지 않는다는 의미에 불과했다.

낡고 다 허물어져가는 집들은 지붕널과 벽이 썩기 시작했고, 갯벌과 범람원 위로 집을 떠받치는 지지대는 배시근한 할아버지의 안짱다리처럼 휘었다. 연장으로 목재나 습토를 때리며 일하는 소리가 멀리서 간헐적으로 들려오기는 했지만 눈에 보이는 이는 없었다.

초조해진 그는 코트 주머니를 뒤져 손으로 쓴 메모 뭉치와 간

략히 휘갈긴 지도를 꺼내 다시 한 번 확인했다. 쌀쌀맞은 웅대는 각오하고 있었지만 ─ 헨리 아미티지와 다른 동료 학자들에게서 이런 배타적인 매사추세츠 부락 사람들이 외지인을 얼마나 불신하는지 수없이 들은 터였다 ─ 웅대가 아예 없으니 어쩐지 더욱 꺼림칙했다.

하지만 대충 그린 지도에 따르면 이 방향이 맞았다. 한숨을 내쉬며 종이들을 주머니에 넣고 걸음을 계속했다.

늪에서 흘러든 물이 도로가 얕게 팬 부분에 고여 웅덩이를 형성했다. 걸음마다 진흙이 질척이며 잘 맞지 않는 부츠를 물집 잡힌 발에서 벗겨낼 듯 울러댔다. 윌모트는 욕설이 쏟아져 나오려는 것을 집어삼켰다. 빌어먹을 무능한 아컴 경찰, 빌어먹을 체스터, 그리고 그 젊은 바보 녀석의 연구에 휘말린 나도 빌어먹을 놈이지!

그는 자처한 임무를 완수하고 해가 지기 전에 돌아가려면 시간이 얼마나 남았는지 가늠할 요량으로 하늘을 흘끗 올려다보았다. 하지만 층층이 겹친 흰 삼나무 가지와 토실토실하고 묵직한 구름 뒤에 숨은 태양은 아무것도 알려 주지 않았다. 소리 없는 욕설을 한 차례 더 뱉은 뒤, 다시 앞에 놓인 길로 눈길을 돌렸다…

저곳인가? 수심이 더 깊은 곳 가장자리에 딱 붙어 쪼그리고 있는 저 집? 목재가 내려앉고 창문들은 졸음에 겨운 눈꺼풀처럼 기울어진?

그럴지도. 아까 보았던 지도에 따르면 그래야만 했다. 그는 뱃속을 휘젓는 초조함에 맞서 자신의 드높은 신장 ─ 애처로울 정도로 홀쭉하긴 하지만 ── 이 돋보이도록 몸을 곧추 세우며 성큼 성큼 앞으로 나아가 손마디로 문을 두드렸다.

문이 뒤흔들렸다. 페인트 부스러기가 발치에 눈처럼 내렸다. 그 외에는 아무 일도 없었다.

윌모트는 자신이 생각하기에 예의를 차렸다 싶을 만큼 기다렸다가 이번에는 더 세게 다시 두드렸다.

그리고 또 다시.

집에 아무도 없으면 어쩐다? 애초에 이곳에 오느냐 마느냐를 두고 한참 심사숙고했고, 위치를 확정 짓고 목적지에 도착하기까지 그토록 많은 시간을 들였건만, 정작 이렇게 간단한 난관에 대해서는 생각해 본 적이 없었다. 어쩌면 이런 종류의 일은 그가 생각했던 것보다 더 복잡한 ──

한 번 더 시도하려고 주먹을 들어 올린 순간, 마침내 문이 삐거덕거린다기보다는 버럭 화를 내듯 쩍 소리와 함께 활짝 열렸다. 해진 데님 오버올 밑에 받쳐 입은 누레진 셔츠가 눈에 들어왔다.

윌모트가 목을 길게 빼며 위를 쳐다보았다. 몇 주는 다듬지 않은 듯 덥수룩한 수염으로 뒤덮인 성난 붉은 얼굴이 그를 내리떠 보고 있었다.

"뭐야?" 남자의 목소리는 턱과 뺨만큼이나 거칠었다.

윌모트가 모자를 벗었다. 예의를 차리는 한편으로 침착성을 회복할 짬을 내기 위해서였다. "안녕하십니까. 우드로 헤네시 씨 되십니까?"

"넌 누군데?" 남자는 거의 알아듣기 힘들 정도로 모음을 끄는 방언을 사용했다. 윌모트가 아무리 좋게 말해 주려고 해도 *시골 뜨기*라는 표현밖에 떠오르지 않았다.

"난 미스캐토닉 대학교에서 온 윌모트 폴라스키 교수라고 합니다. 나는ㅡ"

"대학 놈들한테는 볼일 없어. 안내인 필요하면 톤턴에 가서 알아봐." 문이 닫히기 시작했다.

"아니, 그게 아닙니다. 나는 실종된 학생을 찾는 중입니다. 체스터 헤네시요."

문이 멈추었다.

계속해 보라는 신호로 받아들인 윌모트는 밀어붙였다. "체스터가 사라진 지 몇 주가 지났는데 유감스럽게도 수사에 진전이 없습니다. 체스터가 가끔 선생님을 언급했던 게 떠올라 혹시나 하고ㅡ"

"체스터랑은 말 안 한 지 한참 됐는데. 걔랑 걔네 집안은 이쪽 집안이랑은 왕래가 없어."

흠, 체스터에게 듣기로는 *그럴 리가* 없는데. "헤네시 씨, 잠시 안에서 말씀 좀 나눠도ㅡ"

"볼일 없다고 했어. 가."

자꾸 말을 끊어서 뿐만 아니라 남자의 전반적인 태도 때문에 점점 화가 끓어올랐다. 이 작자는 상황의 심각성을 모르는 건가? 자기 친척이 걱정되지도 않나?

어쩌면 아직도 이해를 못 했는지도. 어쨌든 교육받지 못한 무지렁이에 불과하니.

"헤네시 씨, 아무래도 내 설명이 부족했던 모양이군요. 체스터 가—"

문이 다시 한 번 활짝 열렸고, 윌모트의 설명이 부족했는지 어 땠는지는 몰라도, 지금 갑자기 창백해진 그의 얼굴 앞을 맴도는 한 쌍의 강철 총열이 뜻하는 바에는 오해의 여지가 없었다.

"꺼져!"

순식간에 겁에 질린 윌모트가 아직도 모자를 붙들고 있는 손과 다른 손을 모두 들어 올리고 산탄총을 피해 뒷걸음질 쳤다. 현관 에서 물러서면서 자기 발이나 위태위태한 계단에 걸려 넘어지지 않은 것은 순전히 운이 따른 덕분이었다. 가까스로 길까지 물러 났을 즈음 문이 쾅 닫히면서 헤네시 — 와 그가 든 무기 — 가 시 야에서 사라졌다. 쿵쾅거리는 심장 때문에 문 닫히는 소리도 거 의 들리지 않았다.

윌모트는 몸서리치며 길게 숨을 내뱉었다.

"이것 참." 그가 중얼거렸다. "확실히 기대했던 결과에는 못 미 치는군."

본능과 이성 모두가 윌모트에게 발길을 돌려 이곳을 떠나고 톤 턴으로 돌아가 호텔에서 하룻밤을 묵은 뒤 아침 첫 기차로 아컴 에 돌아가라고 종용했다. 교수로서 학생에게 해야 할 도리는 이 미 다 하고도 남았다.

하지만 그 프로젝트는…

게다가 윌모트 자신의 야심 외에도 망설이는 이유가 또 있었 다. 우드로 헤네시가 거짓말을 하고 있다는 건 윌모트 자신이 쓴 교재에서 읽었다고 해도 될 정도로 명백했다.

그렇게 생각하는 건 우드로 헤네시의 태도 때문만은 아니었다. 물론 이토록 외지고 쌀쌀맞은 부락에 산다는 점을 감안하더라도 의심스러운 태도이기는 했지만. 결정적인 근거는 바로 체스터 본인에게서 들은 말이었다. 언젠가 체스터가 평소에는 좀처럼 꺼내지 않던 가족관계에 관한 이야기를 드물게 입에 올렸을 때, 분명 자신은 부모님과 달리 자기 집안의 못 사는 쪽과 한결 원만하게 지낸다고 말한 적이 있었다.

"원만하다"가 반드시 "가깝다"는 뜻은 아니더라도 분명 우드로가 주장하는 것보다는 더 긴밀한 관계를 시사하는 발언이었다.

비록 발길을 돌려 헤네시의 집에서 멀어지기는 했고, 이성적인 판단에 반하는 일이기는 했지만, 윌모트 폴라스키는 이미 결정을 내린 뒤였다.

윌모트는 멀리 가지 않았다. 끽해야 1.6킬로미터 정도, 그 정도면 헤네시는 그가 떠났다고 생각할 테고, 우연히 다른 부락민이 보더라도 — 다른 부락민을 보았다는 얘기는 아니지만 — 외지인의 존재를 그 집과 연결하지는 않을 터였다.

바로 그곳에서, 흰곰팡이나 균류나 여타 늦지 생명체로부터 조금이나마 떨어진 통나무에 앉아서, 그는 기다렸다.

일정을 지체한 이상 아무리 일이 잘 풀려도 캄캄한 밤중에 길을 더듬으며 문명사회로 돌아가게 되리라는 것은 알고 있었다. 일이 잘 안 풀린다면 정말로 몸에 해를 입을 수도 있었고. 그런 생각은 일부러 억눌렀다. 그의 수제자뿐 아니라 그가 그토록 떠받드는 교재들에 그의 이름을 남기도록 해 줄 프로젝트까지도 구원할 수 있을 해답을 목전에 두고 있다는 예감이 들었다.

밤이 내려앉았고, 호코목의 날짐승과 곤충들이 부르는 합창이 꼬리에 꼬리를 무는 가운데, 윌모트 폴라스키는 예의 무너져 가는 집 쪽으로 슬그머니 돌아가기 시작했다.

일부러 움찔할 정도로 차가운 물이 무릎 높이까지 차 있는 지점을 가로지르는 경로를 택했다. 헤네시가 현관문을 열어 기울어지고 커튼이 쳐진 창문 밖을 내다보아도 전혀 수상한 낌새를 알아차리지 못할 터였다. 게다가 다행히 본채 주변에 이르자 습지가 다시 솟아올랐기 때문에, 윌모트는 진창 속에 오래 머무르지는 않아도 되었다.

집 뒷면은 전체가 습기를 먹고 안쪽이 썩어 물러져서 굳이 따지자면 전면보다 더욱 헐어 있었다. 선량한 교수는 그런 황폐함이 반드시 거주자의 칠칠치 못한 성정을 반영하는 것은 아니며, 상태를 유지하고자 온갖 노력을 기울였음에도 자연 환경의 영향이 목재에 스며들고, 칠을 벗겨내고, 녹청색 때를 입혔을 수도 있음을 여러 차례 되새겨야 했다.

딱히 *그렇게까지* 헤네시에게 유리한 쪽으로 해석해 주고 싶은 건 아니었지만.

잘 맞지 않는 덧창 틈으로 새어 나온 등잔 빛과 땅거미가 지면서 차츰 옅어진 구름을 뚫고 비쳐 든 밝은 달빛이 딱 거동에 용이한 만큼의 조명을 제공했다. 이전에는 현관문과 거기 선 남자에게만 집중하느라 미처 보지 못했던 집의 세부를 확인하기에는 충분했다.

그 중에서도 가장 중요한 것은 본채 아래의 저층이었다.

저층은 주변 수위가 지금보다 조금 낮았던 시절에 지은 듯했다. 대부분이 지표 위에 서 있으니 지하실이라고 부르기에는 적절하지 않았지만 그냥 마루 밑 공간에 벽돌을 세워 막았다고 하기에는 너무 넓고 구조도 튼튼했다. 처음 집을 지을 때부터 존재했는지 아니면 누가 나중에 덧붙였는지를 판단하기에는 윌모트의 건축에 대한 지식이 부족했다.

가장 낮은 층이 집 나머지 부분의 너비와 완전히 일치하지 않아서 일부는 지하실이고 일부는 마루 밑 공간이라는 기묘한 조합을 이루고 있는 까닭 또한 정확히 알 수 없었다. 오는 길에 지나친 다른 가옥들도 비슷한 구조였으니 헤네시 집만의 특징은 아니었다. 이곳 늪가는 지반이 불안정한 만큼, 단단한 지대에 세운 부분이 땅이 지나치게 무른 지대에 붙여 지은 부분까지 지탱하도록 지은 것일까? 알 수 없었다.

그가 아는 것이라고는 푹 꺼진 바닥과 목재 지지대 사이에 울퉁불퉁한 돌을 쌓고 회반죽을 두껍게 발라 벽을 세웠다는 것뿐이었다.

반만 땅에 묻힌 지하실은 확실히 헤네시가 비밀을 숨겨 둘 만한 장소 같았고, 그렇지 않더라도 최소한 좁은 창문 중 하나를 통해 내부로 들어갈 수 있을 듯했다. 윌모트는 몸을 웅크리고 허우적거리며 균형을 잡느라 손가락 아래 닿은 번들거리는 진흙의 감촉에 몸서리치며 집의 외벽 아래로 미끄러져 들어갔다.

웅덩이와 버려지고 녹슨 연장들 사이를 헤치고, 거미줄과 쪼르르 스쳐가는 벌레들에 대한 혐오감을 입 밖에 내지 않기 위해 입술을 깨물면서, 첫 번째 창문 가까이에 이르자…

"이스슬라아츠 쓰쿨크리스, 이스슬라아츠 체오샤슈… 브노크 투 브슈루 셸로슈트 에스크루아싸…"

목소리의 주인공은 다섯 명일수도 쉰 명일수도 있었다. 한 명이 넘는다는 것만은 확실했다. 서로 부딪쳐 공명하고, 벽돌 벽으로 둘러싸인 방 안에 메아리치다, 갈라진 목재와 늪에서 들려오는 자연의 노랫소리 사이로 새어 나와 귓가에 닿는 그 소리는 어쩐지 평범한 외국어는 — 혹은 그냥 횡설수설도 — 아닌 듯했다.

"스비스트 츠슐트바 울베슈싸 이크라아츠… 이스슬라아츠 이크라비스 불로슈쿠 을라츠부울 로샤아… 울베슈싸 슐라츠틀리 브룰로슈트 체브쿠싸안사…"

소리는 계속 이어지며 구절과 구절을 구분할 수 없을 정도로 뒤얽히더니 다시 처음으로 돌아가 반복되었다.

가만히 앉아 귀를 기울이며 의미를 조금이라도 헤아리려 시도했다 실패하기를 거듭하는 사이, 소리는 음량에 아무런 변화가 없었음에도 매번 반복될 때마다 어쩐지 더 무거워졌다. 그 연도(連禱)는 어딘가… 어긋나 있었다. 불결했다. 마치 평범한 식사라고 믿어 의심치 않았던 것을 한입 삼키는 순간 무언가 미끈거리는 것이 혀 안쪽에서 꿈틀거린 마냥 유린당한 기분이 들었다. 살짝 어지럽고 속이 뒤틀렸고, 욕지기가 솟아오르는 것을 억누르려 애쓰면서 비틀비틀 창문에서 몇 걸음 물러섰다.

발에 밟힌 낡은 삽자루는 거의 다 썩어 있었지만 그래도 남아 있던 단단한 심이 발밑에서 부러지는 소리가 총성처럼 울려 퍼졌다. 혼란에 빠진 데다 이제 들킬까 봐 덜컥 겁까지 난 교수는 돌아서서 늪을 첨벙첨벙 가로지르며 밤 속으로 달아나 헤네시 집에서 멀어졌다.

하지만 멀어진 것은 집일 뿐, 그 섬뜩한 구절들은 이제 윌모트가 내딛는 걸음마다 쫓아오기로 작심한 듯했다.

"이스슬라이츠 쓰쿨크리스, 이스슬라이츠 체오샤슈… 브노크 투 브슈루 셸로슈트 에스크루아싸…"

*

이틀 밤 뒤, 윌모트는 또 다시 그곳으로 돌아갔다.

전과 마찬가지로 처음에는 달아날 작정이었지만 달아날 수 없었다. 깨어 있는 내내 체스터 헤네시가, 그리고 그와 함께한 연구가 머릿속을 떠나지 않는 가운데, 대부분의 시간을 객실의 벽을 응시하거나 시내를 정처 없이 떠돌며 보냈다. 마침내 잠이 찾아오고 나면 무시무시한 악몽의 손아귀에 떨어졌다가 격하게 몸을 떨며 벌떡 일어나곤 했는데, 깨어나기 직전에 본 광경 속에서는 차디찬 얼음과… 울부짖는 바람과… 끝없는 그림자와… 무언가가 윌모트를 향해 손을 내밀고, 뻗고, 붙잡아서…

그리고 늘, 잠들었을 때나 깨어 있을 때나, 머릿속 깊숙이 자리잡은 그 혐오스럽고 저주받을 구절들이 거듭해서 꿈틀거리고 뒤틀리고 똬리를 틀었다. 윌모트가 스스로에게 솔직했더라면, 그를 이곳에 잡아 두는 것이 사라진 학생이나 심지어 두 사람의 연구에 대한 걱정이라기보다는 그 만트라 자체와 관계된 무언가였음을 인정했으리라.

하지만 그는 그 집을 다시 찾아갈 채비를 하면서도 절대 그렇게 생각하려 들지는 않았다.

이번에는 톤턴의 상점들에 잠깐 들러 단단히 준비를 마친 뒤였다. 허리띠에 단 가방에는 드라이버와 작은 칼 일습을 챙겼고, 한 손에는 작은 등잔을, 다른 손에는 쇠지레를 들었다. 목재가 허약했기 때문에 쇠지레까지는 너무했나 싶을 정도였다. 창틀은 오트밀처럼 파여 나갔다. 사실상 맨손으로도 들어갈 수 있었으리라.

꿈틀대고 끙끙거린 끝에 창문을 통과하여 흰 곰팡이가 핀 돌바닥에 털썩 떨어진 윌모트는 충돌의 여파와 질식할 듯한 냄새 때문에 움찔했다.

몸을 일으킨 뒤에야 예의 기묘한 낭송이 계속되고 있다는 사실을, 누구인지 몰라도 이 아래에 있는 사람들이 아직도 그 무미건조한 반복구를 되풀이하고 있음을 깨달았다. 그 전까지만 해도 그는 그 말들이 지난 며칠 동안 그랬듯 그저 머릿속에서만 들린다고 생각했다.

깨달음과 동시에 또 다시 혼란이 밀려왔다. 마치 그 생각 자체가 윌모트를 더욱 영향받기 쉽게 만드는 것만 같았다. 주변 복도가 기울어지고 변화무쌍한 파편으로 쪼개지다가 다시 원상태로 돌아오면서 정신을 차리고 보니 현기증만이 남았다.

윌모트는 한 손은 벽에 대고 다른 손으로는 이제 조명이라고 하기에는 애처로우리 만치 미약해 보이는 등잔을 움켜쥔 채 비틀비틀 앞으로 나아갔다. 바닥이 고르지 않고 깨진 돌이 튀어나와 발에 걸리거나 푹 팬 자리를 헛디뎌 넘어지기 쉬웠던 탓에 현기증을 달래기가 더욱 어려웠다. 가장 낮은 지점에서는 돌 사이로 늪의 물이 스며들어 형성한 웅덩이를 철벅거리며 지나쳐야 했던 경우도 여러 차례 있었고, 한두 번은 아예 물을 헤치고 나아가야 할 정도였다.

통로가 이렇게 길 리가 없을 텐데? 고작 몇 걸음이 아니라 이미 몇 십 걸음은 걸었다고 거의 확신했거늘, 틀림없이 착각인 모양이었다.

또 한 차례 넘어질 뻔한 뒤 배은망덕한 발을 향해 눈을 부라려 보니 이번에는 바닥에 발이 걸린 것이 아니었다.

이제는 누더기가 된 청회색 우체국 제복은 그 밑에 있는 살점이 반쯤 떨어져 나간 해골을 대부분 가려주었지만 애석하게도 완전히 가리지는 못했다. 살점과 조직을 뜯어낸 것은 시간도, 물도, 심지어 해충도 아니었다. 정신이 혼미하고 공포에 사로잡힌 와중에도, 윌모트는 뼈 위에 인간의 턱이 남겼다고 밖에 할 수 없는 들쭉날쭉한 자국이 있는 것을 똑똑히 보았다.

정신을 차리고 보니 언제 다시 몸을 일으켰는지 가물가물한 가운데 계속 앞으로 나아가고 있었다. 정확히 언제 넘어졌는지도 기억나지 않았고, 구토한 기억도 없었지만, 혀에 쓴 맛이 남은 것을 보면 구토하기는 했던 모양이었다.

다른 팔다리며 두개골들의 이미지가 간간이 머릿속을 스치는 통에 불운한 집배원의 시체 말고도 유린당한 시체들의 잔해를 더 목격했을지 모르겠다는 생각이 들었지만, 이번에도 그의 기억은 그것이 과도한 상상력에 지나지 않는다는 확신이 들 정도로 오랫동안 그런 이미지들을 붙들고 있지는 않았다.

피부가 두개골을 불편할 만큼 팽팽하게 조여 와 머리가 아팠다. "돌아가! 나가!"라는 당연한 생각이 과열된 머릿속에 파고들었을 즈음에는 이미 통로 끝에 다다른 뒤였다.

일종의 우리, 혹은 임시로 만든 감방. 제대로 집중해서 보지 못했거나 부분적으로만 기억에 남은 모양이었다. 돌 벽과 얼기설기 세운 창살은 떠올랐다.

묵은 땀 냄새와 사람의 오물이 풍기는 악취도 떠올랐다.

그가 찾는 젊은이를 본 기억은 없었지만, 다른 얼굴들은 떠올랐다. 진흙과 침과 피와 그보다 더 심한 것으로 뒤덮여 그냥 더러워지기만 한 이들이 있는가 하면 미묘하게 형태가 일그러진 이들도 있었다. 혹시 그 중에 체스터가 있었더라도 윌모트는 보지 못했다.

바로 그 얼굴들에 달린 갈라진 입술과 해진 목구멍에서 예의 이질적인 합창이 흘러나왔다. 거듭 되풀이되는 말들은 거의 한 목소리이기는 했지만 완전히 일치하지는 않아 귓속에서 메아리치는 듯했다.

"스비스트 츠슐트바 울베슈싸 이크라비스…"

　그러자 윌모트는 그들을 가둔 사슬과 자물쇠를 잡아당기려고 빈손을 내뻗으며 다가갔고, 그의 입술 또한 달싹이기 시작했고, 머릿속에는 *그들과 함께하고 싶다*는 것 말고는 어떤 생각이나 본능도 남지 않았다.

　산탄총의 사나운 총성과 산탄에 맞은 천장에서 후두둑 떨어지는 돌조각이 무아지경에 있던 그를 깨웠다.

　이전에는 정신이 팔려 미처 보지 못했던 수직 통로 어귀에 우드로 헤네시가 서 있었다. 그는 손마디가 허옇게 보이도록 산탄총을 꽉 쥐고 있었고, 귀에는 천 조각을 꼬아 임시로 만든 귀마개가 튀어나와 있었다.

　"내가 가라고 했잖아, 빌어 처먹을!"

　윌모트가 좀 더 정신을 차리고 있었더라면 사내의 노성에서 분노뿐 아니라 공포와 슬픔까지 들었을지도 모른다.

　하지만 윌모트는 그렇지 않았고, 그래서 듣지 못했다. 교수는 혼란과 두려움 속에 울부짖으며 돌아서서 왔던 길을 도로 내달렸다.

　철벅철벅 웅덩이를 지나고, 시체들에 발이 걸려 허우적거리고, 열린 창문을 할퀴듯 기어 나가다 손을 긁혔다. 칠흑 같은 어둠 속에서도 간신히 등잔만은 붙잡고 놓지 않았다. 머릿속에는 ― 끊임없이 고막을 두들기는 연도에 잠식당하지 않은 부분에는 ― 탈출에 대한 생각뿐이었다. 그러자, 공황 속에서, 미친 사람들을 지하실에 가둬 놓은 무시무시한 시골뜨기가 그를 쫓아 늪지대로 들어가기보다는 도로 쪽으로 나갈 확률이 현저히 높겠다는 판단이 섰다.

요동치던 심장이 잦아들고 핑글핑글 돌던 머리가 회전을 멈춘지 한참이 지나 그 계획의 단점을 깨달았을 때는 이미 속절없이 길을 잃은 뒤였다.

수 시간이 흘렀다. 윌모트는 허리까지 푹 젖은 채 오들오들 떨었다. 시커먼 물속의 진흙이 결국 지나치게 큰 부츠를 왼발에서 벗겨가는 바람에 어쩔 수 없이 절뚝절뚝 걸음을 내딛으며 무언가 찌르는 것, 저미는 것… 혹은 물어뜯는 것을 밟지는 않을까하는 두려움에 시달려야 했다.

멀리 어둠 속에서 이름 모를 생명체들이 비명을 질렀다. 헤엄치는 것들이 깨어나면서 늪이 물결쳤다.

발밑의 진흙과 사방의 삼나무에서 뻗은 가지가 옷과 피부를 잡아채는 통에 아무리 입술을 굳게 다물려 애써도 겁에 질린 비명이 새어 나오기 시작했다. 물론 나뭇가지, 뿌리, 덩굴일 뿐이었다. 하지만 그는 깜빡이는 등잔 불빛과 머릿속 — 일종의 정신적 쥠틀에 짓눌려 어느 때보다도 뒤틀리고 둔해진 머릿속 — 에서 본 그것들이 꿈틀꿈틀 움직이며 자신에게 다가왔다고 맹세할 수도 있었다.

그나마 그 조명도 침침해지기 시작하면서 불길이 마지막 몇 방울 남은 기름을 게걸스레 핥는 듯 어느 때보다도 더욱 미친 듯이 일렁였다.

그러다가 등잔 빛과 공황이 한꺼번에 마지막으로 폭발하듯 치솟았다.

앞쪽에 검은 돌 하나가 덩굴에 휩싸이고 점액에 뒤덮인 모습으로 늪에 반쯤 잠겨 있었다. 새겨진 글귀를 들여다보니 그가 한 번도 본 적 없고 읽을 수도 없는 문자였지만, 그럼에도 무의식 어딘가, 어쩌면 지성마저 넘어선 곳에서 친숙함이 전해졌다. 그것이 그를 감정적으로 끌어들일 뿐만 아니라 물리적으로도 잡아당겼다. 목 뒤에서 소름이 일어나기 시작했으나 몸이 움직이는 방법을 잊기라도 했는지 얼마 못 가 사그라졌다.

등잔이 꺼지자, 등 뒤의 늪을 통과해 비쳐 들여오는 또 다른 조명이 보였다.

"교수 양반!" 우드로 헤네시의 목소리는 쉬어 있었다. 한참을 소리쳤던 게 틀림없었다. "교수 양반, 내 목소리 들리나?"

그가 종아리까지 차오른 물을 철벅거리며 나타났다. 윌모트 폴라스키는 돌에서 눈길을 떼고 새로 나타난 남자에게 다가가 자신이 할 수 있는 유일한 방법, 자신이 아는 유일한 말로 대답했다.

"이스슬라아츠 쓰쿨크리스, 이스슬라아츠 체오샤슈…"

헤네시는 그의 목소리를 듣지는 못했을 망정 — 귀를 막은 채 늪을 상대하는 것보다도 어떤 소리를 듣는 것이 더 두려운지 여전히 천 조각으로 만든 귀마개를 꽂고 있었다 — 그것이 낭송임은 틀림없이 알아보았다.

분노, 죄책감, 부정, 하지만 무엇보다도 공포가 담긴 비명과 함께, 헤네시는 산탄총을 들어올려 다가오는 교수를 향해 쏘았다.

1장

종이를 넘기는 소리, 가죽 장정 표지가 쿵 놓이는 소리, 사다리들이 굴러가고 의자가 바닥에 끌리는 소리, 바지나 치마가 휙 스쳐 지나가는 소리, 그리고 *절대* 학생들이 믿는 정도로 조용하지는 않은 조용한 대화 소리의 나직한 웅웅거림이 음을 이루며 부드럽게 노래했다.

부드러운 노래는 미스캐토닉 대학교의 저 유명한 오른 도서관의 모든 층에서 시작되어 수십 개의 방과 아치형 복도를 거쳐 들려왔고, 데이지 워커는 평범한 날에는 그 사소하기 짝이 없는 노래에서 힘과 활력을 얻었다.

오늘은 평범한 날이 아니었다. 사실, 지난 몇 달 동안 데이지에게는 평범한 날이 많지 않았다.

언뜻 생각하기에, 데이지의 불안은 어느 정도는 새로 맡은 책임에서 비롯했을 법도 했다. 새로 시작된 23년 봄 학기는 아미티지 박사가 오른 도서관에서 가장 유명한 특수 장서고, 즉 열람이

제한된 고서와 문헌들에 대한 관리를 그녀에게 맡긴 이래 겨우 두 번째로 맞이하는 학기였다. 그곳에 있는 책 중에서 가장 가치가 떨어지는 책조차 그녀의 1년 치 봉급보다 더 값이 나갔고, 장서 전체는 그저 금전적 가치만이 아니라 대체 불가능한 전승이라는 점에서도 귀하기 이를 데 없었다.

하지만 데이지는 자신이 비록 처음에는 긴장 때문에 평정을 잃었는지 몰라도 지난 몇 달 사이 새 책임에 충분히 적응했다는 사실을 잘 알고 있었다.

그런가 하면 어느 정도는 그곳의 고서들에 실린 내용에서 비롯했을 법도 했다. 장서고 관리자 자리가 공석이 되고 아미티지가 그녀를 후보로 고려하겠다고 처음 운을 띄웠던 순간부터, 그녀는 그 고서들을 연구하기로 작심한 터였다. 특수 장서 대다수는 그저 오래되었을 뿐이었지만, 일부는 그 내용이… 기묘했다.

그녀는 기회가 있을 때마다 그중 몇 권을 자세히 살폈다. 『해충의 신비』[1], 존 디의 『네크로노미콘』일부[2], 델 아리오 번역판 『사보스 밀교 경전』[3]을. 그 책들은 고대의 존재들과 오래 전에 잊힌 마법들과 오래 전에 잊혀야 했을 이름들에 관해 이야기했다. 고대 문화와 신앙을 이해하는 창이라는 점에서는 매혹을 느꼈지만, 실제 내용은? 물론 한마디도 믿지 않았다. 고골리나 스토커의 상

---

1 작가 로버트 블록의 단편 「무덤 속의 비밀」에 처음 등장한 가상의 마도서.
2 작가 H. P. 러브크래프트가 창조한 가상의 마도서. 원래 아랍 사람 압둘 알하자드가 『알 아지프』라는 이름으로 집필했으며, 존 디가 번역한 영문판은 정식 출판된 적은 없고 일부만 전해진다.
3 작가 로버트 블록의 단편 「무덤 속의 비밀」에 처음 등장한 가상의 마도서.

상만큼이나 실제는 아니었다. 그렇다고 해서 늦은 근무 시간에 조명 몇 개를 추가로 켠다거나, 잠들기 전에 자물쇠를 한 번 더 점검한다거나, 아니면 — 이따금씩 — 정확히 기억나지 않는 악몽에 시달리다 식은땀을 흘리며 잠에서 깨는 것까지 피하지는 못했지만.

그렇더라도, 데이지는 퀴퀴하고 해묵은 신화나 옛 이야기가 자신을 그토록 철저히, 그토록 오랫동안 심란하게 할 리 없다는 것 또한 잘 알고 있었다.

아니, 불안의 진짜 원인은 —

"워커 사서님?"

"오!" 젊은 사서는 앉은 채로 소스라치며 두 손으로 책상 모서리를 붙들었다. 누군가 부지중에 자신의 사무실 문을 연 것은 기억하는 한 처음 있는 일이었다.

"자신의 사무실"이라는 생각에 익숙해지려면 더 시간이 필요했다.

"오!" 눈을 크게 뜨고 둥근 얼굴을 한 데이지보다도 젊은 여자가 문간에서 데이지의 외침을 메아리처럼 따라했다. "정말 죄송해요! 놀라시게 하려던 건 아니었어요."

데이지가 길고 곱슬거리는 금발을 쓸어 넘겼다. "괜찮아, 애비게일. 내가 그냥… 생각에 잠겨 있었던 모양이야." 그 생각이 무엇이었는지 밝힐 생각은 추호도 없었다. 책에 관한 것이든, 아니면… 다른 걱정거리에 관한 것이든.

"노크는 했는데." 애비게일이 수줍게 덧붙였다. "하지만 대답이 없으셨고, 사서님이 여기 계신다는 걸 *분명히* 알고 있었으니까, 괜찮으신지 확인하려고 들어왔어요." 그러더니 데이지의 얼굴에 남아 있는 멍한 기색을 눈치 채기라도 했는지, "괜찮으신 거 *맞아 요?*"

"난 괜찮아. 생각보다 더 넋을 놓고 있었던 모양이네. 그래서, 어, 무슨 볼일이라도?"

커다란 눈이 깜빡이며 옆으로, 밑으로 갔다가 다시 데이지의 눈을 마주보았다. "그게… 그러니까, 제가, 음, 특수 장서고에서 해야 할 일은 없는지 여쭤 봐야겠다 싶어서요."

"그랬구나." 데이지는 입술이 꿈틀거리면서 알 만하다는 듯한 미소를 지으려는 것을 강철과도 같은 의지로 억눌렀다. "아니, 지 금은 없단다."

"오." 다시 출입 금지 구역 쪽을 슬쩍 향하는 시선. "정말, 음, 정 말 없나요?"

미소가 더욱 격렬히 저항하며 얼굴에 떠오르려 했고, 동시에 고개를 절레절레 흔들고 싶은 충동과도 맞서야 했다. 애비게일 포면은 부지런한 근로장학생이었고, 문헌정보학에 대한 관심 때 문에 졸업한 뒤에도 도서관에 남고자 하다면야 데이지로서는 반 겨 마지않을 터였다.

하지만 그녀는 특히 남자의 모습을 한 방해물을 만나면 지나치 다 싶을 정도로 선뜻 한눈을 팔았다.

"애비게일, 네가 할 일은 도움을 청하는 학생과 방문객에게 조 력을 제공하는 거야. 그런 요청을 한 적도 없는 사람들을 억지로 돕겠다고 나서는 게 아니라."

애비게일은 피부가 빛나다시피 할 정도로 얼굴을 붉혔다.

"네, 사서님. 죄송해요, 사서님."

그제야 데이지는 꾸지람을 누그러뜨릴 요량으로 미소를 지었다. "어디 보자, 남아메리카학 쪽에 서가 정리가 필요하다고 들은 것 같은데?"

애비게일이 그녀가 제안한 탈출구를 받아들여 부리나케 사무실을 빠져나가자, 데이지는 조금 전부터 쌓여 왔던 한숨을 토해 냈다. 마음에 드는 아가씨였으므로 평소 같았다면 그녀가 최근에 몰두한 상대를 위해 더 많은 것을 할 수 있게 허락해 주었을 지도, 심지어 그렇게 하도록 장려했을지도 몰랐다.

라즐로. 미스캐토닉 캠퍼스의 하고 많은 훌륭한 청년들 중에서 하필이면 엘리엇 라즐로에게 저 가련한 아가씨의 관심이 쏠릴 게 뭐람? 설령 그가 불확실함과 슬픔에 잠겨 있지 않았다 한들, 설령 그에게 인생의 모든 것이, 미스캐토닉 대학 생활의 모든 것이 순조롭기만 했다 한들, 설령 그랬다고 한들…

하지만 그건 그녀가 말해서는 안 될 비밀이었다. 그녀가 안다는 사실을 알기만 해도 그 청년은 모멸감을 느끼리라.

데이지는 의자를 끌며 자리에서 일어나 블라우스와 스커트를 세심히 매만진 뒤 애비게일이 달아난 것과는 반대 방향으로 돌아서서 자신의 사무실을 나섰다.

특수 장서고에서 가장 바깥쪽에 있는 방은 열람실로, 안에 있는 것이라고는 책상 하나와 천을 씌운 안락한 의자 몇 개, 그리고 독서등 하나뿐이었다. 학생과 방문객은 혼자 혹은 소규모로만 특수 장서를 열람할 수 있었고, 그것도 연공서열이나 연구의 성격에 따라서, 혹은 자원봉사와 교환하는 조건으로만 제한적으로 열람할 수 있었다. 지난 몇 주 동안, 다른 누군가가 열람 시간을 예약하지 않는 한, 엘리엇이 이곳에 있을 확률은 반반이었다. 따라서 설령 데이지가 애비게일의 노골적인 관심 덕분에 그가 그곳에 있으리라는 사실을 미리 알지 못했다 하더라도, 열람실에 있는 그를 보고 놀랐을 리는 만무했다.

청년은 두 팔꿈치를 책상에 괴고 두 손에 머리를 묻은 채 앉아 있었기에 데이지는 그가 깨어 있는지 확실히 알 수 없었다. 갈색 코트와 검은 머리카락이 둘 다 헝클어져 있었다. 얼마 전만 해도 그가 밖에서 그런 모습을 보이는 것만으로도 유감스러워하던 시절이 있었건만.

"엘리엇?"

알고 보니 그는 깨어 있었다. 극도의 피로와 요동치는 감정 탓에 그녀를 올려다보는 눈이 흐릿했다. 얼굴 ─ 지중해 출신 조부모의 영향으로 그녀의 얼굴보다 살짝 더 짙은 색을 띠는 ─ 에는 며칠째 깎지 않은 수염이 까칠했다.

"소식이 있나요?"

무슨 소식이든 듣게 되면 곧장 알려주겠다고 몇 번을 말했건만, 볼 때마다 어김없이 그 질문이었다.

"아니." 데이지가 의자를 빼고 그의 맞은편에 앉았다. "아무것도."

"빌어먹을!" 그러더니, 그녀가 주의를 주기도 전에 목소리를 낮추면서, "다 쓸모없는 놈들이에요."

그녀는 그게 아컴 경찰을 두고 하는 말임을 알았다. 이것도 두 사람이 치르는 의식의 일부였다. 같은 대화를 어찌나 자주 나누는지 그녀는 그가 반복 자체에서 미미한 위안을 얻는다고 여길 수밖에 없었다.

"조사할 단서가 거의 없잖니." 그녀가 말했다. 정말 아무것도 없는 거나 다름없었다. 엘리엇의 가장 친한 친구이자 룸메이트인 체스터 헤네시는 흔적도 없이 증발했다. 몇 주 뒤에는 체스터의 스승이자 체스터가 진행 중이던 연구를 지도했던 폴라스키 교수가 똑같은 위업을 달성했다.

"얼마 없는 단서도 무시하고 있다고요." 엘리엇이 손마디를 눈에 대고 비비며 따졌다. "어느 머저리가 봐도 그렇지 않다는 게 뻔한데 여전히 두 사건을 별개로 다루고 있어요. 아직도 체스터는 그 개년 때문에 달아난 거고 — "

"말조심해, 라즐로 군!"

엘리엇은 데이지에게 뺨이라도 맞은 것처럼 움츠러들었다. "전 — 그렇죠. 정말 죄송해요, 워커 사서님."

데이지는 엘리엇의 말이 무슨 뜻인지 알았다. 엘리엇은 다른 건 몰라도 온순하고 예의 바른 사람이었다. 적어도 기진맥진하고 좌절하고 겁먹지 않았을 때는.

그녀는 자신의 손을 그의 손 위에 얹었고, 그가 그것을 구명구라도 되는 것처럼 움켜쥐는데도 용케 움찔하지 않았다. 평소 같으면 피지 때문에 오래된 책이 손상될까 염려스러워 이런 식으로 표지 위에 손을 얹기 전에 그가 책상 위에 놓아둔 책을 치웠을 테지만, 잠깐 정도는 괜찮을 듯했다.

그가 이 책을 신청한 것이 처음 있는 일도 아니었다. 그는 몇 주째 체스터의 연구를 되짚으면서 실종된 학생이 최근에 몰두했던 일 — 몇 달 간 육체와 영혼을 송두리째 앗아갔던 프로젝트 — 속에서 아무리 미약하더라도 실종과 관련된 수수께끼에 빛을 던져 줄 실마리를 찾아온 터였다.

그녀에게 비밀로 하고 있는 게 아니라면, 지금까지의 성과는 그가 머저리요 바보라고 욕했던 경찰들이 거둔 성과와 정확히 똑같았다. 아무 성과도 없었다.

그녀는 그의 존재가 불편하지 않았고, 분명 도움도 되었다. 이전에 체스터가 그랬듯이 엘리엇도 특수 장서고에서 더 많은 시간을 보내기 위해서 오른 도서관 및 대학 전체의 중요하지 않은 서류들, 즉 졸업생들이 대학에 유증한 서신과 개인 서류, 오래된 신문 스크랩, 박물관 및 다른 대학에서 주의를 기울여야 할 도난당한 유물에 대한 보고서 등속을 정리하는 일에 자원했다. 그는 순전히 사라진 룸메이트를 찾기 위한 노력의 일환일 뿐이라고 주장했지만, 데이지는 그것이 잃어버린 친구에게 더 가까이 다가갔다고 느끼기 위한 방법이라고 믿었다. 집중력이 흐트러지지 않는 날이면, 엘리엇은 그런 따분하지만 필수적인 업무를 체스터보다도 더욱 훌륭히 해냈다. 그렇더라도 갈수록 심해지는 집착은 염려스러웠고, 학업에 피해가 가는 것은 말할 것도 없었다. 데이지는 그가 이곳에 온종일 있느라 틀림없이 수업을 빼먹고 있으리라는 걸 알았다.

특수 장서고 사용과 연구에 관용을 베풀었던 것이 도리어 체스터 헤네시를 위험한 길로 이끌고 말았을까? 그럴 것 같지는 않았지만, 다른 무엇보다도 바로 그런 두려움이 그녀를 밤에는 잠 못 들게 하고 낮에는 평정심을 잃게 만들었다. 당사자가 아무리 같은 길을 따르려 한다 해도, 그의 친구에게까지 같은 실수를 반복할 생각은 없었다.

"엘리엇." 그녀가 마침내 입을 열었다. "그만 ─"

그 소란이 두 사람에게 닿은 것은, 도서관의 노랫소리에 불쑥 끼어든 불협화음이 그녀의 귀에 들린 것은, 순전히 데이지가 열람실 출입문을 닫지 않은 탓이었다. 아직은 고함이라고 할 정도는 아니었지만, 다툼 속에 커져가는 목소리들이 금방이라도 고함으로 *바뀔* 듯했다.

아니면 더 심해질 수도?

그녀는 얼굴만큼이나 등을 뻣뻣하게 굳히며 일어섰다. 데이지는 기분이 아무리 좋을 때라도 자신의 도서관에서 평화를 어지럽히는 사람을 참아 넘기지 않았다. 하필 다른 걱정거리도 많은 오늘 그런 일을 저지르기로 마음먹은 사람이 누구인지는 몰라도 호되게 쓴소리를 들어야 할 터였다. "정말 미안해. 잠깐 실례할게."

모직 스커트가 휙 하는 소리와 함께, 그녀는 사라졌다.

엘리엇은 그녀가 가는 모습을 보면서도 머리가 피로한 탓에 자신들이 들은 소리의 심각성을 즉시 인지하지 못했다.

워커 사서, 선생들, 학우들. 모두가 자신이 슬픔과 걱정 탓에 틈만 나면 한눈을 판다고 여겼다. 이해할 수 있을 리도 없으면서. 자신이 얼마나 심하게…

뭐, 부분적으로는 그들이 옳았다. 하지만 부분적으로만 옳았다. 다른 부분은, 아무에게도 언급하지 않았다.

어느 날 저녁, 체스터는 마침내 수수께끼의 프로젝트 ― 그가 자신의 온갖 야심을 능가하며, 학업을 마치기도 전에 고고학계에 자신의 이름을 새겨줄 것이라고 주장했던 ― 를 해결할 단서가 발견되었다고 말했다. 정작 무엇을 발견했으며 그것이 어떤 도움을 줄 수 있다는 것인지는 정확히 설명하려 들지 않았지만.

실종되기 전의 마지막 나날 동안, 체스터는 남들과 거리를 두었고, 기운 없어 했고, 늘 어딘가에 정신이 팔려 있었다. 잠은 자는 둥 마는 둥 했고 말도 거의 하지 않았다. 혼잣말을 중얼거릴 때면 가끔은 프랑스어로, 혹은 해석은 말할 것도 없고 정체조차 알지 못하는 언어로 말했다.

엘리엇 자신은 인간의 심리 작용에 주목하는 학문을 공부했던 만큼, 친구의 노력이 위험한, 심지어 병적이라고까지 할 만한 집착으로 변해가고 있다고 믿었다. 이 문제를 두고 참견했다가 그들의 관계에 어떤 영향이 미칠지 생각하면 심장이 쿵쾅거리고 뱃속이 죽어가는 벌레처럼 꼬였음에도 결국 이 문제를 체스터에게 꺼내기로 마음을 먹었건만 ― 체스터는 채 말할 용기를 끌어 모으기도 전에 사라져 버렸다.

　그리고 그 이후로 줄곧…

　그 이후로 줄곧, 엘리엇 자신은 들쭉날쭉 절반 정도만 기억나는 악몽에 시달리다가 그가 자는 방의 온도와는 무관한 극심한 한기로 몸을 부들부들 떨며 잠에서 깨는 밤이 그렇지 않은 밤보다 더 많아졌다. 얼음뿐 아니라 그림자 속에서 움직이는 것들, 끝없는 우박과 진눈깨비의 장막 너머에 거주하는 것들에 관한 악몽이었다.

　꿈만이라면 어떻게 해 볼 수 있었다. 그를 미칠 지경으로 몰아가는 것은 끊임없는 반복구였다.

　고작 단어 몇 개, 불완전한 구절 하나에 불과했다. 체스터가 딱 한 번 엘리엇에게 들리는 자리에서 중얼거렸던 미지의 언어로 된 구절이었다. 그것이 긁을 수도 없고 긁으려고 *애쓰지* 않을 수도 없는 가려움증처럼 머릿속 깊숙이 자리를 잡더니 거듭해서 메아리치며 모든 대화 사이에 파고들고 모든 강의 밑에서 부글부글 끓어올라 비명을 토해내고 싶은 지경으로 엘리엇을 내몰았다.

　그 말들을 토해내고 싶었다.

　어떤 조사보다도, 어떤 슬픔보다도 더욱 그를 산란케 하는 것은 바로 그 단편적인 구절이었다. 그리고 그는 체스터의 연구를 추적하다 만난 또 *다른* 발견이 없었더라면 자신의 상태가 훨씬 더 심각해져 정말로 제정신과 자기 통제력을 송두리째 잃었을지도 모른다는 것을, 자신도 정확히 어떻게 아는지는 알지 못했지만, 알고 있었다. 그 또 *다른* 만트라 말이다.

　그냥 만트라일 *뿐이었잖아*, 안 그래? 설마 그게 진짜로 무슨—

　도서관에서 벌어진 소란 속에서 또 다시 고함까지는 아니지만 드높인 언성이 터져 나오자 생각에 잠겨 있던 그가 퍼뜩 정신을 차렸다. 엘리엇은 억지로 의자에서 몸을 일으켰다. 어떤 문제가 발생했든 워커 사서나 도서관 직원들이 도움을 필요로 할 성싶지는 않았고, 만에 하나 도움이 필요하다 한들 자신이 무슨 도움을 줄 수 있을지는 상상도 되지 않았다. 따라서 한참 앞서 간 데이지를 따라 복도를 걸어간 것은 어떤 의무감 때문이 아니라 생각을 다른 데로 돌릴 필요가 간절했기 때문이었다.

　학생들이 거대한 출입구 근처에서 벌어진 실랑이를 책과 종이 너머로 구경하느라 도서관의 중앙 홀에서 행해지는 모든 일상적인 활동이 중단된 상태였다. 오른 도서관 직원 여럿과 미스캐토닉 대학 소속 제복 경비원 두 사람이 도서관에 들어오려고 시도한 모양인 어느 외부인 주위를 에워싸고 있었다.

　남자는 조금도 학생이나 직원이나 졸업생 같아 보이지는 않았고, 오른 도서관은 그 외의 다른 사람들에게도 개방되기는 하지만, 그건 초빙 연구자이거나 사전에 정식으로 약속을 한 경우에 국한되었다. 언성을 드높이는 사람들 중 일부는 똑같은 말을 반복하느라 지겨워진 기색이 역력했는데, 그 내용으로 미루어 보건대 이 외부인은 그중 어느 쪽에도 해당하지 않는 듯했다.

　엘리엇은 남자의 정체를 조금도 가늠할 수 없었다. 남자는 키가 특별히 크지는 않았지만 넓은 어깨와 당당한 태도 때문에 커 보였다. 남자가 입은 길고 두꺼운 코트는 아컴의 행인들 사이에서도 쉬이 섞일 법했지만, 바지 자락 아래로 보이는 부츠는 모종의 탄력 있는 가죽제로, 청년이 이전에 보았던 어떤 스타일이나 패션에도 해당하지 않는 물건이었다. 엘리엇 자신의 얼굴보다 더 편평하고 가무잡잡한 얼굴 또한 마찬가지였다. 젊은 학생은 자신이 원하는 만큼 많이 여행을 다니지는 못했던 터라 낯선 남자의 출신지도 짚어낼 수 없었다. 딱 한 번 만난 적 있는 몽골인 연구자가 약간, 그리고 아메리카 원주민이 약간 떠오르기는 했지만 어느 쪽도 정확하지는 않았다.

"고작 질문 몇 갭니다!" 외지인의 목소리는 깊고 낭랑했다. 억양은 다른 모든 것들과 마찬가지로 엘리엇의 경험으로는 어디 억양인지 짐작도 가지 않았다. "당신네 사서 하나가 오 분쯤 시간을 내어 줄 수는 있을 거 아닙니까!"

경비원 하나가 다시 남자의 출입을 막으려고 위협적으로 한 걸음 다가섰다. 소란통의 가장자리를 맴돌던 데이지 워커가 마침내 개입한 것은 아마도 실랑이가 본격적인 몸싸움으로 발전할 위험 탓이었으리라.

"어떤 질문이죠? 성함이…?"

"워커 사서님." 경비원이 만류했다. "사서님께서 나서지 않으셔도—"

"괜찮아요, 플로이드."

외지인이 데이지 쪽으로 돌아서자 코트가 슬쩍 벌어지면서 목에 걸린 가죽 띠와 동물 창자 다발끝에 매달린 다양한 부적들이 드러났다. 엘리엇이 선 위치에서는 확실히 보이지는 않았지만 오래된 뼈, 나무, 돌, 굵은 가죽 장신구가 눈에 들어온 듯했다. 부적에는 전부 작은 도안이 새겨지거나 꿰매어져 있었지만, 그 또한 이 거리에서는 뚜렷하게 보이지는 않았다.

"시왁입니다." 데이지가 흐린 말꼬리를 받아 남자가 대답했다. "빌리 시왁."

"그렇군요, 시왁 씨. 뭐가 그렇게 급하기에 내 도서관에서 이렇게까지 소란을 피워야 했지요?"

아니, 뼈가 아니야. 엘리엇은 자신이 왜 이 남자 — 시왁 — 의 장신구에 이렇게 주목하는지 살짝 의아해하며 처음의 판단을 수정했다. 상아로군.

시왁은 한동안 대립각을 세우다가 막상 질문을 던질 기회가 찾아오자 얼떨떨한 눈치였다. 그는 할 말을 고르는 듯 잠시 생각에 잠겼다.

"맨 먼저," 그가 입을 열었다. "제버다이어 펨브로크라는 사람을 어디서 찾아야 할지 알려줄 수 있다면 좋겠군요. 내가 듣기로 — "

엘리엇은 남자가 무슨 말을 들었었는지 영영 알 수 없었다. 자신에게는 아무런 의미도 없는 그 이름을 듣자마자 데이지 워커가 죽은 듯이 조용해졌기 때문이었다. 엘리엇이 미스캐토닉 대학에서 보낸 3년 반 동안 데이지가 어떤 일에든 이런 식으로 반응하는 모습은 한 번도 본 적이 없었다.

"어떻게 감히?!"

경비원들과 질문을 던진 당사자를 포함한 모두가 깜짝 놀라 한 걸음 물러섰다.

말을 잇는 데이지의 목소리는 거의 덜덜 떨리다시피 했다. "당신이 대체 무슨 소문이며 낭설을 들었는지는 모르겠지만 나도 이 도서관도 당신의 그… 당신의 *중상모략*을 참아 넘길 생각은 없습니다."

"워커 양, 난 모욕하려고 한 소리가 아닙니다. 난 그저 ―"

"당장 내 도서관에서 나가 주면 고맙겠군요, 시왁 씨."

"제발, 나는 ― "

"고마워요. 나가 주겠다니."

그녀가 말끝마다 냉기를 뚝뚝 흘리며 엄한 표정으로 두 경비원을 흘끗 보자 남자는 더 항변해 봐야 아무 소용없으리라는 결론을 내린 모양이었다. 남자는 뻣뻣하게 고개를 끄덕이고는 출입문으로 향했고, 경비원들이 남자의 뒤를 따라 계단을 내려갔다.

데이지가 발뒤꿈치를 박아 넣으며 돌아서자 얇은 로비 카펫이 한 움큼 뜯겨 나왔다. "이곳은 여전히 도서관이에요." 직원과 학생 모두에게 하는 말이었다. "극장이 아니라."

얼굴들이 잽싸게 책이나 노트나 일상 업무로 돌아갔다. 사서는 고개를 꼿꼿이 세우고 중앙 홀을 휩쓸다시피 하며 자신의 사무실로 돌아갔다.

오직 엘리엇만이 계속해서 출입문을 응시하며 문밖으로 사라진 사람에 대해 생각했다. 머릿속 깊숙한 곳에서 예의 저주받을 구절이 돌아와 익숙한 크기로 울려 퍼지자, 그제야 잠시 동안 소리가 조금이나마 조용해져 있었다는 깨달음이 찾아왔다.

소리가 저 기이한 빌리 시왁의 존재 앞에서는 조용해졌다는 깨
달음이.

2장

윌리엄 "빌리" 시왁은 오른 도서관을 뛰쳐나오며 입을 앙다문 채 격하게 욕설을 퍼부었다. 단, 입 밖에는 내지 않고 속으로만 그랬다. 그렇지 않아도 성과 없이 끝난 방문이었다. 경솔한 욕설로 적대적인 토오르나크의 관심을 끄는 것은 어리석기 짝이 없는 행동일 터였다.

오늘치 바보짓은 이미 충분히 했잖아, 안 그래, 빌리?

1년 넘게 미국인들 속에서 살았고, 그보다 더 오랫동안 미국인들에 대해 공부했고, 인생의 대부분을 자신의 모어만큼이나 미국인들이 쓰는 언어로 말하며 살았건만, 그 모든 노력에도 빌리는 여전히 미국인들을 이해하는 척조차 할 수 없었다. 틀림없이 그 여자에게는 펨브로크에 대한 자신의 언급을 모욕으로 받아들일 이유가 있었을 테지만, 그 이유라는 게 대체 무엇일지는 짐작도 가지 않았다. 개인적인 내력이 있는 걸까? 가문 간의 불화? 아니면 아예 다른 이유?

우야라아니. 우야라아니에 대한 질문으로 시작해야 했는데.

무수한 노력을 기울여 여기까지 왔건만, 인내심을 발휘해야 할 대목에서 서두르고 말았다. 이곳 사람들에게 어떻게 접근하는 게 최선일지 신중히 생각해 보지도 않은 채 기차역에서 곧장 캠퍼스로 오다니. 어리석기는!

이제는 어쩔 수 없는 일이었다. 미스캐토닉 대학교가 가장 유망하기는 했지만, 다른 실마리도 있었다. 다른 실마리들을 따라가며 그쪽에서 성과를 얻기를 바라거나, 아니면 적어도 그러는 동안 대학교에 접근할 더 효과적인 방법이 떠오르기를 바라는 수밖에.

보아하니 바로 그 대학교 소속의 두 경비원은 그가 떠나는 것을 확인할 모양이었다. 그는 데이지 워커와, 특히 자기 자신에 대한 화가 사그라지기 시작한 이제야 두 경비원이 아직도 몇 발자국 뒤에서 따라온다는 사실을 알아차렸다. 그는 거대한 석조 구조물들 — 이털레크에 있는 모든 집을 다 합쳐도 이 구조물 하나와 비교하면 난쟁이처럼 보이리라 — 과 그 옆으로 펼쳐진 잔디밭 사이로 선명하게 난 통행로에 서 있었는데, 잔디밭을 어찌나 솜씨 있게 관리했는지 매사추세츠 주민들이라면 틀림없이 혹독하다고 여겼을 겨울을 거치고도 푸른빛이 살아있었다.

혹독한 겨울에 대해 저들이 뭘 알겠나?

광대한 캠퍼스의 경계가 보이자 빌리가 걸음을 멈추고 돌아보았다. "비싸지 않은 숙소를 추천해 줄 수 있겠습니까?"

두 경비원 중 더 마르고 나이든 쪽 — 그 사서가 플로이드라고 불렀던가? — 은 코웃음 치며 돌아섰지만, 다른 경비원이 고개를 끄덕였다. "상업 지구에 여인숙이 몇 있지. 근사한 곳은 아니고 대부분은 별로 깨끗하지도 않겠지만, 잠자리에 까다롭지 않다면 그 정도면 될 거요."

빌리는 지금까지 그가 본 아컴의 지리를 머릿속에 지도로 그려 보았다. "기차역 근처?"

"그래요, 대충 그쯤."

"다른 곳이면 더 좋겠습니다만." 머릿속에 떠올린 장소가 맞다면 기차역에서 걸어오는 길에 시 경찰이 여러 블록에 걸쳐 저지 선을 쳐 둔 것을 본 터였다. "무슨 난리가 난 모양이던데…?"

"참, 그렇지. 그쪽에 독감이 유행이라." 경비원은 잠시 생각에 잠기더니, "마가 좋겠군."

"뭐라고요?"

"마의 하숙집. 남부에 있지. 방 몇 개에 하숙을 치거든. 마의 규칙을 어길 정도로 멍청한 놈만 아니라면."

"그렇군요. 가는 길이 어떻게 — "

하지만 플로이드가 들으라는 듯 한숨을 내쉬며 발을 툭툭 쳤기 때문인지 아니면 그 또한 인내심이 다했기 때문인지는 몰라도, 경비원은 더 질문을 받을 생각이 없었다. "개리슨 거리를 따라 내려가 보쇼." 경비원이 멀어지며 말했다. "거기서부터 가는 길이야 물어보면 알려 줄 사람이 있겠지."

빌리는 군이 고맙다고 외치지 않았다. 외친다 한들 경비가 든거나 신경이나 쓸지도 확실하지 않았다.

"아버지," 그가 중얼거렸다. "어느 아네르사아트나 토오르나트가 당신에게 불운을 안겼는지는 몰라도 아버지의 고통이 녀석들을 만족시켰기를 빕니다. 전 *인간들만으로* 충분히 벅차니까 그쪽은 됐습니다."

계속 툴툴거리면서, 그는 표지판을 찾아 자신이 개리슨 거리에 있음을 확인한 뒤 남쪽으로 발걸음을 돌렸다.

길을 묻는 데에는 미스캐토닉 대학 경비원이 암시했던 것보다 더 많은 어려움이 따랐다.

물어볼 사람이 부족해서는 아니었다. 안개가 흐르고 이른 봄바람이 비정상적으로 쌀쌀한 밤이었지만 시민들은 저마다의 볼일로 돌아다녔다. 차도에서는 자동차와 마차가 곁을 스쳐 지나갔고 인도는 행인들로 북적거렸다.

문제는 그를 상대해 주는 사람을 찾는 것이었다.

신고 있는 물개 가죽 부츠 ─ 미국 신발 중에서는 도무지 편한 신발을 찾을 수 없었다 ─ 와 상당 부분 코트로 가려 놓은 부적들을 제외하면, 빌리는 눈에 띄지 않는 옷차림이었다. 그가 사람들 사이로 사라지거나 고개를 숙이고 익명으로 남고자 했다면 그 정도로 충분했으리라.

하지만 낯선 사람으로서 가까이 다가가 말을 건네는 것은 얘기가 달랐다. 빌리의 용모는 외지인으로 판단하기에 충분하고도 남았다. 외지인 ─ 혹은 피부색이 시체보다 훨씬 어두운 사람이면 누구든 ─ 에 대한 대접이 훨씬 더 박한 도시도 여러 번 경험했

지만, 그렇다고 평균적인 아컴 시민이 그를 두 팔 벌려 환영한다
는 의미는 아니었다.

　마침내 (심지어 명랑하게) 길을 가르쳐 주었을 뿐만 아니라 마 매
디슨의 일요일 밤 수프나 사과파이를 놓치지 말라고 세 번이나
거듭 신신당부해 준 사람은, 아니나 다를까 그가 다섯 번째로 멈
춰 세운 흑인 청년이었다.

　"벨마네 체리파이보다도 낫다니까! 그게 함부로 할 말이 아니
란 거야 잘 아실 테고!"

　"그야… 물론 알지요."

　그러다 얼마 후, 첫 번째 안내가 아컴의 샛길에 대해 아무것도
모르는 사람에게는 다소 불충분하다는 사실을 확인한 뒤, 두 번
째로 길을 알려준 사람은 티끌 하나 없이 깨끗한 포드 모델 T를
타고 노닥거리던 친절한 백인 노부부였는데, 덕분에 빌리는 아컴
전반에 대해 조금은 더 나은 인상을 받게 되었다.

　그리고 마침내, 지치고 굶주린 그는 마의 하숙집 현관 앞 계단
에 당도했다. 놀라우리 만치 커다란 건물의 날카로운 뾰족 지붕
과 불길할 정도로 예리한 선이 주는 인상을 안팎으로 밝은 불빛
과 문 너머로 들려오는 명랑한 소리들이 상쇄해 주었다.

　그가 들어가자 무수한 눈길이 쏟아졌지만 수상히 여기거나 적
의를 담은 시선은 한 줌에 불과했고, 대다수는 그저 호기심을 표
한 뒤 금세 하던 일로 돌아갔다. 커다란 휴게실 안에 모인 사람들
은 짝은 맞지 않아도 색과 패턴이 서로 조화를 이루도록 세심하
게 골라 배치한 각양 각종의 의자에 앉아 빈둥거리고 있었다.

방 맞은편은 공동 식탁으로 보이는 테이블이 있는 더 작은 방으로 통했다. 지금은 비어 있었지만 방 안에 감도는 군침 도는 냄새로 판단컨대 훌륭하게 차린 식사를 정기적으로 대접하는 공간이었다.

진주 목걸이를 두르고 꽃무늬 드레스를 입은 몸집이 크고 머리가 검은 여자가 법석을 떨며 다가와 그를 맞이했다. 여자는 그가 한 번도 접한 적 없고 어찌나 억센지 알아듣기도 힘든 억양으로 자신을 마 매디슨이라고 소개하면서 자기 집과 아컴과 기타 등등에 온 것을 환영했다.

"하룻밤에 이 달러 아니면 일주일에 십이 달러만 내면 되는데, 아컴에서는 그 두 배를 줘도 이보다 더 좋은 곳은 못 찾아요! 그것도 식사까지 포함한 가격인데, 대신 여섯 시에 식탁에 모여서 기도는 해야 돼요. 정확히 여섯 시, 알았어요? 아니면 알아서 하고. 기도 빼먹는 사람 뱃속이야 내 소관 아니니까!"

"어, 알겠습니다. 잘 알았습니다, 부인."

마는 나머지 규칙들을 읊어대며 그를 방 맞은편 책상으로 끌고 가서 그의 이름과 돈을 기쁘게 받아냈다. 규칙이 많기도 했다.

"투숙객은 아홉 시 넘으면 아래층에 있으면 안 되고, 여덟 시 이후에는 객실에 손님 금지고, 이성 손님은 아예 출입 금지예요. 내 집 평판이 지저분해지는 건 사양이니까!"

"점심 값은 육십 센트고 열한 시부터 음식 떨어질 때까지. 손님을 데려와도 되지만 투숙객이 아닌 사람한테는 육십오 센트 받아요."

"드나드는 건 자유지만 다른 투숙객들이 불편해하는 건 못 참으니까 밤 늦게 시끄럽다는 불평이 들어오면 바로 퇴출이고!"

그리고 마지막으로, 빌리의 부적들을 흘끗 보더니, "그리고 점치는 거야 마음대로 해도 되지만 이 집에서는 우리 주님과 그분의 아드님이신 예수 그리스도가 아닌 다른 누구에게도 기도는 안 돼요, 알았어요?"

"잘 듣고 있습니다." 빌리는 자신의 손에 든 열쇠를 잠깐 바라보았는데, 대체 그녀가 그렇게 말을 쏟아내는 와중에 언제 열쇠를 쥐어 주었는지는 기억나지 않았고, 살짝 어지럼증까지 들었다. 통역이 필요할지도 모르겠군.

아니면 귀마개나.

"뭐든 물어보고 싶은 게 있거든," 마가 마지막으로 말했다. "말만 해요."

말을 하면서 이미 물러나는 걸 보니 질문이 있으리라고는 생각지 않는 모양이었다. 투숙객 대다수는 아마도 단골이거나, 아니면 갓 쏟아진 말의 폭격에 압도당해 아무런 질문도 떠올리지 못했으리라.

"실은 있습니다." 빌리는 그녀가 걸음을 멈추고 예기치 않은 대답을 소화한 뒤 돌아설 때까지 기다렸다. "혹시 어디에 가면…" 그는 말을 끊고 특이한 이름들을 다시금 머릿속에서 끌어냈다. 적어 놓기도 했지만 군이 메모를 찾아 꺼내고 싶지는 않았다.

"골동품 상점이나 예 올디 매지크 샵이라는 곳을 찾을 수 있을까요." "*예*"가 무슨 뜻인지는 몰라도 말이지…

그는 마의 눈이 가늘어지고 입술과 턱 주위의 피부가 구겨지는 것을 보다가 그제야 — 앞서 그녀가 자신에게 했던 말로 미루어 보아 — 그녀가 질문을 오해했을 수도 있겠다는 데에 생각이 미쳤다.

오늘 하루 종일 외교술이 아주 끝내주는군, 빌리.

"저는, 어, 점쟁이가 아닙니다." 그가 그렇게 말했고, 최소한 일부는 사실이었다. 그는 분명 안가코크는 아니었다. 물론 그녀는 틀림없이 그가 품은 신앙과 모시는 신들과 두려워하는 정령들을 이교적이라고 여길 테지만. "전 그냥 어떤… 문화 유물을 찾고 있을 뿐입니다."

마찬가지로 일부는 사실이었다.

얼굴에서 의심이 완전히 사라지지는 않았지만, 그녀는 태도를 누그러뜨리고 두 가게로 가는 방향을 대강 알려주었고, 빌리는 다시 욕설을 내뱉고 싶은 심정이 되었다. 골동품 상점은 여기서 두어 블록 안쪽에 있었고 기차역에서 미스캐토닉 대학교로 걸어가는 길에 지나친 거나 다름없었다. 그리고 예 올디 매지크 샵은 같은 경로에서 좀 더 벗어난 곳에 있기는 했지만 지금 여기보다는 대학교에서 더 가까웠다.

"하지만 진짜로 역사적인 물건을 찾는 거면," 그녀가 말을 이었다. "역사 연구학회에서 시작하셔야지. 거기라면 바른 길을 알려줄 거고, 그곳 사람들은 마술이니 부정한 것을 다루는 소굴에 드나드는 작자들일랑은 상대하지 않으니까."

"역사 연구학회요?"

"암. 온갖 글이랑 그림이랑 미술품이랑 오래된 잡동사니들을 죄다 보관하거든. 미스캐토닉 대학 빼고는 아컴에서 제일 소장품이 많아요. 지역 역사에 관심이 있는 거면 미스캐토닉보다 더 많을 수도 있고."

그는 지역 역사에는 전혀 관심이 없었다. 그래도 최소한 도난당한 유물의 거래에 귀를 기울이거나 아니면 그런 것에 귀를 기울이는 사람을 소개해 줄 만한 장소 같았다. 조심스럽게 묻기만 한다면 말이다. 흥분 섞인 전율이 온몸을 타고 흘렀다. 오늘 앞서 저질렀던 실수를 만회할 기회가 아직 남아 있을지도 모른다는 안도감은 물론이고.

"이 시간에도 아직 열었겠습니까?" 그가 방 열쇠를 주머니에 쑤셔 넣으며 물었다.

마 매디슨이 어깨를 으쓱였다. "글쎄." 하지만 그러면서 그녀는 맞은편에 있는 시계를 향해 의미가 꽤나 뚜렷한 눈길을 던졌다.

빌리는 그녀의 시선을 따라간 끝에 "기도" 시간까지 한 시간 조금 더 남았다는 사실을 확인한 뒤 마찬가지로 어깨를 으쓱여 화답했다. "그럼 오늘 저녁 식사는 알아서 해결해야겠군요. 고맙습니다, 매디슨 부인."

배와 발이 모두 반항했지만, 그는 푹신한 의자와 저녁 식사 냄새를 뒤로 하고 한 번 더 아컴의 거리로 나섰다.

아컴 역사 연구학회는 주변 주택들을 굽어보는 거대한 3층짜리 조지 시대 양식 저택으로, 학회에 증여되기 전에는 어느 터무니없이 부유한 집안의 주거지였으리라는 점에는 의심의 여지가 없었다. 건물을 둘러싼 연철 울타리는 손님을 환영하는 표식은 아니었지만, *진짜* 표식, 즉 대문에 붙어 이곳이 역사 연구학회임을 알리는 청동 명판은 그보다는 자상했다.

하지만 커튼이 쳐진 창문 너머로 비치는 여러 개의 불빛을 제외하면 건물 어디에서도 학회가 현재 방문객을 받고 있음을 알려주는 흔적은 보이지 않았다. 아직 초저녁이었지만 사실상 겨울이 끝난 이후로도 남아 있는 묵직한 구름들 때문에 더 늦은 시간 같은 기분이 들었다.

개인 주거지처럼 문을 두드린 뒤 대답을 기다려야 할까? 아니면 상점이나 공공시설처럼 문이 잠겨 있지 않으면 들어가도 된다고 간주해야 하는 걸까?

손잡이를 돌려 문이 실제로 잠겨 있지 않다는 사실을 확인한 빌리는 두 번째 선택지를 택해 안으로 들어갔다.

화려한 전기 샹들리에가 천장에서 불을 밝히는, 카펫이 깔린 긴 홀이 나왔다. 아컴의 역사에서 중요한 인물이었음에 틀림없는 남자와 여자들의 초상화가 양쪽 벽 위에서 서류와 일지 등속이 담긴 유리 전시 케이스를 굽어보았다. 홀 저편은 이곳과 비슷하거나 더 큰 규모의 다른 방들로 통했고, 거기에도 저마다 전시품이 갖춰져 있었다. 어떤 전시품인지는 이곳에서는 보이지 않았지만 지금 옆에 있는 것들보다 그 수가 훨씬 많았고, 상당수는 크기도 더 컸다.

이곳 백인들이 "오래됐다"고 여기는 물건들에 대해서 희미한 우스움을 느낀 것을 제외하면, 빌리는 앞서 존재했던 자들의 뼈 위에 세워진 그들의 역사에는 대체로 관심이 없었다. 다른 상황이었다면, 자신의 관심사 때문에 조급하지 않았더라면, 약간은 더 호기심을 느꼈을지도 몰랐다. 그래봐야 약간에 불과했겠지만.

홀 양쪽에도 다른 방들로 연결되는 출입구가 있었지만 그 너머에 무엇이 있는지 알 수 없었기 때문에 가운데를 따라 가기로 했다.

하지만 이 첫 번째 방의 끝에 이르기도 전에 옆문 하나가 열려 그를 살짝이나마 놀라게 했다.

"젊은이, 역사 연구학회에 처음 온 사람은 언제나 환영이네만, 유감스럽게도 곧 문을 닫아야 할 시간이고 이곳은 폐관 이후에는 회원만 출입할 수 있다네. 남은 시간만으로는 아무것도 볼 수 없을 게야. 내일 다시 오는 게 어떻겠나?"

그렇게 말하는 사람은 그보다 나이가 많았고, 허약해 보일 정도로 깡말랐고, 무채색에 가까운 머리 꼭대기에 무채색에 가까운 머리카락이 솟아 있었다. 유일하게 색깔이라고 할 만한 것이라고는 회색 정장 윗도리에 덧댄 칙칙한 노란색 격자무늬 팔꿈치 패치뿐이었다.

그리고 목에 걸려 있는 푸르스름한 부적도. 중심부에 균형이 맞지 않는 별과 원 — 어쩌면 눈일지도 — 하나가 있는 기묘한 디자인이었다.

그의 부적들과는 달랐고, 어느 문화권에서 유래한 것인지 짐작도 할 수 없었지만, 호부라는 것쯤은 보면 알 수 있었다.

이 노인은 무엇으로부터 자신을 지키려고 하는 걸까?

"실은 전 견학을 하러 온 게 아니라," 빌리가 말했다. "우리 동족들을 위해 온 겁니다." 이유는 알 수 없었지만 이 낯선 사람, 자신의 역사를 소중히 여기는 게 분명한 이 남자에게는 그렇게 말해야 호의를 살 수 있으리라는 예감이 들었다. "어, 문을 닫으시기전에 잠깐만 시간을 내 주실 수 있다면 우리에게 큰 도움이 될 겁니다."

노인이 고개를 갸우뚱하며 빌리가 전시물이라도 되는 양 뜯어보더니, 갑자기 싱긋 미소를 그렸다. "자넨 에스키모로군, 그렇지? 자네 쪽 사람을 만난 건 수십 년만일세!"

여행하는 동안 자주 들었던 용어였지만 여전히 얼굴이 경직되는 것은 어쩔 수 없었다. "네, 맞습니다. 우린 칼라알리트라고 부릅니다만. 아니면 이누이트라고 부르셔도 좋습니다."

"그래, 그렇지. 많은 에스키모들이 같은 소리를 하더군."

빌리는 이를 갈지 않기 위해 애썼다.

"그래," 상대방이 말했다. "내 이름은 피바디라네. 레지널드 피바디. 이 소중한 기관의 큐레이터일세."

"윌리엄 시왁입니다."

"좋네, 윌리엄. 몇 분쯤 시간을 내 주지. 뭘 알고 싶은가?"

그들은 대화를 나누며 피바디가 나타났던 출입구로 다가갔다. 출입구 너머의 작은 사무실은 정리하지 않은 서류와, 책장에 꽂지 않은 책과, 빌리가 짐작하기로는 보존 혹은 전시를 위해 목록을 만드는 중인 듯한 오래되고 망가진 연장들로 어지러웠다.

하지만 피바디는 자기 책상으로 돌아가 앉지도, 손님에게 의자를 권하지도 — 어차피 권할 의자를 찾으려면 발굴 작업부터 해야 했겠지만 — 않았다. "몇 분쯤"이라는 표현이 진심이었음이 분명했다.

빌리는 제버다이어 펨브로크에 관해 물을 뻔하다가 생각을 고쳐먹었다. 아직도 그 이름이 왜 사서를 폭발하게 했는지 알 수 없었으므로, 여기서도 똑같은 결과가 일어나지 않는다고 장담할 수 없었다.

대신 몇 주 만에 처음으로 빌리는 외부인에게 자신의 여행에 관한 진실을 들려주었다. 비록 모든 진실과는 거리가 멀었지만.

"피바디 씨, 저는 이틸레크에서 도난당한 물건을 찾는 중입니다. 그러니까, 제 누나카르픽, 제… 마을 말입니다." 정확한 번역은 아니지만 그 정도면 뜻은 통할 터였다. "그 물건이 이곳 아컴으로 왔다고 믿을 만한 이유가 있는데, 물론 피바디 씨나 피바디 씨의 학회가 장물과 조금이라도 관련이 있으리라고는 단 한 순간도 생각해 본 적이 없습니다만…" 혹시 또 모욕을 가할 가능성을 미연에 방지할 겸 약간 아첨을 해 두어 나쁠 것은 없었다. "…피바디 씨와 같은 자리에서 동족의 역사와 관련된 유물을 획득하는 일을 하시는 분이라면 틀림없이 이런저런 소식을 들으시리라 믿습니다. 아니면 적어도 저를 도울 수 있을 만한 사람을 아시거나요."

"그렇군. 유감이지만 근래에 에스키모에 관한 물건을 보거나 들은 기억은 없다네. 하지만 어떤 물건인지 설명해 보시면 어떻겠나?"

"돌입니다." 가문의 전통과 금기를 통해 마음속에 실로 강렬한 영향력을 행사하는 물건이었기에, 그는 그것을 입에 올리는 것만으로도 몸을 떨었다. "잉크보다 더 까맣고, 매끄럽게 갈린 면이 있는가 하면 깨지고 거친 면도 있습니다. 그리고 표면에 여러 가지 상징들이 새겨져 있지요. 문자일지도 모르지만 저나 우리 동족들은 한 번도 본 적 없는 문자 ──"

"오! 그러고 보니 분명 그런 물건을 본 적이 있군."

"저는… 본 적이 *있으시다고요?*" 빌리는 전혀 예상치 못한 대답에 휘청거릴 지경이었다.

"그래, 그렇다네. 미스캐토닉 대학교의 고대 유물 컬렉션이었지. 유감스럽게도 그걸 뭐라고 불렀는지, 어떤 설명이 적혀 있었는지는 기억나지 않네만 ── 내 관심사는 늘 아컴의 역사에 국한되어서 말이야 ── 틀림없이 보았…"

빌리는 이제 듣고 있지도 않았다. 그곳에 갔는데. *바로 거기에* 있었는데! 그토록 가까이 있었건만. 완전히 잘못된 질문으로 시작하지만 않았더라도.

뭐, 이제 와서 지난 일로 속을 끓여 본들 소용없지. 그냥 다시 찾아가 ──

"잠깐만요, 뭐라고 하셨습니까?" 피바디가 한 어떤 말이 마침내 다시 빌리의 관심을 끌었다.

"그 물건에 관해서 잘 아는 사람을 찾기는 꽤 어려울지도 모른다고 했네, 젊은이. 심지어 대학 내에서도 말이야. 몇 십 년째 먼

지만 쌓이고 있는 물건이니까. 어쩌면 몇 세대째일지도 모르겠
군."

하지만 그럴 리 없었다. 포사이스 탐험대가 이틸레크에 와서
환대를 배신하고 *우야라아니*를 훔친 지는 십 년도 채 되지 않았
다. 당시 아직 청소년이었던 그는 많은 대화에 참여하지는 못했
지만, 소란이 일어나고, 이야기가 오가고, 식사를 함께했던 것을
지금도 기억했다.

그것을 도둑맞았을 때 일어난 동족들과 자연의 분노도.

아버지에게 작별을 고할 때의 슬픔도.

그는 밖에 나와 있었다. 피바디에게 감사를 표하고 정중한 작
별 인사를 건넸지만 뭐라고 했는지 기억나지도 않았다. 무언가
기이한 일이 이곳에서 일어나고 있었고, 미스캐토닉 대학에서 그
를 기다리고 있었다. 설령 그가 찾던 물건이 아니더라도, 그 유사
성이 순전한 우연일 리는 없잖은가? 최소한 여기서부터 어디로
가야 할지 알려 줄 단서라도 찾아야 했다.

그러므로, 바로 오늘 밤 다시 대학교로 돌아갈 것이다.

단, 이번에는 질문에 시간을 낭비하지 않을 작정이었다. 그리
고 허가를 받는 데에도.

3장

진눈깨비가 두터운 장막처럼 내려 반짝이는 칼날이 되어 피부와 근육과 힘줄을 자르고, 빨갛게 벌어진 상처들이 냉기 속에서 김을 피워 올린다. 밤하늘보다 더 새까만 돌은 그 위에 얼음이 보이지 않게 겹겹이 깔려 층을 형성하기 전부터 그 자체만으로 위험하고, 매끄럽고, 불안정하다.

멀리 눈보라에 묻혀 들려오지만 돌을 타고 메아리치는 비명. 고통의 비명. 공포의 비명.

이름도 모르고 얼굴도 떠오르지 않건만 어째서인지 그가 아는 친구들의 비명.

그리고 무심한 겨울보다 훨씬 더 무자비한, 다른 누군가의 절규, 무언가가 떨어지는 파편들 사이로 슬쩍 들어와 돌을 가로질러 쪼르르 달리다 마음속으로 미끄러져 들어가 모든 의식 속 생각 아래를 세차게 흘러…

엘리엇이 외마디 비명과 함께 깨어났다고 하면 부정확한 표현이리라. 짜증난 옆방 학생들이 문을 두드리는 소리 때문에 마침내 깨어나기 한참 전부터 비명을 지르고 있었으므로.

그 비명은 공포에 차 내지른 단순하고 뜻 없는 절규도 아니었다. 차라리 그랬더라면 단연 더 나았으리라.

"이스슬라아츠 쓰쿨크리스, 이스슬라아츠 체오샤슈…"

바로 그 네 단어를 ─ 무슨 뜻을 담고 있는지는 전혀 알지 못함에도, 그는 그것들이 단어임을 알았다 ─ 체스터가 딱 한 번, 사라지기 전날 그에게 중얼거렸다. 바로 그 네 단어가 이후 머릿속에 매시간 매분 거듭 울려 퍼지면서 집중력을 살해하고 사고력을 집어삼킨 끝에, 그는 그 단어들이 자신을 미치게 만들고 말리라 확신하기에 이르렀다.

그 발견 전까지는…

엘리엇은 비틀거리며 침대에서 나왔고, 자기 발에 걸려 기우뚱했고, 의자를 잡으려다 한쪽 팔에 멍이 들었다. 손으로 귀를 헛되이 누르며 ─ 그러면 속에서 들려오는 소리를 막을 수 있기라도 할 것처럼 ─ 취객이 비틀거리는 듯한 걸음으로 방을 가로질러 오르막을 1천 킬로미터는 오른 것 같은 기분이 들 때쯤 모퉁이에 붙여 놓은 앉은뱅이책상에 이르렀다.

부모님과 누나의 사진이 든 액자를 바닥에 떨어뜨려 박살내면서 책상 위로 쓰러져 서랍을 잡아 빼고 신중하게 베껴 쓴 프랑스어로 뒤덮인 반쯤 구겨진 종이 한 장을 움켜쥐었다.

부들부들 떨면서, 그것을 소리 내어 읽었다.

그리고 한 번 더. 그리고 또 한 번.

한 번 낭송할 때마다 광기 어린 연도가 희미해졌다. 비록 완전히 조용해지지는 않았고, 의식에서 완전히 사라지지도 않았지만.

사실, 오늘은 어제보다 더욱 끈질기게 남아 그를 괴롭히고 조마조마하게 했다. 조만간 원본을 다시 보러 가야 하리라…

엘리엇은 의자에 털썩 주저앉아 싸늘한 꿈과 이마를 뒤덮은 땀 모두에서 비롯한 한기에 몸서리쳤다. 기숙사 방 안을 멍하니 둘러보았다. 미스캐토닉 대학 풋볼 및 야구팀 응원기 여러 장, 액자에 넣거나 넣지 않은 사진들, 코카콜라 광고 포스터.

그리고, 맞은편에, 체스터의 침대와 책상. 둘 다 몇 주째 사용하지 않았다. 엘리엇이 걱정하는 마음에서 룸메이트의 서류를 뒤진 것을 "사용"으로 셈하지 않는다면.

엘리엇은 친구의 사생활을 침해한 것에 대해 약간 죄책감을 느끼기는 했지만 진심으로 후회하지는 않았다. 사라진 학생을 찾을지도 모른다는 희망에서 한 행동이었고, 만약 그렇게 하지 않았더라면, 그 프랑스어 문헌의 사본 여러 장을 발견하지 않았더라면, 체스터가 오른 도서관에서 열람했던 고서를 찾아보지 않았을지도 몰랐으니까.

그 만트라를 발견하지 못했을지도 몰랐으니까.

그걸 "만트라"라고 표현하는 게 맞는지 점점 더 자신이 없어지기는 했지만. 엘리엇은 손에 든 종이를 다시 보았다.

그는 그것을 『이본의 서』[4]에서 발견했다. 체스터가 특수 장서

---

4   작가 클라크 애슈턴 스미스의 단편 「우보−사틀라」에 처음 등장한 가상의 마도서. 본래 하이퍼보리아 대륙의 대마법사 에이본이 집필하여 『에이본의 서』로 불리지만, 본

고에서 살펴보았다고 했던 많은 고대 문헌 중 하나로, 원래는 고대 그리스어보다도 앞서 존재했던 언어로 필사된 훨씬 더 오래된 고서를 프랑스어로 번역한 판본이라고 했다. 특수 장서고는 그런 문헌을 다수 갖춘 보고였지만, 대부분은 잘 알려지지 않은 전설과 미신, 혹은 실전된 형태의 비의를 다루었기에 그로서는 체스터가 도대체 뭘 찾고 있는지는 상상할 수 없었다.

엘리엇 자신이 찾은 구절, 만트라는, 그의 제한된 프랑스어 지식을 통해 파악한 바로는 모종의 보호용 영창이었다. 일종의… 주문이랄까.

물론 말도 안 되는 소리였다. 처음 그 만트라를 읽었을 때 체스터의 뒤숭숭한 중얼거림을 들은 이후로 어째서인지 머릿속에서 되풀이되던 구절이 조용해지자, 엘리엇은 심리학을 공부하는 학생답게 만트라가 생각을 다른 곳으로 돌려주는 두뇌 운동 혹은 명상과 같은 역할을 수행했다는, 보다 합리적인 결론을 내렸다. 만트라가 집중을 돕고 잠시나마 다른, 더 이질적인 말들을 차단했던 것은 당연히 그런 이유에서이지 무슨 고대의 주술 같은 것일 리 없었다.

그렇지만… 그렇지만…

만약 그렇다면, 어째서 엘리엇이 손으로 쓴 사본은 며칠이 지나면 효과가 사라지기 시작하는 걸까? 어째서 『이본의 서』에 실린 원본을 다시 읽고 나면 그를 돕는 만트라의 능력이 "충전"되는

서에서는 프랑스어 번역본 제목인 *Livre d'Ivon*으로 언급하고 있으므로 『이본의 서』로 표기한다.

것처럼 느껴지는 걸까? 마치 원본에는 그가 만든 조잡한 사본이 완전히 담아내지 못한 어떤 진정한 힘이 깃들어 있는 것처럼?

그리고 어째서 사본의 유효 기간, 즉 장서고로 돌아가 원본을 다시 숙독해야 하기까지의 간격이 갈수록 짧아지는 것처럼 느껴지는 걸까?

마지막 의문에 대한 가설은 있었다. 그가 모종의 심각한 정신 질환을 앓으면서 서서히 정신줄을 놓고 있고, 체스터의 아무 뜻 없는 구절이 머릿속에서 되풀이되는 것은 최초 증상에 불과하다는 가설이었다. 썩 마음에 드는 답은 아니었지만, 만약 자신이 진심으로 마법이 또 다른 답이 될 수 있다고 생각한다면, 그것이야말로 자신의 가설을 뒷받침하는 증거였다.

연도가 바랄 수 있는 만큼은 잦아들어 머릿속이 차분해지자, 그제야 또 다른 깨달음이 찾아왔다. 새로운 깨달음이었다.

이제 그의 머릿속에는 또 다른 단어가 들어 있었다. 전에는 한 번도 들어본 적 없으며 필시 어떤 유독한 꿈속에서 찾아왔으리라 추정되는 단어였다. 저 끔찍한 반복구의 일부는 아니었다. 그 단어를 생각하는 것만으로도 메스꺼웠고, 원시적인 수준에서 혐오감이 일어났다. 하지만 그 단어는 예의 구절에 들어맞지는 않았고, 그를 다시금 혼란스러운 발작으로 몰고 가지도 않았으며, 단어를 되뇌고 싶은 충동을 억누르느라 앙다문 턱이 아플 지경에 이르게 하지도 않았다.

그러나 잊을 수도 없었다. 단어는 그 근원임이 틀림없는 꿈의 나머지 부분을 따라서 사라지려 들지 않았다. 어쩌면 그것은 이제 그가 앓고 있다고 반쯤 믿기에 이른 광증의 또 다른 증상이요, 병든 뇌가 무작위로 토해낸 소리의 집합에 불과한지도 몰랐다.

하지만 그것도 아닌 것 같았다. 아무런 근거도 없는 믿음이었지만, 엘리엇은 거기에 어떤 뜻이 존재한다고 굳게 믿고 있었다. 그 단어에. 그 소리에.

초카스라.

엘리엇은 의자에서 일어나 옷을 뒤적이기 시작했다. 빠른 시간 안에 다시 잠들지 못하리라는 것만은 확실했다. 책을 읽을 집중력은 없었고, 이 방에 앉아서 벽이라든가 사라진 친구를 떠올리게 하는 것들을 쳐다보고 있을 생각은 추호도 없었다. 차가운 밤공기를 맞으며 산책을 나갔다가 야단맞을 위험은 있었지만, 무시하기에는 너무 유혹이 컸다. 엘리엇은 슬랙스를 꿰어 입고 셔츠와 스웨터를 걸친 뒤 문으로 향했다.

그는 한 시간이 넘도록 안개에 젖은 가로등과 구름에 가린 달이 밝히는 미스캐토닉 대학 캠퍼스를 무작정 배회했다. 차가운 바람이 머리카락을 훑으며 두 손을 주머니에 꽂게 만들었지만 돌아갈까 고민할 정도로 불편하지는 않았다. 적어도 이 바람은 자연스럽게 느껴졌다. 때때로 몸이 떨리는 것은 한기에 대한 건강한 반응이었을 뿐, 열병에 걸리거나 폐소공포를 느끼게 하는 악몽의 잔재 때문은 아니었다.

그는 조용히, 천천히 걸으려 노력했다. 캠퍼스에 있는 경비원의 수는 많지 않았으므로 경비원과 마주칠 확률은 낮았지만, 경솔하게 돌아다녀도 될 만큼 낮지는 않았다. 야간 통행금지 규정

위반에 따르는 벌칙 역시 심하지는 않았지만, 엘리엇은 최근 자신이 집중력 부족과 빈번한 결석, 그리고 체스터의 실종 때문에 학업에 신경을 쓰지 않은 탓에 학사 상태에 지장을 초래했다는 사실을 잘 알고 있었다. 이미 난처해진 학기를 더욱 곤란하게 만들 필요는 없었다.

덕분에 걷는 동안은 다른 걱정거리에 몰두할 수 있었다. 그가 체스터에 대한 생각에만 빠져 있지 않은 얼마 안 되는 순간이었다.

딱 한 번 걸릴 뻔한 순간 비슷한 것이 있기는 했지만, 저벅거리는 발소리를 듣고 안개 속에서 빛나는 등잔 혹은 손전등 불빛을 발견한 뒤 방향을 돌릴 여유는 충분했다. 그는 잽싸게 잔디밭을 가로질러 분수 가장자리를 돌아갔고, 다음 순간 자신이 정확히 어디에 있는지 깨달았다.

무의식적으로라도 이곳에 오려고 했을까, 아니면 순전한 우연에 불과했을까? 어느 쪽이든, 그는 이제 자신의 앞과 왼편에 오른 도서관이 서 있음을 알았고, 그 말인즉 오른편에는…

박물관.

처음부터 박물관으로 지은 건물은 아니었다. 원래는 대학에서 오랜 세월 동안 획득한 다양한 역사적, 문화적 유물을 보관하는 사설 보관소로 계획한 곳이었다. 그러다 언젠가 한 학장이 그런 전시물을 교수진과 선별된 학생들 외에 일반 대중에도 공개하면 교육적이 ― 기도 하고 후원 기금 마련에도 좋은 홍보가 되 ― 리라고 판단했다.

　　원래 소장품을 보관한 장소는 아니었던 이 건물은 크고 당당했
으며 거대한 석재 전면부와 장식 창문을 자랑했다. 엘리엇은 박
물관 내부는 일반적인 대학 건물과 흡사하게 크고 탁 트인 홀을
더 작은 곁방과 사무실이 둘러싸는 구조로 이루어져 있으며, 유
물을 검사하거나 지나치게 귀중하거나 파손되기 쉽거나 공공 전
시용으로는 흥미롭지 못하다고 판단되는 유물을 보관하는 용도
로 쓰이는 거대한 반지하도 있다는 사실을 알고 있었다. 도서관
특수 소장고와 마찬가지로 학생들은 지하실의 소장품을 연구하
려면 직원의 인가 및 감독을 거쳐야 하는 것이 상례였다.

　　물론 이런 밤중에는 박물관의 어느 구역도 외부 관람객이나 학
생에게 개방되지 않았지만, 과거에 체스터는, 그리고 때로는 엘
리엇도, 그에 개의치 않았다. 엘리엇은 처음에는 룸메이트가 허
가 없이 박물관에 들어갔다는 이야기를 듣고 기겁했지만, 체스터
는 엘리엇의 걱정을 웃어넘길 따름이었다. 일단 자신의 프로젝트
가 완성되고 나면, 특정 유물 하나를 연구하기 위해서 폐관 시간
이후에 몰래 들어갔던 것쯤이야 아무도 신경 쓰지 않으리라는 주
장이었다.

　　원칙상 폐관 이후 입장이 허용되는 사람은 관리인과 주임 큐레
이터뿐이었지만, 매일 밤 경비원 한 사람이 순찰을 돌면서 박물
관 입구가 눈에 들어오는 지점을 몇 분에 한 번씩 지나갔다. 자주
그렇듯 오늘밤 순찰을 맡은 경비원은 제레미 캐스터라인이라는
이름의 젊은이였는데, 제레미는 지난 몇 달 간 제법 상당한 금액
을 챙기는 대가로 처음에는 체스터가 폐관 이후에도 연구에 임할

수 있도록 해 주었고, 나중에는 엘리엇도 체스터의 뒤를 이어 같은 일을 할 수 있게 해 주었다.

다만, 엘리엇의 경우에는 그저 한 전시물 앞에 서서 이 물건의 무엇이 그토록 친구를 매혹했을지 궁리하기만 하는 날도 종종 있었다. 아무도 보지 못했지만 체스터는 본 것이 무엇일지를.

그것이 어떤 식으로든 이후 체스터의 행방과 관련이 있을지를.

몇 달러가 손에서 손으로 옮겨 갔다. 열쇠가 자물쇠 속에서 잘그락거렸다. 엘리엇은 그늘진 홀과 어둑한 벽감들을 지나쳐 내달리다가 건물 기초가 정착하며 내는 삐걱 소리를 관리인인 콤즈 씨의 발소리로 착각하고 한 벽장 안으로 몸을 피했다.

어둑했지만 캄캄하지는 않았다. 엘리엇은 이미 같은 경로를 여러 차례 다녀 보았기 때문에 콤즈의 편의를 위해 띄엄띄엄 켜 놓은 조명들로 충분했다. 중앙 홀을 건너편에 자리한 특정 보관실을 거쳐 뒷문을 통과한 뒤 반지하층까지 계단을 내려갔다.

거기서부터 더 작은 방들을 통과하고, 탁자들을 돌아가고, 먼지 쌓인 상자들 사이를 지나치면, 체스터가 말했던, 대다수 연구자들이 문자 그대로 수 세대 전에 포기한 이래 더는 아무도 관심을 갖지 않았기에 보이지 않는 곳에 처박아 둔 수수께끼의 기념물이 나온다.

리네고르 비문.

단, 오늘밤 그는 같은 경로를 무심코 걸어가다 목적지까지 방두 개가 남은 지점에 이르러 바람이 불 리가 없는 곳에서 희미한 바람을 느끼고 발걸음을 멈추었다.

이미 눈이 어둠에 충분히 적응한 뒤였기에 어렵지 않게 문제의 원인을 짚어낼 수 있었다. 저기, 상자가 쌓여 있고 금속 선반장이 늘어선 곳 위쪽, 반지하층의 지표 높이에 낸 창문 하나가 약간 열린 채였다.

아니, "열린" 것이 아니었다. 뜯은 것이었다. 버팀대 일부가 부러진 창문은 창틀에 느슨히 매달린 채 원래 열리도록 되어 있는 정도보다 더 활짝 벌어져 있었다.

아마도 누가 안에 몰래 들어올 수 있을 정도로.

엘리엇은 우두커니 서서 추운 와중에도 땀을 흘리며 필사적으로 생각했다. 가야 했다. 도움을 불러오는 거다. 제레미, 아니면 경찰이라도. 그게 아니면 그냥 잠자리로 돌아가 무슨 일이 일어나든 자신과는 무관하도록 내버려 두거나. 다른 날 밤에 같은 일이 일어났더라면 그렇게 되었을 게 아닌가.

어떻게 하든, 어떤 선택을 하든, *절대로* 혼자 나서서는 안 됐다. 행동을 발각 당한 도둑 혹은 침입자가 목격자에게 무슨 짓을 할지 알 수 없었으니까.

그럼에도 엘리엇 라즐로는 혼자 나섰다. 이건 사라진 체스터와 연결되고자 하는 그만의 방식이요, 의식이었다. 누군가가, 아무리 몰랐다고는 해도, 뻔뻔하게 그 의식을 더럽히려 한다는 사실에 좀처럼 느낀 적 없는 분노가 일어 피가 거꾸로 솟았다.

게다가, 이 일이 체스터나 폴라스키 교수의 실종과 관련이 있지는 않을까? 엘리엇이 알기로 현재 살아있는 사람들의 기억 속에 누군가 미스캐토닉의 유물 소장고에 무단 침입한 사례는 없었다. 다른 온갖 사건들에 더해 그런 일이 하필 지금 일어난다면 틀림없이 기가 막힌 우연일 터였다.

엘리엇은 여기저기를 둘러보다 연장들을 모아 놓은 선반을 발견했다. 손바닥에 난 땀을 바지에 닦고 작은 나무망치를 골라서 몇 차례 휘둘러 무게를 가늠해 본 뒤 살금살금 앞으로 나아갔다.

방 두 개를 지나 문간 너머를 넘어다보자 비문이 보였다. 매끄러운 검은 돌로 만든 오벨리스크는 사람보다 키가 컸다. 한때는 지금보다도 더 컸지만 대학에서 소장하기 한참 전부터 윗부분이 — 아마도 작은 부분에 불과했겠지만, 정확히 얼마나 작았을지는 아무도 알 수 없었다 — 부러져 유실된 상태였다.

체스터는 그 부러진 조각이 진행 중인 프로젝트에서 핵심적인 역할을 하며, 자신이 그 위치를 밝혀냈다고 주장했다. 엘리엇은 그의 다그침에 못 이겨 이를 비밀로 하겠다고 맹세한 이래 지금까지는 맹세를 지켰다. 내용을 막론하고 수사 당국을 상대로 정보를 숨기자니 걱정스러웠지만, 그 깨진 돌 조각이 얼마나 오래되고 신비하든 간에 그 존재를 안다고 수색에 도움이 되리라 상상하기는 어려웠다.

비문의 매끄러운 한 면은 거의 전체가 글처럼 보이는 것으로 뒤덮여 있었지만, 엘리엇은 — 그리고 수십 년 전 이 물건을 연구했던 수많은 다른 학자들도 — 거기 사용된 문자를 발음하거나 해석하는 것은 고사하고 그것이 어떤 문자인지조차 알 수 없었다. 아주 오래되었다는 것만은 확실했지만, 상징인지 글자인지 인장인지 모를 것들을 새겨 넣은 교묘한 솜씨는 현대의 도구로도 재현하기 어려운 수준이었다.

확실히 처음 발견되었을 때는 매혹적인 수수께끼였지만, 무수한 세월 동안 아무런 진전도 이루지 못하자 눈에 보이지 않게 치워 놓고 잊어버린 상태였다.

그보다 당면한 수수께끼는 지하실에 무단 침입해서 엘리엇을 등진 채 오벨리스크를 올려다보며 나직하게 중얼거리는 저 사람이 누구냐는 것이었다.

엘리엇은 모든 신경이 숨을 헐떡이고 싶어 난리인 와중에도 호흡을 고르려 애쓰면서 최대한 살금살금 가까이 다가갔다. 남자에게는 어딘가 익숙한 데가 있었는데, 남자의 목소리가 더 잘 들릴 정도로 가까이 가자 그 이유를 알 수 있었다.

언어는 엘리엇이 쓰는 언어와 달랐지만 목소리는 틀림없이 낮에 도서관에서 언성을 높이던 목소리와 같았다.

단, 이번에는 중얼거림이 느닷없이 그치더니 침입자가 홱 몸을 돌아서며 두 손을 방어하듯 들어 올렸다. 엘리엇이 갖은 애를 썼음에도 소리를 내고 만 게 틀림없었다.

두 사람은 한참 동안 서로를 뜯어보았다.

"여기서 뭘 하고 있는 거죠, 시왁 씨?" 엘리엇이 결국 긴장 어린 침묵을 이기지 못하고 추궁했다.

시왁의 눈길이 잠시 엘리엇의 손에 들린 둔기로 향했다가 다시 얼굴로 올라왔다. "자네와는 관계없는 일이야. 자네는 여기 있으면 안 될 텐데."

"당신은 있어도 되고요? 대학에서 새 관리인을 고용했나 봐요?

그런 일은 공고를 해 줘야지, 원."

　침입자의 눈매가 더 사나워졌다.

　"오늘이 근무 첫 날이시니까," 엘리엇은 주눅 들지 않으려고 억지로 허세를 이어 나갔다. "열쇠를 깜빡하신 것쯤은 용서해 드리겠지만 저 창문은 고치려면 돈깨나 나갈 걸요."

　하지만 시왁은 그를 꿰뚫어 보고 있었다. "젊은이도 관리인이 아니기는 마찬가지지. 우리 둘 다 여기 있어서는 안 되는 사람들 같군. 그럼 자네는 왜…?" 그는 어떤 생각이 떠올랐는지 몸을 꼿꼿이 세우더니 등 뒤의 비문을 슬쩍 가리켰다. "이건가? 이걸 연구하나?"

　"전 —"

　"*우야라아니! 그게 네게 있나?*"

　"뭐요?"

　"다른 조각 말이다!"

　엘리엇의 뱃속이 오그라들었고 눈 뒤에서 북들이 쿵쿵거렸다. 다른 조각? 이 남자는 체스터가 발견한 물건을 쫓고 있었다.

　"당신! 당신이 체스터에게 무슨 짓을 했지, 그렇지? 체스터 어딨어?!"

　시왁은 그런 반응은 예상하지 못했는지 눈을 깜빡이며 한 걸음 물러섰다. "누굴 말하는지 —"

　"체스터 어딨냐고, 이 개자 —?"

　엘리엇은 자신이 나무망치를 휘두를 듯 머리 위로 치켜든 채 낯선 사람에게 달려들고 있다는 사실을 깨닫지도 못했다. 그가

아는 것이라고는 이 남자가 *틀림없이* 지금까지 일어난 사건의 원
흉이며, 마침내 자신의 모든 좌절과 분노를 쏟아낼 상대를 찾았
다는 것뿐이었다.

다만 시왁은 제자리에서 맞아 줄 생각이 없었다.

이방인은 장어처럼 옆으로 미끄러지더니 주먹날을 휘둘렀다.
가슴을 얻어맞은 엘리엇은 숨이 턱 막히고 살이 퍼렇게 물들면서
바닥에 고통스럽게 나자빠졌다. 시왁이 깜짝 놀랄 만큼 신속하게
몸을 앞으로 기울이며 채 다 쓰러지지도 않은 엘리엇의 느슨한
손아귀에서 망치를 쳐내자 망치는 핑그르르 돌며 어둑한 방을 가
로질러 날아갔다.

"내가 무슨 짓을 했다고 생각하는지는 모르겠지만," 시왁은 유
리한 상황을 살려 계속 밀어붙이는 대신 뒤로 물러나며 말했다.
"이게… 좋은 생각이 아니라는 건 *확실히* 알겠군."

엘리엇은 살짝 어질어질한 와중에도 여전히 분에 못 이겨 잽싸
게 일어섰다. 그래, 아마 좋은 생각은 아니리라. 특히 바닥에 넘어
졌을 때 코트에 가려진 이방인의 등에 칼집 비슷한 것이 걸려 있
음을 확인했으니만큼. 하지만 설령 그게 무기라고 해도 남자는
아직 거기에 손대지 않은 상황이었고, 엘리엇은 그럴 기회를 주
거나 상대가 달아나게 둘 마음이 없었다.

기습을 당했을 뿐이다. 엘리엇은 숙련된 싸움꾼과는 거리가 멀
었지만 아컴의 권투 클럽에서 단련한 몸이었다. 자기 몸 정도는
가눌 줄 알았다. 그는 두 주먹을 들어 올리며 험악한 기세로 나아
갔다.

"하지 말라니까, 젊은이."

그는 했다.

엘리엇이 고함과 함께 달려들며 날카로운 잽을 날렸다.

시왁이 팔을 붙잡아 상대 쪽으로 비틀며 자신보다 어린 사내의 목을 가격했다. 죽을 수도 있었으므로 전력을 다하지는 않았지만 엘리엇이 헐떡이며 캑캑거리게 하기에는 충분했다. 그는 손아귀를 놓지 않은 채 바닥으로 몸을 던져 구르더니 이번에는 엘리엇의 등을 세게 치고 홱 돌아 위에 올라타서 엘리엇의 팔이 꺾여 둘 사이에 고통스럽게 끼도록 만들었다. 시왁은 두 다리를 가위처럼 놀려 엘리엇의 다리를 무릎 사이에 끼우고 꼼짝 못하게 붙들었다.

고통이 전신을 타고 흘렀지만, 엘리엇은 몸부림치지 않으려 온 힘을 다했다. 어쩌다 이런 꼴로 눌리게 됐는지는 정확히 알 수 없었지만, 시왁이 조금만 몸을 굴려도 사이에 낀 자신의 팔이 부러지리라는 건 알 수 있었다.

"이제 끝났나?" 시왁이 물었다.

"오, 당신은 확실히 끝났죠." 다른 누군가가 엘리엇 대신 대답했다.

4장

사서 데이지 워커가 문간 그늘 속에 실루엣이나 다름없는 모습으로 서 있었다. "그만 떨어져 주시죠."

그러고는, 시왁이 망설이자, "현재 미스캐토닉의 학생 한 명과 존경받는 교수 한 분이 실종 상태인데, 우리는 두 사람에게 무슨 일이 일어났는지 몰라요. 그런 이유로 해가 진 뒤에도 캠퍼스에 남아 있을 이유가 있는 직원 중 상당수가 무장을 하게 됐지요. 데린저[5]가 세상에서 가장 무시무시한 무기는 아닐지 몰라도 시왁 씨가 거기에 맞고 싶어 할 것 같지는 않은데요."

그는 낮은 신음을 흘리며 엘리엇을 붙잡은 손아귀를 풀고 일어섰다. 엘리엇이 움찔하며 급하게 빠져나오더니 마찬가지로 몸을 일으켰다.

"워커 사서님 — " 입을 연 그의 목구멍 속에서 걱정과 안도가

5　총열과 약실이 일체형으로 이루어진 소형 호신용 권총.

자리를 다투었다.

"나중에, 라즐로 군. 네가 왜 지금 이곳에 있고 내가 왜 캐스터라인 씨가 너를 들여보내 준 것에 대해 보고하지 말아야 하는지 해명할 기회는 충분히 줄 테니까. 그 전에 캐스터라인 씨나 콤즈 씨를 찾아서 경찰을 부르도록 해."

"이자와 혼자 계셔도 괜찮으시겠어요, 워커 사서님?" 엘리엇은 그렇게 물었지만, 솔직히 그 대안 ── 자신이 남고 워커 사서가 도움을 청하러 가는 ── 이 딱히 더 끌리는 것은 아니었다.

"나 혼자로도 충분해." 데이지가 어두운 문간에서 말했다. "어서 가. 빨리 경찰을 부를수록 ──"

"잠깐만!" 시왁이 위협적이지는 않지만 이목을 집중시키기에는 충분할 정도로 한 발을 내디뎠다. 그리고, 훨씬 더 부드러운 목소리로, "부탁입니다."

어둠 속에서도 엘리엇은 데이지의 매서운 표정을 느낄 수 있었다. "시왁 씨, 당신은 대학 소장고에 무단 침입했고, 재학생을 폭행했고 ──"

"사실 학생 쪽에서 날 공격한 겁니다." 그러고는 그녀가 말을 잇기도 전에 덧붙였다. "하지만 무단 침입했다는 건 맞는 말입니다. 그래서 내가 당신네 경찰을 따라가 대가를 치러야 한다면, 좋습니다. 하지만 부탁입니다, 아니 빌겠습니다…" 마지막 말은 자존심을 내세우며 입술 뒤에 남아 있으려고 저항하는 것을 억지로 끄집어 낸 듯 일그러져 들렸다. "먼저 설명을 듣고 싶습니다. 이것 말입니다." 그가 몸을 돌려 리네고르 비문을 가리켰다. "이게 어디서 왔는지, 어떻게 이곳에 오게 됐는지, 아는 걸 전부 말해 주십시오. 그렇게 하면 당신네 경찰이 올 때까지 기다렸다 얌전히 따라가겠다고 약속하겠습니다."

데이지와 엘리엇이 이 기이한 요청에 당황해 그를 빤히 쳐다보았다. 젊은 학생은 시간을 끌려는 수작이 아닐까 의심했지만, 그렇다고 하기에는 수법이 묘한데다 목소리에 진심이 가득 담겨 있었다. 거의 애처로울 지경이었다.

"당신이 먼저 말해요." 데이지가 결정을 내렸다. 여전히 문간에서 더 가까이 다가오지는 않은 채였다. "당신 의도를 내게 납득시켜 봐요. 당신에게 이게 왜 중요한지 설명해요."

이번에는 시왁이 빤히 쳐다볼 차례였지만, 그가 결심을 굳히는데에 걸린 시간은 그녀보다도 짧았다. "좋습니다." 시왁이 눈에 띄게 자신을 가라앉히며 책상다리를 하고 앉았다. "이야기 전체를 다른 사람에게 들려주는 건 오랜만이군요."

마지막 심호흡은 한숨에 가까웠다.

"내 고향 이틸레크는 아주 큰 대가족 하나로 이루어져 있습니다. 내 직계 가족, 직계 가족의 사돈, 사돈의 사돈, 그런 식으로요. '씨족'이라고 부를 수도 있겠군요. 우리에게는 정확히 그에 해당하는 단어가 없습니다만.

공동체를 이루며 살아온 내내 — 그보다 더 전부터 — 우리 안 가쿠트 중 하나는 *우야라아니*를 지키는 일을 맡아 왔습니다."

"음?" 엘리엇이 썩 정제되거나 예리하다고는 할 수 없는 방식으로 질문을 던졌다.

"안가쿠트은 현자를 가리키는 말이야." 데이지가 오래 전 책에서 읽은 지식을 되짚는 듯한 어조로 말했다. "샤먼. 다른 단어는 무슨 의미인지 전혀 모르겠군요."

시솩이 고개를 끄덕였다. "당신이 알아야 할 말도 아닙니다. 우야라아니는 사악한 물건입니다. 악의에 찬 아네르사아필루이트 ─ 아, '악령' 정도로 번역할 수 있겠군요 ─ 을 끌어들이는 자석이지요."

엘리엇이 소리 없이 코웃음 쳤다. 또 미신이로군.

하지만 체스터에게서 "옳은" 연도와 『이본의 서』에 기록된 주문을 생각하면 예전처럼 선뜻 그런 관념을 무시할 수는 없었다.

그런 생각을 하고 나니 문득 머릿속에 든 구절이 얼마 전부터 한결 조용해졌다는 깨달음이 찾아왔다. 다시 한 번, 이 기묘한 방문객과 가까이 있는 것이 소리를 억누르는 데에 도움이 되는 듯했다.

"돌입니다." 시솩이 설명을 이었다. "커다란 검은 돌로, 표면은 대체로 매끄럽지만 바닥은 깨지고 들쭉날쭉합니다." 두 청중이 등 뒤의 비문을 대놓고 힐끔거리자 시솩은 다시 고개를 끄덕였다.

"네. 같은 돌입니다. 같은 글이고, 안가쿠트 중 가장 연로하고 현명한 이조차 읽을 수 없었던 글입니다. 그들은 그 뜻은 전혀 알지 못했습니다. 오직 그게 위험하다는 것만 알았을 뿐.

수 세대에 걸쳐 그들은 그것을 우리 거주지에서 얼마간 떨어진 동굴에 보관했습니다. 선택된 안가코크 한 사람이 긴 세월 동안, 때로는 몇십 년씩 그것을 감시했습니다. 우야라아니에 지나치게 노출되기 전까지. 그건 근처에 있는 사람들을 천천히 미치게 만듭니다. 돌 자체에 들어 있는 무언가 때문일지도 모르고, 돌이 끌어들이는 영들 때문일지도 모릅니다. 아무리 강력한 안가코크라 해도 결국에는 망령이 들어 제 구실을 하지 못하게 됩니다. 그러면 우리가 그를 죽을 때까지 보살피고, 다음 사람이 그 역할을 대신합니다."

엘리엇은 불신 속에서도 자신도 모르게 이야기에 빨려 들고 있었다. "왜 없애 버리지 않고?"

"어떻게 말이지? 박살낼까? 그럴 만한 연장이 있다 한들 안가쿠트는 그렇게 했다가는 돌에 이끌린 정령들을 노하게 하거나 돌 자체의 마법이 몰아쳐 나올지도 모른다고 염려했다. 버린다면? 누군가 다른 사람이 그것을 손에 넣어 위험에 처할지도 모르지. 아니, *우야라아니*가 아무도 해치지 않도록 하는 것은 우리의 신성한 의무였다."

"하지만 무슨 일이 일어났군요." 데이지가 추측했다. 방 안으로 몇 걸음 들어오는 것으로 보아 엘리엇처럼 이야기에 빠져든 게 틀림없었다.

시왁은 묘한 표정으로 그녀를 보았지만, 이야기를 계속했다. "그렇습니다. 구 년 전이었을까, 여행자 여럿이 이틸레크에 왔습니다. 백인들, 미국인들, 그리고 그린란드 다른 곳에서 온 칼라알리트 안내인 여럿. 포사이스 탐험대였습니다."

"들은 적 있어요." 데이지가 말했다. "역사적이고 인류학적인 가치가 상당한 유물 여럿을 가지고 돌아왔다고… 오."

"그렇습니다." 칼라알레크가 으르렁거렸다. "우린 놈들의 배신을 즉시 깨닫지는 못했습니다. 놈들은 우리와 여러 날을 함께하며 이야기를 교환하고 물자를 거래하고 우리의 관습과 신앙을 배웠습니다. 놈들이 떠날 때 우리는 행운을 빌어주었고 친절한 토오르나트와 아네르사아트가 악령들에게서 그들을 보호해 주기를 바란다고 말했습니다. 그런데 놈들은 그 보답으로…"

그가 분노와 고통으로 목이 메어 잠시 말을 멈추었다. "우리는 일주일에 두 번 정도 *우야라아니*를 수호하는 안가코크에게 식량을 가져다주는데, 내 사촌이 그 일을 맡아 다녀온 뒤에야 우리는 놈들이 우리를 얼마나 크게 기만했는지 깨달았습니다.

놈들이 팔레크 어르신을 살해할 작정이었다고 생각하지는 않습니다. 하지만 어르신은 나이가 드셨고, 고립 생활로 건강이 쇠약하셨고, 정신도 오락가락하기 시작하셨지요. 억류 상태에서 오는 스트레스만으로도 지나쳤을 겁니다. 어쨌거나 우리는 안가코크는 눈에 묻혀 죽어 있고 *우야라아니*는 사라졌다는 걸 알게 됐습니다."

데이지가 눈에 띄게 움찔했고, 엘리엇은 그 이유를 짐작할 수 있었다. 포사이스 탐험대는 미스캐토닉 대학교와 아무런 관련도 없었지만, 최소한 부분적으로라도 비슷한 대학 기관의 후원을 받았을 터였고, 미스캐토닉도 한창 때는 비슷한 탐험을 후원했다. 사서는 적어도 이 일에 연좌된 듯한 죄책감을 느꼈을 테고, 아마 다른 후원 사업 중 마찬가지로 충격적인 수법을 사용한 사례는 없었을까 의문을 품었으리라.

어둑한 방 안, 등 뒤에서 비문이 굽어보는 가운데 시왁의 남은 이야기가 빠르게 흘러갔다. 공동체의 교역인 중 한 사람으로 영어에 능통했으며 미국식 생활 방식에도 일부분 익숙했던 시왁의 아버지가 *우야라아니*를 찾아서 가능하면 회수해 오고 아니더라도 최소한 위치를 알아 올 사람으로 선출되었다. 시왁은 아버지가 떠나던 날에 대해서는 간단하게만 말했지만, 그는 그 날을 똑똑히 기억하고 있었다. 경직된 목소리만으로도 알 수 있었다.

"얼마 동안은," 그가 말했다. "가끔씩 아버지에게서 진척 상황을 상세히 알리는 전갈이 도착했습니다. 진척 상황이라기보다는 답보 상황이었다고 하는 편이 더 정확하겠습니다만. 그러다 아버지가 떠나고 삼 년쯤 지났을 때부터는 전갈이 끊겼습니다."

"왜죠?" 엘리엇이 물었다.

질문에 대답한 사람은 머릿속으로 계산을 마친 데이지였다. "1917년이었을 테니까."

"맞습니다." 시왁이 말했다. "당신네 나라가 '세계대전'에 참전한 때였지요."

잠시 침묵이 흘렀다.

"그 시기에 아버지가 정확히 무슨 일을 했는지는 아직도 모릅니다. 하지만 전쟁이 끝나고 이 년이 지나 한 여행자가 찾아왔습니다. 캐나다계 이누크였습니다. 그는 우리에게 아버지가 동쪽으로 항해할 작정으로 자신들을 찾아왔으나 심한 부상 탓에 더 여행할 수 없었다고 말했습니다. 나는 아버지 곁을 지키고 필요하다면 아버지의 임무를 이어받기 위해 즉시 출발했지만, 도착했을 때는 아버지는 이미 숨을 거둔 뒤였습니다."

그가 어조에 아무런 변화도 없이 너무나도 담담히 말한 탓에 엘리엇은 자기 심장이 조여드는 기분이었다. 그토록 강한 절제력 뒤에는 그만큼 강한 아픔이 숨어 있기 마련이었다.

시왁은 아버지가 집주인들에게 정보를 남겼다고 설명했다. 그는 여행 과정에서 포사이스 탐사대가 버지니아 대학교의 후원을 받았다는 사실을 알게 됐다.

"꼭 대학 자체에서 후원한 건 아니었을지도 몰라요." 데이지가 지적했다. "졸업생들이 자기네끼리, 아니면 요즘 이런 일류 대학들마다 생겨나는 멍청한 비밀 결사 활동의 일환으로 그런 일에 돈을 대는 경우가 잦죠."

시왁이 손을 내저었다. 그런 차이는 그에게는 아무래도 상관없었다. 어느 쪽이었든, 그가 샬럿에 도착했을 때 돌은 그곳에 남아 있지 않았지만, 주변에 물어보니 어찌 된 일인지 금세 알 수 있었다.

"그 대학교 소장고에서 도난 사건이 일어났습니다. 지난해 오월에 연구를 위해 가져온 물건이었지요. '흑색 운석'이라는."

"읽어 본 적 있어요." 엘리엇이 끼어들었다.

"그래, 그걸로 한바탕 난리가 났지. 그 난리통에 그곳 경비원인 애디슨이라는 자가 여러 외부인과 공모해서 여러 가지 물건을 훔쳐 팔아 넘겼고, *우야라아니*도 그 중 하나였다."

"당신이 그걸 어떻게 알아냈죠?" 데이지가 물었다. "대학과 경찰에서는 몰랐을 텐데?"

"오, 그들도 애디슨을 의심해서 해고하기까지 했습니다. 다만 당국에는 증거가 없었습니다. 내게는 놈이 고백했지요."

"어째서…?"

시왁은 위협하려는 의도가 없음을 확실히 하기 위해 느린 동작으로 코트를 젖히고 칼집에 든 칼을 두드렸다.

"설마 그렇게까지!"

"그렇게까지 할 필요는 없었습니다. 놈의 얼굴에 칼을 들이대고 내게 이 문제가 얼마나 중요한지 분명히 하는 것만으로도 충분했습니다. 놈이 *왜 우야라아니*를 목표 중 하나로 골랐는지 정확히 설명하지 못한다는 게 흥미롭더군요. 더 옮기기 쉽고 그만큼 값이 나가거나 더 귀중한 다른 후보들도 있었는데 말입니다. 놈은 돌이 '그냥 내게 말을 걸었다'고 했습니다.

아무튼, 놈은 내게 여러 사람의 이름을 불었고, 그자들이 다시 또 다른 이름들을 불었습니다. 그렇게 많은 수고 끝에 단서 몇 개를 가지고 여기에 온 겁니다. 그렇게 이 리네고르 비문을 발견했고, 새로운 의문이 무수히 생겼습니다."

체스터는 대체 어떤 일에 얽혔던 거지? 엘리엇도 자신만의 의문들로 머릿속이 빙빙 돌았지만, 설령 이야기에 끼어들고 싶다고 해도 어디서부터 말하면 좋을지 알 수 없었다.

데이지의 이마에 주름이 잡혔지만 — 엘리엇은 어둠 속에서도 데이지가 자신과 같은 여러 가지 의문을 품고 있음을 알 수 있었다 — 시왁은 그녀가 입을 열기 전에 다시 말을 이었다.

"그 점에 대해서는 사과하겠습니다, 워커 사서."

"오?"

"오늘밤 이 모든 일들에 대해 생각하던 도중에야 내가 당신에게 공개적으로 펨브로크라는 사람에 대해 물은 것이 왜 그렇게 모욕적인 — 심지어 당신 지위에 해를 입힐 수도 있는 — 일이었는지 깨달았습니다. 생각이 짧고 무례했던 것, 미안합니다."

"오." 그녀는 틀림없이 꽤나 거친 사내라고 여겼던 상대에게서 그런 발언을 듣자 어떻게 받아들여야 좋을지 망설이는 듯했다. "음… 고맙군요."

엘리엇은 학생다운 본능으로 손을 반쯤 들어 올리다 이 상황이 교실과는 꽤 다르다는 사실을 떠올렸다. "미안하지만 전 이해가 안 되는데요."

"제버다이어 펨브로크는," 데이지가 딱딱한 말투로 설명했다. "아컴의 장물아비 중 하나야. 특히 고대 유물을 취급하지. 물론 미스캐토닉 대학은 펨브로크나 그런 종자들과는 상종하지 않지만 사람들은 쑥덕거리기 마련이니까. 그리고 특수 장서고의 새 책임자로서…"

"아, 그렇군요."

"그럼, 부탁입니다, 워커 사서." 시왁이 말했다. "난 당신 질문에 대답했습니다. 그것도 꽤 자세히. 이제 당신 차롑니다."

5장

과연, 데이지가 말할 차례였다. 딱히 약속을 어길 생각을 진지하게 했던 것도 아니었다. 그런다고 득 될 것도 없었을 뿐만 아니라 — 어차피 그녀가 알려 줄 수 있는 것 중에 민감한 내용은 없었다 — 필요할 경우 살짝 거짓말을 하는 데에 반대하지는 않더라도 불필요한 거짓말은 지식을 사랑하는 사람으로서 불편했다.

"말할 수 있는 건 다 말하죠.　하지만 그다지 만족스러운 이야기는 아닐 거예요."

일부는 그녀가 기억하고 있었다. 나머지는 끈으로 묶어 리네고르 비문 근처 선반에 쑤셔 박아 둔 노트 더미에서 찾아냈다.

비문은 덴마크인 거물 사업가 헬프레드 리네고르가 자기 땅에서 그린란드에서 빙정석을 채취하던 중 발견했다. "한 광산 깊숙한 곳에서 발굴했어요." 데이지가 지명을 확인했다. "이비그투트 근처요." 그녀가 말을 끊었다. "당신 고향 근처인가요?"

"아닙니다. 이틸레크는 거기서 수백 킬로미터 북쪽입니다."

"흠. 아무튼, 말할 만한 사항은 별로 없네요. 지역 이누이트 중 비문의 소유권을 주장하는 이는 없었어요…" 그녀가 다시 읽기를 멈추더니 다소 미안한 말투로 덧붙였다. "적어도 보고에 따르면요. 당신 이야기를 들으니 의문은 생기지만, 유감스럽게도 다른 가능성을 시사하는 증거는 없네요.

리네고르는 인류학자들을 시켜 비문을 연구하게 했지만 누구도 내용을 해석할 수 없었고 역사에 남은 어떤 문화와도 연결하지 못했어요. 그러자 그는 비문을 역사적 기물을 취급하는 어느 미국인 수집가에게 팔았고, 수집가 역시 비문을 연구했지만 마찬가지로 소득은 없었어요. 수집가는 다시 비문을 미스캐토닉 대학교에 유증했고…" 그녀가 말꼬리를 흐리며 어깨를 으쓱였다.

"이곳에서도 연구를 했지만," 시왁이 추측했다. "소득은 없었군요."

"바로 그거예요. 결국 다들 포기했어요. 딱히 할 수 있는 말도 없고 자리만 많이 차지하자 전시할 가치가 없다는 결론을 내렸죠. 그래서 여기 처박혀 몇 세대째 먼지만 쌓여 왔어요. 이따금 해석이나 후속 연구를 시도하는 사람은 있었죠. 모두 헛수고였지만."

"혹은," 그녀가 엘리엇을 날카롭게 노려보며 덧붙였다. "지금까지는 모두 헛수고였다고 해야 할까요."

그는 시선을 발치에 떨어뜨리고 침묵을 지켰다.

"엘리엇." 그녀가 쌀쌀맞지는 않은 목소리로 몰아세웠다. "친구의 신뢰를 지키고 싶은 네 마음은 존중하지만 그럴 시점은 이제

지났어. 난 절대 체스터를 닦달해 프로젝트 내용을 알아내지 않겠다고 마음먹었지. 마지막으로 학생이 특수 장서고에 있는 책을 연구하는 데에 그렇게 많은 시간을 쏟았던 게 언제였는지 기억도 나지 않지만 말이야. 대다수 학생들은 *허락조차* 받지 못하는 일인데 그 애는 여러 교수들이 자기 연구를 보증하게 만들었고, 물론 도서관 자원 봉사에도 많은 시간을 들였어.

그 애가 자기에게 필요한 것보다 더 많은 책들을 부탁해 의도적으로 흔적을 흐리려 들 때도 나는 캐묻지 않았어. 다른 사서나 내가 항상 함께하는 와중에도 자기 연구 목표를 짐작할 수 없게 만들려는 술책이었지.”

엘리엇은 자신도 모르게 고개를 끄덕였다.

“하지만 그 애가 콤즈 씨 덕분에 이곳에서도 많은 시간을 보냈다는 건 알아. 그리고 오늘밤 네가 여기 있는 걸 보니 그 애의 연구는 박물관 개관 시간에만 국한되지 않았던 모양이구나.”

“그… 그것 때문에 체스터를 신고하실 거예요?”

데이지는 미소를 지어야 할지 한숨을 쉬어야 할지 알 수 없었다. 이 모든 일 하며, 수 주째 행방불명인 학생에다, 아직도 체스터가 곤경에 처했을까 봐 걱정하는 엘리엇까지…

그녀는 이렇게 말하는 정도로 만족했다. “지금은 그보다 더 큰 문제들이 있는 것 같구나.”

하지만 그 말이 엘리엇의 머릿속에 또 다른 의문을 불러일으킨 모양이었다. 그가 나무 상자 위에 자기 무게를 실어도 괜찮을지 확인하며 조심조심 앉더니 물었다. “오늘밤 제가 여기에 있을지 어떻게 아셨죠?"

오, 그야 체스터가 사라진 뒤로 애비게일 포먼이 네게 집착해서 너를 지켜보고 죽도록 걱정해 왔으니까. 그 애가 오늘밤 너를 미행했고, 네가 경비원에게 뇌물을 주는 걸 봤고, 그리고 ― 네가 뭘 하는지 보려고 몰래 건물 뒤로 돌아갔다가 ― 부서진 창문을 발견했으니까. 그리고 그 애는 네 안전에 집중해야 할 때조차 네게 곤란한 일이 생길까 걱정한 나머지 곧장 경비원에게 가지 않고 도서관으로 나를 데리러 왔으니까. 내가 오늘밤 늦게까지 일하고 있지 않았더라면 무슨 일이 일어났을지는 하느님만이 아시겠지!

하지만 물론 그녀는 그런 말은 한마디도 할 생각이 없었다. 애비게일과는 올바른 행실에 대해 ― 일반적으로 젊은 숙녀가 갖추어야 할 행실과, 특히 어느 사랑에 푹 빠진 젊은 숙녀가 갖추어야 할 행실에 대해 ― 길고 날 선 이야기를 나누겠지만, 그건 엘리엇이 상관할 바는 아니었다.

"더 큰 문제들이 있다니까." 그녀가 다시 말했다. "엘리엇, 이제는 체스터를 위해서라도 털어놓을 때야. 그 애가 리네고르 비문을 연구하고 있었던 게 맞지?"

젊은이는 상충하는 감정 속에 얼굴을 일그러뜨렸지만, 결국에는 고개를 끄덕였다. 데이지 본인이 "더 큰 문제들"이라고 말하기는 했지만 짜릿한 흥분을 느껴졌다. 불가사의한 비밀, 고대 유물에 대한 은밀한 연구… 그녀가 좋아하는 소설들에 나올 법한 얘기였다!

물론, 그중 상당수가 사건에 얽힌 캐릭터들에게 좋지 않게 끝났다는 건 알지? 흥분이 잦아들면서 대신 처음으로 두려움이 일어났다.

"맞아요." 엘리엇이 인정했다. "체스터는 자기가 비문을 해독할 수단을 발견했다고 장담했어요. 어떻게 발견했는지는 제게도 말하지 않았고 이전까지 아무도 찾지 못했던 연결 고리를 찾았다고만 했죠. 걘 이게 졸업하기도 전에 고고학계에 자기 이름을 남기게 해 줄 거라고 확신했어요. 그리고…" 그가 시왁이 있는 쪽을 홱 돌아보았다. "체스터는 자기가 비문의 유실된 부분이 있는 장소도 알아냈다고 했어요. 어디라고는 말 안 했고요." 엘리엇이 재빨리 덧붙였다.

시왁은 데이지가 추측하기에 칼라알리수트일 듯한 언어로 나직하게 으르렁거렸다. 그가 다시 영어로 바꾸어 물었다. "또 이 일을 아는 사람이 누가 있지?"

"체스터의 교수님들 몇 분도 약간은 아셨죠." 엘리엇이 느릿하게, 거의 내키지 않는 듯 대답했다. "하지만 정말 자세하게 아는 사람은 프로젝트 담당 지도 교수님뿐이었을 거예요."

"폴라스키 교수." 데이지가 화를 내며 추측했다. 왜 엘리엇이 지금껏 침묵을 지켰는지는 진심으로 이해했지만, 그 사실을 진즉 알았다면 두 실종 사건이 연결되어 있다고 경찰을 설득하는 데에 도움이 되었을 터였다.

"네."

데이지는 자신이 체스터와 폴라스키에게도 살짝 짜증을 내고

있음을 깨달았다. 망할 학자들의 편집증 같으니. 그들 외에 누구
도 비문의 사라진 조각에 접근하지 못했고, 더는 누구도 비문을
해석하려는 *시도조차* 하지 않았다. 처음부터 연구를 덜 비밀스럽
게 진행했더라면, 자기네가 뭘 연구하는지 알렸더라면, 이 모든
일을 피할 수 있었을지도 몰랐다. 아니면 최소한 경찰에게 더 수
사할 실마리를 제공했거나.

"폴라스키라는 사람은 누굽니까?" 시왁이 물었다.

하지만 엘리엇의 의심이 다시 고개를 치켜든 모양이었다. "왜
내가 당신에게 말해 줘야 하죠? 애초에 우리가 *뭐든* 당신에게 얘
기해 줄 이유가 있어요?"

데이지는 그가 주저하는 이유를 이해했지만 점점 인내심이 바
닥나고 있었다. "엘리엇, 여기서 시왁 씨가 우리 적일 것 같지는
않구나. 시왁 씨는 체스터와는 아무 관련도 없을 거야."

"왜죠?!"

"관련이 있었다면 네게 *우야라아니*에 대해 물을 필요가 없었을
테니까. 더구나 시왁 씨는 널 해칠 기회가 충분히 있었지만 그러
지 않았고."

엘리엇의 얼굴이 붉어졌다. "그 정도로 밀리진 않았어요."

시왁은 아량을 베풀려는 의도였는지 씩 웃기만 했지만 엘리엇
의 대답을 재미있어 하는 한편 딱하게 여기는 기색을 완전히 감
추지는 못했다.

"아니기는." 데이지가 말했다. "그 정도로 밀린 거 맞아. 시왁 씨
는 널 봐 주고 있었고." 그러고는 엘리엇이 얼굴을 딱딱하게 굳히

자, "시왁 씨, 시범을 보여 주겠어요? 천천히요."

칼라알레크는 세 손가락만을 이용해 코트 아래에서 칼을 꺼냈다. 영원히 걸릴 것처럼 느리게.

칼날 자체는 30센티미터를 훌쩍 넘는 길이에 칼등은 곧고 칼날은 곡선을 그렸으며 칼날 주변은 두께가 두꺼웠다. 손잡이는 오래된 상아나 뼈로 만든 듯했으며 여러 가지 동물 형상이 새겨져 있었다.

"내 파나다. 눈 칼이지. 이글루비약을 지으면서 다진 눈과 얼음을 깎는 데에 사용하지. 그러니 살과 뼈는 어떻게 될지 상상이 될 거다."

비로소 시왁이 진심으로 자신을 해치려 했다면 두 사람의 드잡이가 어떻게 끝났을지 깨달은 엘리엇의 얼굴은 붉어졌던 만큼이나 빠르게 핏기를 잃어 두 뺨이 창백해졌다.

"그리고 한 가지 더," 시왁이 말을 이었다. "워커 사서가 실은 무장을 하고 있지 않는데도 내가 약속대로 여기에 얌전히 앉아서 너희 경찰을 기다리고 있다는 사실도 감안해야겠지."

엘리엇이 쳐다보자 이번에는 그녀가 살짝이나마 얼굴을 붉힐 차례였다. *잘 하고 있었다고 생각했는데.*

"내가 뭘 실수한 거죠?"

"말을 하면서 두 손을 많이 쓰더군요. 이런 조명에서도 총이 아니라 지갑을 쥐고 있다는 걸 알아볼 기회는 많았습니다. 그리고 자세도. 전에도 무기 사용에 익숙하지 않은 사람들이 내게 무기를 들이댄 적이 있습니다. 잘 설명이 될지 모르겠지만, 당신은…

느긋하지 않고 이상한 방식으로 긴장해 있더군요."

"그것 참. 그렇다면 배려에 감사해야겠군요."

엘리엇은 이 폭로에 ── 그리고 시왁이 그걸 알고 있었다는 사실에 ── 데이지보다도 더 심란해 보였다. "그럼… 그래도 경찰을 부르러 가야 할까요?"

"경찰을 불러오는 건 여기 있는 누구에게도 도움이 될 것 같지 않구나." 데이지가 차분히 말했다. 그러고는 엘리엇이 항의하기 전에, "이미 말했듯이 시왁 씨는 아무도 해치지 않았어. 시왁 씨의 탐색이 체스터의 실종과 관련이 있는 건 분명하고."

"그럼 경찰도 알아야죠!" 엘리엇이 항의했다.

시왁이 고개를 내저었다. "그러면 경찰은 틀림없이 내 이야기를 귀담아듣고 믿어 주겠지. 내가 사라진 사람들과 아무 관련도 없다는 말도 믿을 테고. 모든 일을 덮어씌울 수 있는 편리한 외국인 용의자를 무시한 채 지금껏 소득이 없었던 수사에 계속 인력을 투입하겠지. 아니, 미스캐토닉이 다른 많은 미국 도시들보다는 날 반겨 주기는 했다만 경찰이 내게 주목한 뒤에도 그런 태도가 계속될 거라고 믿을 정도로 어리석지는 않다."

데이지는 그렇지 않기를 바랐지만, 그의 말이 옳았다. 더구나…

"그리고 그건 체스터를 위해서도 좋은 선택이 아닐지 몰라." 데이지가 지적했다. "넌 그 애가 우야라아니가 있는 곳을 알아냈다고 했지. 그리고 시왁 씨는 그걸 추적해서 아컴까지 오는 동안 펨브로크 같은 자들을 거쳤고."

그녀가 보니 엘리엇은 어리둥절한 표정이었다. 설명을 따라잡지 못하고 있거나 따라잡고 싶지 않은 모양이었다.

"네 생각에는," 그녀가 부드럽게 물었다. "체스터가 어떻게 그런 물건을 찾았을 것 같니? 어떤 부류의 사람들을 통해서?"

엘리엇은 두 주먹을 불끈 쥐며 다시 눈을 돌렸다. 친구를 위해 항변하고 싶은 게 분명했다. 그럴 수 없다는 사실을 안다는 것 또한 분명했고.

"시왁 씨는 이제 어떻게 할 거죠?" 데이지가 물었다.

칼라알레크는 칼을 칼집에 집어넣고 접었던 다리를 가볍게 펴 일어섰다. "당신이 경찰을 부르지 않는다면? 탐색을 계속할 겁니다." 그가 리네고르 비문을 돌아보았다. "다만 혹시 그 학생에 관해 더 알려 줄 수 있을지… 체스터라고 했습니까?"

"그래요, 체스터 헤네시."

"체스터의 연구에 관해서 말입니다. 내 다른 선택지에는 별 기대가 없습니다. 펨브로크에 관해 물어볼 수 있는 다른 사람들이야 있습니다만 대부분은 아는 게 있다 해도 당신처럼 선뜻 말하고 싶어 하지 않을 것 같군요. 나는 도둑들을 협박하는 건 거리끼지 않지만 정직한 사람들을 그런 식으로 대하고 싶지는 않습니다."

"물론 그런 짓을 하고 무사히 빠져나가기도 어려울 테고요." 엘리엇이 말했다.

"그래, 그것도 있고."

데이지는 아랫입술을 깨물며 생각에 잠겼다. 그녀가 제버다이어 펨브로크에 대해 더 알아볼 수 있다고 말해 줄 수도 있었다.

미스캐토닉에 있는 누구도 그런 자와 상종하지 않으리라는 단언은 사실에 바탕을 둔 만큼이나 바람을 담은 말이기도 했으며, 그녀는 오래 전부터 몇몇 덜 양심적인 교원들이 때때로 법률상의 지름길을 통해 물건을 습득한다고 의심하고 있었다. 역사가이자 바라건대 선한 사람으로서, 그녀는 시왁의 처지에 공감했고, 그는 동족의 도난당한 유물을 되찾을 최대한의 기회를 누려야 마땅했다.

하지만 그녀는 무엇보다도 미스캐토닉 대학에 충실해야 했다. 혹시 그녀가 *정말로* 무언가를 알아낸다면, 그리고 그녀가 그런 정보에 접근한 이유가 새어 나가기라도 한다면…

안 된다. 그런 위험을 감수할 수는 없었다. 대학을 위해서만이 아니라 엘리엇을 위해서도 그랬다. 그녀는 그를 그런 세계의 위험과 유혹에 노출시킬 수는 없었다. 만약에, 정말로 만약에 그게 체스터 헤네시와 윌모트 폴라스키를 찾는 데에 도움이 된다고 확신할 수만 있다면 그녀도 생각이 달랐으리라. 하지만 지금 같은 상황에서는 아니었다.

"헤네시 부부가 지금 아컴에 있어요." 그녀는 대신 그렇게 말했다.

시왁이 돌아보았다. "뭐라고요?"

망할. 그런 말을 해서는 안 되는 거였다. 펨브로크가 아닌 다른 방식으로 *어떻게든* 도움을 주고 실마리를 제공하고 싶었던 나머지 그만…

이제는 너무 늦었다. 그녀가 입을 다물더라도 그는 ─ 그녀와 함께든, 아니면 더 나쁘게는, 혼자서라도 ─ 마냥 그 문제를 파고 들 터였다.

"체스터의 부모요. 원래는 보스턴에 살지만 아컴 경찰이 아들을 찾는 동안 엑셀시어 호텔에 체류 중이에요. 틀림없이," 시왁이 말을 꺼내려고 숨을 들이쉬자 그녀가 잽싸게 덧붙였다. "경찰이 이미 그 사람들과 이야기를 해 봤겠지만요. 그리고 그 사람들이 딱히 그런 문제를 논의하고 싶어할 것 같지는 않군요. 더군다나 상대가 낯선 사람이라면. 그냥 생각나는 대로 말한 것뿐이에요." 이렇게 말하면 그쪽을 쫓는 건 단념할지도 몰랐다.

"경찰은 뭘 질문해야 할지 몰랐을지도 모르잖아요." 엘리엇이 말했다. "체스터가 부모님에게 자기 연구나 시왁 씨의 돌에 관해 이야기한 적이 있는지 같은 거요. 체스터의 부모님은 본인들이 중요한 정보를 안다는 걸 모르고 계실지도 몰라요."

"그래도 시왁 씨와 이야기하려 들 것 같지는 않은데." 데이지가 반박했다. 아무 말도 하지 말았어야 했는데!

"아마 그렇겠죠. 하지만 시왁 씨만 가는 게 아니면요?"

데이지가 겁에 질린 눈으로 쳐다보았다. 시왁도 썩 달가운 눈치는 아니었지만, 완전히 다른 이유에서였다.

"내 탐색은 내 일이다." 그가 말했다. "설령 내가 다른 사람과 함께 일하더라도 ─"

엘리엇이 그의 말을 가로챘다. "─ 그게 저는 아닐 거라고요. 제가… 썩 좋지 못한 첫인상을 남겼다는 건 알아요. 하지만 체스터는 제 가장 친한 친구라고요. 경찰 대신 다른 누군가가 체스터를 찾을 가능성이 있다면 가만히 손 놓고만 있지 않고 최소한 도우려고 노력이라도 할래요. 그리고 전 아쿰을 알아요. 당신 혼자서는 못 갈 장소에 들어가게 해 주는 것뿐만 아니라 당신이 절대 찾지 못할 곳에 데려다 줄 수도 있어요."

데이지가 두 손을 휘두르다시피 하며 반대했다. "엘리엇, 그건 좋은 생각이 아니야. 위험하다고. 그리고 넌 그러잖아도 그간 학업을 팽개치고 수업을 빠졌으니…"

하지만 시왁은 이미 제안을 진지하게 고려하고 있었다. "그럭저럭 도움이 될지도 모르겠군. 그리고 네 친구에 대한 의리를 나무랄 수야 없겠지."

엘리엇은 그를 향해 미소 지은 다음 씩씩거리는 사서를 돌아보았다. "그건 저도 다 알아요, 워커 사서님. 하지만 이건 제가 꼭 해야 하는 일이에요."

야단쳐 봐야 소용없으리라는 건 데이지도 잘 알았지만 그러거나 말거나 야단치고 싶은 마음이 굴뚝 같았다. 그녀는 체스터를 찾는 일에 뭐라도 하고 싶어 하는 그의 마음은 이해했지만 — 그가 바랄 법한 정도보다 더 잘 이해했지만 — 이건 어리석은 짓이었다. 위험했다. 이제 시왁이 그를 해치지 않았으리라는 걸 알고 나니 애초에 끼어들지 말 걸 그랬다 싶었다.

"내가 그 말을 받아들인다고 해도, 왜 헤네시 부부가 너와는 이야기할 거라고 생각하지? 그 사람들에겐 너도 그저 다른 학생에 불과할 텐데. 아들의 친구라 한들 네겐 그분들께 제공할 것도 없고 권한도 없잖니."

"그렇죠. 하지만 사서님께는 있죠."

"내게는… 뭐라고?"

"경찰이 아직 체스터나 폴라스키 교수님을 찾지 못했다는 점을 우려한 끝에 사서님과 몇몇 다른 교원이 미스캐토닉 대학 대표로서 직접 조사에 나서기로 했으니 두 분께 몇 가지 질문을 하고 싶다고―"

"안 돼. 절대 안 돼."

엘리엇이 울상을 지으면서도 울지는 않은 것은 오로지―시왁의 존재가 자극한―자존심 때문이었으리라. "워커 사서님, 제발요. *제발요*. 시간 많이 걸리는 일 아니잖아요. 기껏해야 며칠? 시간 낭비로 끝나더라도 큰 손해는 아니고, 시간 낭비가 아니라면요? 뭔가를 찾아낸다면요?"

그가 두 손을 내밀고 앞으로 나서며 애원했다. "데이지…" 일부러 자신을 이름으로 부른다는 건 그녀도 알고 있었다. 실수로 그랬다기에는 그는 지나치게 예의 발랐다. "다들 어딘가에 있다고요. 체스터도, 폴라스키 교수님도. 무슨 곤경에 처해 있을지 몰라요."

오, 내게 이러지 마…

"난… 난 수사관이 아니야, 엘리엇!"

"연구자시잖아요. 그게 그렇게 다른가요? 시왁 씨나 저보다는 수사관에 더 가까우시잖아요."

데이지의 어깨가 축 처졌다. 수많은 이유에서 잘못된 일이었지만, 온갖 반대와 논리적인 반박 속에서도 이것이 올바른 일처럼

느껴진다는 사실을 부정할 수는 없었다. 경찰이 찾지 못한 무언
가를 찾을 수 있을지도 모른다는 말에는 설득력이 있었고, 만약
그녀가 시도도 않는다면…

"좋아요." 데이지가 한숨을 쉬었다. "내일 오후 다섯 시에 도서
관 앞에서 만나요. 우리가 아무에게도 ── 우리도 포함해서요 ──
너무 큰 폐를 끼치지 않고 이 일을 할 수 있을지 알아보기로 하죠.

시왁 씨, 지낼 곳은 있나요? 몇 군데 추천해 줄 수 있는데요."

"고맙지만 이미 구했습니다." 시왁이 대답했다. "그리고 앞으로
함께 일할 거라면… 빌리라고 불러요."

6장

다음날 아침을 적신 가는 보슬비는 미스캐토닉 캠퍼스의 활력을 한 풀 꺾어 놓았을지는 몰라도 재학생들 사이에 ─ 그리고 좀 더 조심스럽기는 했지만 교직원 사이에 ─ 도는 소문에도 같은 영향을 미치지는 못했다.

박물관의 부서진 창문은 당연히 발견되었고, 대경실색한 콤즈 씨는 소장고에서 일하는 모든 사람과 소장고를 잘 아는 모든 교수를 전부 불러 유물 및 전시 목록을 정신없이 점검하게 만들었다. 종일 조사가 진행되는 동안 모두들 이것이 별개의 사건에 불과할지 아니면 정말로 사라진 교수 및 학생과 어떤 식으로든 연결되어 있을지 궁금히 여겼다.

관리인이 믿지 못하겠다는 듯 단 하나의 소장품도 사라지지 않았을뿐더러 위치조차 달라지지 않았다고 발표하자, 그 기이한 소식은 소문을 누그러뜨리기보다는 소문이 퍼지는 것을 악화시키기만 했다.

데이지 워커와 엘리엇 라즐로는 이날 대부분을 맹렬하게 혀를 깨문 채로 보냈고, 적어도 사서의 경우에는, 그러는 동안 재고에 재고를 거듭했다. *우리가 뭘 하고 있는 거지?* 순간의 열기에 휩쓸렸던 지난밤과는 달리 오늘은 무언가를 알아낼 수 있으리라는 자신감도 떨어져 있었지만, 설령 그들이 무언가를 알아낸다고 하더라도 그걸로 뭘 어떻게 하면 좋을지 확신이 서지 않았다.

하지만 그런 사실도 그들이 약속한 시간에 빌리 시왁과 만나 비공식적이고, 허가 받지 않았고, 현명하지 못한 짓일 가능성이 다분한 조사에 나서는 것까지 막지는 못했다.

도시 절반을 가로질러 걷는 것은 쌀쌀한 비가 내리지 않더라도 유쾌하지 않은 일이 될 터였기에 — 요금을 나눠 낼 사람이 셋이나 있으니만큼 — 데이지는 택시를 부르자고 제안했고, 나머지도 선뜻 동의했다. 검고 노란 포드 한 대가 훅훅 연기를 뿜고 쿵쿵거리며 다가오기까지는 오랜 시간이 걸리지 않았다. 수업 시간이 끝날 무렵이면 많은 택시 기사들이 캠퍼스 외곽을 돌아다니곤 했다.

엘리엇과 빌리가 데이지에게 앞좌석을 내 주고 뒷좌석에 함께 타기로 말없이 동의한 것이 어디까지가 예의 때문이고 어디까지가 둘 다 낯선 사람과 대화를 피하고 싶었기 때문이었는지는 그녀로서는 알 수 없었다. 어느 쪽이든 딱히 고맙다는 생각은 들지 않았다.

"어디로 가시나, 이쁜이?" 챙이 처진 모자와 풍성한 콧수염만으로 이루어진 듯한 택시 기사가 물었다.

"엑셀시어 호텔 부탁합니다."

그 말에 눈썹 하나가 치켜 올라가면서 택시 기사가 콧수염과 모자로만 이루어지지 않았음을 증명했다. "확실해요?" 그의 눈길이 슬쩍 뒷좌석으로 향했다.

두 남자 모두 — 그리고 데이지 자신도 — 초라한 복장과는 거리가 멀었지만 그런 시설의 투숙객에게 기대할 법한 수준의 옷을 입고 있지는 않다는 사실에 대한 지적이었는지도 몰랐다. 특히 빌리가 과연 그곳에서 환영 받겠느냐는 의심의 표명이었는지도 몰랐고.

혹은 그저 젊은 여자 하나가 남자 둘을 대동하고 호텔에 간다는 것에 대한 음탕한 촌평이었는지도.

"확실해요." 데이지는 미소를 잃지 않았지만, 그 미소는 싸구려 땅콩 캔디처럼 금방이라도 바스라질 것만 같았다. "투숙객을 만나러 가는 거예요." *당신 알 바는 아니지만 말이야.*

"뭐, 아가씨 돈이니까." 택시 기사가 힘겹게 기어를 넣고 출발했다.

슬프게도 털털거리는 엔진은 택시 기사가 가는 길 내내 짝짝 껌을 씹고, 이 길로는 좀처럼 가지 않는다는 말을 끊임없이 되풀이하고, 지나가는 길에 조금이라도 평범함에서 벗어난 사람이 보이면 부적절한 촌평을 던지고, 자신이 태운 금발 손님을 끊임없이 (저질스럽고 노골적으로) 힐끔거리는 것을 막아주지 못했다. 그러는 내내 데이지는 사서 목소리를 유지한 채 모든 질문에 격식을 갖춰 답하면서 속으로는 기사를 — 그리고 가능하다면 차 안에 자욱한 불만의 기운을 전혀 모르겠다는 듯 각자 자기 옆 창문만 내다보는 엘리엇과 빌리도 — 목 졸라 죽이는 광경을 무수히 상상했다.

데이지는 원치 않는 대화를 나누어야 했던 데다 폭 좁은 타이어가 아컴의 도로 — 자동차를 염두에 두고 포장한 도로는 일부에 불과하고 나머지는 옛 방식대로 자갈이 깔린 — 를 달리느라 끊임없이 덜컹거리기까지 한 탓에 마침내 목적지에 도착했을 즈음에는 머리가 지끈거렸다. 그녀는 평소보다는 덜 침착한 태도로 일행들에게서 동전을 받아 기사 무릎 위에 던지다시피 한 다음 등 뒤로 차 문을 쾅 닫았다.

그렇게 인도에 선 삼인조는 가는 비가 얼굴에 떨어지고 행인들이 짜증스럽게 자신들을 피해 돌아가는 가운데 엑셀시어라는 거대한 건물을 올려다보았다.

아컴 최고층 건물 중 하나인 엑셀시어는 상대적으로 최근이었던 준공 시점보다 훨씬 더 오래되고 유서 깊게 보이도록 설계한 석조 외벽을 뽐냈다. 이오니아식 기둥, 유리와 황동으로 된 회전문, 격식 있는 코트와 모자를 쓴 문지기, 모두가 모든 사람을 향해 이곳은 격식 있고, 세련되고, 물론 비용이 저렴하지 않은 곳이라고 소리 높여 외쳤다.

하지만 엑셀시어는 그 호화로운 편의 시설들을 중산층도 이용할 수 있노라고 내세우면서 일부 객실과 서비스를 외양에서 짐작하는 것보다 더 알맞은 가격에 제공했다. 그 결과 어떤 이들은 쓸데없이 거들먹거리는 곳이라고 생각했고, 또 다른 이들은 "신분 낮은" 사람들을 지나치게 환대한다고 생각했다.

그래도 엑셀시어는 아컴에 존재하는 최고급 호텔 중 하나로서 유명세를 유지했다.

데이지는 문지기의 안내를 정중하게 거절하고 빌리가 문지기의 경멸 섞인 비웃음을 알아차리지 못하거나 무시하기를 바라며 회전문을 밀고 들어갔다.

엑셀시어의 로비는 기둥 사이가 널찍하게 떨어져 있고 카펫을 깐 호사스러운 통행로가 드넓은 대리석 바닥을 가로지르는 모습이 참으로 동굴과도 같았다. "일요일 나들이옷"이나 그게 아니더라도 한결 격식 있는 복장을 갖춘 사람들이 이곳저곳을 돌아다니고, 각양각색의 테이블 주변에 비치된 우아한 가죽 의자에 앉고, 접수대에서 직원과 이야기했다. 짙은 시가 연기가 허공에 가득했고, 한쪽 벽에 마련된 한때 바였을 곳에서는 금주법의 시대를 맞이해 커피와, 묘하게도 델리 샌드위치를 제공했다.

그리고 손님들은 적어도 체감상으로는 한 사람도 빠짐없이 걸음을 멈추고 새로 들어온 자들을 노려보았다.

일부 백인이 아닌 손님도 있었지만, 그런 이들은 소수에 불과했다. 일부 옷차림이 간소한 손님도 있었지만, 그런 이들 역시 소수에 불과했다.

둘 다에 해당하는 사람은 아무도 없었다.

빌리의 표정에는 변화가 없었지만, 데이지는 알고 지낸 지 채 하루가 지나지 않았음에도 그의 분노가 끓어오르고 있음을 감지할 수 있었다. 원치 않는 관심을 받자 불편해진 그녀는 걸핏하면 그런 시선을 받았을 그의 기분이 어떨지 상상도 할 수 없었다.

　설상가상으로, 그들의 반응을 본 엘리엇이 이전에 미처 생각하지 못했던 무언가를 떠올린 모양이었다. 심란함이 바깥에 내리는 보슬비와 함께 떨어진 양 엘리엇의 얼굴 위로 퍼져 나갔다. "저기, 어, 방금 막 생각이 났는데요…"

"뭔데?" 데이지가 재촉했다.

"체스터가 자기 부모님에 대해 살짝 얘기한 적이 있어요. 부모님이, 음, 구식이래요. 사고방식이요."

　그가 특히 빌리를 향해 마지막 말을 하면서 얼굴을 붉혔다.

"죄송해요." 그가 덧붙였다. 쥐구멍에라도 숨고 싶은 표정이었다.

"이건 내 탐색이다." 입을 연 빌리에게서는 나직하지만 이글거리는 목소리가 흘러나왔다. "내가 무슨 일이 됐든 남에게 맡겨 놓고 기다릴 거라고 생각한다면 ──"

　데이지는 그의 말에 동조하고 싶었다. 이건 공정하지 않았고, 옳지 않았다. 대신 그녀는 화를 억누르며 그의 팔에 손을 얹었다. "그 사람들이 우리와 얘기도 하지 않는다면 무슨 소용이겠어요? 우리는 한 배를 탔어요. 엘리엇과 내가 알아낸 사실을 뭐든 전부 말해 줄게요. 맹세해요."

"저도요." 엘리엇이 몸을 바로 세우며 덧붙였다.

　빌리는 눈을 이글거리며 돌아서서 몇 걸음을 서성이다 주먹을 쥐고 돌아왔다.

"그럽시다." 폭발하지 않기 위해 안간힘을 쓰는 기색이 역력했

지만, 그는 바보가 아니었다. "두 사람을 믿겠습니다. 기다리지
요."

데이지는 그의 팔을 움켜쥔 다음, 엘리엇과 함께 접수대로 가
서 헤네시 부부의 방 번호를 물었다.

빌리는 그들이 지배인과 이야기를 나누고 엘리베이터로 향하
는 모습을 지켜보았다. 기계 장치가 그들을 삼킨 뒤에야 돌아서
서 앉을 곳을 찾아다녔다.

적의가 아니면 최소한 의심에 차서 그를 쳐다보는 얼굴이 바닷
물처럼 많았다. 현지인 동반자 없이 홀로 이곳을 어슬렁거리는
그는 어느 때보다도 눈에 띄었다. 그는 도끼눈을 뜨고 팔짱을 낀
채 꿋꿋하게 자리를 지키며 누구든 할 말 있으면 해 보라는 무언
의 도전으로 맞섰다.

계속 그런 자세로 있으니 사람들이 문자 그대로 그에게서 밀려
나며 더욱 거리를 두고 앉기 시작했다. 이내 안내 데스크 뒤에 있
던 두 직원이 서로 귓엣말을 주고받기 시작했고, 그 중 하나가 뒤
쪽 벽에 걸린 전화기에 점점 가까이 손을 가져갔다.

그와는 무관한 일일지도 몰랐다. 설령 관련이 있다고 해도 직
원이 연락하려는 상대가 경찰은 아닐지도 몰랐다. 하지만 빌리는
그런 위험을 감수할 준비가 되어 있지 않았고, 그런 말썽은 전혀
달갑지 않았다.

그는 칼라알리수트로 나직하게 투덜거리며 밖에서 계속 기다
리기 위해 회전문으로 향했다.

보슬비는 그치지 않았지만 고맙게도 엑셀시어에는 캔버스 차양이 잔뜩 달려 있었다. 정문과 떨어진 곳에서도 최소한 상대적으로 마른 상태를 유지할 수 있었다. 여기서도 때때로 곁눈질을 던지는 사람들은 있었지만 그 수가 덜했고 — 지나가는 모든 행인이 대다수 호텔 고객들처럼 편협한 것은 아니었다 — 더는 배타적인 공간을 "침범"하고 있지 않았기에 대놓고 적의를 드러내는 경우도 덜했다.

집에 가고 싶었다.

두 손을 코트 주머니에 꽂고 돌 벽에 기댄 자세로 흠뻑 젖은 도시가 돌아가는 광경을 구경하면서 이따금 몸을 부르르 떨거나 불편한 표정을 짓는 사람들을 향해 킬킬거리다가 — 이곳에서는 누구 하나 "추위"의 진정한 의미를 조금도 알지 못했다 — 문득…

빌리 시왹은 무엇보다도 사냥꾼으로 자랐고, 경계를 유지하는 법을, 세상과 세상의 생명체와 세상의 영혼에 주의를 기울이는 법을, *알아차리는* 법을 익혔다. 이번에는 자신이 무엇을 알아차렸는지 처음에는 확실하지 않았지만, 그걸 무시할 정도로 어리석시도 않았다.

길을 따라 주차된 많은 차량 중 하나였다. 그는 자동차에 관해서라면 제조사든 모델이든 아는 바가 거의 없었다. 그가 말할 수 있는 거라곤 이 차가 자신들을 이곳까지 데려왔던 택시와는 다른 종류라는 것뿐이었다. 작달막하던 택시보다 길이가 길었고, 검은색과 노란색 대신 녹색이었다.

그의 눈길을 끌 구석이 없어야 했다.

운전자도 마찬가지였다. 갈색 정장을 입고 모자를 쓴 백인 남자. 확실히 빌리를 보고 있는 것 같기는 했지만, 그런 사람이야 그 남자 말고도 많았다. 그런데 왜…?

가만. 전에 본 적이 있었나?

그는 미스캐토닉에서 이곳까지 오는 내내 차창 밖을 내다보았다. 앞좌석에서 데이지 워커를 못살게 구는 택시 기사의 지껄임을 무시하면서. 엔진이 털털거리고 차량이 흔들거리는 느낌이 그가 인정하고 싶은 정도보다 더 그를 쩔쩔매게 한다는 사실 역시 무시하면서. 빌리는 이틸레크에 전파되지 않은 기술들이 두렵지는 않았지만 그것들을 완전히 신뢰하지도 않았고 그 안에 갇히고 싶지도 않았다. 어떤 덜커덩거리는 기계 장치보다도 개들이 끄는 썰매가 더 나았다.

하지만 그렇게 스쳐 지나가는 아컴을 무심히 훑어보던 중 지금 운전석에 앉은 저 남자가 모는 바로 저 녹색 차를 보았던 걸까? 이 낯선 남자가 그 아니면 그의 새 일행 중 하나를 미행하고 있었을까?

단언할 수는 없었지만 — 백인들은 대부분이 비슷비슷하게 생겼기에 — 그런 생각이 떠올랐다는 것 자체가 뭔가 있다는 생각을 하게 만들었다.

남자를 무시하고 못 알아차린 척하는 편이 더 현명했을지도 몰랐다. 엘리엇과 데이지가 돌아올 때까지 기다렸다 녹색 차가 다음 행선지에도 나타나는지 확인하는 게 더 현명했을지도 몰랐다.

하지만 빌리는 짜증이 나고 불만스러운 상태였고, 인내심은 당장 매력적인 선택지가 아니었다.

대신 그는 거리를 따라 걸어갔다. 잠재적 감시자를 향해 똑바로 가지는 않았지만 그쪽 방향으로.

낯선 남자는 처음에는 반응하지 않았다. 계속 이쪽을 지켜보기는 했지만 그저 외지인임이 분명한 사람이 돌아다니는 모습을 관찰하는 현지인 같은 무심한 눈길이었다. 하지만 가까이 다가간 빌리가 느닷없이 몸을 돌려 정면으로 쳐다보자, 남자는 즉시 시동을 걸고 차량 흐름 속에 섞여 들었다.

차가 털털거리고 그르렁거리며 속도를 내기까지는 시간이 걸렸으므로 빌리가 전력 질주하면 따라잡을 수도 있었지만, 그 다음에는 어쩐단 말인가? 문을 벌컥 열고 안에 타? 아마 아무런 잘못도 없고 그저 낯선 사람이 갑자기 다가오자 더럭 겁이 났을 뿐일 사람을 혼비백산하게 만들어?

그는 차가 다른 차들 사이에 섞여 비 내리는 황혼 속으로 사라져 가는 모습을 지켜보았다.

어차피 아무것도 아니었겠지. 그는 속으로 그렇게 생각하며 터덜터덜 호텔로, 차양 밑의 아늑한 대기 장소로 돌아갔다. *네가 이 불쾌한 도시에 휘둘리고 있는 거야.*

하지만 엑셀시어의 석재 외벽에 기대어 설 때까지도, 그는 자신이 정말로 그렇게 믿는지 확신할 수 없었다.

두 사람이 서로 알고 지낸 세월 동안, 엘리엇은 체스터가 정말로 화를 내는 모습을 몇 번 밖에 보지 못했다. 체스터는 엘리엇 자신이 노력하는 것만큼 예의 바르지는 않았고, 조금 더 수다스러웠고, 농담도 약간 더 거칠고 의견도 더 날이 서 있었지만, 그래도 보통은 꽤 정중했다. 저속하고 천박한 경우는 극히 드물었다.

하지만 드물게 정말로 열을 올릴 때면 그는 그냥 무례한 정도가 아니라 정말로 잔인한 성미를 드러냈다. 엘리엇은 그의 그런 면모를 지독하게 싫어했으며, 그런 태도를 멀리하도록 잘 설득하고자 했다.

이날 밤 체스터의 부모를 만난 뒤, 엘리엇은 적어도 친구의 그런 면모가 어디에서 왔는지는 훨씬 더 잘 알게 되었다.

엘리베이터에서 내려 두터운 카펫과 금색 패턴 벽지로 치장한 긴 복도를 걸어가는 동안, 그와 데이지는 정당한 대학의 대표자인 그녀가 대화를 주도하기로 합의했다. 그는 체스터의 절친한 친구로서 혹시라도 오고 가는 대화 속에서 데이지는 떠올리지 못할 만한 추가적인 의문점들을 찾아낼 수도 있기 때문에 동행했다고 소개하기로 입을 맞추어 두었다.

하지만 노크 소리를 듣고 그들을 맞이하러 나온 헤네시 씨의 얼굴에 어린 분노와 경멸이 뒤섞인 표정을 보는 순간, 엘리엇의 머릿속에 있던 잠재적인 질문은 대부분 날아가고 말았다.

헤네시 씨는 체스터처럼 짙은 갈색 머리카락에 체스터의 단정하고 가느다란 콧수염 대신 텁수룩한 구식 콧수염을 기르고 있었지만, 그 외에는 기본 체격을 제외하면 외양상 아들과 닮은 점은 많지 않았다. 헤네시 부인의 각진 용모로 미루어 체스터는 어머니 쪽을 닮은 게 틀림없었다. 부인은 거실에 비치된 밝은 색 천을 씌운 안락한 의자 중 하나에 기대어 앉아 옆 테이블에 찻잔을 올려 둔 채였는데, 빨강머리를 뒤쪽으로 힘껏 당겨 묶은 얼굴로 그에게 쏘아 보내는 눈길은 남편보다도 더 쌀쌀맞았다.

"안녕하세요." 데이지가 서두를 열었다. "저는 미스캐토닉 대학교에서 온 워커 사서라고 합니다. 이쪽은 재학생인 라즐로 군이고요. 저희는──"

"그건 로비에서 전화로 이미 다 한 이야기 아닌가." 헤네시 씨가 호통을 치며 부인 맞은편 의자에 몸을 묻었다. 그러면서도 손님들에게는 의자를 권하지 않는 태도에 엘리엇은 불쾌했다. "무슨 소식이지?"

"아…" 엘리엇에게는 데이지가 "사서 망토"를 꺼내 두르며 격식 있고 정중한 모드로 돌아서는 모습이 눈에 보이다시피 했다. 두 사람 모두 상황을 고려할 때 헤네시 부부가 명랑한 기분은 아니리라 예상하기는 했지만, 이건 엘리엇이 기대했던 환대는 아니었다. "유감스럽게도 전해 드릴만한 새로운 소식은 없습니다. 저희는──"

"그럼 여긴 뭣 하러 온 건가?!" 헤네시 씨가 폭발하듯 의자에서 도로 일어서며 손가락을 무기처럼 겨누었다. "왜 우리 시간을 낭비하는 거지?"

데이지가 대답을 위해 숨을 들이쉬었지만, 한 번 입이 터진 체스터의 아버지는 쉽게 속을 가라앉히려 들지 않았다. "이놈의 도시." 그가 침을 튀기다시피 말했다. "아컴 경찰. 하나도 남김없이 쓸모없는 머저리들이야. '새로운 소식은 없습니다.' 물을 때마다 매번 똑같은 소리. 그것도 물을 기회나 주면 말이고. 놈들은 *우리 아들을 찾는 것*보다 우리 질문을 피하는 데에 더 열심이야. 이제 실종된 지 겨우 두 달이 다 돼 갈 뿐이라 이거지."

"신경도 안 쓰니까." 부인이 뒤를 이어 딱 잘라 말했다. "아무도 신경 안 써. *중요한 사람은 아무도*."

엘리엇은 암묵적인 모욕에 움찔하며 불손한 말을 쏟아붙이기 직전까지 갔지만, 다행히 데이지의 대답이 더 빨랐다.

"저희도 그렇게 생각합니다." 그녀가 말했다. "아컴 경찰은 과중한 업무에 시달리고 있지요. 특히 요즘은 더 그렇고요." 그녀는 자신의 말이 뜻하는 바를 자세히 설명하지는 않았다. 그럴 필요도 없었다. 스페인 독감이 세계를 휩쓸고 지나간 지 채 5년도 되지 않은 시점이었다. 상업 지구 인근에서 발생한 열병은 아직까지는 확산되지 않았고, 아컴 시에서는 현 상황을 유지하기 위해 경찰을 포함한 자원을 최대한 투여하고 있었다. "경찰은 아드님을 찾는 데에 쏟아 마땅한 노력을 충분히 집중할 여력이 없지요. 그래서 저희가 여기 온 겁니다. 대학에서는 아드님의 안위를 우려 ─"

"대학이라." 헤네시 씨가 성큼성큼 방을 가로질러 창가에 섰다. 분노에 찬 얼굴이 두려움과 슬픔으로 미미하게나마 누그러진 채 빗방울이 쏟아지는 어두운 유리창에 반사되어 두 사람을 노려보았다. "퍽도 도움이 되더군. 이미 몇 주 전에도 미스캐토닉에서 누가 그 애에 대해 물으러 *왔었지.* 당신네 교수들 중 하나였어.

그래서 해낸 게 뭐지? 그자가 무슨 답을 찾아냈나?"

엘리엇은 약한 전류가 온몸을 관통하는 기분을 느꼈다. 적어도 캠퍼스의 모두가 이미 예상했던 바를 확인해 주는 발언이었다. 윌모트 폴라스키의 실종은 과연 체스터의 실종과 관련이 있었다.

"폴라스키 교수님께서 뭘 발견하셨는지는 저희도 모릅니다." 데이지가 얼굴을 찌푸리며 대답했다. "교수님께서도 사라지셨거든요. 경찰에게 들으셨을 줄 알았는데요."

방 주인은 대수롭지 않다는 듯 손을 내저었다. "그런 소리를 했을지도 모르지." 그는 그들에게 등을 돌리며 고개를 내저었다. "체스터를 하버드에 보냈어야 했건만, 녀석이 싫다고 했지. 미스 캐토닉이 고대 언어 분야는 더 낫다면서." 그가 코웃음 쳤다. "그게 뭐가 대단하다고?"

"그게 그 애가 좋아하는 거였으니까." 체스터의 어머니가 앉은 채로 반박했다. "그 애를 행복하게 해 주는 거였어."

"어리석은 소리. 어린애도 아니고. 정말 중요한 분야에 투신했어야지."

대화가 부부간의 해묵은 말다툼으로 발전할 기미는 있었지만, 적어도 관련 주제가 등장하기는 했다. "체스터가 두 분께 자기 연구에 대해 말한 적이 있을까요?" 엘리엇이 물었다. "특히 진행 중이던 프로젝트에 대해서요? 자기 연구나 아니면… 혹시… 검은 돌에 대해서 언급한 적이 있는지요?"

그는 이제 자신을 향해 쌍으로 쏟아지는 죽일 듯한 시선을 피해 데이지 뒤에 숨고 싶었다. 말다툼 하나는 제대로 막은 셈이었다. 두 사람에게 분노를 쏟아 부을 새 표적을 제공함으로써.

"체스터는 우리에게 학업 이야기는 별로 하지 않았어." 헤네시 부인이 두 사람 사이에 깔린 카펫 위에 서릿발이 내릴 듯한 말투로 대답했다. 그녀는 아들의 과묵함이 남편 탓이라는 듯 그쪽을 잠깐 쏘아보았지만, 다시 엘리엇에게 돌아온 눈길은 더욱 적대적으로 변해 있었다. "그런 일에 관해서라면 *라즐로 군이야*말로 그 아이를 꾀어 누구보다도 많은 이야기를 들었을 줄 알았는데."

그는 부인의 노골적인 증오에 다리가 후들거릴 지경이었지만, 그 증오가 왜, 어디에서 왔는지는 도무지 알 수 없었다. 데이지가 그를 향해 한 걸음 가까이 다가오자 그것만으로도 고마울 지경이었다.

그녀는 부부의 관심을 엘리엇에게서 돌리기도 할 겸 다음 질문을 맡았다. "분명 경찰에서 이미 같은 질문을 했겠지만 체스터가 갔을 만한 다른 가족분이 계실까요? 친척이라든가 —?"

"없네." 사라진 청년의 아버지는 화제가 바뀌자 더욱 화를 냈다. "아무도 없지. 다른 가족은 없어. 우리 셋…" 그는 숫자를 변경해야 할지도 모른다는 몹시 현실적인 가능성에 다시 한 번 얻어맞은 듯 말을 더듬었다. "…우리 셋뿐이네."

부인이 말을 하려는 것처럼 입을 열었다가 마음을 바꿨는지 입술을 꾹 다물었다. 조금 전까지 살벌한 분위기와 신랄한 말을 주고받았음에도 괴로운 기색이 역력한 남편을 위로하려던 것이었을까? 엘리엇은 확신할 수 없었다. 부인이 뭔가 다른 말을 덧붙이려 했다는 느낌마저 들었다…

대신 헤네시 씨가 잠시 자신을 추스른 후 다시 입을 열었다. "이만 나가 주었으면 좋겠군."

데이지도 같은 생각임이 분명했다. "네, 두 분 시간을 이미 충분히 빼앗았군요. 만나 주셔서 고맙습니다. 뭐든 알게 되면 연락드리겠습니다." 그녀는 문을 향해 걸음을 옮기기 시작했다.

엘리엇으로서는 체스터의 부모에게서 알아낼 수 있는 모든 것을 알아냈다는 확신이 들지 않았지만 — 알아낸 게 아무것도 없지 않은가! — 저렇게 노골적으로 영문 모를 적의를 드러내는 상대에게 더 질문을 던질 이렇다 할 방도가 떠오르지 않았다. 그래, 데이지가 옳았다. 이만 가야 할 시간이었다.

그래도 특유의 예의범절과 체스터에 대한 깊은 근심, 그리고 체스터의 부모가 겪고 있을 고통에 대한 연민 때문에, 방을 나서기 전에 한마디 덧붙이지 않을 수 없었다.

그러지 않았더라면 좋았으련만.

"헤네시 선생님, 헤네시 부인, 그… 얼마나 심려가 크실지 압니다. 저도 걱정이 큽니다. 저희도 체스터를 아끼고 있으니 체스터를 찾기 전까지 노력을 멈추지 않겠다고 약속 —"

"감히 그런 말을." 헤네시 부인이 말과 증오를 독처럼 뱉었다. 심지어 뱀이 똬리를 풀듯 의자에서 일어서기까지 했다. "그 애가 너에 대해서 전부 얘기했어, 라즐로 군. 친구라는 인간이. 그 애가 뭘 하고 있었는지 말했다는 거 다 알아. 언제든지 그 애를 말릴 수 있었겠지. 그 애가 어떤 곤경에 처해 있든 그건 다 네 탓이야!"

엘리엇은 얼굴에서 핏기가 어찌나 빠르게 빠져나갔는지 기절

할 것만 같은 기분이었다. 두 발이 화려한 객실 카펫에 뿌리를 내리고 섰다. "무 — 뭐라고요…? 그건 연구 프로젝트였어요! 체스터가 위험에 처한 줄은 몰랐다고요. 저는 — "

"알았어야지! 그 애가 교수들 몰래 돌아다니면서 온갖 물건을 모아 대고 있었다는 걸 나도 아는데, 넌 그걸 그냥 뒀어. 만약에… 그 애가 집에 돌아오면 미스캐토닉 대학교나 그 소위 *친구*라는 것들과는 절대 얽히지 못하게 할 줄 알아. 이건 네 잘못이야. *네 잘못!*"

방이 흐릿해졌다. 세상이 기울었다. 엘리엇은 무릎을 꿇고 쓰러져 뱃속을 게워내지 않기 위해서 젖 먹던 힘까지 끌어내 자신을 철통 같이 붙들어야만 했다. 움직였다는 기억조차 없었건만 어깨를 문틀에 세게 부딪히고 보니 어느새 문을 통과하고 있었다.

나중에는 멍이 들지도 몰랐다. 지금 당장은 부딪쳤다는 인식조차 희미했다.

헤네시 부인이 화를 냈어.

부인 말이 옳은 걸까?

비통해서 그래. 남 탓을 하는 거야. 아무 뜻도 없는 말이야.

부인 말이 옳은 걸까?

체스터에게 무슨 일이 일어났든, 그의 탓일 리 없었다. 그럴 리 없었다.

오 맙소사, 부인 말이 옳은 걸까?

뒤쪽에서 데이지가 헤네시 부부에게 체스터의 어머니보다도 더, 그렇게까지 냉랭해질 수 있으리라고는 생각하지 못했을 정도

로 얼음장 같은 말투로 인사를 건네는 소리가 들렸다. 이윽고 복
도로 나온 그녀가 자신을 부르는 소리가 들려왔다.

　걸음을 멈추지 않았다. 멈추었다가는 다시 걷지 못하리라.

　걸음을 내딛을 때마다 복도가 흔들다리처럼 발밑에서 요동쳐
휘청거렸다. 지금쯤이면 엘리베이터에 다 왔어야 하는 거 아닌
가? 그래야 할 텐데…

　방을 나온 뒤 방향을 잘못 선택해 왼쪽 대신 오른쪽으로 온 것
이었다. 눈앞에 계단실로 통하는 문이 나타나고서야 그 사실을
깨달았다. 눈에 눈물이 차올라 네 번째 시도만에야 표지판을 읽
을 수 있었다.

　문을 밀어 열고 비틀비틀 두 계단을 내려간 뒤 다시 세 단을 내
려가고 나서야 난간에 매달리며 걸음을 멈추었다.

　더는 갈 수 없었다. 아무리 부끄러워도, 아무리 남자답지 못해
도, 눈물이 떨어지기 시작했다.

　이윽고 데이지가 뒤에서 다가와 두 팔로 그를 감쌌다. "마녀 같
으니! 엘리엇, 정말 유감이야. 정말로 유감이야."

　그는 몸을 돌려 그녀의 어깨에 얼굴을 묻었고, 그녀는 세상이
끝난 것처럼 흐느끼는 그를 안아 주었다.

7장

불과 이틀 전만 해도, 젊은 엘리엇 라즐로가 빌리 시왁과 함께 착수하려는 조사에 어떤 식으로든 그녀를 끌어들이려 했다면 온갖 논리를 쥐어짜야만 했으리라.

그런데 어째서, 데이지는 아컴에 평일이 찾아왔음을 알리는 이른 아침의 부산한 인파 사이를 헤치고 나아가며 짜증스럽게 자문했다. *오늘 아침 조사를 하고 있는 사람은 나밖에 없는 거람?*

이번 첫 탐문은 혼자 하겠다고 제안한 사람이 바로 자신이었으니 공정한 의문은 아니었다. 그래도, 다른 사람에게야 인정하지 않았겠지만, 자신이 역량 밖의 일을 맡은 데다 나머지 일행은 기다리는 동안 혼자서만 온 도시를 쏘다니는 역할을 떠안았다는 기분이 적잖이 들었다. 그나마 아미티지 박사가 갑작스러운 휴가 신청을 기꺼이 승인해 주었고, 계절에 어울리지 않게 쌀쌀한 날씨와 좌절한 화가가 회색 선을 죽죽 그어 놓은 듯한 하늘이 계속되는 와중에도 비가 잠시나마 멎었다는 게 다행일까.

오늘 그녀는 수많은 낯선 사람들을 만나 대다수는── 설령 대학을 대표해서 던지는 질문이라는 그녀의 암시를 상대방이 받아들인다고 하더라도── 대답을 꺼릴 만한 질문을 던질 작정이었다. 그녀가 이 일을 자신에게 맡겨 달라고 마지못해 제안한 것도, 빌리가 마찬가지로 마지못해 동의한 것도, 바로 그런 이유에서였다. 질문 자체로도 사람들이 주저할 만했으니 누가 봐도 외지인인 사람을 상대로는 신통치 않은 반응이 돌아올 터였다.

엘리엇의 경우는, 그게… 그는 오늘 아침 내내 넋이 나가 있었다. 간밤에 마음에 입은 상처 때문에 체스터가 실종된 이후 쭉 겪어 왔던 탈진과 집착 속으로 다시 침잠한 모습이었다. 데이지는 그것뿐만이 아니라 젊은이에게 무언가 정말로 잘못된 구석이 있다고 확신했지만, 그는 아무런 얘기도 털어놓지 않았고 그녀로서도 아직 채근할 마음까지는 없었다.

그러니 남는 사람은 그녀뿐이었지만, 자신이 조사를 맡는 게 논리적이라고 해서 그걸 좋아해야 한다는 뜻은 아니었다. 그녀는 홈즈도 뒤팽도 아니었다.

이날 하루의 대부분을 거의 끊임없이 이동하며 보냈다. 시내 먼 곳까지 가야 할 때는 택시도 탔지만 대개는 발로 이곳저곳을 돌아다니며 이 사람 저 사람을 만나 이야기했다.

맨 먼저 세인트 메리 병원부터 해치우기로 했다. 쓸 만한 정보를 하나도 얻지 못하리라 예감했을 뿐만 아니라, 그들이 떠올린 모든 가 볼 만한 곳 중에서도 경찰이 이미 진행한 수사 경로와 가장 겹치는 곳일 듯했기 때문이었다.

병원은 따분하고 우울해 보였지만, 그런 인상이 얼마만큼 건물 자체에서 비롯했고 얼마만큼 그런 장소를 싫어하는 그녀의 기질에서 비롯한 것인지는 알 수 없었다. 그녀는 한 시간 가까이 로비에 앉아 살짝 누레져 가는 벽을 응시하거나 하얀 가운을 입은 의사들과 하얀 간호사복을 입은 간호사들이 환자들을 부축하고, 환자 가족을 상대하고, 바퀴 달린 들것을 미는 등등의 광경을 지켜보았다. 이따금 구급요원들이 응급 환자를 데려올 때면 정신없이 부산스러운 움직임이 일어나면서 상대적으로 조용했던 분위기가 깨어졌다.

구급요원들의 제복 때문에 유달리 커다랗고 비협조적인 우유병을 나르는 우유배달부들 같다는 실례되는 생각을 하지 않을 수 없었다.

마침내 바쁜 일과를 잠시나마 쪼개어 그녀의 질문에 답해 주기로 한 사람은 늙고 만성 피로에 시달리는 세인트 메리의 주임 의사 레겐슈타이너 박사였다.

"한참 전에 경찰에게 이미 말했소만, 워커 양." 박사가 순전히 자글자글한 주름살 덕분에 매달려 있는 듯한 하얀 턱수염 너머로 꾸짖었다. "체스터 헤네시는 현재 세인트 메리 병원 환자가 아니오. 여기 오기 전에 경찰에 미리 확인했더라면 아가씨와 나 둘 다 시간을 낭비하지 않을 수 있었을 텐데."

데이지는 얼굴에 띠운 직업적인 미소를 잃지 않았다. "그럼 혹시 근래에 이곳 환자였던 적은 있을까요? 아니면 특별한 병으로 치료를 받았다거나? 모쪼록 도움이 될 만한 정보라면 무엇이

든 —"

"그런 유형의 정보를," 레겐슈타이너가 말을 가로챘다. "당사자
나 최소한 가족의 동의도 없이 공유하는 것은 당연히 부적절한
일이지 않겠소. 미스캐토닉 대학에서 그 친구 행방에 무슨 관심
이 있는지는 모르겠고, 당신네가 이 일을 경찰에 맡기지 않는 이
유가 뭔지도 모르겠소만, 그 점에는 변함이 없소."

"하지만 선생님 —"

"자, 아가씨가 정말로 당사자 가족의 서면 동의서를 가지고 왔
거나 갑자기 경찰처럼 법적 구속력이 있는 요구를 할 권한이 생
긴 게 아니라면, 이 이야기는 여기까지 합시다. 병원에 환자가 가
득한 데다 상업 지구 빈민가에서 독감까지 급속히 유행하고 있으
니 이만 실례하리다."

박사는 말을 다 마치기도 전에 속을 부글부글 끓이는 데이지를
남겨두고 코트 자락을 요란한 무대용 망토처럼 휘날리면서 가 버
렸다.

아컴에서 가장 유명한 사립탐정 조 다이아몬드의 사무실을 찾
아갔을 때도 불쾌함은 덜했을지언정 소득이 없기는 매한가지였
다. 그녀는 좌절한 체스터의 부모가 — 아직도 그 작자들이 엘리
엇을 대했던 태도를 떠올리면 분노로 몸이 부들부들 떨릴 지경이
었다 — 조 다이아몬드에게 아들을 찾아 달라고 의뢰했을지도
모른다고 생각했다. 만약 그렇다면 그를 구슬려서 살짝 정보를
끌어낼 수 있을지도 몰랐다. 하지만…

"죄송하지만 다이아몬드 씨는 자리에 안 계세요." 데이지는 비좁긴 해도 놀랄 만큼 매력적인 바깥 사무실의 책상 앞에 서서 접수원이라기에는 놀랄 만큼 유행에 어울리는 드레스를 입은 갈색 머리 아가씨와 이야기했다. "제게 메시지를 남기셔도 되고, 혹시 자세한 사정을 알려 주실 수 있다면 제가 다이아몬드 씨께 전해서 의뢰에 관심이 있으신지 확인해 드릴게요."

"어, 실은 다이아몬드 씨를 고용하려는 건 아니라서요. 이미 사건을 맡고 *계신지* 확인하고 싶어서 왔어요."

비서의 코가 얼굴 속으로 들어갈 것처럼 씰룩였다. "사장님 업무 정보는 못 알려드려요, 아가씨."

"네, 그렇겠죠." 그녀는 약간 과장되게 한숨을 내쉬었다. "제게 무척 소중한 사람이 실종됐거든요. 혹시 다이아몬드 씨가 그 일을 맡으셨다면 뭔가 찾아내신 걸 제게 알려 주실 수 있지 않을까 해서요."

잠시 아무 대꾸도 없더니 상대방 여자의 표정이 약간이나마 풀어졌다. "저기, 이 정도는 알려드릴게요. 다이아몬드 씨는 몇 주째 세일럼에 계세요. 그리고 실종 관련은 맞지만 실종자는 그곳 출신이에요. 그러니 친구분이 세일럼에 사는 게 아니라면…?"

데이지가 고개를 가로저었다. "아컴 사람이에요. 미스캐토닉 학생요."

"그럼 아녜요. 그런 사건은 안 맡았어요. 유감이네요."

데이지는 고맙다는 말과 함께 혹시 다이아몬드가 돌아와서 해당 사건을 맡고 관련 정보를 공유할 생각이 있을 경우에 대비해

명함을 남긴 다음 탐문을 재개했다.

  앞선 두 곳은 소득이 없었지만 그만큼 접근하기 쉬운 곳이기도 했다. 하지만 다음은? 빌리가 처음 접근했을 때 그녀에게 경계심을 곤두세우게 만들었던 것과 정확히 똑같은 유형의 질문을 던지거나 최소한 에둘러 떠 보아야 했다. 그리고 이곳들이 고약한 소문에 위협을 느낄 만큼 자부심 강하고 수 세기의 역사가 서린 기관은 아닐망정, 추문에 휘말릴 가능성을 반기는 사람은 없는 법이었다.

  특히 자기네 생계가 걸린 문제라면 더더욱.

  세인트 메리 병원에서 그렇게 멀지 않은 외곽에 위치한 예 올디 매지크 샵은 섬뜩한 내용을 담았다는 문서, 신비한 시약, 그리고 간간이 섞여 있는 유물과 부적으로 넘쳐나는 비좁은 가게였다. 아컴 완전히 반대편인 북부 지구에 위치한 골동품 상점은 그보다 더 커다란 가게로, 특이하고 흥미롭고 역사적인 물건, 즉 방방곡곡에서 온갖 시기에 만들어진 잡동사니를 전문으로 다루었다.

  두 가게 주인의 태도는 극과 극이었다. 미리엄 비처는 머리가 하얗게 센 덕망 있는 여자로, 최신 유행하는 블라우스와 슬랙스 차림과는 상반되게 연극 한 편 전체를 책임지고도 남을 오래된 보석을 걸치고 다녔으며 자신의 "마법"을 진지하게 받아들이기로 유명했다. "속임수"를 사겠다든가 환술을 연마하고 싶다든가 그녀가 파는 마술서들이 진짜일 리 없다는 생각을 조금이라도 내

비칠 심산으로 가게에 들어섰다가는 무시만 돌아올 뿐이었다.

반면 영국계 이민자인 올리버 토마스는 자신이 파는 진기한 물건들을 오로지 상품으로만 여겼다. 팔 수 있을 만큼 흥미로워 보이는 물건이기만 하다면 사람들이 그 물건에 대해 어떻게 생각하는지는 알 바 아니라는 식이었고, 유일하게 관심을 갖는 "마법"은 현찰이라는 형태의 마법뿐이었다.

하지만 두 가게 모두 — 역사 연구학회, 미스캐토닉 대학 소장고와 더불어 — 늘 불쑥불쑥 생겨나 아컴의 문명화된 표면 아래를 밀물과 썰물처럼 드나드는 것처럼 보이는 비밀스러운 종교 분파들은 물론 일반인들도 역사적이거나 인류학적인 기물의 세계와 조우할 가능성이 가장 높은 장소에 속했다.

예 올디 매지크 샵에 진동하는 말린 허브와 퀴퀴한 고서 냄새 속에서, 그리고 다음으로는 골동품 상점의 해묵은 먼지 냄새 속에서, 데이지는 질문을 던졌다. 두 가게 주인의 태도와 믿음에는 그토록 큰 차이가 있었건만, 대화는 거의 똑같은 양상으로 전개되었다.

"그랬지요." 비처가 귀걸이와 팔찌를 먼 성당 종소리처럼 짤랑거리며 말했다. "헤네시 씨가 왔답니다, 여러 번."

토마스도 그 정도는 인정했다. "이해하겠지만 보통 손님들과는 이야기를 나누지 않아서. 손님들의 용무를 비밀로 하는 것도 내 일의 일부 아니겠나? 하지만 실종되기도 했고 하니… 그래, 헤네시 군이 이곳에 꽤 주기적으로 찾아왔지."

"그 사람이 뭘 찾고 있었는지는 나도 모르겠군요." 나이든 여인이 말을 이었다. "내 책들을 여럿 들춰 보다 몇 권을 사기도 했지요. 유명하거나 중요한 책은 한 권도 없었고 주로 개관서였어요. 입문용 서적요. 하지만 내가 구비해 놓은 부적과 힘이 깃든 물건들에 많은 관심을 보이더군요. 구체적으로 찾는 물건이 있었지만 그게 뭔지 내게 말한 적은 한 번도 없어요."

"아니, 그 친구가 뭘 찾고 있었는지는 나도 몰라, 아가씨. 몇 주에 한 번씩 들어와 어떤 물건이 나타나기를 기다리는 것처럼 진열장을 둘러보더라고. 하지만 나타나지 않았지. 한 번은 내가 *진짜*로 좋은 것들만 모아 놓은 뒷방까지 둘러보게 해 줬거든. 보통 그 나이 또래 녀석들에게는 안 그러는데 그 친구야 여기 자주 왔으니까… 그래도 원하는 걸 찾지는 못했고, 그게 뭔지 내게 말한 적도 없어."

두 가게 주인은 하나같이 체스터가 결국 발길을 끊더니 몇 주 뒤에 실종 소식이 들리더라고 말했고, 둘 다 그가 마침내 노리던 물건을 찾은 것이 그 원인이리라 짐작했다.

결국 놀랄 만한 이야기는 하나도 없었다. 체스터가 기울였던 노력을 생각할 때 두 가게 중 어느 한 곳이라도 방문하지 않았더라면 그게 더 놀라웠었으리라. 그녀는 더 알아낼 게 있을까 싶어 이곳에 없는 빌리를 대신해서 비처와 토마스 모두에게 *우야라아니*에 대해 물었다. 유감스럽게도 둘 다 그런 물건은 접한 적이 없다고 했다.

그리고 혹시 그런 물건을 은밀히 거래할 만한 사람을 아느냐는 질문에는 둘 다 얼굴을 굳히며 입을 다물더니 자기네 가게는 오로지 떳떳하고 정직한 장사만 한다고 주장하는 통에, 제버다이어 펨브로크나 그 비슷한 부류에 관해서는 더 묻지 않기로 했다.

마지막으로 그녀는 그런 유물을 거래할 법하며, 따라서 체스터가 찾아갔을 가능성이 있거나 자신이 찾는 검은 돌 같은 것에 대해 들어보았을 만한 다른 판매자나 개인 수집가 — 물론 합법적인 사람들로 — 를 아느냐고 물었다. 두 사람 다 데이지에게 명단을 주었다.

"물론 우리 고객을 전부 적은 건 아니에요." 비처가 확실히 해 두었다. "그건 올바른 일이 아니니까."

"허락한 사람들만 적은 거야." 토마스가 말했다. "왜, 자기네가 관심 있을 법한 물건을 사거나 팔고 싶어 하는 사람들이 오거든 마음대로 이름을 알려 줘도 된다고 했단 소리지."

그만하면 최소한 출발점은 됐다. 더 완전한 명단이었더라면 더 좋았을 테지만 *뭐라도* 소득이 있다는 데에서 희망과 기운을 얻은 데이지는 두 주인에게 감사를 표했다. 이제 그녀는 어느 작은 카페의 개방된 테이블에 앉아 있었다. 벨마네 식당만 못한 작은 가게였지만 종일 돌아다녔더니 더는 소득 없는 걸음을 할 엄두가 나지 않았다. 그곳에서 그녀는 제대로 된 점심 식사 대신 주문한 커피와 파이가 나오기를 기다리는 동안 손으로 쓴 쪽지들을 펼쳐 보았다.

그녀가 파악하기에 각 명단에 오른 사람 대다수는 남들보다 약간 더 돈이 있고 약간 더 역사나 종교에 관심이 있는 평범한 아컴 시민에 불과했다. 양쪽 모두에 이름이 오른 사람은 소수였고, 가장 관심이 가는 것도 그쪽이었다.

아미티지 박사와 콤즈 씨를 비롯한 미스캐토닉 소속 교직원들. 그야 놀랍지 않았다.

피바디 씨와 여타 역사 연구학회 회원들. 마찬가지로 놀랍지 않았다.

아컴 부자들도 몇 있었는데, 그녀가 알기로는 ─ 특히 일부는 오른 도서관이나 박물관을 자주 방문 사람들이었다 ─ 역사학도이거나 취미 삼아 비의와 오컬트에 관심을 갖는 사람들이었다. 그중 빅토리아 매커친이라는 이름을 보자 개인적인 반감 탓에 얼굴이 찌푸려졌다.

뉴잉글랜드 고유의 프리메이슨 풍 엘리트 클럽 겸 친목 단체인 아컴 은빛황혼회 지도자 칼 샌포드. 두 명단에 그 이름이 보이지 않았더라면 놀랐으리라.

그리고 각 명단의 맨 아래, 가장 최근에 새로 온 고객을 적어 두었을 법한 자리에 하이럼 라파예트-모지스라는 이름이 있었다.

데이지는 갓 나온 대황 파이를 앞에 두고 얼굴을 찌푸렸다. 그녀가 아컴에 있는 모든 수집가와 학생을 안다고 생각한다면 오만의 극치일 테지만, 이 이름은 생소했을 뿐만 아니라 이 지역 출신 같지도 않았다. "라파예트-모지스"는 매사추세츠에서 접할 만한 이름이라기보다는 훨씬 더 남부 가문 이름처럼 들렸다.

그 자체로는 별 단서가 아닐지도 몰랐지만, 이 사람이 두 가게 모두에 새 고객으로 나타났다는 사실과 결합하면… 흠, 데이지는 우연을 믿지 않게 되었다.

카페 뒤에 위치한 유료전화를 이용해 금세 아미티지 박사에게서 직접 답을 들을 수 있었다. 박사는 그녀가 하필이면 쉬는 날 그런 질문을 하는 이유를 묻지 않을 만큼 친절하기까지 했다.

박사는 라파예트-모지스가 조상 대대로 물려받은 재산이 있는 루이지애나 출신의 신사이며 역사적인 물건과 비의와 관련된 것으로 알려진 물건 모두에 강한 흥미를 갖고 있다고 설명했다. 이전에 여러 번 아컴을 방문해 오른 도서관을 찾아왔기 때문에 박사와도 안면이 있었다. 심지어 그는 대학에서 가장 희귀한 서적 몇 권을 사겠다고 제안하기까지 한 모양이었다. 물론 성공하지는 못했지만.

아미티지는 라파예트-모지스가 현재 아컴에 돌아왔는지 확실히 알지 못했지만, 데이지는 그렇거나 아니면 적어도 멀지 않은 과거에 그랬으리라 추측했다. 명단에 이름이 있으니 두 가게와 접촉이 있었다는 의미였고, 앞서 생각했던 것처럼 이름이 맨 아래에 있다는 건 그 접촉이 최근에 있었음을 시사했다.

그렇다면 그가 방문한 시점이 체스터가 프로젝트를 위해 가게를 방문한 시점과 겹쳤을 법도 했다. 어쩌면 실종 시점과도.

또 다른 "우연"이었다. 그녀가 알아낸 것만으로 라파예트-모지스 씨가 어떤 범법행위를 저질렀다고 가정하기에는 턱없이 부족했지만, 상대에 대해 더 알아봐야겠다는 생각은 확고해졌다.

데이지는 카페를 나와 다시 끊임없는 행인들의 행렬에 합류하면서 이 문제를 반추했고, 어느 정도 진전이 있다는 사실에 기쁨을 느끼는 한편, 이것만으로는 불충분하거나 이 단서가 자신을

엉뚱한 방향으로 이끌고 있는지도 모른다는 생각이 들어 조바심
도 났다. 라파예트-모지스를 찾아내 접촉할 방법도 떠오르지 않
았고, 그가 실종된 학생과 똑같은 가게를 애용했다는 것 말고는
무엇을 했는지도 확실히 알지 못했다. 도무지 경찰에 가져갈 만
한 정보라고는 할 수 없었지만, 물론 빌리와 엘리엇에게는 이 이
름을 기억해 두라고 말해 둘 작정이었다.

그리고 빌리와 엘리엇으로 말하자면…

8장

오후가 빠르게 밤으로 옮겨 가고 있었다. 이날 해야 할 일 중에서 더 민감한 일들을 마무리한 데이지는 일행들을 데리러 캠퍼스로 돌아갔다.

종일 마의 하숙집에서 기다리던 빌리는 좀이 쑤시던 차였다. 그들은 아컴 기차역에 단서가 있을 법하다는 데에 뜻을 같이했고, 이 조사에는 그도 직접 참여할 수 있었다. 그야 사냥꾼으로 살아오며 인내심을 길렀다지만, 데이지는 다른 사람이 같은 처지였더라면 온몸을 떨며 안달했으리라 확신했다.

엘리엇은 사정이 달랐다.

코트 아래 받쳐 입은 셔츠는 구겨졌고, 머리카락은 헝클어졌고, 눈 밑은 주머니 속처럼 움푹 패인 채 거무죽죽했다. 어디까지가 어제 있었던 불쾌한 사건 때문이고 어디까지가 그가 내내 끌어안고 있는 문제 때문인지는 알 수 없었다. 하지만 그녀가 빌리와 둘이서만 다녀올 테니 엘리엇은 남아서 더 쉬는 게 좋겠다고 제안하자 고함에 가까운 반응이 돌아왔다.

그래서 세 사람은 함께 기차역으로 향했지만, 그녀는 과연 그 것이 옳은 결정이었을까 여러 차례 회의했다. 남은 하루 동안 그 녀는 엘리엇이 이따금 나직하게 프랑스어처럼 들리는 언어로 어 떤 이름 모를 악에 맞서는 기묘한 만트라를 읊조리는 소리를 들 었는데, 정확한 내용은 완전히 파악할 수 없었다.

그 때문에 그녀는 그가 걱정스러웠지만, 무어라 짚어 말할 수 없는 이유 때문에 걱정보다도 두려움이 앞섰다.

데이지는 자신이 알아냈거나 알아내는 데에 실패한 정보를 택 시 기사가 엿듣지 못하도록 차를 타고 시내를 가로지르기 전과 차에서 내린 이후에 나누어 들려주었다. 마침내 설명을 마쳤을 때는 밤이 완전히 내려앉은 뒤였고, 그들은 목적지 앞에 한데 모 여 서 있었다.

요새를 빼닮은 기차역이 굽이치는 미스캐토닉 강과 아컴을 바 깥세상과 연결해 주는 가장 큰 통로인 철로를 굽어보았다. 석재 는 오래되고 닳아 있었고, 철로 양쪽을 지키고 선 두 탑은 특히 마모가 심했는데, 정말로 포위 공격을 한두 차례 견뎌낸 듯한 자 태였다.

하지만 기차역 출입문은 항상 열린 채로 미스캐토닉 강의 유량 에 맞먹는 사람들의 흐름이 끊기질 않았다. 삼인조 수사관 지망 생 외에도 우두커니 서서 대화를 나누는 무리가 한둘이 아니었다. 인파는 선선히 갈라지며 거의 무의식적으로 그들을 돌아갔다.

빌리는 아컴에 도착했을 때 이곳에 와 본 적이 있었음에도 끊임없이 이동하는 군중의 규모에 낭패한 표정을 지었다. "어이가 없군요. 혹사당한 짐꾼이나 매표원이 한 달도 전에 여기 왔는지 안 왔는지도 모를 손님 하나를 기억할 리 없잖습니까!"

데이지라고 딱히 더 낙관적이지는 않았고, 이곳 역시 경찰이 조사했을 장소임이 거의 틀림없다는 점을 생각하면 더욱 그랬다. 하지만 아이디어가 떨어져 가고 있었다. 적어도 시도할 마음이 드는 아이디어는. "해 보기 전에는 모르죠." 그녀가 말했다. 자신이 듣기에도 명랑함을 억지로 꾸며낸 듯한 말투였다.

이내 그들은 흩어졌다. 빌리는 가장 가까이 있는 짐꾼에게. 엘리엇은 매표소로. 데이지는 빌 워싱턴을 찾으러.

우두머리 짐꾼은 세계대전 때 잠시 복무했던 것을 제외하면 20년 가까이 기차역의 중추 노릇을 해 온 아컴의 산 증인이었다. 그는 기회만 있으면 새로 온 사람들을 환영하고 동료 아컴 시민들의 안전한 여행을 기원하는 다정하고 정직한 사람이었으며, 혹시라도 변화무쌍한 군중 속에서 특정한 얼굴을 기억할 만한 사람이 있다면, 바로 그가 그런 사람이었다.

오늘밤은 사실 — 칼라알레크가 낭패라고 여겼던 것과는 달리 — 비교적 일거리가 적은 편이었기 때문에, 워싱턴은 카운터 뒤에 두었던 기타를 꺼내 한가롭게 줄을 퉁기며 행인들을 즐겁게 해주고 있었다. 누구도 전문 연주자라고 착각하지는 않겠지만, 대부분의 사람들이 인정할 만한 실력은 되었다.

"안녕하세요, 워싱턴 씨."

"어이구, 안녕하십니까, 아가씨!" 짐꾼이 전쟁에서 입은 오래된 상처 때문에 살짝 어색한 몸놀림으로 자리에서 일어섰다.

그녀는 그의 표정을 즉시 알아보았다. 낯은 익지만 정확히 누군지는 모르겠다는 표정. 뭐, 그럴 만도 했다. 둘은 전에 몇 번 만난 게 전부였으니까. 그녀는 자주 여행을 다니는 편이 아니었고, 빌 워싱턴도 자주 캠퍼스를 찾는다고 할 수는 없었다.

"데이지 워커예요. 미스캐토닉 대학에서 일해요."

"아, 워커 양! 제가 뭘 도와드리면 되겠습니까?"

유감스럽게도 대답은 "도울 게 없다"였다. 엘리엇이 준 낡은 사진 속의 체스터 헤네시를 알아보는 것도, 체스터가 지난 몇 달 사이 어느 시점에 기차역을 거쳐 간 수많은 사람 중 하나였는지 떠올리는 것도, 워싱턴에게는 능력 밖의 일이었다.

역 출입구 바로 밖에서 다시 만난 일행들의 낙담한 표정은 데이지 자신의 기분과 정확히 일치했다.

"이건 시간 낭비군요." 빌리가 주장했다. "펨브로크를 찾는 게 좋겠습니다."

데이지가 고개를 가로젓자 곱슬머리 금발이 찰랑거렸다. "정확히 어떻게 그럴 건데요? 상대는 장물을 다루는 자라고요. 대부분의 사람들은 그런 사람을 어떻게 찾아야 하는지 알지 못해요. 그리고 찾는 법을 아는 사람들은? 인정하지 않겠죠."

"입을 열게 하는 법은 내가 압니다." 그가 투덜거렸다. 그러더니, 그녀가 반대하기도 전에, "하지만 당신 말이 맞습니다. 어디서부터 시작해야 좋을지 전혀 모르겠군요."라고 덧붙였다.

죄책감이 치솟아 데이지의 뱃속을 움켜쥐었다. 두 사람이 자신의 얼굴에서 아무것도 보지 못했기를 바랄 따름이었다. 그럴 수는 없어. 그녀가 되새겼다. 그런 위험을 감수할 수는 없어.

"헤네시의 친구들은 어떻겠습니까?" 빌리가 물었다. "헤네시가 갔을 만한 곳을 알 사람이 있을지도 모르지요. 아니면 헤네시가 소중한 물건을 숨길 만한 장소라든가."

이번에는 엘리엇이 고개를 가로저을 차례였다. "제가 체스터랑 가장 친한 친구예요." 목소리에서 살짝 쓰라림이 느껴진 것은 데이지의 착각이었을까? "저 말고 그런 이야기를 할 만한 사람은 아무도 떠오르질 않네요."

"게다가," 데이지가 덧붙였다. "틀림없이 경찰도 그쪽은 조사를 했을 테고요."

빌리가 알아들을 수 없는 말로 으르렁거리더니 물었다. "애인, 여자 친구는?"

데이지는 이번에는 자신의 반응을 확실히 숨기지 못했다는 걸 알았다. 미처 참을 새도 없이 턱이 씰룩였고, 엘리엇은 갑자기 메스껍다는 표정을 지었다. 빌리가 두 사람을 번갈아 보더니 눈을 가늘게 좁혔다.

"내게 말하지 않은 게 뭡니까?"

엘리엇이 먼저 내뱉다시피 대답했다. "아무것도요!" 하지만 대놓고 화를 내는 와중에도 빌리의 불신 어린 눈길에 기세가 꺾이는 것은 어쩔 수 없었다.

"워커 사서?"

"난…" 망할, 하필 그걸 물어볼 게 뭐람? "그건 입에 올리기에 적절한 화제가 아니라고…"

데이지 앞에 선 남자가 자신의 고향처럼 차갑게 변했다. 이제는 "빌리"가 아니라 그녀의 도서관에 처음 발을 들이였던 당시의 이방인으로 돌아가 있었다. "난 우리가 힘을 합치고 있다고 생각했는데. 내가 *우야라아니*를 찾고 싶어 하는 만큼 당신들도 친구를 찾고 싶어 한다고. 당신들을 믿어도 된다고."

데이지는 어찌할 바를 몰랐다. 그녀는 *정말로* 체스터를 찾고 싶었고, 그들에게는 *정말로* 빌리의 도움이 필요했다. "그건 상관없는 문제예요. 어차피 그 여자는 우리와는 얘기하려 들지도 않을 테고."

"*어떤 여자?*"

데이지와 엘리엇이 머뭇거리자 빌리가 어깨를 으쓱했다. "그렇다면야. 캠퍼스에 가서 체스터 헤네시가 누굴 만나고 있었는지 묻고 다녀야겠군. 뭘 말하지 않으려는 건지는 몰라도 틀림없이 누군가는 얘기해 주겠지. 원래 소문이라는 게 '부적절'할 때 가장 재밌는 법이지, 안 그렇습니까?" 그 말과 함께 빌리는 걸음을 옮기기 시작했다.

"안 돼요!" 엘리엇이 반발심보다는 고통에서 비롯한 절규를 토해냈다.

빌어먹을, 빌어먹을, 빌어먹을. "시왁 씨. 빌리. 기다려요." 데이지가 뛰어가 그를 따라잡으며 어깨 위에 손을 얹었다. "잠깐만요. 얘기 좀 해요."

세 사람은 부딪쳐 오는 어깨와 호기심 많은 귀를 피해 블록을 이리저리 나아가다 엿들을 상대라고는 쥐밖에 없는 좁은 골목 입구에 멈추어 섰다.

"체스터가 만나는 사람이 있기는 했어요." 데이지가 인정했다. "대놓고 말한 사람은 많지 않지만 아컴 상류사회에서는 다 알고 있었죠. 캠퍼스에서도요. 빅토리아 매커친이라는 여자요."

데이지는 엘리엇이 이 이야기를 하는 것은 물론 그 여자의 이름을 듣는 것조차 원치 않는다는 걸 알았지만, 그는 시선을 발치로 떨어뜨리고 두 주먹을 불끈 쥐기만 할 뿐 가만히 있었다.

빌리도 기쁜 표정이 아니기는 마찬가지였지만 이유는 한참 달랐다. "그리고 이걸 비밀로 해야 한다고 생각한 이유는…?"

그를 어떻게 이해시킬 수 있을까? 그녀가 그의 동족들에 관해 읽은 바가 정확하다면, 그쪽 문화권에서 합의된 금기는 주로 종교적인 것이었지 사회적인 것은 아니었다.

"체스터의 집안도 나름대로는 아주 잘 살아왔어요." 그녀가 말했다. "상당한 재산을 쌓았고요. 하지만 매커친은 조상대대로 부를 누린 매사추세츠의 유서 깊은 가문 출신이에요. 거기다가 그 여자는 아주 점잖게 표현하더라도 '파란만장'했다고 할 만한 결혼 생활 끝에 최근에야 과부가 됐고, 체스터보다 나이가 두 배는 많아요."

그러고는, 빌리가 가만히 바라보고만 있자, "이게 얼마나 부적절한 관계인지 잘 이해가 안 되요? 두 사람이 엮인 추문의 무게는… 가볍지 않아요. 체스터의 미스캐토닉 대학 학적이 위태로워질 수도 있는 —"

"그것 때문에 내 탐색을 위태롭게 했단 겁니까?" 빌리가 폭발했다. "겨우 그런 것 때문에?"

데이지는 그의 분노가 내뿜는 열기에 자신의 마지막 남은 인내심이 증발하는 것을 느꼈다. "바로 이런 반응 때문에 그랬죠." 대답에 허를 찔린 그가 자신도 모르게 귀를 기울이는 눈치를 보이자, 그녀는 설명을 이어 나갔다. "당신이 그 심각성을 이해하지 못할 줄 알았으니까. 냉큼 매커친 부인을 찾아가 대답을 내놓으라고 요구할 테니까. 그랬더라면 잘해야 그 여자가 모욕을 느낀 끝에 도움을 거부하고 아컴의 엘리트들에게 당신이 한 행동을 소문냈을 테죠. 최악의 경우에는 경찰을 끌어들여 당신을 내몰 또 다른 구실이 됐을 테고요."

"그 여자가 내가 이 일로 접근했다는 이유만으로 경찰을 부를 거라고 생각합니까?"

"그러고도 남죠. 하지만 그럴 필요조차 없을지도 몰라요. 경찰이 그 여자와 체스터에 관한 소문을 모를 것 같나요? 경찰은 체스터가 사라진 뒤 그 여자에게 신중히 접근했을 테고, 심문을 했더라도 가볍게 끝냈겠지만, 그 여자가 실종과 관련이 있을 경우에 대비해서 한동안 지켜봤을 거예요. 그리고 난 그 '한동안'이 얼마나 되는지 모르니까, 지금도 그러지 않을 거라고 장담은 못해요."

빌리가 천천히 고개를 끄덕이며 화를 가라앉혔다. "이 문제에 대해 많이 생각해 봤군요."

"그 여자 이름이 내가 방문한 가게들의 고객 명단에 있었거든요." 데이지가 시인했다. "딱히 놀라운 일은 아니에요. 아컴의 부자 중에는 역사 애호가가 많으니까. 아니면," 그녀가 혐오감으로 입술을 비틀며 덧붙였다. "오컬트나. 그래서 생각해 본 거예요."

"알겠습니다." 빌리가 마지막으로 길게 숨을 내쉬었다. "이런 이야기를 처음부터 솔직하게 해 줬더라면 더 좋았겠지만. 그래도 당신이 왜 안 그랬는지 이해는 합니다."

"다행이네요. 고마워요."

"빌어먹을!"

엘리엇의 존재를 까맣게 잊고 있던 두 사람은 갑자기 들려온 욕설에 펄쩍 뛰었다. 학생은 몇 걸음 떨어진 곳에서 땅에 널브러진 나무토막을 향해 발길질하는 것으로 자신의 외침을 강조하고 있었다. 나무토막이 골목을 따라 미끄러지다 멀리 있는 벽에 맞고 튀었다.

"왜 그래?" 데이지가 옆으로 다가가며 물었다.

"방금 하신 얘기를 들으니까… 매커친 말이에요. 우리가 놓친 게 있어요."

"무슨 소리니?"

"우린 역에 있는 짐꾼들에게 체스터에 대해서 물었잖아요. 사람들 사이에서 눈에 띌 이유가 없는 한 청년요. 하지만…"

말이 제대로 나오지 않는 모양이었지만 그 정도면 충분했다. 그리고 그 말이 옳았다.

만일 체스터와 빅토리아 매커친이 *함께* 여행을 떠난 적이 있다면, 홀몸인 여행자와는 달리 젊은 남자를 대동한 부유하고 유명

한 연상녀는 기억에 남았을 법했다. 특히 목격자가 그녀의 불미
스러운 관계에 관한 소문을 들은 적이 있다면.

"다시 가 볼게요." 데이지가 제안했다. "두 사람은 여기서 기다
려요."

역시나, 곧잘 그렇듯 음란한 추문이 열쇠 노릇을 했다. 다시 빌
워싱턴을 만나 새로운 접근법을 시도하자 전보다 훨씬 더 뚜렷한
기억이 돌아왔다.

"두 사람이 같이 있는 걸 한두 번 본 게 아닌데다." 그녀가 엘리
엇과 빌리에게 돌아와 전했다. "그렇게 전후사정을 떠올리고 보
니 체스터가 혼자서 역에 왔던 것도 기억이 난대요. 표를 한 장
샀대요. 실종되었을 무렵에요."

이제는 두 사람의 눈길이 온통 데이지에게 쏠렸다. "자기 눈에
는 체스터가… 엉망으로 보였대요." 데이지가 엘리엇에게 미안하
다는 눈길을 던지며 말을 이었다. "차림에 신경 쓰지도 않고, 진
이 빠져 보였다고요. 혼잣말을 했고요. 목적지가 기억나지는 않
지만 ― 워낙 많은 여행자들을 돕다 보니까요 ― 체스터가 가족
을 만나러 간다는 식으로 중얼거렸던 건 기억한대요."

엘리엇이 얼굴을 찌푸렸다. "확실하대요?"

"확실하대." 데이지도 그가 물은 것과 똑같은 이유에서 같은 질
문을 던진 터였다.

체스터의 부모는 체스터에게 다른 가족은 *없다*고 말했다.

누군가는 거짓말을 하고 있었다. 그리고 빌 워싱턴을 의심할
이유는 없었다.

그녀는 헤네시 씨가 면전에서 거짓말을 했다는 사실에 격분했지만, 그보다도 어리둥절한 마음이 앞섰다. 뭘 그렇게까지 애써 숨기려고 했던 걸까? 아니면 미스캐토닉 관련자라면 무조건 화가 나서 그토록 많은 것이 걸려 있는 상황에서도 무조건 기만하고 싶었던 걸까?

그녀처럼 논리를 추구하고 타인을 염려하는 성격의 소유자로서는 참으로 불가해한 일이었다.

"이젠 어쩌면 좋겠습니까?" 빌리가 물었다. "돌아가서 헤네시의 아버지에게 진실을 요구할까요?"

"그런다고 소득이 있을 것 같지는 않네요." 데이지가 생각에서 빠져나오며 말했다. "처음에도 딱히 협조적이지는 않았으니까."

엘리엇이 무언가를 떠올리려 애쓰는 것처럼 고개를 기울이며 이맛살을 찌푸렸다. 그러더니, "크리스마스 조명."

데이지와 빌리가 쳐다보았다. "뭐라고?" 그녀가 물었다.

"체스터가 어린 시절 부모님과 함께 크리스마스 조명 장식을 보러 가족을 방문했다는 얘기를 했어요. 체스터의 아버지가 다른 친척은 없다고 하시기에 예전에 방문했던 분들은 돌아가셨나 보다 생각했는데, 그게 아니라면… 우리에게 거짓말을 한 거라면…"

"그 장식이라는 건 어디에서?" 빌리가 물었다.

"톤턴요." 이것만은 아무런 어려움 없이 떠올릴 수 있었다. 그럴 법도 했다. 톤턴의 크리스마스 장식은 매사추세츠에서 가장 유명했다. "조명을 보러 톤턴 그린에 갔어요."

9장

진눈깨비는 이제 쏘지도, 저며 들지도 않았다. 대신 어느 틈엔 가 더욱 짙어져 내린다기보다도 오싹하게 내리누르며 끊임없는 압력을 가해 움직임 하나하나를 둔화시키고 온 세상을 엉겨 붙은 진창으로 만들었다.

그는 그 압력과 싸우면서, 발목과 종아리에 쩔걱 들러붙는 눈 과 싸우면서, 거짓투성이 백설이 만들어낸 두터운 장막에 가려 윤곽도 보이지 않는 산비탈의 기단을 이루는 기울어진 땅 자체와 싸우면서, 비틀비틀 나아갔다. 발을 내딛는다기보다는 휘청거리 면서, 걸음마다 넘어지려는 것을 용써 버티면서, 매 순간 자신이 이쪽이나 저쪽으로 기울기보다는 앞으로 더 많이 나아갔기를 기 도하면서.

온몸 구석구석이 냉기로 불탔다. 치아가 입김에 따뜻해지는가 싶다가도 차디찬 공기를 들이마실 때마다 새로이 욱신거렸다.

멀리, 진눈깨비와 눈에 무디어진, 동지, 친구, 가족들의 비명.

135

저 비명들이 그친다면 모두가 하나도 남김없이 죽었다는 의미일 테지만, 그럼에도 그는 다른 무엇보다도 저 비명들이 그치기를 바랐다.

그러면 최소한 죽기는 할 테니까.

저 비명들은 절대 멎지 않았고, 숨을 들이쉬느라 잠깐 끊기는 법조차 없었으니까. 비명은 울부짖는 겨울바람처럼 끊임없이 계속되었다. 어떤 인간의 폐도 저만한 비명을 계속할 수 없었고 어떤 인간의 목도 저만한 비명을 견딜 수 없었건만, 그럼에도 계속되었다. 비명은 바늘이 되어 그의 귀에 꽂혔고, 불이 되어 머릿속에 타올랐다.

그리고 절대로. 멎지. 않으리라.

그는 비명들이 어디에서 들려오는지 알 수 없었고, 자신이 힘겹게 나아가는 것이 그쪽으로 다가가기 위함이었는지 그쪽에서 벌어지기 위함이었는지도 잊은 지 오래였다. 아주 까마득하지는 않은 어느 시점엔가 진로를 정했다는 기억만이 남아 있었고, 이제 와서 감히 거기서 벗어날 엄두가 나지 않았다.

엄두가 나지 않았다… 바람소리 너머로, 비명들 너머로 새로운 소리가 메아리치기 전까지는. 짝을 이룬 타악기들이 어떤 무시무시한 심장박동처럼 끊임없이 끔찍하게 쿵쿵거리는 소리가.

엄두가 나지 않았다, 앞에 놓인 산이 움직이기 전까지는. 진눈깨비 너머 하나의 어두운 형체로만 보이는, 불가능할 정도로 거대하고, 어떤 바위나 나무보다 훨씬 더 굵고, 어떤 뱀과도 다르게 마디마디 꿈틀거리며 구불거리고 몸부림치는 무언가가 그를 향해 몸을 내뻗었다. 찾으면서, 다가왔다.

더는 경로를 유지하는 게 그렇게 절실한 일처럼 느껴지지 않았다.

그는 그것 앞에서 물러났다. 아니, 물러나려 시도했지만, 앞서 그를 방해하던 깊은 눈이 방해를 두 배로 늘렸다. 눈은 지금 그를 잡으러 오는 무언가와 공모하기라도 한 것처럼 걸음을 내딛을 때마다 더욱 단단히 다리에 달라붙었다. 눈에 맞서 매번 발을 비틀어 빼내면서 대여섯 걸음을 나아갔지만, 한 걸음 한 걸음이 더욱 느려지고 더욱 어려워졌다.

그러다 결국 발을 아예 빼낼 수 없는 지경에 이르렀다.

눈이 단단히 움켜쥐었다. 진눈깨비 속의 존재가 탐색하는 혀처럼 이쪽저쪽으로 미끄러지며 가까이 다가왔다. 끔찍한 심장박동이 커지고 더 커져 먼 비명들이 거의 들리지 않을 지경에 이르자, 산이 흔들렸다.

그는 발을 빼내려고 필사적으로 비틀고 잡아당기고 몸부림쳤다.

다리가 무릎 바로 아래에서 분리되면서 발과 종아리 대부분을 남긴 채 떨어져 나왔다.

피도 없었고 뼈도 없었다. 아픔도 없었다. 둔하게 잡아당기는 느낌과 함께 근섬유 몇 가닥이 대롱대롱 매달려 길고 가늘게 늘어나다 결국 질질 흐르는 침이나 한 움큼 솜사탕처럼 끊어지는 감각뿐.

이전에는 달라붙던 눈이 이제 뒤로 나동그라진 그의 등 밑에서 돌처럼 단단하게 느껴졌다. 가는 신경 한 가닥이 아직도 그와 뒤에 남겨둔 그의 일부를 연결하고 있는 가운데, 양손과 성한 한쪽 다리를 허우적거리며 필사적으로 탈출을 시도했다.

구름과 진눈깨비와 산 그림자 때문에 이미 한밤중에 가깝게 어둑했던 하늘이 더더욱 어두워지면서 보이지 않는 존재가 높은 곳에 어렴풋이 나타났다. 저 멀리 비명들이 갑자기 더 커지더니 하나의 절규로 뒤섞이며 쿵쿵거리는 심장박동보다 더욱 높이 치솟았고, 그에 호응해 절망에 찬 그의 절규도 드높이 치솟았다…

빌리가 앉아 있는 그의 어깨를 세게 찔러 흔들었다. "엘리엇. 도착했다."

엘리엇이 의식과 지각의 세계로 기어 나왔다. 시야가 흐릿하게 깜빡였고, 맥박이 쿵쿵거려 뒤통수가 아플 지경이었다. 머릿속에 남아 있던 절규가 철로 위에서 멈추어 서는 바퀴의 끼익 소리로 변했고, 심장박동이 익숙하기 그지없는 기차의 철커덩철커덩 소리로 변했다.

입을 열어 일행에게 대답하려던 찰나, 목구멍 속에서 생겨나 혀 뒤에 숨어서 튀어나갈 때만을 기다리는 말들의 존재가 느껴졌다.

이스슬라아츠 쓰쿨크리스, 이스슬라아츠 체오샤슈…

그는 대신 이를 꽉 깨물면서 코트 주머니를 뒤지며 접어 놓은 익숙한 쪽지를 찾기 시작했다.

"괜찮나?" 빌리가 물었다.

"그… 네. 그냥… 악몽을 꿨어요." 그는 절박하게 몸을 떠는 중

독자처럼 쪽지를 펴 거기 적힌 프랑스어를 나직하게 읊조렸다. 연도의 첫머리에 해당하는 *다른* 말들이 다시금 머릿속 깊숙이 물러나자 안도감에 흐느낄 뻔했다.

그는 아컴을 떠나기 겨우 몇 시간 전에 도서관으로 돌아가『이본의 서』에 적힌 보호 주문의 원본을 다시 읽었다. 다시 필요해지기까지 며칠은 걸리리라. 여행 기간 동안에는 직접 만든 필사본으로 충분하리라.

그래야만 했다.

만일 그렇지 않다면 그에게 무슨 일이 생길지, 체스터에게 들은 이래 바이러스처럼 퍼져 온 그 구절을 되뇌지 않도록 자신을 억제하지 못한다면 일행들에게 무슨 일이 생길지, 생각조차 하기 싫었다.

엘리엇은 데이지도 함께 왔더라면 좋았겠다고 생각했다. 빌리 시왁과 함께 있는 게 전보다 더 편해진 건 사실이었지만—특히 여전히 이유는 알 수 없지만 칼라알레크가 있으면 머릿속을 침범하는 연도의 힘이 더 약해지는 것처럼 느껴졌기 때문에—그래도 정말로 아는 사람이라고 할 수는 없었다. 당연히 신뢰할 만한 친구로 여길 수도 없었고, 미스캐토닉 대학 교직원이라기보다는 동료처럼 느껴지는 사서를 대할 때처럼 솔직하게 자신을 표현하거나 두려움을 털어놓을 수도 없었다.

데이지도 돕고 싶은 마음은 굴뚝같았지만 아마추어 수사를 계속하기 위해 며칠씩 업무를 방치할 수는 없었다. 사실 아미티지 박사처럼 이해심 많은 상사를 둔 덕에 지금까지 시간을 낼 수 있

었던 것만도 행운이었다. 엘리엇은 실망하기는 했지만 그녀를 탓
할 수는 없었다. 그녀는 라파예트-모지스의 행적을 추적하겠다
는 헛된 희망 속에 조금 더 여기저기를 쑤셔 볼지도 몰랐지만, 그
외에는 그와 빌리가 떠나 있는 동안 다시 본업으로 돌아가 있을
터였다.

상황이 상황인 만큼, 엘리엇 자신은 이번 조사를 위해 수업을
추가로 빼먹고 있었다. 그에게 체스터에 대한 걱정과, 빌리가 가
지고 온 불안하면서도 매혹적인 수수께끼와, 악화되어 가는 자신
의 정신 상태에 대한 두려움 외에도 다른 걱정을 할 여유가 있었
더라면 훗날 학업 상 치러야 할지도 모를 대가에 대해서 심각하
게 고뇌하고 있었으리라. 하지만 상황이 상황인 만큼, 그런 문제
는 신경 쓸 겨를도 없었다.

두 사람은 자리에서 일어나 다른 대부분의 승객들과 더불어 느
릿느릿 걸음을 옮겨 톤턴 중앙역 승강장에 내려섰다. 구내의 인
파는 아컴 기차역의 인파를 부끄럽게 만들기에 충분했다. 톤턴은
더 악명 높은 도시보다 살짝 컸을 뿐만 아니라 매사추세츠 상당
부분을 가로지르는 철도 교통의 중심지이기도 했다. 수많은 승객
들이 승강장과 역과 그 인근을 돌아다니며 기차와 기차 사이에
비는 시간을 죽이고 있었다.

역 자체가 엘리엇에게 익숙한 역보다 더 크고 더 개방되어 있
으며 훨씬 더 따스해서 그런 과밀감을 다소나마 완화해 주었다.
아컴 역이 웅크린 요새를 닮았다면, 이곳은 더 밝은 빛깔의 벽돌
로 쌓은 외벽과 넓게 아치를 그린 창문과 첨탑 하나 덕분에 성당

에 더 가까웠다.

건축 성향의 차이는 도시 자체로도 이어졌다. 아컴이 자신의 과거를 곱씹으며 한을 품기로 작정한 것처럼 보인다면, 톤턴은 더 우아하게 나이 드는 편을 선택했다. 톤턴의 건축물들은 아컴보다 밀집도가 덜했고, 건축 양식도 아컴처럼 구세계스럽고 위압적이지 않았다. 거리와 보도도 더 넓어 보였는데, 어쩌면 그건 더 넓은 부지들과 가장 유명한 톤턴 그린을 비롯한 다수의 개방형 공원들이 일으킨 착시인지도 몰랐다.

심지어 날씨마저 더 탁 트인 기분이 가득했다. 봄이 무르익은 것치고 비정상적으로 쌀쌀하기는 마찬가지였으나, 구름이 아컴처럼 잿빛은 아니었고 땅 가까이 웅크려 있지도 않았다.

다른 상황이었다면 엘리엇도 이 짧은 체류를 즐겼을지도 몰랐다. 하지만 상황이 상황인 만큼, 이런 차이를 인지하는 것조차 주로 심란한 생각에서 주의를 돌리기 위한 의식적인 노력의 일환이었다.

그들은 짐꾼 하나를 골라 짧게 몇 가지 질문을 던진 뒤 출발했다. 행인들의 흐름에 섞이자 걷기가 비교적 수월했다. 대화 소리와 털털거리는 자동차 소리가 에워싼 탓에 서로 말을 주고받기 어려웠다. 악몽의 잔재와 다른 생각들에 사로잡혀 사교적인 잡담을 나눌 기분이 아니었던 엘리엇으로서는 반가운 일이었다.

한동안 걸음을 계속하고 나서야 그는 빌리의 굳은 표정을 알아차렸고, 이내 자신의 동행을 힐끔거리는 일부 무례한 지역 주민들이 눈에 들어왔다. 빌리의 비사교적인 표정을 보니 애초에 침묵을 지킬 구실이 필요하지도 않았을 듯했다.

톤턴 그린을 가로지르다 보니 엘리엇은 기분이 찌무룩한 와중에도 왜 그렇게 많은 사람들이 이곳을 보러 오는지 이해할 수 있었다. 드넓게 탁 트인 녹지 위로 난 통행로가 파릇파릇한 잔디밭 사이를 가로질렀고, 나무 몇 그루며 잔물결이 이는 분수며 반질반질한 조각상이 간간이 나타났다. 그가 본 도시 공원 중 가장 크지는 않더라도—그래도 아컴에 있는 어느 공원과도 비교할 수 없을 정도로 큰 건 확실했다—뭐랄까, 딱 맞는 표현은 아니지만, 가장 기품이 있었다. 확실히 톤턴 시민들이 공원에 큰 자부심을 느낄 만했다. 연말에 조명과 기타 장식물로 꾸미고 나면 실로 대단한 볼거리가 될 게 틀림없었다.

거기서 멀지 않은 곳에 훨씬 더 작은 공원인 처치 그린이 있었고, 그 공원 외곽에 마침내 목적지가 나타났다.

톤턴 시청.

시 청사치고는 안온해 보이는, 근사하지만 불필요한 아치와 기둥들로 외벽을 꾸민 르네상스 부흥 양식 건물이었다. 여전히 기분이 찌무룩한 탓이었을지도 모르겠지만 엘리엇은 그 자태가 자신을 깔본다고나 할까, 더 나아가 기만하는 듯한 기분을 떨칠 수 없었다.

안으로 들어가 비서의 책상으로 다가가자 책상 뒤에 앉아 있던 안경을 쓴 여자가—조금 전까지만 해도 옆을 지나치는 지역 주민들을 향해 활짝 미소 지으며 손을 흔들고 고개를 끄덕이던—무표정하게 돌변하는 모습을 보고도 놀라지 않은 것은 그런 이유에서였다.

"어떤 일로 오셨을까요?" 여자가 물었다. 노골적으로 신중하게 무례를 배제한 말투가 어쩐지 그 자체로 무례하게 들렸다.

엘리엇이 보기에 여자는 자기 쪽은 거의 알아차리지도 못하고 있었다. 여자의 관심과 감춰지지 않는 뚜렷한 적의는 대부분 옆에 있는 이방인임이 분명한 사내를 향하고 있었다.

빌리가 이런 낯선 사람에게는 진심 어린 미소처럼 보일지 몰라도 엘리엇은 불쾌하게 이를 드러내는 것임을 이미 알고 있는 표정으로 대답했다. "공공 기록을 열람하러 왔습니다."

"무슨 용무신데요?" 여자가 따져 물었다.

끼어들 차례로군. "친한 친구의 가족을 찾는 중입니다." 엘리엇이 두 사람 사이로 쓱 미끄러져 들어가며 말했다. "제가 알기로는 이곳 출신이거든요."

물론 꼭 맞는 말은 아니었다. 그가 아는 거라곤 체스터 가족이 어느 시점엔가 이곳에 *왔다*는 것뿐이었다. 하지만 엘리엇과 친구들이 아컴을 떠나기 전에 이미 결론을 내렸듯, 조사의 시작점으로 삼을 만한 곳은 여기뿐이었다.

비서는 한참 동안 그를 바라보며 엘리엇과 빌리에게 번갈아 주의를 기울였다. 짐작컨대 요청을 거부할 타당한 이유를 떠올리려 애쓰는 듯했다.

"그런 자료는," 엘리엇이 질문이 아닌 것이 분명한 말투로 물었다. "공공 기록인 거 맞죠?"

여자는 결국 억지 한숨을 내쉬더니 한 복도를 가리키면서 가는 길을 짤막짤막하게 빠른 말투로 늘어놓았다.

"고맙군요." 엘리엇보다 먼저 빌리가 말했다. 비서의 입술이 꿈틀거렸다.

그들이 돌아서서 복도로 들어서자 발소리가 석재 타일을 깐 바닥 위로 울려 퍼졌다. "미안해요." 일행이 당한 취급에 부끄러워진 엘리엇이 마침내 입을 열었다.

빌리가 어깨를 으쓱였다. "네 잘못이 아니잖나. 동족을 골라서 태어날 수는 없지."

대답은 고사하고 그 말을 어떻게 받아들여야 좋을지도 확실히 알 수 없었기 때문에, 엘리엇은 침묵을 지켰다.

커다란 방 여러 개를 차지한 공공 기록들을 관리하는 사람은 살짝 해어진 정장을 입고 그보다 더 해어진 머리를 한 딱딱하고 작은 남자였다. 하지만 남자는 자신의 작은 영지에 꽤나 자부심을 느꼈고, 기꺼이 가신 중 하나를 시켜 엘리엇과 빌리의 조사를 돕도록 했다. 그들은 거의 즉시 톤턴 경계 내에서 헤네시라는 이름의 가문이 소유한 모든 부동산의 주소를 알아낼 수 있었다.

놀랍게도 다섯 군데였다.

두 탐색자는 짜증 섞인 한숨을 교환했고, 빌리가 주소를 적기 시작하는 사이 엘리엇은 시내 지도를 찾아 나섰다.

처음 방문한 집은 그토록 깔끔하게 칠하고 잘 관리하지만 않았더라도 엘리엇이 "축사"라고 불렀을 법한, 작은 부지에 세워진 작은 집이었다. 그곳에 사는 젊은 커플은 엘리엇이 문을 두드리자 방해꾼을 향해 눈을 부라리면서 체스터라는 사람은 만난 적 없다고 말하고는 면전에서 문을 굳게 닫았다. 딱히 답을 들어야 했던 것도 아니었다. 얼굴 생김새만 봐도 둘 다 체스터와는 아무런 관련이 없는 게 분명했다.

두 번째 집은 정육점이었고 주인은 위층 집에 살았다. 하지만 이미 밤이라 가게 문을 닫은 뒤였고, 주인은 집에 없든가 아니면 아무리 문을 세게 두드려도 무시하고 있었다.

세 번째 집에 도착했을 때는 어둠이 완전히 내려앉은 뒤였다. 상업 지구 중 한 곳의 변두리에 위치한 이 집은 첫 번째 집보다 컸지만 더 낡고 노후한 상태였다. 엘리엇은 평소 익숙한 정도보다 더 오래 걸은 탓에 발이 아팠고, 지금까지 겪은 실패로 인한 좌절감에 자꾸 이를 앙다무느라 턱이 당겼으며, 되풀이되는 구절이 아직 머릿속 맨 앞자리까지 돌아오지는 않았어도 생각을 간질이며 비트는 탓에 끊임없이 경미한 어지럼증을 느꼈다.

"진즉 오늘밤 묵을 방을 찾아 뒀어야 했는데요." 그가 동료 여행자에게 불평했다. "이 집은 내일로 넘기죠."

빌리가 지친 기색이라고는 조금도 없이 그를 한 번 쓱 보더니 문을 두드리러 갔다.

반응이 없었다. 다시 두드리자…

"잠깐만요!" 거미줄처럼 부드럽고 가냘픈 목소리가 나무 문 너머로 들리는 둥 마는 둥 흘러나왔다. 족히 일 분은 지난 뒤에야 걸쇠 소리가 들리더니 문이 삐걱 열리면서 등이 굽은 나이든 여자가 지팡이를 짚고 나타났다. 엘리엇의 어깨에 닿을까 말까 한 키였지만, 어찌나 구부정하던지 몸을 쭉 펴면 3미터는 될 것만 같았다.

"기다리게 해서 미안해요." 여자가 말했다. 소리를 가로막는 문 없이도 말을 알아듣는 데에는 꽤나 노력이 필요했다. "내가 전만큼 발이 재질 못해서. 무슨 일로 오셨을까?"

"헤네시 부인이신가요?" 엘리엇이 틀릴 셈치고 물어보았다.

"맞아요."

"방해해서 정말 죄송합니다." 그가 말했다. "시간 많이 빼앗지 않겠습니다."

여자가 그 말에 미소를 짓자 수가 퍽 모자란 치아가 드러났다. "날 찾아오는 손님은 많지 않아요, 젊은이. 마음껏 시간을 들여도 좋아요. 아예 안으로 들어가겠어요? 막 차를 끓였는데…"

이미 느릿느릿 문을 뒤로하고 멀어지는 모양새가 거절은 예상하지 않는 게 틀림없었다. 결례를 범하고 싶지는 않았기에 엘리엇도 따라 들어갔고, 잠시 후 빌리도 똑같이 했다.

집은 박박 문질러 닦으면 좋을 듯했지만 그건 관리 소홀의 흔적이라기보다는 세월이 남긴 고색일 따름이었다. 벽에는 엘리엇이 짐작하기에 젊은 시절의 집주인인 듯한 여자와 턱수염을 기른 동년배 남자의 흑백 사진이 여럿 걸려 있었다.

그는 사진들을 지나가며 눈을 가늘게 뜨고 들여다보았다. 남자는 체스터의 친척일 법도 했지만, 어느 하나 확신할 만큼 분명하지는 않았다.

사진들을 제외하면 집은 주로 꽃무늬나 눈송이 모양을 한 편물과 자수로 장식되어 있었다.

여자는 두 사람을 낡은 식탁보를 깐 허름한 식탁에 앉히고 각자에게 누르스름한 도자기 찻잔에 차를 따라 주었다. 두 사람 모두 차를 몇 모금 홀짝이고 톤턴에 대한 지금까지의 소감을 묻는 의례적인 질문에 대답한 뒤에야 여자는 부산스럽게 돌아다니기를 멈추고 맞은편에 앉았다.

"그래, 내게 하고 싶은 이야기가 뭐지요?"

"아." 엘리엇은 반쯤 빈 잔을 빙빙 돌리다가 자신이 손장난을 하고 있음을 깨닫고는 찻잔을 찻잔과 한 세트인 받침 위에 거친 딸각 소리를 내며 내려놓았다. "헤네시 부인, 실은 부인께서 저희를 도와주실 수 있는지 어떤지도 잘 모르겠습니다. 그게, 친구를 찾고 있거든요. 실종돼서요."

"어유, 저런. 딱해라." 여자의 말은 진심 어리게 들리기는 했지만 그 어조에는 무언가 다른 것, 엘리엇이 정말로 들었는지 확신하지도 못할 만큼 미세한 주저함이 담겨 있었다.

"고맙습니다. 제게는… 사실 그 친구가 이곳 톤턴에 있다고 생각할 만한 확실한 이유도 없지만, 전에 이곳을 방문했고 근처 어딘가에 가족이 있다는 건 ─ 아니면 적어도 있었다는 건 ─ 알거든요. 그리고 그 친구 성이 헤네시라서…"

나이든 여자는 이미 고개를 끄덕이고 있었다. 두 사람보다는 자신을 향한 고갯짓처럼 보였다. "혹시 친구 이름이 체스터예요?"

심장이 한두 번 뛰는 동안, 엘리엇은 움직일 수도, 숨을 쉴 수도 없었다. 벼락을 맞은 기분이었다.

청년의 반응을 감지했는지, 빌리가 대신 나섰다. "그럼 친척이 *맞으시군요!*"

"오, 아이고, 아니에요. 난 그 불쌍한 젊은이를 알지도 못한답니다."

이제 엘리엇은 혼란스럽기만 했다. "죄송합니다만, 이해가 안 되는데요. 알지도 못하신다면…"

집주인이 차를 한 모금 마셨다. "어떻게 이름을 아느냐고요? 젊은이의 친구가 상당히 유명한 모양이지요. 아니면 중요한 사람이거나. 그 젊은이를 찾으러 왔다가 나를 만난 게 두 사람이 처음이 아니거든."

"폴라스키 교수님." 엘리엇이 중얼거렸다.

"그래요. 그런 이름이었지요. 통 생각이 안 나더라니. 차 더 들겠어요?"

"어… 아니요, 괜찮습니다."

빌리가 고개를 가로저었다.

"좋도록 해요." 여자는 자리에서 고쳐 앉다가 노구 어딘가에 찾아온 통증에 움찔했다. "그래, 젊은이네 교수가 날 찾아와 젊은이처럼 여러 가지를 물어보았지요. 내가 뭐라고 대답했는지 기꺼이 얘기해 줄게요."

엘리엇이 손가락으로 식탁을 꽉 움켜쥐며 앞으로 몸을 기울였다.

"나는 평생의 절반 이상을 톤턴에서 살았어요. 물론 여기 사는 모두를 안다고 할 수는 없고 나랑 성이 같은 사람을 전부 만나 봤

다고 할 수도 없지만. 그래도 내가 기억하기로 체스터 헤네시라
는 사람이 여기 살았던 적은 없고, 자주 여기를 찾아왔다는 얘기
도 들은 적 없어요."

식탁 모서리를 단단히 붙잡고 있기에 다행이었다. 그렇지 않았
더라면 발밑에서 세상이 기울어진 탓에 의자에서 미끄러져 떨어
질 뻔했으니까. 모든 노력이, 모든 *희망*이, 허사였다. 계속해서 명
단에 있는 나머지 헤네시들을 만나러 돌아다니기는 하겠지만, 거
기에 무슨 의미가 있는 척할 기력은 없었다. 이 모든 일이 시간
낭비에 불과—

"하지만…" 맞은편에 앉은 여자의 말이 이어지며 절망 속으로
빠져들던 그를 붙들었다. "그러다 폴라스키 교수가 늪 얘기를 꺼
냈어요."

엘리엇이 여자를 바라보았다. 멍하니 눈을 껌벅였다. 빌리를
쳐다보았지만 마주 눈을 껌벅일 뿐이었다.

"늪요?" 그가 마침내 물었다.

"그렇다니까요. 체스터 학생이 지나가는 말로 자기 친척이 늪
근처에 땅을 가지고 있다는 얘기를 했다는 게 기억난다면서." 여
자가 다시 깨진 창문 같은 미소를 지었다. "젊은이는 몰랐던 모양
이지요?"

"네, 몰랐습니다." 엘리엇은 비합리적인 질투심이 솟구치는 것
을 억눌렀다. 체스터는 수개월 간 폴라스키와 함께 연구를 했다.
때때로 서로의 과거나 개인사에 관한 대화를 나누었을 만도 했
다. 그리고 체스터는 늘 자기 가족에 관해서는 말을 아꼈다. 엘리

엇에게는 한 번도 한 적 없는 가족에 관한 이야기를 폴라스키에게 했다고 해서 체스터가 자신을 불신했거나 의도적으로 모욕했다고 보기는 어려웠다.

하지만 정말로 그런 건 아니었을까 하는 기분을 떨칠 수 없었다. 아주 약간이나마.

"그러니까, 당연히 호코목 얘기가 아니겠어요." 여자는 그게 세상에서 가장 뻔한 결론이라도 된다는 듯 말했다. "이 근방에 있는 유일한 늪이거든. 몇 킬로미터고 한없이 뻗어 나가는 큰 늪이지요. 그래서 내가 지금 젊은이에게 하는 것처럼 교수에게도 그랬어요. 정말 많은 사람들이 거기 산다고. 상상할 수 있는 것보다 더 많아요. 작은 마을이 여럿 있는데, 그치만 그걸 마을이라고 하긴 좀 그래요. 그냥 얼마 안 되는 사람들이 여기저기에 이웃해서 사는 거지."

엘리엇은 감정이 끊임없이 오르락내리락 하는 통에 토할 것 같았다. 희망이 손아귀에 들어온다 싶을 때마다 장애물이 더 높아지는 듯했다. 잠시 생각할 시간을 갖기 위해 이제는 맛없게 식어 버린 차를 한 모금 홀짝였다.

또 다른 단서, 또 다른 가능성. 그건 좋은 소식이었다.

하지만 호코목이라니… 잘 아는 건 아니었지만 매사추세츠의 교육받은 주민으로서 대강 아는 바는 있었다. 그 담수 늪의 거대함에 대한 나이든 여자의 표현은 과장이 아니었다. 조사와 추정에 따르면 호코목은 *60제곱킬로미터*가 넘었다. 포기하는 건 아니었고, 절대로 포기하지 않을 터였지만, 그래도…

"*거기서* 대체 어떻게 체스터네 가족을 찾는다고?" 엘리엇은 일행과 집주인의 시선을 느끼고 나서야 자신이 그 말을 입 밖에 냈음을 깨달았다.

여자가 차를 마시면서 두 사람을 향해 춧 하고 혀를 찼다. "젊은이들은 여기 오기 전에 조사를 하지 않은 모양이에요?"

빌리가 마음에 없는 웃음을 지어 보였다. "현지인은 이 친굽니다. 저는 이런 걸 알 *턱이* 없지요."

"저는…" 엘리엇이 얼굴을 붉혔다. "조금 다른 생각에 빠져 있다 보니." 솔직히 말하면 그가 무엇을 놓쳤는지, 여자가 그에게 뭘 알았어야 했다고 암시하는지도 확실히 알지 못했지만, 그러거나 말거나 부끄러움이 밀려왔다.

"늪가에 사는 사람들이라도," 여자가 친절하게 설명했다. "자기네 땅은 사야 하지 않겠어요? 공무원들이 자기네를 내버려두길 바란다면 법적으로 아무 문제가 없어야. 그리고 거기 사는 사람치고 자길 내버려두길 바라지 않는 사람이 없거든. 폴란스키 교수에게 그 얘기도 했어요. 여러분이 날 찾은 방식으로 거기 있는 헤네시 가족을 못 찾을 이유가 없겠지요."

권리증과 부동산 기록. 당연하지. 하지만, "그 기록은 톤턴에는 없을 텐데?" 엘리엇이 혼잣말했다.

"시청에는 없지요. 하지만 톤턴은 브리스톨 군청 소재지라 그쪽 청사들도 있어요. 호코목 늪 전체가 브리스톨에 해당하는 건 아니지만," 여자가 시인했다. "대부분은 그렇지요. 젊은이들이 찾는 헤네시 가족이 거기에 없다면, 그야, 다른 군청 소재지에 가

보면 될 테고."

맞는 말이었다. 아직 기회가 있었다. "폴라스키 교수님도 그러셨습니까? 뭔가 찾아내셨어요?"

"그건 나야 확실히 모르지요. 하지만 그게 우리가 마지막으로 나눈 얘기였고, 그 뒤에 무슨 문제가 있었다고 해도 나를 다시 찾아와서 얘기한 적은 없어요."

폴라스키에게 무슨 일이 일어났든 그곳에서 일어났을 거라는 얘기였다. 늪에서.

그 일이 그들 또한 기다리고 있을지도.

엘리엇은 한 차례 몸을 떨고는 되도록 그런 생각은 떨쳐 버리려 애썼다. 단서는 이것뿐이었고, 위험하든 위험하지 않든 체스터에게는 ― 그리고 아마 교수에게도 ― 그들이 필요할지 몰랐다.

이후로는 딱히 그곳에 더 머물 필요는 없었지만, 그래도 남아서 집주인이 잔과 주전자 닦는 것을 거들었다. 작별 인사를 나눌 무렵에는 밤이 깊고 추웠지만 엘리엇은 그런 사실을 거의 인지하지도 못했고, 밤을 보낼 방 두 개를 어디에서 구하면 좋을지 짧게 논의한 것 말고는 빌리에게 별다른 말도 건네지 않았다. 내일 날이 밝는 대로 브리스톨 군 등기소에 가서 기다릴 작정이었다.

그 다음에는? 운이 따른다면 정오 무렵에는 호코목 늪에 가 있으리라. 그리고 어쩌면 마침내 몇 가지 해답에 가까워져 있을지도.

10장

체스터의 관심을 얻는 일을 제외하면, 엘리엇은 남을 부러워하거나 그것 때문에 분개한 적은 없었다. 집안이 늘 충분히 여유로웠기 때문에 그는 더 부유한 친구들이 누리는 사치 — 여행, 더 좋은 옷, 최신 유행을 따르는 장신구 — 를 보고도 대수롭지 않게 넘기곤 했다. 학우가 어느 교과목에 자신보다 더 뛰어난 재능을 갖추고 있어서 한결 쉽게 성적을 유지하더라도 더 열심히 공부해야겠다는 자극을 받을 뿐이었다. 심지어 친구에게 어떻게 해선가 "옳은" 구절이 머릿속에서 되풀이되는 탓에 끔찍한 고통과 끊임없이 사투를 벌이면서도, 그는 자기 대신 다른 사람이 당했기를 바란 적은 한 번도 없었다.

하지만 지금, 빌리의 한결같고 지칠 줄 모르는 걸음을 따라잡으려 분투하면서 — 숨이 점점 거칠어지고 종아리가 고통을 호소하는 가운데 — 그는 처음으로 일행을 죽이고 싶다는 욕망이 활활 타오르는 것을 느꼈다.

헤네시 이름으로 된 군 부동산 권리증들을 찾는 데에는 몇 분 밖에 걸리지 않았고, 거기서 호코목 변두리에 있는 한 부동산으로 범위를 좁히는 데에도 몇 분 밖에 걸리지 않았다. 그들은 지난밤을 보낸 시 외곽의 싸구려 여인숙으로 돌아가 논의한 끝에 이 헤네시의 부동산이 확실하다는 보증은 없더라도 다른 곳들보다는 자신들이 찾는 조건에 더 부합한다는 데에 의견을 같이했다. 시도해 보는 수밖에 없었다.

남은 문제는 어떻게 거기까지 가느냐였다. 장장 18.5킬로미터를.

톤턴에는 아직 자동차 대여 사업이 들어오기 전이었다. 그쪽으로 가는 기차도 없었다. 말을 빌려주겠다는 사람을 찾는다 한들 두 남자 모두 안장에 앉아 본 경험이 없었다.

결국, 엘리엇이 바라던 것보다 더 비싸기는 했지만, 택시를 불렀다. 하지만 택시기사는 절반 약간 넘는 지점까지만 데려다 주겠다고 했다.

"그쪽은 길이 형편없어." 그들이 항의하자 택시기사가 설명했다. "진흙탕에 울퉁불퉁해서 자동차는 말할 것도 없고 마차도 다니기 힘들어. 회사에 망가진 택시를 반납했다간 내가 된통 깨진다고, 알간?"

그리하여 그 진창길 중 하나에 내린 두 사람은 목적지까지 6.5킬로미터가 넘는 길을 걸어가야 했다. 말도 안 되게 먼 거리라고 할 수는 없었지만 익숙하지 않은 땅인데다 며칠째 평소보다 훨씬 긴 거리를 돌아다니며 고생한 탓에 엘리엇은 당장에라도 다리를 잘라내고 싶은 심정이었다.

하지만 그런 생각을 했더니 전날 꾸었던 꿈이 떠오르는 바람에 냉큼 사고를 다른 곳으로 돌렸다.

얕고 탁한 민물에서 솟아난 삼나무들이 길가를 따라 늘어서기 시작했다. 주렁주렁 매달린 이끼가 바람에 나부끼며 습한 공기에서 끌어 모은 수분을 흘렸다. *턱수염이네. 엘리엇이 생각했다. 늙은 주정뱅이 부랑자의 부스스하고 헝클어진 턱수염이야.*

진창이 점점 걸쭉해지더니 발을 내딛을 때마다 축축한 쩍 소리가 나기에 이르렀다. 추가적인 육체 활동에다 한낮의 태양 — 어딜 가도 깔린 구름층에 가려 있음에도 — 까지 더해지자 엘리엇은 추위 속에서도 땀이 솟는 걸 느낄 수 있었다. 코트를 벗어 어깨에 걸치고 소매를 걷어붙였다. 드러낸 살갗에 즉시 소름이 돋았지만, 적어도 잠시 동안은 새로 더해진 한기가 반가웠다.

모기들은 반갑지 않았다. 통통하고 까만 녀석 하나가 윙윙거리며 엘리엇의 손목에 내려앉았다. 그는 혐오감보다는 흥미를 느끼며 녀석을 바라보았다.

"내가 전문가는 아니지만," 더 가까이 들여다보려고 팔을 들어올리는 엘리엇을 보고 빌리가 말했다. "모기가 살기에는 너무 추운 날씨일 거라고 생각했는데."

"저도요." 엘리엇은 멍하니, 거의 최면에 걸린 듯한 목소리로 대답했다. 그러더니 퍼뜩 현실 세계로 돌아와 신음을 흘리며 반대편 손으로 모기를 찰싹 때려잡았다. 녀석이 이미 포식했던 다른 누군가의 피가 터져 나왔다.

그에 응답하듯 멀리 잔잔한 물 위에서 다른 곤충들이 윙윙대는 소리가 더욱 커졌고, 개구리 울음소리와 새 소리와 그보다는 분간하기 어려운 다른 목소리들도 합세했다.

"엘리엇." 빌리가 경고를 담아 나직이 말했다.

"그냥 모기 한 마리잖아요. 그게 무슨 ─"

"엘리엇!"

그가 손목에 남은 선홍색과 검은색 얼룩에서 눈을 떼고 고개를 들었다.

앞쪽으로는 더 울창해진 수풀이 길 위편으로 드리워져 있었다. 하지만 빌리의 관심사는 그 길에 서 있는 것이었다.

자동차 여러 대 ─ 주로 개방형 적재함이 달린 픽업트럭으로, 전부 마른 흙먼지에 뒤덮인 것이 이 지역에서 살고 일하는 사람들의 차임을 짐작케 했다 ─ 가 무리 지어 주차된 채 길을 막고 있었다. 옆에는 나무 마차 한 대와 더불어 주변 늪에서 모아 온 통나무와 나뭇가지가 쌓여 있었다. 그 모두가 한데 모여 통행로를 막으려는 의도임이 분명한 바리케이드를 형성했다.

다른 트럭 몇 대가 우회를 시도한 모양이었다. 지금 그 트럭들은 진흙과 늪 물에 반쯤 잠겨 있었다. 시도는 실패했고, 적어도 자체 동력으로는 다시 움직일 수 없을 듯했다.

개미 새끼 하나 보이지 않았다. 이곳에서 길을 막으려고 했던 사람도, 지나가려고 했던 사람도, 모두 떠난 뒤였다. 맨 위에 쌓인 진흙이 일부만 말라 있고 낙엽이 흩뿌려진 모양새가 하루나 이틀, 길어도 너댓새 이상 지나지는 않았음을 시사했다.

엘리엇과 빌리는 늪에서 풍기는 썩은 내를 들이쉬며 그 광경 속으로 들어섰다. 둘 다 말은 하지 않았지만 눈빛을 교환하는 것으로 서로가 마지막 한 가지 심란한 사항을 알아차렸음을 확인했다.

이건 지역 주민들이 어떤 이유에서든 외부에서 무언가 끔찍한 위협이 닥치리라는 믿음 때문에 쌓은 방어용 구조물이 아니었다.

바리케이드를 돌아가려다 실패하고 진창에 빠져 늪에 반쯤 잠긴 차들은 모두 *바깥*쪽, 그러니까 엘리엇과 빌리가 온 방향을 향하고 있었다. 주민들이 간이 바리케이드를 쌓은 것은 이웃과 친족이 떠나는 것을 막기 위함이었다.

"이게 무슨 뜻일까요?" 엘리엇이 갑자기 무겁게 내려앉는 초조한 두려움 속에서 간신히 목소리를 끌어내어 물었다.

"짐작도 안 간다." 빌리가 코트를 젖히고 한 손을 파나 자루에 얹었다. 목에 걸린 가죽과 상아와 돌로 만든 부적 다발이 불쑥 밖으로 나오면서 달그락거렸다. "하지만 네가 내게 말하지 않은 기기괴괴한 지역 풍습이 있는 게 아니라면 나쁜 조짐이라고 봐도 좋을 것 같군."

그들은 조심스럽게 금속과 유리, 고무와 나무의 집합으로 다가갔다. 차량으로는 이 길을 다닐 수 없었지만 보행자가 지나가는 데에는 별다른 어려움이 없었다. 주민들이 걸어서 떠나는 사람은 걱정하지 않았거나, 아니면 어느 시점에는 바리케이드에 사람이 배치되어 있었으리라.

그 마지막 생각에 엘리엇은 차 안에서 호신용으로 쓸 만한 무기를 찾을 수 있을지도 모른다는 희망을 품게 되었고, 그래서 잠시 확인에 나섰다. 누군가 이곳에서 총이나 칼을 들고 보초를 섰더라도 떠날 때 가지고 간 모양이었다. 그래도 한 트럭 짐칸에서 낡은 도끼 자루 하나가 나왔다. 간이 몽둥이는 이상적인 선택은 아니었지만 그래도 손에 묵직한 것이 들리니 마음이 좀 놓였다.

빌리가 쓸 만하다는 듯 고개를 끄덕였고, 그들은 계속해서 — 더욱 느리고 더욱 조심스럽게 — 길을 나아갔다.

야생의 소리가 차츰 잦아들었다. 여전히 들리기는 했지만 훨씬 더 멀리서 들려오는 듯했다. 말이 안 되는 상황이었고, 일행에게 이를 알아차렸는지 물어보려던 순간, 엘리엇은 다른 소리가 나머지 소리들의 자리를 대체하기 시작했음을 깨달았다.

외부가 아니라 내부에서 들려오는 소리가.

이스슬라아츠 쓰쿨크리스, 이스슬라아츠 체오샤슈… 이스슬라아츠 쓰쿨크리스, 이스슬라아츠 체오샤슈…

엘리엇은 쓰러질 듯 휘청거렸다. 몇 발 앞서 가던 빌리는 눈치채지 못했다.

안 돼! 제발, 하느님, 지금은 안 됩니다!

이제는 속속들이 외우고 있는 프랑스어 만트라를 속삭였다. 주문이 다른 더 이질적인 말들을 가라앉혔지만 효과가 평소만큼은 아니었다. 이해할 수 없는 구절들은 꼭 더 크지는 않더라도 더욱 끈질겨진 듯했다.

마치 무언가 새로운 것이 어떻게 해서인지 그 구절들의 힘을 키운 것만 같았다. 말도 안 되는 생각이었지만, 마치 그 구절들이 그것들을 억누르려는 자신의 노력에 맞서 싸우는 것만 같았다.

그래도 아직은 혼란이 심하지는 않았기 때문에 빌리가 자기네 말로 무어라고 중얼거리면서 음산하게 우려를 표명하는 소리를 — 말뜻은 모르더라도 어투를 통해서 — 놓치지 않을 수 있었다.

"뭐라고요?"

빌리가 가리켰다.

처음에는 작은 농가 한 채가 보일 뿐이었다. 낡아서 금방이라도 쓰러질 듯했고, 무른 지반이 꺼진 부분은 취한 것처럼 기울었다. 살고 싶은 마음이 드는 곳은 아니었지만 딱히 주목할 만한 점은 없었다.

"저긴 헤네시 집이 아니에요." 엘리엇이 말했다. "그 집은 더 멀리 —"

그러다, 마침내, 문이 눈에 들어왔다. 간헐적으로 불어오는 바람에 한가롭게 왔다갔다하는 문이.

"그냥 귀찮아서 안 닫은 걸 수도 있죠." 그가 듣기에도 허약한 빈론이었다. "곧 돌아올 예정이라거나. 아니면… 왜, 이런 부락에서는 다들 서로 잘 알고 지내잖아요. 틀림없이 서로 믿고 사니까 —"

"누가 집안일 하는 소리가 들리나? 밖에서 일하는 소리는? 아무 소리라도?"

엘리엇은 이전까지는 머릿속 구절들과 싸우느라 그런 것에는 신경 쓰지 않았지만, 잠깐 주의를 기울인 것만으로도 빌리의 말이 옳다는 걸 알 수 있었다. 아무것도 없었다. 근처에서 일어나는 움직임도 없었고, 초목에 연장을 쓰는 소리도 없었고, 힘쓰느라 끙끙거리는 소리나 시간을 때우기 위해 잡담하는 소리도 없었고, 모터 소리도 없었다.

멀리 동물과 곤충 소리, 고르지 않은 바람 소리, 물이 진흙 둑에 느리게 찰싹이는 소리는 들렸다. 그것 말고는 없었다.

좋지 않았다. 정말로, 정말로 좋지 않았다.

"안으로… 안으로 들어가 봐야 할까요? 둘러보러?"

"우리가 할 일은 찾으려던 사람을 찾아서 여길 뜨는 거다. 그것도 빨리."

그 말에는 엘리엇도 동감이었다. 그들은 계속 나아갔다.

길 양쪽으로 계속해서 오두막에 가까운 집들이 나타났고, 가끔 헛간도 보였다. 모두 처음 본 집과 비슷한 정도로 낡아 있었다. 문이나 창문이 활짝 열린 집도 많았는데 어느 집이든 사람은 하나도 보이지 않았다.

엘리엇의 심장이 쿵쾅거리며 팔다리와 목에서까지 맥박이 느껴졌다. 새롭게 곤두선 목덜미의 잔털 위로 땀이 비어져 나왔다.

이스슬라아츠 쓰쿨크리스, 이스슬라아츠 체오샤슈…

그가 프랑스어 만트라를 엇박자로 목구멍 속에 거듭 밀어 넣으면서 애처롭게 "*닥쳐, 닥쳐!*"를 곁들이는 빈도가 점점 잦아졌지만, 단 한 번도 입 밖으로 소리 내어 말하지는 않았다.

"조심해!"

일행의 외침이 뜻하는 바를 깨닫지 못한 그는 퍼덕거리며 몸부

립치는 갈색 덩어리가 눈앞에 나타나자 그제야 퍼뜩 정신을 차리고 물러났다.

한 번도 본 적이 없는 늪에 사는 새가 꽥꽥 비명을 질러댔다. 까마귀보다 살짝 작았고, 깃털은 온통 커피 색깔에 다리와 부리는 노랗고 길었다. 그 부리가 뒤로 물러서는 엘리엇의 살갗을 노리며 살아있는 피스톤처럼 거듭 달려들었다.

전에도 조류의 둥지 영역을 침범했다가 자극을 받은 명금 한 마리가 한두 번인가 날아든 적은 있었지만, 이런 식으로 공격당한 것은 처음이었다. 그는 코트와 같이 몽둥이를 사납게 휘두르면서 자신을 찔러대는 살아있는 단검을 피해 얼굴을 돌렸다. 발뒤꿈치가 진로에 있던 무언가, 혹은 흙길 자체에 걸리는 바람에 비틀거리다 질퍽한 철썩 소리와 함께 나동그라지고 말았다.

녀석은 그래도 다가왔다. 부리 끝이 쪼아대자 날카롭고 깔쭉깔쭉한 고통이 뺨을 가로질렀다.

그러자 빌리가 나섰다. 한 차례 팔을 휘두르자 믿을 수 없이 쾌속한 백핸드에 얻어맞은 새가 옆으로 내동댕이쳐졌다. 새는 반쯤 멍하니 퍼덕거리더니 마침내 물속에서 질척해진 몸을 일으켜 물을 뚝뚝 흘리며 비틀비틀 날아갔다.

"이곳의 아네르사이트는 화가 나 있군." 그가 몸을 숙여 손을 내밀며 말했다. 엘리엇은 손을 보지도 않고 무심결에 붙잡았다. "어쩌면 병들기까지 했을지도." 그가 학생을 일으켜 세웠다. "이곳에서는 저런 행동이 정상이라고 말하지는 않겠지?"

대답이 없었다. 엘리엇은 일행도, 뺨을 타고 흘러내리는 피도,

등을 뒤덮고 바지에 스며들고 머리에 달라붙은 진흙도 의식하지 못한 채 턱을 앙다물고 흐릿한 눈으로 계속 정면만 바라보았다.

"엘리엇? 엘리엇!"

그가 마침내 돌아보며 눈을 느리게 한 차례 깜빡였다. "네." 며칠 동안 물 한 모금 마시지 않은 것처럼 쉰 목소리였다.

"계속 가야지."

"네."

빌리가 한참을 쳐다보다 발걸음을 옮겼다. 엘리엇이 뒤를 따랐다.

빌리의 말을 듣는 데만도 노력을 기울여야 했고, 보려고만 해도 희뿌연… 희뿌연 무엇일까? 아무것도 둘 사이에서 시야를 방해하지 않았건만, 마치 다른 남자가 짙은 증기나 신기루에 흐려진 것처럼 불분명하게 보였다.

이스슬라아츠 쓰쿨크리스, 이스슬라아츠 체오샤슈… 이스슬라아츠 쓰쿨크리스, 이스슬라아츠 체오샤슈…

더욱 가까이에서, 모든 방향에서, 더 크게, 더 크게… 누구 한 사람이 목소리를 높인 게 아니라 합창 자체의 규모가 커진 것처럼, 마치 전에는 단일한 목소리나 몇 안 되는 목소리였던 것이 이제는 합창단으로 변해 그 수가 계속 불어나면서 세상을 가리고 정신을 가리면서 엘리엇의 뇌 속에 독자적인 사고나 관념이나 꿈이 설 자리를 하나도 남겨 놓지 않은 것처럼…

달라붙는 진창들이 벌어진 입들이 되어 그를 향해 혀를 날름거리고 그가 발을 디딜 때마다 축축하게 꿈틀거리는 목구멍을 조여

들었다. 진로에 놓인 웅덩이들은 그가 나아간 길을 뒤따르는 기형의 제자들로 변했다. 양쪽으로 눈길 닿는 곳까지 펼쳐진 늪에서 일어나는 파문은 물의 베일 아래로 더욱 가까이 미끄러져 오는 숨은 것들의 항적으로 변했고, 장대한 나무들은 더욱 더 안쪽으로 몸을 드리우며 행인에게 덮쳐들 듯 길 위로 탐욕스러운 덩굴손을 내뻗었다. 거대한 나무와 돌 더미들은 단순한 구조물인 척 허술하게 보였지만 인간의 감각으로 인지할 수 있는 각도로 놓이는 법을 몰랐고, 그 무심한 외면 너머에 이질적인 진실과 부자연스러운 통로들이 놓여 있다는 낌새가 느껴졌다.

엘리엇은 몸을 떨며 훌쩍이기 시작했다. 모든 방향을 주시하지 않았다는 형언할 수 없는 무언가가 몰래 다가올 것만 같아서 걷는 것과 동시에 몸을 돌리며 사방을 확인하려 애썼다. 몇 걸음 앞에 어른거리는 형체로부터 흘러나온 목소리가 그를 불렀지만 무슨 말인지는 전혀 알아들을 수 없었고, 초의 밀랍이 녹아내리다 엉겨 붙고 다시 녹아내리듯 끊임없이 변화하는 화자의 이목구비 또한 알아볼 수 없었다.

말도 안 되게 긴 팔 하나가 뻗어 나와 무수한 발톱으로 엘리엇을 붙잡으려 했다. 그는 공포와 반항이 섞인 비명을 내지르며 도끼 자루를 들어 힘껏 휘둘렀다.

두 번째 팔이 나타나 손에 쥔 무기를 홱 잡아당겼다. 그는 무력했다.

밀랍 형상이 이제 더욱 가까이 다가왔고, 양쪽에 달린 큼지막한 팔 뿐만 아니라 가슴에 매달려 요동치는 더 작은 팔의 다발도 눈에 들어왔다. 그는 울부짖으며 물러서다가 그것이 자신의 어깨에 들러붙자 두 주먹으로 그것을 쳤다. 아무 소용도 없었다. 그것이 그를 가까이, 더 가까이 끌어당겼고, 이제 그는 그 부정한 것의 얼굴을 보며 흐느낄 수밖에 없었는데, 그것은 알아들을 수 없는 음절들을 고함쳤지만 그 음절들은 연도 때문에 거의 들리지도 않았다.

연도.

이스슬라아츠 쓰쿨크리스, 이스슬라아츠 체오샤슈…

그가 쓰러지자 그것이 몸을 숙이며 그가 땅에 부딪히지 않도록 붙잡았다. 예의 더 작은 덩굴손 하나가 달랑거리며 다가와 그의 얼굴을 쓰다듬었다…

엘리엇은 마지막으로 공기를 찾아 수면 위로 올라온 물에 빠진 사람처럼 헐떡였다. 주위의 늪은 불쾌하기는 했어도 다시 그저 호코목일 따름이었다. 길은 진창이었고, 나무는 그냥 식물이었고, 물은 느리고 한가롭게 물결쳤으며, 그 아래에 사악한 의도를 지닌 것은 없었다. 마을의 집들은, 다시, 그냥 마을의 집들일 뿐이었다.

머릿속의 말들은 그치지는 않았지만 이제 다시 의식의 어두운 한 구석에만 몰려 있었다.

엘리엇을 붙잡은 사람, 깊은 우려가 섞인 눈길로 내려다보고 있는 사람은 물론 빌리였다. 빌리를 변화하는 밀랍 같은 존재라고 상상했던 것이다.

그리고 길게 늘어져 나와 엘리엇의 피 묻은 뺨을 쓸었던 것은 빌리의 여러 부적 중에서도 상아를 예리하게 깎아서 밝은 곳에서 보면 일종의 카리부나 다른 가지 뿔 달린 짐승을 닮은 호부였다.

그 호부가 — 이누이트의 수호물, 이누이트의 마법이 — 그를 구했다. 그를 데리고 돌아왔다. 이전에 연도를 가라앉히고 빌리가 곁에 있을 때 한결 편안함을 느꼈던 원인 역시 그 부적들이었음이 틀림없었다.

엘리엇의 눈가로 눈물이 차올랐다. 물론 광기가 지나갔다는 데에서 비롯한 안도의 눈물이기도 했지만, 그가 잃어버린 삶, 잃어버린 *세상*에 대해 흘리는 눈물이기도 했다. 그를 괴롭히는 것이 단순한 정신병에 불과하며 *그가* 암송하던 『이본의 서』에 실린 주문은 생각을 집중하기 위한 만트라에 불과하다는 기만을 더는 한 자락도 붙들고 있을 수 없었다.

저주. 주술. 마법. 전부 실재했다.

"죄송해요." 그는 빌리의 부축을 받아 일어선 다음 자신이 광기에 휘말려 일행을 공격했음을 깨닫고 얼굴을 붉히며 고개를 돌렸다. 주변의 지형이나 집들을 바로 알아볼 수 없었다. 섬망에 빠진 사이 생각보다 멀리 걸어온 게 분명했다. "그… 뭐라고 말씀드려야 좋을지 모르겠네요."

"진실부터 말해 보면 어떻겠나." 빌리는 엘리엇이 혼자 힘으로 서 있을 수 있고 더는 난폭한 행동을 하지 않는다는 것을 확인하자 한 걸음 물러났다. 아직 도끼 자루는 돌려주지 않았다. "뭔가가 널 괴롭히고 있지. 알고 지낸 지 얼마 안 되는 나도 그 정도는 알 수 있다. 내가 상관할 바는 아니다 싶어서 무시했다만 앞으로도 그것 때문에 광기 어린 발작을 일으키게 된다면 ─ ”

“광기가… 아니에요. 엄밀히 말하면요.” 엘리엇은 자신이 정신을 차리도록 해 준 부적을 가리켰다. “그게 절 구했어요.”

빌리가 아래를 흘끗 보더니 깊이 숨을 들이쉬었다. “시달리는 건가?”

“시달린다?” 사실을 받아들이기로 한 뒤였음에도 다른 사람에게 그 사실을 인정하는 데에는 잠깐 시간이 필요했다. “시달린다면… 혼령에게 말이죠. 그런 것 같아요.”

칼라알레크가 손가락으로 부적 다발을 더듬더니 문제의 부적을 풀어 건넸다. “잠깐만 빌려주는 거야.” 그가 경고했다.

엘리엇은 또 다시 눈물을 쏟을 뻔했다. 특히 끈을 목에 걸자마자 되풀이되는 구절의 압력이 더욱 약해지는 것을 느꼈을 때는. 처음 그 구절을 듣고 그 말들이 자신의 영혼에 뿌리를 내린 이래 이렇게까지 멀게 느껴진 적은 없었다.

“고마워요.” 그 정도 인사로는 턱없이 모자라게 느껴졌다.

“이제 사실을 말해. 전부 다.”

그는 바로 그곳에서, 늪과 맞닿은 길 한가운데에서, 다 털어놓을 작정이었다. 하지만 말을 꺼내려고 입을 여는 순간 그 이질적인 구절들이 다시 한 번 소리를 높였다. 사실 여러 방향에서 들려오는 십 수 개의 서로 다른 목소리를 구분할 수 있을 정도였다. 그는 숨 막히는 절망의 물결에 휩싸여 몸을 떨며 진창에 무릎을 처박다시피 쓰러졌다.

그때 빌리가 칼에 손을 가져가며 갑작스러운 영창의 근원을 찾아 몸을 돌리는 모습이 눈에 들어왔고, 그제야 그는 무슨 일이 일어나고 있는지 깨달았다.

연도는 그의 머릿속에서 들려오는 게 아니었다. 이번에는 아니었다. 그것은 사방에서 들려왔다.

11장

여러 가옥들 뒤에서, 한 헛간 안에서, 흰 삼나무 숲과 무성한 덤불 속에서 나타나 탁한 물을 헤치면서, 스무 명 남짓한 현지인들이 마침내 모습을 드러냈다.

언뜻 보기에는 이곳 호코목 변두리에서 힘겨운 삶을 개척해 나가는 평범한 시골 사람들처럼 보일 법했다. 대다수는 두꺼운 바지나 오버롤을 입고, 묵직한 부츠를 신고, 머리카락이 얼굴로 흘러내리거나 햇빛에 눈이 부시지 않도록 앞쪽이나 둘레에 챙이 달린 모자를 쓰고 있었다.

대다수는 그랬지만, 전부 그런 것은 아니었다. 일부는 반라이거나 셔츠가 없거나 맨발이었고, 두엇은 지저분한 속옷만 입고 있었다. 진흙이 번들거리는 피부가 찰과상으로 뒤덮여 있었는데 그런 자잘한 상처로 인한 통증이나 계절에 어울리지 않은 매서운 추위는 전혀 의식하지 못하는 듯했다.

많은 사람들이 맨손이었지만 일부는 갈퀴, 삽, 톱, 칼, 원예 도구, 농기구, 도축 장비를 엘리엇과 빌리의 마음이 불편해질 정도로 손쉽게 무기처럼 휘둘렀다.

하지만 엘리엇의 등을 따라 거미처럼 춤추는 공포의 전율을 흘려보내고, 이마에 땀이 샘솟고 사지가 후들거리도록 만든 요인은 그런 것들과는 무관했다.

"이스슬라아츠 쓰쿨크리스, 이스슬라아츠 체오샤슈… 브노크투 크슈루 셸로슈트 에스크루아싸…"

체스터에게 들었던 것보다도, 지금껏 그의 생각들을 감염시켰던 것보다도 긴 연도가 끊임없는 합창 속에 늪을 넘어 흘러들었다. 그것은 그를 폭우처럼, 유독 가스처럼 두들겼다.

"스비스트 츠슐트바 올베슈싸 이크라비스… 이스슬라아츠 이크라비스 불로슈쿠 들라츠부울 로샤아…"

영창자들은 단어 사이나 단어 중간처럼 어색한 부분에서 숨을 들이쉬었는데, 모두가 음절은 한목소리로 발음하면서도 축축한 공기를 빨아들이는 간격은 저마다 달랐다. 그 결과 한두 목소리가 잠시 빠지더라도 주문은 끊이는 법 없이 계속되었다.

엘리엇은 머릿속에서 그가 알고 있고 오랫동안 그를 괴롭혀 왔던 바로 그 구절이 밖에서 들려오는 낭송에 호응해 희희낙락 메아리치며 부풀어 오른 끝에 물리적인 압력을 가해 오는 지경에 이르자 머리가 폭발하지는 않을까 두려웠다.

하지만 그의 정신은 또렷하게 남아 있었다. 마치 소리가 발 디딜 곳을 찾지 못하는 것처럼. 어쩌면 최근에 『이본의 서』에 실린 보호 주문 ─ 이제는 현대 과학도로서 느껴야 할 의심을 넘어 그것이 정말로 주문임을 알았다 ── 을 암송했기 때문일지도. 아니면 빌리가 준 부적 덕분이거나, 둘이 합쳐진 결과일지도.

오, 맙소사. 빌리.

그는 고개를 돌려 친구의 얼굴에 광기가 어리기 시작했다는 징후를 찾았지만, 적어도 그런 걱정을 할 필요는 없어 보였다. 빌리는 분명 넋을 잃은 마을 사람들의 접근에 동요했고 그들이 읊조리는 구절의 이질적인 소리에 신경이 쓰이는 모양이었지만, 정신에 해를 입은 흔적은 없었다. 엘리엇은 자신이 처음 저 말들을 들었을 때 물리적으로 얻어맞은 것처럼 주춤거렸던 것을 떠올렸는데, 빌리에게는 그런 식의 반응이 보이지 않았다. 빌리 역시 그처럼 목에 건 나머지 부적들이 발휘하는 보호 마법의 수혜를 입고 있으리라 짐작할 따름이었다.

그렇다고 선두의 삼인조가 가까운 곳까지 막 다가온 지금 두 사람이 안전하다는 의미는 아니었지만.

빌리가 압수했던 곤봉을 엘리엇에게 다시 넘겨주고 다가오는 무리를 향해 한 걸음 앞으로 다가섰다. 그는 두 손을 방어적으로 들어 올리며 빈 왼손은 앞에, 칼을 쥔 오른손은 뒤에 두었다. "당신들을 해치고 싶지는 않아…" 그가 입을 열었다.

턱수염과 체격으로 판단컨대 농부라기보다는 벌목꾼으로 보이는 건장한 남자가 묵직한 삽을 도끼처럼 머리 위로 치켜들었다.

남자는 삽을 내리치지는 못했다. 빌리가 앞으로 나서며 주먹으로 공격자의 옆머리를 쳐 비틀거리게 만들고 칼을 위로 그었다. 눈 칼이 현지인의 양 팔뚝에 한 쌍의 핏줄기를 그렸고, 핏줄기는 이내 깊은 미소를 지으며 쩍 벌어져 붉은 살덩어리는 물론 뼈까지 살짝 드러냈다. 삽이 철퍼덕 진창에 떨어졌다.

그 정도 고통이면 불구가 되어야 마땅했다. 팔을 쓸 수 없어야 했다. 헌데 턱수염 난 남자는 통증에 숨을 들이켜느라 만트라 가락을 끊는 일조차 없이 허리를 비틀며 옆구리에 있던 팔을 휘둘렀다. 아주 강력하거나 신속한 공격은 아니었지만 불가능한 일을 해냈다는 사실 자체가 사냥꾼마저 깜짝 놀라게 했다. 빌리는 끙소리와 함께 여러 걸음을 비틀거렸다.

이어서 그는 소녀 티를 간신히 벗은 젊은 여자 하나가 갈퀴를 사납게 휘둘러 자신의 팔뚝을 가르자 고통에 찬 비명을 토했다.

심각한 부상은 아니었지만 — 빌리의 코트와 반사 신경 덕분에 최악을 면했다 — 찢어진 소매 사이로 피가 줄줄 흘렀고, 그는 금욕적인 가면을 다시 쓰기 전에 잠깐 얼굴을 일그러뜨렸다. 여자가 다시 갈퀴를 들어올렸고…

엘리엇의 몽둥이가 여자의 오른 무릎을 사정없이 박살내 여자를 길가에 나자빠지게 만들었다. 명백한 위협에 직면한 상황에서도 여자를 그런 식으로 때리기 위해서는 의지를 한껏 끌어 모아야 했고, 그칠 줄 모르는 연도나 커져가는 공포와는 무관한 욕지기가 치밀어 올랐다.

하지만 여자가 오른 무릎이 부자연스럽게 옆으로 꺾였음에도 아랑곳 않고 다시 일어서기 시작하자 엘리엇을 빌리 곁으로 물러나게 만든 것은 공포가 *확실했다*. 선두의 삼인조 공격대 중 세 번째 사람은 빌리의 발치에 쓰러져 피를 흘리고 있었다. 어쩌다 그

꼴이 되었는지 엘리엇으로서는 짐작도 할 수 없었다.

"여기서 빠져나가야 해요!" 목소리에 히스테리가 가득하게 들린다는 건 알았지만 신경 쓸 겨를이 없었다.

"그래."

엘리엇이 불과 몇 걸음 앞까지 다가온 무리에게서 억지로 주의를 돌렸다. 빌리의 대답이… 아주 잠시나마 망설였던 건가? 그의 어조에서 아주 미세하게 정신이 흐트러진 낌새가 느껴졌던 건가?

그의 상상일 뿐일 수도 있었다. 하지만 어쩌면 혹시라도, 두 사람이 가까이 있는 탓에 연도가 빌리의 방어를 뚫고 들어가고 있는지도 몰랐다. 엘리엇 자신은 아무런 변화도 느끼지 못했지만, 이미 전에 노출되어 영향을 받고 있었던 만큼 설령 변화가 있었다 하더라도 알아차렸으리라는 보장은 없었다.

"그럼 뛰어요!" 엘리엇이 그를 향해 고함쳤다.

망설임이 정말로 그의 상상에 불과했는지 아니면 고함이 빌리의 정신을 일깨웠는지는 몰라도, 사냥꾼은 그 말에 따랐고, 엘리엇도 뒤에 바짝 따라붙었다. 빌리는 길의 맨 가장자리, 늪이 발목까지 차오르는 지점을 따라 탈출했다. 발을 디디기가 까다롭기는 했지만 불가능하지는 않았고, 그렇게 가다 보니 다가오는 여러 무리 중에서 규모가 큰 두 집단 사이에 위치하게 되었다.

긴 속옷 한 벌과 누더기가 된 신발만을 걸친 한 남자가 두 무리보다 앞서 엘리엇을 쫓아왔다. 필사적으로 휘두른 도끼 자루에 남자가 옆으로 밀려났고, 엘리엇은 고개를 돌려 자신이 어떤 피해를 입혔는지 확인하지 않으려 안간힘을 썼다.

손도끼로 무장한 또 다른 사람이 무성한 수풀에서 튀어나와 빌리에게 달려들었다. 엘리엇은 다음에 일어난 일을 정확히 파악하지 못한 채 그저 손과 날붙이의 잔상만을 보았다. 선홍색 분수가 길 중간깨까지 솟구쳤다. 빌리는 계속 달리며 칼을 깨끗이 털었다. 상대는 풀썩 쓰러져 두 차례 경련하더니 움직임을 멈추었다.

워낙 순식간에 일어난 일이었기 때문에, 궁지에 몰린 엘리엇의 의식 속에 자신이 조금 전 사람이 죽는 광경을 보았다는 깨달음이 뒤늦게 찾아들었을 무렵에는 이미 현장을 지나친 뒤였다. 이번에는 달리는 와중에도 고개를 틀어 뒤에 남겨진 움직이지 않는 시체를 경악에 차 홀린 듯 바라보았다. 엘리엇은 묘하게도 빌리를 향해 분노가 이는 것을 느꼈는데, 그가 공격자를 죽였기 때문이 아니라 ─ 선택의 여지가 많지 않았다는 것은 엘리엇도 알았다 ─ 살인에 딱히 신경 쓰지 않는 것처럼 보였기 때문이었다.

터무니없는 거부감이었고, 목숨을 건지려고 달아나는 상황임을 생각하면 더더욱 그랬지만, 그래도 반감이 가시질 않았다.

물론, 그것도 시체를 돌아보던 눈길을 들어 살아있는 자들이 계속 쫓아오는 것을 확인하기 전까지의 얘기였다.

두 사람을 쫓아 달려오는 현지인들의 걸음걸이는 정상적이라고 할 수 없었을 뿐만 아니라 엘리엇으로서는 제대로 이해할 수도 없었다. 발을 내딛을 때마다 앞으로 고꾸라지다시피 했고, 뒷다리는 부자연스럽게 뻣뻣했고, 앞다리만으로 간신히 몸을 지탱해 일으킨 다음 같은 과정을 반복했다. 상처를 입거나 고통에 시달린다기보다는 자기 몸을 제대로 가누지 못하는 모습이었다. 그 결과 부자연스러우면서도 용케 너무 뒤처지지는 않을 정도로 신속한 기묘한 휘청거림이 완성되었다. 그러는 내내 다들 팔을 — 무기를 들고 앞으로 내밀거나 옆구리에 뻣뻣하게 붙여 — 곧게 뻗고 있었고, 격렬한 움직임에도 숨이 빨라지거나 거칠어지는 기미는 거의 없었다.

그리고 종교를 넘어서고 광신을 넘어서는 불경한 전례문을 외치는 소리는 끊이지 않고 계속되었다. "브노크투 브슈루 셸로슈트 에스크투아싸…"

엘리엇과 빌리는 추격자들과의 간격을 점점 벌리기는 했지만 그 대가는 컸다. 엘리엇은 숨이 턱까지 차올라 왼쪽 옆구리를 파고드는 날카로운 통증에 몸을 떨었고, 지칠 줄 모르는 것처럼 보이는 칼라알레크조차 가볍게 숨을 헐떡이고 있었다. 어서 상황을 바꾸지 못했다가는…

빌리가 갑작스럽게 오른쪽으로 방향을 트는 바람에 엘리엇은 하마터면 그를 놓칠 뻔했다. 그가 몸을 낮추고 묵은 짚더미를 지나쳐 작은 잡목림을 통과했고, 손가락질을 했다.

앞쪽에 작은 오두막이 있었다. 관리가 부실하고 늪의 영향으로 손상된 이 부락의 다른 집들보다도 훨씬 더 노후한 상태였다. 옆으로 어찌나 위태롭게 기울었는지 엘리엇은 빌리가 주의를 끌기 위해 던진 손가락질만으로도 집이 쓰러질 것 같다고 생각했다.

하지만 눈길 닿는 범위 내에서 나무들 덕에 추격자들의 눈에 띄지 않고 도달할 수 있을 만한 피신처는 그곳뿐이었다.

엘리엇이 벌컥 안으로 들어가 무릎을 꿇고 쓰러지며 숨을 몰아
쉬려다 빌리가 장갑 낀 손으로 입을 막자 숨 막힐 듯 얼어붙었다.

"먼지." 빌리가 귓가에 그렇게 속삭이더니 몸을 돌려 조용히 뒤
에 있는 문을 걸쇠로 잠갔다.

과연, 엘리엇은 두 사람이 들어서면서, 게다가 자신이 쓰러지
다시피 한 탓에, 먼지와 흙과 곰팡이와 그 밖에 정체를 짐작할 수
없는 것들이 자욱하게 피어올랐음을 깨달았다. 하려던 대로 허겁
지겁 숨을 들이쉬었더라면 기침이 터져 나와 밖에 있는 사람들이
듣지 못할 수 없었으리라.

엘리엇은 셔츠를 끌어올려 입을 가리고 자신의 폐와 본능과 사
투를 벌이면서 천천히 숨을 고르려 애썼다. 빌리도 똑같이 했지
만 잠시뿐이었다. 이내 그는 파나에 붙은 피와 더 지독한 것들을
살피고는 무심히 자신의 소매에 닦았다.

"왜?" 엘리엇의 얼굴에 혐오감이 역력한 것을 보고 그가 속삭
였다. 그가 팔을 움직이자 앞서 상처를 입으며 찢어진 옷자락이
나부꼈다. "어차피 버리든가 아니면 빨아서 수선하든가 해야 하
는데."

엘리엇은 고개를 돌렸다. 잠시 후, 마침내 어느 정도 진정이 되
자, 그는 허름한 은신처를 둘러보았다.

내벽도 가구도 없었다. 먼지투성이 마룻널과 아찔할 정도로 푹
꺼진 집채뿐이었고, 목재는 균열과 흠으로 이루어진 지도를 그리
고 있었다. 문은 간단한 걸쇠를 단 얇은 판자조각에 불과해서 본
격적인 공격을 막아 내기에는 초라했다. 한때 창문이었던 것은

이제는 얼기설기 판자로 막혀 녹슨 못이 사방으로 삐뚤삐뚤 튀어
나와 있었다.

엘리엇이 기침 발작을 간신히 피하지 못했더라도 공격자들이
다가오기도 전에 허름한 집채가 먼저 통째로 머리 위로 내려앉았
을 법했다.

"밖에서는 더 괜찮아 보였는데요." 엘리엇이 창을 막고 있는 두
꺼운 판자 쪽으로 어슬렁어슬렁 다가가며 투덜거렸다.

"음. 이보다는 낫길 바랐는데." 빌리가 인정했다.

엘리엇이 너무 무게를 싣지 않으려 조심하며 두 손을 나무 위
에 얹었고, 그제야 양손이 다 비어 있음을 깨달았다. 미친 듯이
달아나는 도중에 어딘가에서 코트와 몽둥이를 모두 잃어버린 모
양이었다.

엘리엇은 이제 자신의 목에 걸려 있는 부적을 초조하게 어루만
지며 돌아서서 빌리에게 앞으로 어쩌면 좋겠냐고 물으려 했다.
대신에, 잘 맞지 않는 문 너머로, 흐린 낮의 빛 속에서, 그림자 하
나가 아주 잠깐 눈에 들어왔다.

엘리엇이 쉿 소리를 내며 가리켰다. 빌리가 아래를 흘끗 보고
고개를 끄덕이더니 귀를 나무에 대며 조심스럽게 걸쇠를 풀고…

다음 순간, 질풍과도 같은 움직임으로 문을 벌컥 열고 뛰쳐나
가 마을 사람 하나를 끌고 들어왔다. 빌리는 재빨리 남자의 옆머
리를 가격하고 양 어깨를 붙잡아 바닥에 내동댕이친 뒤 문을 쾅
닫고 다시 걸쇠를 걸었다.

마을 사람이 원예용 모종삽을 단검처럼 손에 쥐고 몸을 일으키

려던 즈음에는 빌리가 이미 자신의 칼을 빼서 남자의 목에 박아 넣은 뒤였다.

엘리엇은 욕지기가 올라오는 것을 삼키면서 몸부림과 꾸르륵 소리가 그칠 때까지 눈을 돌리고 있었다.

"꼭 그래야…" 말문이 막힌 그는 갑자기 말라버린 혀로 다시 말을 만들어내려 시도했다. "꼭 그래야 했어요?"

빌리가 모종삽을 발로 차 엘리엇 쪽으로 보냈다. "어떨 것 같나?" 그러고는, 대답을 기다리지 않고, "저들이 무엇에 씌었는지는 모르겠지만 여전히 생각은 할 수 있군. 아직도 계획을 세울 줄 알아."

"무슨 소리죠?" 엘리엇이 주저하며 무기 대용품을 집어 들었다. 잃어버린 도끼 자루가 간절했다. 몽둥이야 그렇다 쳐도 이 무딘 날로 누군가를 공격해 살의 저항을 뚫고 박아 넣는 생각만 해도…

"한 사람이 혼자서 가까이 왔잖아. 정찰이다. 그리고 이자는 조용했어. 주문을 읊조리지 않았다."

아니면 저 사람이 조용히 혼자 있었던 건 당신이 아직 연도에 굴복하지 않은 무고한 사람을 살해했기 때문일지도 모르지! 엘리엇은 그렇게 소리치고 싶었다. 하지만 그래 봐야 좋을 것 없었다. 그리고 반론을 펴지 않으려 애씀과 동시에, 그는 그것이 얼마나 비현실적인 소리인지는 깨달았다.

그래도 잠시 후 오두막 밖에서 다시 들려오기 시작한 만트라만큼 비현실적이지는 않았다.

"*이스슬라아츠 이크라비스 불로슈쿠 들라츠부울 로샤아…*"

빌리가 옳았다. 죽은 남자는 위협이었다. 다른 상황이었다면 엘리엇도 그 사실을 알게 되어 마음이 놓였으리라.

"창문에서 물러서!" 빌리가 으르렁거리며 갓 생긴 시체를 문에 밀어붙이고는 방 가운데로 물러났다.

엘리엇이 한 발 늦게 물러나며 귀를 기울였다. "저쪽에는 사람들이 없는 것 같아요." 그가 벽 하나를 가리켰다. "혹시 뚫고 나갈 수 있다면…"

"이스슬라아츠 쓰쿨크리스, 이스슬라아츠 체오샤슈…"

그가 앞으로 나서려 했지만 빌리가 손을 뻗어 제지했다. "왜? 왜 우리를 포위하지 않지?" 그가 말을 끊었다. "왜 진즉 안으로 들어오질 않았지? 저 문쯤은 장애물도 못 될 텐데 ─"

바깥에서 포효가 들려왔다. 멀리서 시작된 포효는 급속히 가까워지며 영창 소리를 묻어 버렸다. 바닥 근처의 먼지가 춤추기 시작했다.

그리고 벽이 ─ 엘리엇이 서 있으려던 "안전한" 쪽 ─ 무너지면서 두 사람을 각자 서로 다른 모퉁이로 내동댕이쳤다.

녹으로 얼룩진 붉은 금속과 물 자국이 남은 나무판자가 오두막을 뚫고 들어왔다. 열여덟이나 열아홉 이상은 되어 보이지 않는 얼굴이 늘어진 젊은이가 영창과 함께 몰고 온 소형 트럭은 ─ 훗날 엘리엇이 기억하기로는 셰보레 490형이었지만, 물론 그 순간에는 그런 세세한 것까지 파악할 겨를은 없었다 ─ 얄팍한 벽쯤은 조금도 아랑곳하지 않았다. 젊은이가 제동을 걸려고 시도했는지 어떤지는 몰라도, 트럭은 맹렬히 돌아가는 타이어 밑으로 마룻바닥을 찢어발기며 집 뒷면도 앞면처럼 손쉽게 뚫어 버렸다.

널빤지와 낡은 목재가 기울어지고, 뒤틀리고, 꺾이면서 비명을 질렀다. 잽싸게 몸을 일으킨 엘리엇과 빌리가 부서진 마룻바닥 위를 비틀비틀 허둥지둥 내달려 새로 생긴 틈을 향해 돌진했다. 불과 몇 걸음 뒤에서, 처음 본 순간부터 곧 무너질 것처럼 굴던 집채가 절규와 파열의 불협화음을 동반하며 마침내 약속을 지켰다.

목재가 가라앉았다. 먼지가 걷혔다.

잔해 건너편에서 공회전 중인 트럭 주위, 인파가 물 속과 늪 위를 흐르는 안개 속에서 솟아난 것처럼 다시 모여들었다. 여전히. 눈 하나 깜빡 않고.

영창하면서.

빌리가 움찔하더니 머리를 맑게 하려는 듯 휘저었다. 이번에는 엘리엇도 끌어당기는 힘을 느꼈다. 연도에 맞서는 방어력이 약해져 있었다.

그들은 다시 한 번 달아나려고 돌아섰지만, 뒤쪽에서 다가오는 두 번째 무리 — 첫 번째 무리보다는 훨씬 규모가 작았지만 그래도 도주를 지연시키다 두 사람을 에워싸기에는 충분할 정도로 큰 규모였다 — 가 눈에 들어왔다.

빌리의 얼굴이 다시 한 번 음산한 가면을 썼지만, 턱이 희미하게 떨리는 것을 완전히 감추지는 못했다. 그가 싸울 수 없을 때까지 싸울 각오로 파나를 들어 올렸다. 달리 선택의 여지가 없었기에 엘리엇도 똑같이 했다. 땀으로 미끄러운 손바닥 안에서 모종삽이 덜덜 떨렸다.

무시무시한 폭음이 여기저기 모인 주민들 위로 울려 퍼지며 호코목의 골과 나뭇가지와 수로를 타고 메아리쳤다.

엘리엇은 자신도 모르게 꽥 소리를 질렀고, 심지어 빌리도 그 비슷한 소리를 냈다. 처음에는 무슨 소리였는지 확실하지 않았다. 더 작은 규모의 현지인 무리에 속한 한 사람이 조금 전까지만 해도 없었던 허벅지의 상처에서 피를 흘리며 진창에 쓰러지는 모습을 보기 전까지는.

두 번째. 그리고 세 번째, 네 번째. 소리가 날 때마다 또 한 사람이 전문가 수준으로 정확하게 파고드는 총탄에 맞아 치명적이지는 않은 —— 적어도 적절하게 처치를 한다면 치명적이지 않을 —— 상처를 입으며 쓰러졌다.

엘리엇은 빌리와 맞먹는 예리한 눈을 갖추지는 못했지만, 보이지 않는 사수가 두 사람에게 공격자들 사이를 뚫고 나갈 길을 틔워 주기 위해 목표를 선별해서 쏘고 있다는 사실을 알아차리는 데에는 어려움이 없었다.

이번에도 말은 필요 없었다. 그들은 그저 달렸다.

길을 조금 내달리다 보니 부분적으로 교회를 닮게 지은 헛간이거나 아니면 정말로 유달리 단순하게 지은 교회일지도 모를 건물 위쪽에 한 형체가 보였다. 건물 구조 중 유일하게 색다르게 보이는 부분은 지붕 위로 튀어나온 땅딸막한 첨탑 하나뿐이었다. 그리고 다시 그 첨탑에서는 한때 십자가나 풍향계의 지지대였을 법한 가는 금속 막대가 낮게 드리운 구름을 배경으로 보일 듯 말 듯 튀어나와 있었다.

사수는 바로 그 첨탑 옆에 쪼그려 앉아 벽돌로 몸을 지지한 채 소총을 아래쪽으로 겨누고 있었다. 무기가 총성을 토하자 멀리서 또 다른 형체가 쓰러졌다.

"계속 가!" 엘리엇에게는 이 거리에서 상대방의 자세한 모습을 알아볼 능력은 없었지만, 억양이 강한 목소리를 듣고 나니 수수께끼의 구원자가 여자임을 알 수 있었다. "빨간 문에 하얀 테두리 있는 집으로. 위층으로 올라가." 여자가 한 손으로 노리쇠를 탁 치고는 다시 한 발을 쏘았다.

빌리와 엘리엇은 여자의 충고를 믿기로 하고 질주를 재개했다. 정체는 알 수 없어도 자신에게 이목을 집중시키면서까지 두 사람을 구조해 준 여자였다. 더욱이 연도에 굴복하지도 않았고.

총성이 두 번 더 들렸고, 그걸로 끝이었다. 엘리엇이 뒤를 흘끗 돌아보자 여자가 지붕에서 잽싸게 내려가 시야에서 사라졌다. 적어도 한동안은 아무도 두 사람을 쫓아오지 않았다. 가까이 있던 자들은 모두 수호천사의 총 앞에 쓰러졌고, 나머지는 그녀 쪽으로 방향을 틀어 헛간인지 교회인지 뭔지 모를 건물을 향해 몰려들었다.

"우리…" 달리느라 숨을 쉬고 말하는 것조차 힘들었다. "돌아가서… 그 여자를 도와야 할까요?"

"여자가 말한 그대로 해야지." 빌리가 주장했다. "우리보다 이곳에 더 오래 있었던 사람이고 우리를 구해 줬잖나. 자신이 뭘 하고 있는지 알고 있을 거라고 믿어야지."

"혹시⋯ 우리가 틀렸으면요?"

"그땐 어차피 우리가 할 수 있는 게 없지 않겠나?"

12장

서너 부지를 지나 여자가 묘사한 집에 당도했을 무렵에는 엘리엇의 뜀박질은 휘청거림으로 변해 있었다. 다시 옆구리가 칼에 찔린 것처럼 아팠고, 힘겹게 숨을 쉴 때마다 시야에 반점이 어른거렸다. 그는 비틀비틀 현관 계단을 올라 문으로 들어간 뒤 상체를 구부리며 계단 난간에 몸을 기댔다.

빌리가 오두막에 달려 있던 문보다 훨씬 무거운 문을 등 뒤로 쾅 닫고 빗장을 질렀다. 빗장이 들어가면서 든든하고 묵직한 철컥 소리가 났다. 이어 그는 엘리엇은 회복하도록 내버려두고 재빨리 일층을 한 바퀴 돌아보았다.

"몇 년은 버려져 있던 집이다." 그가 돌아와 보고했다. "음식은 대부분 사라졌고 남은 건 썩었다. 무슨 이유로 떠났는지는 몰라도 떠나기 전에 준비할 시간이 있었군. 가구를 옮겨 뒷문과 창문을 막아 두었으니 한동안은 안전할 거다. 그 여자가 위층으로 가라고 했지."

엘리엇이 고개를 끄덕인 뒤 빌리가 내민 손길을 마다하고 불안
정한 걸음으로 뒤따라 계단을 올라갔다. 이제 정신을 차리고 보
니 집 전체에 곰팡이 냄새가 고약했다. 집이 버려졌다는 사실과
는 무관하지 않을까 싶었다. 늪에 지어진 집에 그런 악취가 가득
하지 않은 경우를 상상하기 어려웠으니까.

2층도 창문들은 막혀 있었고 문손잡이 상당수에 먼지가 쌓여
있었지만, 침대는 최근에 사용한 것처럼 보였다. 침대 옆에는 세
계대전 당시 미군 보병이 썼던 사물함이 있었다. 빌리가 인접한
방들을 수색하는 동안 엘리엇이 사물함을 열어 보았다. 미지근한
물이 담긴 수통, 훈제육 약간과 초콜릿 바 반 개, 거즈 한 롤, 비누
토막 하나와 총알 한 더미가 나왔다. 슬쩍 살펴보니 총알 테두리
에 ".30-06"이라고 찍혀 있었다.

그런 물건이 왜 이곳에 있는지는 알 수 없었지만, 공짜 선물에
토를 달아서는 안 되는 법.

빌리가 다른 방을 뒤져 찾아낸 옷과 수건 더미를 들고 돌아왔
다. 이곳에 살았던 사람들은 떠나기 전에 짐을 쌀 여유는 있었는
지 몰라도 모든 걸 가져가지는 않았다.

엘리엇이 사물함에 있던 것을 보여주자 빌리는 고개를 끄덕이
기만 했다. "우리 친구나 다른 누군가가 이곳에 긴급 물자를 남겨
두었군." 그가 흐트러진 침대를 가리켰다. "아마 이 부락의 여러
집에 갖춰 놓았겠지. 현명해."

두 사람은 필요할 때마다 서로 도와가며 각자의 옷에서 가장
지저분한 부분 — 빌리는 코트, 엘리엇은 셔츠 — 을 벗고 그 밑

의 피투성이 상처를 치료했다. "그냥 그 여자가 여기에 머물고 있는지도 모르죠." 젊은이는 그렇게 말하면서 수통으로 수건에 물을 적시고 비누를 칠한 뒤 지저분한 상처 주변을 문질러 닦았다.

"그렇지는 않을 거다." 빌리가 팔에 생긴 깊은 상처들을 냉정하게 찔러 보며 이미 딱지가 앉기 시작한 것을 확인하고 만족스럽게 고개를 끄덕였다. "이 침대는 최근에 잔 흔적은 있지만 아주 최근은 아니야. 어젯밤은 아니지. 내 짐작에는 누군가가 이곳을 긴급 피신처로 활용하고 있을 거다. 그런 생각을 할 줄 아는 사람이라면 여러 곳을 마련해 두었을 테고."

엘리엇은 침대를 사용한 시점을 정확히 어떻게 아느냐고 물어볼까 하다가 그만두었다.

"좋은 징조네요." 그는 대신 그렇게 말했다. 그러고는, 빌리가 어리둥절한 표정을 짓자, "그러면 활동한 지 좀 됐다는 뜻이잖아요? 이… 이 악몽이 시작된 이후에 긴급 피신처를 마련할 시간이 있었다면요? 그쪽에서 갖고 있는 연도를 피하거나 연도의 힘에 저항할 수단이 뭔지는 몰라도 효력이 오래 간다는 얘기죠."

"흠."

갈증을 달래고 가장 심한 상처들을 닦아내고 나니 수통이 거의 비었다. 부지 내에 우물이 있는 게 틀림없었지만 두 남자 모두 딱히 나가서 찾아보고 싶은 기분은 아니었다. 엘리엇은 셔츠 밑과 머리카락 사이로 흘러든 진흙이 등 위에서 말라붙어 가는 느낌에 피부가 스멀거렸다.

이윽고 그들은 마른 수건을 이용해 가장 지저분한 부위를 할 수 있는 만큼 문질러 닦아 내기 시작했다.

한참 그러던 중…

"팔자 편하게들 계시네."

엘리엇은 펄쩍 뛰었지만, 침실 문간에 갑자기 나타난 여자의 존재보다도 등 뒤에서 나직하기는 해도 충격에 숨을 들이켜는 게 틀림없는 소리가 들려왔다는 사실이 더욱 놀라웠다.

"어떻게…?" 빌리가 정신을 가다듬었다. "어떻게 안으로 들어온 거지? 앞문을 연 거라면 빗장 소리를 들었을 텐데!"

"어허." 여자는 소총을 두 사람에게 겨눈 채 문틀에 기대더니 조심스럽게 왼손을 총열에서 뗐다. 여자가 양 귀에서 꼬아 놓은 천 뭉치를 잽싸게 잡아 빼고 다시 무기를 잡았다.

연도에 대한 방어책이구나. 그 모습은 여자가 ─ 그리고 아마 다른 사람들도 ─ 지금 무슨 일이 일어나고 있는지 알고 있으며 대비할 방법을 알아냈으리라는 엘리엇의 추측이 옳았다는 걸 증명해 주었지만, 해결법이 그토록 뻔하다는 사실에는 실망이 느껴질 지경이었다.

"내가 구해줬으니 빚을 진 건 당신들이야." 여자가 계속 말했다. "그리고 당신들은 지옥에서 올라온 악마 놈이 우릴 저주한 이후 내 집에 들어온 외부인이니까, *내* 질문에 대답해야 하는 건 당신들이야. 그 침대에서 냉큼 나와 다시 지옥으로 나가기 싫으면!"

여자는 실제로 마지막 말을 소리쳐서 이목을 끄는 위험을 감수하지는 않을 정도로 현명했지만, 앙다문 이 사이로 음절 하나하나를 으르렁거리는 태도에 엘리엇은 그 말 하나하나가 진심임을 추호도 의심하지 않았다.

다른 상황이었더라면 그는 여자를 전혀 위협으로 여기지 않았으리라. 여자는 체구가 꽤 가냘팠다. 머리 꼭대기는 그의 턱에 닿을 동 말 동 했고, 몸무게는 그의 반절이나 될 듯했다. 더구나 살짝 주근깨가 났고 키와 몸집이 더 큰 사람에게나 맞을 코트와 바지를 입은 탓에 실제로는 아마 몇 살 연상일 텐데도 거의 어린애 같다는 인상을 주었다.

하지만 노기 어린 목소리와 두 사람을 향해 흔들림 없이 입을 벌리고 있는 강철 총열 — 사용할 의지도 실력도 있음을 이미 증명한 바 있는 무기 — 이 더해진 지금, 여자는 엘리엇을 겁먹게 만들고도 남았다.

그는 두 손을 들어 올렸지만, 양손에 든 위협적인 물건이라고는 더러운 수건뿐이라 자신의 행동이 바보스럽게 느껴졌다.

"먼저," 그가 입을 뗐다. "우린 당신 적이 아니에요."

"오, 그러셔? 난 방금 당신들을 구하려고 내가 아는 사람들을 — 내 이웃들, 친구들, 친족들을 — 쏘아 쓰러뜨린 참이니까 설득에 *최선*을 다해야 할 거야."

"그럼 되돌릴 방법은 없는 거군?" 빌리가 나지막이 물었다. "사람들을 사로잡은 것에서?"

젊은 여자가 움찔했지만 소총은 흔들리지 않았다. "왜… 왜 그렇게 생각하지?"

엘리엇은 칼라알레크가 이렇게 부드럽고 다정하게 말하는 걸 들은 적이 있었던가 생각했다. "우리 같은 사람들에게 가족이 어

떤 의미인지 아니까. 대도시에서 떨어져 땅이 주는 것에 의지해
살아가는 사람들 말이야. 우리를 구해 준 것에 대해서는 깊이 감
사하고 있지만, 그 사람들이 아직도 예전으로 돌아올 거라는 희
망을 품고 있었다면 아무리 상처만 입힌다 해도 우리를 구하기
위해서 친족들을 쏘려 들지는 *않았겠지*."

눈물이 여자의 얼굴을 타고 흘러내려 늪을 내달리는 동안 얼굴
에 묻은 흙에 고랑을 냈다.

"내 이름은 빌리야. 빌리 시왁. 이쪽은 엘리엇 라즐로. 이 친구
가 당신에게 한 말은 사실이야. 우리는 적이 아니야. 이건 우리가
한 짓이 아니야."

"그래. 당신들 짓이 아니라는 건 알아." 여자가 한숨과 함께 손
등으로 얼굴을 닦더니 마침내 무기를 내렸다. "당신들 짓이었다
면 내가 구해 줄 필요도 없었겠지."

그러더니, "아이다 글릭이야. 이렇게 됐으니 만나서 반갑다고
해야겠지."

엘리엇이 두 손을 내렸다. "그럼, 저, 아이다. 혹시 이것 좀…?"
그가 진흙으로 뒤범벅이 된 자신의 셔츠를 가리켰다.

그는 그녀의 힘없는 미소를 허락으로 알아듣고 빌리가 찾아 놓
은 옷더미를 뒤지기 시작하다 멈칫했다. "어… 당신 가족들 옷이
에요?"

"아냐. 이 집은 우리 아빠 친구 소유야 ─ 소유였지. 필요한 게
있으면 편하게 가져가. 그 사람들은… 다시 찾으러 돌아오지 못
할 테니까."

남자 옷 대부분이 엘리엇에게는 다소 컸지만 불편할 정도는 아니었다. 그보다는 어깨가 넓은 빌리의 체격이 더 난감했지만, 결국 활동에 제약이 심하지 않을 만큼 평퍼짐한 먼지막이에 가까운 긴 캔버스 코트 하나를 찾아냈다.

"우린 수색 중이었어요." 두 사람이 아이다 앞에서 실례가 되지 않는 범위 내에서 옷을 갈아입는 동안 엘리엇이 설명했다. "제 친구 하나가 사라졌죠. 빌리네 일족이 갖고 있던 문양이 새겨진 돌도—기본적으로는 종교적인 유물인데요—사라졌고요."

아이다가 그 말을 듣더니 빌리 쪽을 바라보았다. "당신 인디언이야?" 그나마 적대적이지는 않았고 그냥 호기심만 느껴지는 질문이었다.

"이누이트." 빌리가 대답했다. 그러더니, 대놓고 혼란스러워하는 여자의 반응에 한숨을 내쉬었다. "에스키모."

"와. 고향에서 멀리까지 왔네."

"그렇지."

아이다가 소총을 벽에 기대어 놓고—그래도 쉽게 손이 닿는 위치였다—바닥에 앉았다. "어떤 돌인데?"

빌리가 힘겹게 코트를 입으면서 *우야라아니*의 생김새를 설명했지만, 아이다는 고개를 가로저을 뿐이었다. "그런 건 본 적이 없는데. 왜 그게 여기 있을 거라고 생각해?"

"제 친구 체스터의 흔적을 쫓아서 여기까지 온 거거든요." 엘리엇이 설명했다. "체스터가 실종 당시에 그 돌—혹은 그것과 상당히 비슷한 돌—을 연구하고 있었는데, 우린 아이다네 부락 사람들 중에 체스터의 가족이 있다고 생각해요."

젊은 여자는 얼굴을 찌푸리며 손가락으로 거칠게 튼 입술을 두드렸다. "내가 아는 사람 중에는 체스터라는 사람도 없는데."

엘리엇의 뱃속이 철렁했다. 또 성만 같고 혈연관계는 없는 다른 집안을 찾은 건 아니겠지? 하지만 아니었다. 이곳에서 일어나고 있는 일은 연도 ─ 체스터에게서 "옳은" 것과 동일한 ─ 와 관련이 있었다. 그게 연관성이 있다는 증거였다.

"확실해요?" 엘리엇이 캐물었다. "체스터 헤네시요. 대충 ─"

인상착의를 설명하지는 못했다. 아이다가 음산한 으르렁거림과 함께 일어서더니 다시 소총을 손에 들고 무시무시하리만치 단호하게 엘리엇의 두개골을 겨냥했다. "헤네시? 너희 헤네시 녀석들이랑 한 패야?!"

엘리엇은 다시 두 손을 높이 들며 벽으로 물러났다. "워, 워! 우린 누구랑도 한 패 같은 거 아녜요! 그냥 친구를 찾으러 온 거라고요. 그게 다예요."

빌리는 여차하면 뛰어들 준비를 하며 몸을 긴장시켰지만, 아이다가 총을 쏘기 전에 그녀에게 닿을 확률은 잘 봐주더라도 극히 낮았다.

다행히 그럴 필요는 없었다. 아이다는 엘리엇이 여자에게서는 한 번도 들어본 적 없는 지독한 욕설을 내뱉더니 다시 무기를 내렸다. "네 친구에 대해선 모르겠지만 네 친구 얘기를 하려거든 상대를 봐 가면서 하는 게 좋아. 여기서 그 지옥에서 썩어도 시원찮을 헤네시 놈들에게 좋은 감정이 남아 있는 사람은 아무도 없으니까!"그러더니, 자신에게 쏟아지는 어리둥절한 표정을 보고는, "애초에 우리한테 이 저주를 가져온 게 헤네시 놈들이었어."

진실이든 아니든, 엘리엇은 그녀가 그렇게 생각한다는 사실에 놀랄 기력도 없었다. 이 시점에 이르고 보니 일이 그렇게 연결되는 게 당연하게 느껴졌다.

엘리엇과 빌리는 서로 눈길을 교환하고 벽에서 떨어져 매트리스 가장자리에 앉았다. "여기서 정확히 무슨 일이 있었는지 얘기해 주면 어떨까." 빌리가 말했다.

아이다가 돌아서서 방이 허용하는 한도까지 걸어가더니 다시 두 사람을 마주보았다.

"일주일도 전이었어. 난… 아니, 이 주 전이었나?" 여자의 얼굴에서 노기가 빠져나가고 밑에 가려져 있던 슬픔과 희미한 두려움이 드러났다. "시간을 정확히 모르겠네. 그런 걸 기억하기가 쉽지 않아서…

아무튼, 일주일도 전이었어. 뭔가 이상하다는 건 우리도 이미 알고 있었지. 이 근방에 사는 사람 몇이 이미 사라진 뒤였거든. 바비 마시가 낚시하러 갔다 돌아오질 않았어. 사라 루미스는… 아무튼, 몇 명이 그냥 사라져 버렸다고.

하지만 우린 그네들이 *진짜*로 사라지진 않았다는 걸 알게 됐지. 그날, 우드로 헤네시네 집에서 무슨 일이 일어났어. 뭐였는진 몰라. 집안에서 총 소리랑 엄청 고함치는 소리가 들렸지. 그리고 좀 있으니까 아무 소리도 안 들렸고. 남자들이 뭉쳐서 무슨 일이 났나 보러 갔어. 우리 아빠랑… 다른 사람들이…"

아이다는 대체로 평정을 유지했다. 운 것은 잠깐뿐이었고, 소리도 거의 내지 않았다.

"남자들이 그 집에 도착한 순간," 그녀가 코를 훌쩍이며 이야기를 계속했다. "문이 열리면서 사라진 사람들이 한꺼번에 쏟아져 나왔어. 그 사람들이랑 헤네시네 가족 거의 다. 그리고 죄다 빠짐 없이 당신들이 본 사람들처럼 굴었지. 난폭했어. *텅 비었고.* 그리고 모두가 그 끔찍한 영창을 읊조렸지."

"아버지는 살해당하신 건가?" 빌리가 그 또한 아버지를 잃었다는 사실에서 비롯한 게 분명한 연민을 드러내며 물었다. 하지만 엘리엇은 아이다가 고개를 가로젓기 전부터 이미 그 질문에 대한 대답이 부정임을 알고 있었다.

그는 이후에 생긴 일이, 감히 헤네시 일가의 집에 접근한 아이다의 아버지와 다른 사람들의 운명이, 그냥 살해당하는 것보다 더욱 끔찍했으리라는 것을 알고 있었다.

"돌아가시진 않았어. 아무도 죽지 않았지. 그 영창. 그 불경한 말들이 무슨 뜻인지는 몰라도… 그게 모두를 *감염시켰어!* 다들 이제 그것의 일부가 되었다고!"

엘리엇은 고개를 떨어뜨리고 머리를 두 손으로 감싸 쥔 채 낮게 신음했다. 이런 일이 닥치리라는 건 얼마 전부터 알고 있었다. 적어도 자신의 일부는 알고 있었다. 그 사실을 부정하고 묻어 버린 채 그것이 체스터에 대해 뜻하는 바를 직시하지 않으려 했을 뿐.

그리고 그에 대해서도.

빌리가 일어나 팔짱을 끼고 읽을 수 없는 표정을 지으며 침실 반대편으로 걸어갔다.

"어떻게 들리는지는 나도 알아!" 아이다가 항변했다. "하지만 정말이야. 내 말을 믿어야 해!"

"믿어요." 엘리엇이 그녀를 다독였다. "마저 얘기해 줘요."

"딱히 더 얘기할 것도 없어. 더 많은 사람들이 무슨 일이 일어나고 있나 보러 갔어. 상황을 파악했을 무렵에는 —— 모두가 그 사실을 믿게 되었을 무렵에는 —— 절반 이상이 이미… 변한 뒤였지. 씌었든, 미쳤든, 뭐가 됐든.

일부는 탈출을 시도했지만, 그… 미친 자들이 선수를 쳤어. 길을 막고 달아나려고 시도하는 사람들이 오기를 기다렸지."

"우리도 봤어요. 들어오는 길에."

방구석에서 빌리가 말했다. "그래도 몇 사람은 걸어서 빠져나갔을지도 모르지."

아이다가 다시 고개를 가로저었다. "아직도 늪 속에서 기다리는 자들이 있어. 언제 어디에서 올지 알 수 없어. 걸어서 빠져나가려는 건 자살 행위야. 그리고 빠져나간다고 해도 어디로 가겠어? 우린 돈도 얼마 없어. 여기선 돈은 별로 소용이 없으니까. 톤턴 사람들은 아무도 우릴 믿지 않을 테고. 우릴 무시하거나 가둬 넣겠지. 더 나쁠 경우에는 누군가를 이리로 보내서 직접 살피려고 하거나."

"얼마나 걸리죠?" 엘리엇은 자신의 목소리가 너무 겁에 질린 것처럼 들리지 않길 바라며 물었다. "연도를 들은 순간부터 말이에요. 즉시 변하나요? 몇 분? 몇 시간?"

아이다는 어깨를 으쓱할 따름이었다. "항상 똑같지는 않아. 한 걸음을 다 딛기도 전에 그 말을 되풀이하기 시작하는 사람들도 봤고, *며칠씩* 걸리는 사람들도 봤어. 왜 그런 차이가 있는지는 모르겠고."

엘리엇의 머리가 핑핑 돌았다. 그는 일종의 패턴을, 확실한 답을 기대했다. 자신이 그냥 운이 좋았을 뿐인지, 『이본의 서』로 다시 돌아갈 수 없다면 자신에게 남은 시간이 얼마쯤 될지, 자신이 그 이질적인 말을 조금밖에 듣지 않아서 더 잘 버텼던 것인지 알수 있기를 기대했다. 하지만 아이다의 말이 사실이라면, 아무런 패턴도, 논리도 존재하지 않는다면…

더 알아내야 했다. 체스터를 찾아야 했다.

한 걸음을 내딛는 소리와 옷이 부스럭거리는 소리가 엘리엇의 주의를 사로잡았다. 돌아보니 빌리가 여전히 팔짱을 낀 채 평소보다도 더 속내를 알 수 없는 얼굴을 하고 다시 두 사람을 마주보고 있었다.

"미안하군. 이 이야기는 믿기 어려운데."

빌리가? 우리 둘 중에서 *빌리가* 회의론자라고? "빌리." 엘리엇이 이의를 제기했다. "우리가 지금까지 본 게 있는데…"

"이곳이 뭔가 거대한 사악함에 시달리고 있다는 건 의심하지 않는다. 하지만 난 안가코크는 아니더라도 그들의 이야기와 경고를 들으며 자랐다. 이틸레크에서는 모든 아이들이 그렇게 자라고, 심지어 우리 민족 대부분보다도 더욱 그렇지. 이유는 알

거다."

"어, 모르겠는데." 아이다가 자신의 존재를 상기시켰지만, 그는 그녀를 무시했다.

"그리고 나는 아버지의 짐을 대신 맡으러 출발하기 한참 전부터 안가코크와 이야기를 나누었다. 아버지께서 이것들을 주시기 한참 전부터." 빌리가 한 손으로 목에 걸린 부적 다발을 훑었다. "나는 생전에 학대당하거나 병들어 죽는 바람에 원한을 품거나 타락하게 된 짐승과 인간의 아네르사아트에 대해 많은 걸 알고, 살도 뼈도 갖추지 못하고 우리가 아는 삶을 살아 본 적도 없는 토오르나트에 대해서도 많은 걸 안다. 나는 그중에서도 악한 존재들이 금기를 어긴 대가로 우리를 벌한다거나 자신들이 그럴 수 있다는 이유만으로 우리를 괴롭히는 등 우리를 해치는 다양한 방법들이 있다는 걸 안다. 네가 도난당한 *우야라아니*가 이곳에 흘러들었거나 체스터 헤네시가 *우야라아니*와 접촉한 이후 이곳에 왔기 때문에 아이다네 마을 사람들에게 이런 불행이 찾아왔다고 주장하겠다면, 그런 불운이 일어날 가능성이 있다는 건 인정하마."

그는 손마디가 하얗게 되도록 주먹을 쥐었고, 인상을 쓰는 것을 완전히 감추지 못했다. "하지만 토오르나트나 아네르사아필루크가 사람들 사이에 오가는 말을 통해서 차례로 사람들에게 쓴다고? 살아있는 사람의 머릿속에 메아리치는 구절을 심어 저주를 옮긴다고? 우리 동족 가운데 가장 현명한 이도 그런 얘기는 들어본 적이 없고, 우리가 *우야라아니*를 감시해 온 오랜 세월 내내 그런 사실을 까맣게 몰랐던 거라고 날 설득하기는 어려울 ─"

"하지만 당신들은 그걸 음역한 적이 없잖아요."

끼어들 생각은 없었지만 말이 불쑥 나오고 말았다. 하지만 이미 저지른 일이었고, 이미 빌리의 관심을 ─ 그의 노여움은 말할 것도 없고 ─ 사로잡았으니만큼 그가 자신의 동족에 대한 자부심과 자신들의 영적 인식력에 대한 굳건한 믿음에 가로막혀 진실을 보지 못하게 내버려 둘 수는 없었다.

설령 그것이 엘리엇 자신조차 한편으로는 여전히 받아들일 수 없다고 울부짖고 있는 진실이라 할지라도.

"당신 입으로 말했잖아요. 당신네 동족은 *우야라아니*에 새겨진 내용을 읽을 수 없었다고. 하지만 우린 체스터가 뭔가 새로운 발견을 했다는 걸 알죠. *우야라아니* 혹은 리네고르 비문에 대해서요. 그리고 당신이 말하기로 당신네 샤먼, 그…"

"안가쿠트." 그래, 성난 목소리이기는 했다. 하지만 빌리는 귀를 기울이고 있었다.

"그래요. 당신네 안가쿠트가 오랜 세월 그 돌을 지키다 보면 조금이나마 미친다고 했잖아요.

그러니까 체스터가 정말로 어떻게 해선가 그걸 다른 언어로 *옮겼다면요? 그 연도가 돌에 새겨진 내용을 발음한 거라면요? 그게 단순히 노출된 것보다 훨씬 강력한 광기를 전염시키지 않는다고 장담할 수 있어요? 당신네 동족은 영영 몰랐겠죠."

잠시 침묵이 흘렀다. 아이다는 두 사람을 얼빠진 듯 바라보았고, 엘리엇은 그녀가 방금 말한 내용을 과연 얼마나 제대로 이해했을지 의문이었다. 적어도 침묵을 지킨 채 새로운 정보에 귀를 기울일 정도로는 이해한 모양이었다.

"만에 하나 네 친구가 그런 짓을 할 수 있었다 해도," 대답하는 빌리의 어조에서 그가 그 가능성에 대해 어떻게 생각하는지 뚜렷하게 전해졌다. "이런 일을 일으킨 원인이 다른 보이지 않는 힘이 아니라 그 말 자체라는 건 네 추측에 불과 ─ "

"그 말이 날 감염시켰어요."

빌리의 턱이 곰덫처럼 딱 다물어졌다. 그러더니, "내 부적이 널 보호해 주었다고 하지 않았나."

"그랬죠. 오늘 감염됐단 얘기가 아니에요. 몇 주 전에요. 체스터가 사라지기 전에."

아이다는 더는 구경만 하고 있을 수 없었다. "그건 불가능해! 길어도 며칠밖에 안 걸린다고!"

"전 조금밖에 안 들었거든요. 딱 한 구절요. 그리고… 예방 조치를 취했고요." 그러고는, 빌리가 노려보자, "제가 '시달린다'고 얘기했잖아요."

그리고 엘리엇은 모든 것을 밝혔다. 점점 이상해지던 체스터, 실종되기 얼마 전 체스터가 읊었던 그 한 구절. 엘리엇 자신의 집중력 상실, 그가 꾼 악몽들, 『이본의 서』에 실린 보호 주문으로 연도를 억누르려던 시도. 다른 "감염자들"이 나타나 가까이 다가왔을 때 거의 굴복할 뻔했다가 이누이트의 부적 덕분에 정신을 차렸던 것까지.

그는 처음으로 그 모든 이야기를 입 밖에 냈다. 그와 동시에 결국에는 자신이 굴복할 수밖에 없으리라는 생각과 굴복한 뒤에는 어떤 모습이 되는지 확인한 지금 느끼는 공포로 몸이 떨렸고, 두려움 가득한 눈물이 솟구쳤다. 반면 젊어지고 있다는 사실조차 잊고 있었던 짐을 내려놓은 데에서 오는 안도감도 있었다. 적어도 이제는 그 짐을 혼자 지지는 않아도 되었다.

빌리는 이야기를 듣는 내내, 그리고 이야기가 끝난 뒤에도 한참 동안 침묵을 지켰다. 그러더니 자기네 언어로 긴 비난을 터뜨렸는데, 말을 내뱉는 방식이 어찌나 거칠고 사납던지 엘리엇은 통역 없이도 그 말들이 험악하기 이를 데 없는 욕설일 수밖에 없음을 알았다.

"너희들은 대체 뭐가 문제냐?!" 빌리가 마침내 분노로 숨을 헐떡이며 영어로 따져 물었다. "미국인들의 습관인 거냐, 아니면 백인들은 다 거짓말쟁이인 거냐?"

"어이." 아이다가 항의했다.

엘리엇이 말했다. "무슨 얘긴지 —"

"너와 데이지 워커. 빅토리아 매커친 때도 그러더니 또 이런 식이군. 우린 파트너라고 하지 않았나. 힘을 합친다고 말이다. 내가 너희를 믿을 수 있어야 한단 말이다!"

엘리엇의 뱃속에서 무언가가 벌레처럼 똬리를 틀었다. 빌리의 말이 완전히 틀리지 않았다는 건 알았고, 다소간 죄책감에 부대끼기도 했다. 하지만 다른 한편으로는…

"나도 이런 얘길 하는 게 쉽지 않아요, 빌리. 몇 주째 내가 미쳐간다고 생각했어요. 지금도 미쳐가고 있는지도 모르지만, 그래도 이제는 무슨… 무슨 저주나 흑마법이나 악령 같은 게 배후에 있다는 걸 알아요. 이 모든 일이 시작되기 전만 해도 난 그런 것들은 단 한순간도 믿지 않았다고요!"

"넌 아직도 —"

"게다가 당신은 광기를 일으킨다는 아이다의 주장을 의심했잖아요. 직접 결과를 눈으로 봤으면서도요. 내가 말했더라도 날 미치광이라고 생각하기밖에 더 했겠어요?"

빌리가 눈을 가늘게 좁혔다. "내가 뭘 믿을지 스스로 결정할 기회도 주지 않았잖아." 하지만 표정과 자세가 조금이나마 풀어지는 걸 보니 분노가 누그러지는 모양이었다. "너와 같이 다니지 않기로 하기에는 이미 늦었지." 그가 말했다. "설령 그러고 싶어도 말이다. 하지만 지금부터는 내게 전부 말해. 비밀 따위 없이."

"더는 없어요. 이제 당신도 다 알아요."

엘리엇은 눈 하나 깜빡하지 않고 망설임 없이 거짓말을 했다. 마지막 비밀은 수년 동안 지켜온, 그 누구와도 상관없는 자신만의 비밀이었으니까. 그건 빌리와도 상관없었고 우야라아니나 저주나 체스터의 실종과도 상관없었다.

그 비밀은 체스터에게 직접 이야기할 날이 오지 않는 한은 누구와도 공유할 생각이 없었다.

빌리는 잠시 엘리엇을 믿을지 말지 고민하더니 고개를 끄덕였다. "그래. 네 주문이 너를 부분적으로나마 이… 연도로부터 보호해주었다고. 내 부적들도 효과가 있었고. 하지만 둘 다 불가침은 아니었고, 일정 수 이상의 이… 타락한 자들에게 노출되거나 노

출되는 시간이 지나치게 길어지면 방어가 무너진다는 거지. 조심
해야겠군."

엘리엇이 고개를 끄덕였다. "아이다, 당신은 일종의 귀마개를
만들었던데요…"

"그래, 하지만 잘 통하는 건 아니야. 멀리서는 괜찮지만 거기에
의지하고 싶진 않을 걸."

"네, 그렇겠죠. 그래도 뭐든 조금씩 도움은 되니까요."

"충분하진 않을 거야. 그쪽의, 어, 주문이랑 부적에 대해서는 모
르겠지만." 아이다는 두 단어를 어물어물 발음했다. 온갖 것을 보
고 난 지금에 와서도 믿기 힘들어하는 것인지, 아니면 어떤 종교
적인 거부감을 느끼는 것인지, 엘리엇으로서는 알 수 없었다. "하
지만 그걸 다 합쳐도 여기서 빠져나갈 수는 없을 거야. 사람들이
늪에서 당신들을 붙잡아 물속으로 끌고 가 익사시키든가 아니면
그 소리를 들을 수밖에 없을 때까지 붙들고 있을걸."

두 남자는 다시 눈빛을 교환하면서 이미 알고 있던 사실을 서
로에게 확인시켜 주었다.

"우린 나가려는 게 아니야." 빌리가 아이다에게 말했다.

"체스터나 *우야라아니* 없이는요. 그 둘이 이곳에 있다면 말이
지만." 엘리엇이 덧붙였다. "우린 헤네시 일가의 집으로 갈 거예
요."

13장

그 선언에는 엘리엇이 예상했던 수준의 검토가 뒤따랐다.

아이다는 두 사람이 애초에 정신이 나간 게 분명하므로 연도의 효과가 *필요하지*도 않겠다는 의견을 꽤 오랜 시간에 걸쳐 명확한 표현으로 전달했다. 빌리가 혹시 어떤 식으로든 자신들을 도와줄 수 있겠느냐고 묻자 그녀의 태도는 더욱 단호해졌다. 그녀는 그 제안을 문자 그대로 비웃더니 자신이 자살을 하거나 퍼져 나가는 광기에 굴복하고자 했다면 그보다 훨씬 더 쉬운 기회가 이미 많이 있었다고 단언했다. 심지어 두 사람이 무슨 멍청한 짓을 하기로 결심했든 마음대로 하도록 내버려 두고 — 또 다시 구해주지는 않을 거라는 엄중한 경고와 함께 — 소총을 챙겨서 떠나려고까지 했지만, 바로 그때 엘리엇이 그녀를 막아 세웠다.

"남은 사람이 얼마 안 된다고 했죠?" 엘리엇이 물었다.

"그래." 그녀가 무기를 어깨에 걸며 말했다. "나랑 몇 명 더."

"아무런 변화 없이 이 상태가 계속된다면 얼마나 더 오랫동안 살아남거나 놈들을 막을 수 있을 거라고 생각해요?"

그녀가 복도에서 거의 경련하듯 우두커니 멈춰 섰다.

"위험을 무릅쓰고 탈출을 시도할 가치가 없다고 했죠." 그가 계속 밀고 나갔다. "달리 갈 곳이 없으니까. 하지만 그건 내가 도와줄 수 있어요."

라즐로 집안은 체스터의 부모 같은 부류만큼은 아니더라도 충분히 유복했다. "얼마 안 되는" 사람들이 아컴으로 갈 기차 삯을 제공하고 한동안 저렴한 숙소에 묵도록 해 주는 것쯤이야 엘리엇이 충분히 감당할 수 있었다. 아이다나 다른 사람들이 일자리를 찾을 때까지 몇 달이라도. 하다못해 싸구려 여인숙이라도 끝없이 두려움에 떨어야 하는 이곳의 은신처와 비교하면 더 편안하고 당연히 훨씬 더 안전하리라.

"하지만 내가 당신들의 정신 나간 계획을 도와야만 한다는 거겠지?" 그녀가 어깨를 늘어뜨리며 따졌다.

"아뇨." 그 대답에는 아이다도 빌리도 놀란 눈으로 엘리엇을 쳐다보았다. "제가 살아남는다면…" 엘리엇은 그 말을 재빨리 쏟아내야만 했다. 자신이 용감하다고 생각했던 적은 한 번도 없었고, 체스터에게 자신이 필요한 상황이 아니었더라면 오늘도 용기를 내지 않았으리라. "…아이다가 우리를 돕지 않더라도 아이다나 다른 사람들이 고통받거나 죽게 두진 않겠어요. 하지만 아이다가 도와줄 경우 제가 *살아남을* 가능성이 훨씬 커질 거라고 말하지 않는다면 거짓말이겠죠. 아이다가 결정할 문제예요."

그렇게 해서 아이다는 아래층 복도에 깔린 작은 깔개 밑의 뚜껑 문을 지나 진흙투성이 마루 밑 공간으로 두 사람을 안내했다. 한참 귀를 기울이며 근처에 "타락자"들이 아무도 없다는 사실을 확인한 그녀가 느슨한 덤불 더미를 치우자 숨어있던 마루 밑 공간의 출입구가 나타났고, 이내 세 사람은 밖에 나와 있었다.

그러는 내내 빌리는 조용히 기쁜 빛을 드러냈는데, 그녀가 문 여는 소리를 들키지 않고 집안에 들어온 방법을 마침내 알게 되었기 때문이었다.

거기서부터 그들은 얕은 늪과 군데군데 산재한 삼나무 수풀을 기어서 통과하며 부락 외곽을 돌아나갔다. 엘리엇이 — 그리고 정도는 덜했지만 나머지 두 사람도 — 밤의 어둠 속에서 허우적대고 비틀거렸기 때문에 이동은 조용하게, 그리고 *느리게* 이루어졌다. 엘리엇은 손전등이나 등잔이 철저히 논외일 수밖에 없는 이유를 잘 알면서도 마음속으로 어둠을 저주했다. 아이다는 어둠이 그들을 가려 줄 거라고 주장했지만, 그래도 새벽까지 기다렸더라면 좋았겠다는 생각이 들었다.

"미친 사람들은 불을 사용하지 않아." 그들이 두터운 잡목림 뒤에 몸을 웅크리고 있을 때 아이다가 속삭였다. "적어도 난 본 적 없어. 그러니 귀를 열어 두라고. 다가오는 걸 눈으로 보지는 못할 테니까."

내내 좌불안석이었지만 목적지에 도착할 때까지 아무 일도 일어나지 않았다. 목적지는 방금 떠나 왔던 집과 별반 다를 게 없는 또 다른 집이었다.

"내 숙모와 삼촌네 집이야. 예전엔 그랬지." 그녀가 앞장서서 비슷하게 덤불로 가려진 출입구를 통과하고 비슷한 마루 밑 공간을 지나서 비슷한 뚜껑 문으로 올라갔다.

"일행이 있다고 이야기할 테니까 여기서 기다려. 총 맞기는 싫잖아."

"그러면 곤란하겠지." 빌리가 건조하게 동의했다.

아이다가 위층으로 올라가는 동안 엘리엇은 계단을 등지고 바닥에 앉았다. 이전 집과 미묘하게 냄새가 달랐다. 곰팡내가 풍기는 것은 똑같았다. 예상대로 주변 환경 때문에 어쩔 수 없는 모양이었다. 하지만 다른 냄새도 났다. 냄새의 정체는 알 수 없었지만, 이전 집과는 달리 이 집에 사람들이 있다는 사실을 미리 알지 못했더라도 그 냄새를 통해서 알았을 법했다.

빌리는 이런 걸 배워 익힌 게 아닐까. 그는 그렇게 생각하며 재미삼아 냄새들에 주의를 집중해 보았다.

희미한 요리 냄새? 냄새가 강한 음식은 아니고, 그냥 간단한 수프 같은 것일지도. 땀 냄새? 묵은 땀 냄새일 수도. 그리고…

그가 코를 찡그렸다. 굳이 원인을 알고 싶지는 않았지만, 아주 희미한 배설물 냄새를 맡은 게 틀림없었다.

위쪽에서 아이다가 속삭임에 가깝게 불렀다. "됐어. 올라들 와."

엘리엇과 빌리가 삐걱거리는 계단을 올랐다. 아이다는 열린 문 밖의 좁은 복도에 서 있었다. 복도에 깔린 카펫이 어찌나 싸구려에다 낡고 닳았던지 마룻바닥이 최근에 면도를 하지 않은 것처럼 보일 지경이었다. 두 사람이 가까이 오자 아이다가 안절부절 못했다.

"저기, 들어가기 전에…"

하지만 중얼거리는 소리를 들었던 탓인지 두 사람 모두 이미 그녀의 어깨 너머를 본 뒤였다.

방에는 여러 사람과 가구 약간과 또 다른 문이 있었지만, 그런 것들은 거의 눈에 들어오지도 않았다.

방 한가운데, 지저분한 셔츠와 바지 차림을 한 남자가 굵은 밧줄로 의자에 묶여 있었다. 헝클어지고 뒤엉킨 머리카락과 수염이 얼굴을 일부 가렸지만, 엘리엇이 남자와 아이다 사이의 혈연적 유사성을 발견하지 못할 정도는 아니었다.

남자는 머리를 축 늘어뜨린 채 좌우로 흔들었고, 숨을 쉬고 움직일 때마다 끔찍하리 만치 익숙한 말을 중얼거렸다.

"이스슬라아츠 쓰쿨크리스, 이스슬라아츠 체오샤슈…"

엘리엇이 본능적으로 빌리에게 받은 호부를 감싸 쥐면서 비명을 질렀다. 그의 친구는 알아들을 수 없는 말을 거칠게 읊조리며 허리춤의 파나로 손을 가져갔다.

"안 돼!" 아이다가 두 손을 들며 앞으로 끼어들었다. "저 사람은 위험하지 않아!"

"그런 말이 나와요?" 엘리엇이 따지는 것과 동시에 빌리가 손을 뻗어 그녀를 옆으로 밀쳤다.

"들어봐! 뭐가 느껴지는데?"

"전…" 엘리엇의 입이 딱 벌어지며 말문이 막혔다. 아무것도 느껴지지 않았다. 부적이나 주문의 보호를 받는 와중에도 연도를 들을 때면 늘 그 압력이 느껴졌다. 하지만 지금은 지난 몇 주 동안 늘 함께해 왔던 익숙한 인력을 제외하고는 거의 아무것도 느껴지지 않았다. 최초의 충격이 준 묘한 감각이 가시고 나자 정상적인 ― 불안하기는 해도 ― 소리만이 들렸다.

빌리도 얼굴을 찡그린 채 굳어 있었다. "이해가 안 되는데."

"아까 얘기했잖아." 아이다가 말했다. "영창을 들은 사람들이 다 똑같이 반응하지는 않는다고. 그게, 어떤 감염자는 다른 감염자들이랑 말하는 것도 다른 모양이야. 몇몇은 그걸 퍼뜨리지 못한달까. 들으면 머리를 두들겨 맞는 기분은 들어도 그 외에는 아무 일도 안 생겨. 미치지도 않고 그걸 되풀이하지도 않아. 내가 나로 남아 있을 수 있었던 건 순전히 그 때문이었어." 그녀가 시인했다. "나도 한 감염자에게 기습을 당한 적이 있거든."

그러더니, 뒤에 이어질 질문과 우려를 짐작이라도 한 듯, "이 일이 시작하고 불과 하루 이틀 뒤의 일이었어. 만약 내가… 변할 거였다면 이미 변했겠지."

엘리엇은 생각을 하려 애썼다. *맙소사, 슬슬 감을 잡았다 싶을 때마다 이런 식이야…* "공통점은 없어요? 그런 사람들은 왜 그걸 전파하지 못하는지 짐작 가는 거라도 없어요?"

"공통점이 있더라도 나는 몰라." 그녀가 더 말하려다 말고 빌리의 사나운 눈길 앞에 몸을 움츠렸다. "당신한테 비밀로 하고 있던 거 아냐!" 그가 아까 고래고래 소리 지르던 모습을 떠올리는 게 틀림없었다. "우리가 나눈 다른 이야기에 정신이 팔려서 말할 생각을 못 했던 것뿐이라고. 진짜야."

빌리는 긴 침묵 끝에 "흠"이라고만 대답했다. 그가 더 아무 말도 하지 않고 방 안으로 들어갔다. 아이다와 엘리엇도 각자만의 이유로 망설이며 뒤를 따랐다.

이제 다른 곳에 관심을 할애할 여유가 생긴 엘리엇은 다소 어둑한 주변 환경과 나머지 생존자들을 둘러보았다. 방에는 묶여 있는 남자 외에 허름한 탁자 하나와 아마도 집안의 다른 곳에서 끌고 왔을 듯한 짝이 맞지 않는 의자 여러 개가 있었다. 석유등 하나가 탁자 위에서 불을 밝히고 있었다. 유일한 창문을 판자로 막은 데다 두꺼운 커튼까지 쳤기 때문에 그 정도 위험은 무릅쓸 만했다. 다른 문은 살짝만 열려 있었고, 엘리엇의 눈으로는 옆방에 무엇이 있는지 알아볼 수 없었다.

탁자 옆에서 기다리는 젊은 여자 하나와 또 다른 남자는 모두 두툼한 솜옷과 청바지를 입었고 대다수 부락 주민들과 마찬가지로 창백했다. 여자는 머리카락 색깔이 어둡고 눈 주위가 피로로 움푹 패여 있어 거의 해골처럼 보였기 때문에 나이를 가늠하기 어려웠다. 여자는 타오르는 등잔을 멍하니 쳐다보고 있었다.

여자와 함께 있는 남자는 살짝 턱수염을 길렀고 삼십대 초반 정도로 보였으며 머리카락은 여름 건초의 색을 띠고 있었다.

"이쪽은 버질." 아이다가 남자를 가리킨 다음 여자를 가리켰다. "그리고 무시." 그러고는 반대 손으로 가리켰다. "빌리랑, 어, 엘리엇."

버질이 조심스럽게 다가와 뻣뻣한 손을 내밀며 새로 온 사람들에게 악수를 청했다. "지금 외지인들을 믿을 기분은 아니지만." 그가 날카롭게 말했다. "아이다가 괜찮다고 하니까 괜찮은 거겠지. 괜찮지 않을 때까지는. 내 말 알지?"

"어, 네." 엘리엇이 동의했다. 빌리가 고개를 끄덕였다.

루시는 등잔에서 눈길을 떼고 슬쩍 올려다보는가 싶더니 바로 원래 자세로 돌아갔다.

아이다가 거의 속삭이다시피 목소리를 낮추었다. "이해해 줘. 남편 에이브러햄을 못 본지 일주일이 다 돼 가거든. 나를 도와서 사람을 돌볼 때 외에는 말도 행동도 거의 하질 ──"

두 번째 문을 통해 희미하고 고르지 못한 신음이 흘러들었다. 아이다가 한숨을 쉬었다.

"돌본다는 건 저 사람이야." 그녀가 그쪽으로 가자 두 방문자도 따라갔다.

옆방에 들어선 그녀가 성냥을 켜고 크기가 더 작은 두 번째 등 잔에 불을 붙였다. 이곳 역시 창문들을 판자로 막고 커튼을 쳐 둔 상태였다. 방에는 또 다른 탁자 하나, 흔들의자 하나, 안에 리넨 보가 가득하고 그 위에 추레한 카드와 색이 바랜 도미노 등속이 쌓인 열린 궤 하나가 있었고…

그리고 좁은 침대 위에서 젊은 남자 하나가 악취 나고 땀으로 얼룩진 시트를 덮은 채 몸을 뒤척이고 있었다.

"여긴 알프레드. 알피. 내 약혼자야." 그녀가 서글픈 미소를 흘리며 손을 뻗어 땀으로 끈적끈적한 이마에 붙은 금발을 쓸었다.

알피는 아이다와 같은 또래인 듯했지만 깊은 주름이 잡힌 이마와 앙다문 턱 때문에 좀 더 나이 들어 보였다. 손길을 느낀 그가 위를 올려다보며 눈꺼풀을 파르르 떴지만 눈은 흐리멍덩하고 초점이 맞지 않았다.

"우구야?" 그가 웅얼거렸다.

"그냥 여행자들이야, 자기. 마저 자."

"아라서." 그는 거의 즉시 다시 의식을 잃었고, 금세 또 뒤척이기 시작했다. 아이다는 기계적인 손놀림으로 조심스럽게 더러워진 시트와 담요를 벗기기 시작했다.

"궤에 깨끗한 게 있는데, 갖다 주겠어?"

엘리엇이 궤로 가서 게임과 다른 오락거리를 치운 뒤 담요를 한 아름 챙겨 아이다 곁으로 돌아왔다. 가까이 다가가자 땀 냄새 속에서도 알프레드의 숨결에서 나는 술 냄새를 맡을 수 있었다.

아이다가 엘리엇의 얼굴에 스친 표정에서 무언가를 본 모양이었다. "주정뱅이는 아니야." 그녀가 담요를 갈자 알프레드의 다리가 드러났다. 왼다리를 두터운 붕대로 감고 나무판자 두 개를 대어 움직이지 못하게 해둔 상태였다. "그날 밤 헤네시 집에서 몰려나온 사람들을 피해 도망치다 심하게 부러졌거든. 최선을 다해 맞추기는 했는데 통증을 달랠 방법이라곤 계속 밀주를 주는 것밖에 없어서."

엘리엇은 아이다가 자신을 변호해야 할 필요를 느끼지 않기를 바랐다. "제가 보기에는 최선을 다해 돌보고 계시는데요, 뭘."

"그래. 난… 애는 쓰는데 쉽지 않네. 내가 물자를 구하러 나가거나 잠깐 휴식이 필요할 때는 루시가 돌보지만, 루시도 잃은 사람이 있으니…"

"이런 상황에서 여전히 알프레드를 보살피고 있지 않나." 빌리가 덧붙였다. "그걸로 당신의 됨됨이와 알프레드에 대한 마음을 충분히 알 수 있어."

아이다는 그쯤에서 두 사람이 자신의 표정을 볼 수 없도록 고개를 돌렸다. 입을 열자 탁한 목소리가 흘러나왔다.

"버질이 담요를 갖다 주고 잘 곳이랑 음식과 물을 보관하는 곳을 알려 줄 거야. 눈 좀 붙여 둬. 어떻게 하면 당신들의 자살 계획을 정말로 자살하지 않고 해치울 수 있을지는 내일부터 생각해 보자고."

콩과 건육을 먹고 우물물을 마셨을 뿐이었지만, 엘리엇에게는 반가운 식사였다.

하루의 피로가 몰려왔기에 잠은 더욱 반가웠다. 처음에는 놈들이 밤에 공격해 올지도 모른다는 두려움은 물론이고 그동안 새로 알게 된 것과 본 것을 소화하느라 뒤척였다. 하지만 아이다는 타락자들이 때때로 교활하기는 해도 딱히 똑똑하지는 않으며, 아직까지는 생존자들이 이 집에 숨어 있다는 사실을 깨닫지 못했다고 그를 안심시켰다. 더욱이 만일에 대비해 그녀와 다른 사람들이 돌아가며 불침번을 선다고도 했다. 이곳은 안전했다. 적어도 이런 곳에서 안전할 수 있는 만큼은.

그런 예방 조치 중 어느 것도 또 다시 눈에 휩쓸리고 살이 찢기는 악몽으로부터 엘리엇을 보호해 주지는 못했지만, 기적을 기대하기는 어려운 법이었다.

그는 여러 차례 잠에서 깼다. 때로는 그 끔찍한 꿈 때문이었고,

한 번은 틀림없이 문을 두드리는 것과 무척 흡사한 소리를 들었기 때문이었다. 하지만 집안에서 누군가 움직인다든가 바깥에서 영창이 들려온다든가 하는 다른 소리가 뒤따르지는 않았기 때문에, 결국 꿈의 잔재였거나 낡고 허름한 집이 살짝 정착하는 소리였으리라 믿으며 다시 잠이 들었다.

다음 날에는 오만 군데가 쑤시고 아팠고, 하룻밤의 수면만으로 회복하기에는 역부족이었던 피로야 말할 것도 없었다. 그 때문에, 그리고 아이다도 자신이 여전히 헛수고라고 생각하는 일에 서둘러 참여할 생각이 없었기 때문에, 엘리엇과 빌리는 물자 목록을 점검하고 어차피 두 사람의 힘으로는 어쩔 방법도 없는 다양한 가능성들 — 체스터가 여기에 없다면? *우야라아니*가 여기에 없다면? — 에 대해 논의하는 정도에 그쳤다.

그래서 본격적으로 계획을 짜기 시작한 것은 그 다음 날부터였다. 루시와 버질은 대화에 참여하다 말다 했다. 대화는 집안 곳곳을 오가며 이루어졌으나 틈틈이 위층 작은 방으로 돌아가 아이다가 알피와 시간을 보내거나 셋 중 한 사람이 의자에 묶인 남자인 리처드에게 강제로 무언가를 먹이거나 마시게 해 보려고 시도해 — 보통 별다른 성과는 없었지만 — 보았다.

그들이 아는 한, 한때 번창했던 부락에서 감염되지 않은 생존자는 그들 다섯이 마지막이었다.

탁자 위에 아이다가 헌 종이에 분필로 그린 간략한 부락 지도와 총 여러 자루가 놓였다. 그녀는 빌리와 엘리엇에게 자신이 여러 버려진 집에서 모아 온 소형화기를 챙기라고 강권했다. "당신들 혹시라도 내가 비무장인 사람이랑 헤네시 집 근처에 갈 거라고 생각한다면," 그녀가 말했다. "밖에 있는 사람들보다 더 미친 거야."

하지만 아이다가 두 사람을 만났던 날 휴대하고 있었던 스프링필드 소총과 콜트 권총은 제외였다. "아빠가 전쟁에서 가지고 돌아오신 것들인데, 이젠 나 말고는 아무도 못 써."

빌리는 그 다음으로 큰 레버 액션 방식 윈체스터를 골랐다. 엘리엇은 빌리네 민족이 총을 쓰는지 전혀 알지 못했지만, 약실을 능숙하게 다루며 무기를 장전하는 모습을 보니 웬만큼 경험이 있음이 분명했다.

엘리엇 자신은 그런 경험이 없었다. 결국 아컴 경찰들이 휴대하고 다니던 것과 비슷한 간단한 리볼버를 골랐다. 그게 가장 다루기 쉬우리라는 추측 — 이라기보다는 희망 — 에서였다. 아이다가 가늠쇠를 제대로 이용하는 법을 보여 주고 자세를 교정해 주는 등 몇 가지 충고를 던지다 결국 말했다. "저기, 빗나가지 않을 정도로 가까운 거리가 아니면 그냥 쏘지 않도록 해 봐."

엘리엇이 내심 바랐던 최상의 격려는 아니었다.

다시 한 번 밤이 찾아왔고, 세 사람은 탁자에 앉아 찢어낸 솜조각을 꼬아서 간이 귀마개를 만들었다. 알프레드는 옆방에서 크게 코를 골았고, 리처드마저 조는 듯했지만 이따금 잠결에도 연도의 일부를 중얼거렸다. 늘 하던 대로 한 차례 씻겨 준 뒤라 방에서 나는 냄새가 전보다는 덜 지독했다.

"…이 일이 터지기 전날까지도 잘 작동했어." 계획에 따르는 난

점들을 해결할 방책을 논의하며 아이다가 말했다. "아직도 잘 작동할 거야. 제대로만 하면 집 밖에 있는 사람들은 전부 멀리 끌어낼 수 있겠지."

"운이 좋다면 집 안에 있는 자들도." 빌리가 말했다.

"어쩌면, 하지만 우린 아직도 그 안에 몇 명이나 있는지 모르잖아. 영 마음에 안…"

"아이다…"

힘없이 떨리는 목소리에 세 사람이 탁자에서 일어서며 문을 돌아보았다. 버질이 옆방에서 상체를 수그린 채 양손으로 머리를 터지지 못하게 막으려는 것처럼 감싸 쥐고 있었다. 그는 주정뱅이보다도 불안정한 걸음걸이로 비틀비틀 세 사람을 향해 다가오다 절반도 못 와 쓰러졌다. 버텨 보려는 노력도 없이 무너져 내리는 도중 탁자와 충돌했고, 끔찍하리 만치 텅 빈 소리와 함께 바닥에 떨어졌다. 탁자에 놓인 등잔—다행히 현재는 불이 켜져 있지 않은—이 충돌로 기우뚱하며 기름 한 줄기가 흘러나와 나무 위를 가로지르며 반짝였다.

빌리가 맨 먼저 반응해 버질이 바닥에 부딪치기 직전에 옆구리를 붙잡았다. 뚜렷한 상처가 보이지 않자, 그는 버질을 쏟아진 기름 옆에 눕히는 대신 조심스럽게 두 팔로 들어 일행 곁으로 데리고 왔다. 그와 아이다가 쓰러진 사내를 주의 깊게 살피는 동안 엘리엇은 손에 닿는 낡은 테이블보를 가져다 불붙기 딱 좋게 엎질러진 기름을 빨아들여 닦았다.

"어떻게 된 거예요?" 그가 정리를 마치고 자리로 돌아오며 물었다.

"모르겠군." 빌리가 반듯이 누운 버질에게서 잠시도 눈을 떼지 않으며 말했다. "상처는 발견하지 못했다."

하지만 아이다는 갑자기 친구에게서 눈길을 들었다. "루시! 루시는 어딨지?"

"제가 가서 ─" 엘리엇이 입을 열었지만, 바닥에서 신음 섞인 목소리가 끼어들었다.

"아냐…" 버질이 눈을 떴다. 그것만으로도 버거운지 턱이 팽팽했다. "루시는 갔어. 떠났어."

"떠나다니?" 아이다가 버질의 양 어깨를 붙잡고 흔들려다 가까스로 자신을 억눌렀다. "떠나다니 무슨 소리야? *무슨 일인데?*"

"떠나기 전에… 나한테 말했어…"

"*무슨 말을 했는데?*"

하지만 엘리엇은 버질이 자신의 공포를 확인해 주기도 전에 이미 답을 알고 있었다. "*그거. 그 말들.*"

"아냐. 아냐!" 아이다는 결국 버질을 흔들었다. "그럴 리 없어. 루시가 노출됐을 리 없어!"

"루시는… 밤에 몰래 나가곤 했어. 에이브러햄을 찾으러."

아이다가 어깨와 머리를 축 늘어뜨리며 욕설을 내뱉었다. "당연히 그랬겠지. 내가 알았어야 했는데. *네가 말을 했어야지!*"

"그러게." 버질이 힘겹게 희미한 미소를 지었다. "하지만 그랬다간 네가 막을 거라면서. 나한테 빌더라고. 그리고 난… 난 루시가 괜찮은 줄 알았어."

"버질." 이제 아이다의 목소리는 갈라져 있었다. "돌아올 방법은…"

"알아." 버질이 아이다의 말을 받았다. "돌아올 방법은 없지. 내게 옮은 지 얼마나 됐는지 알 방법도 없고. 내가 옮길 수 있는지 알 방법도 없고. 그냥… 빨리 끝내 줘."

빌리가 일어나 옆으로 비켜서며 곰곰이 생각했다. "아직 그럴 필요까지는 없어. 우린 내 부적들이 어느 정도 보호를 제공한다는 걸 안다. 당신이 굴복할 때까지 기다렸다가 영창을 시작하면 내가 느껴보지. 당신이 위험한지 아닌지 판단할 수 있을 거다. 위험하지 않다면 — "

"뭘 어쩌게? 리처드처럼 남은 평생 의자에 묶어 놓게? 그건 사는 게 아냐. 아이다, 전에도 말했지만 넌 오빠에게 좋은 일을 해 주고 있는 게 아니라니까. 그리고 말해 두는데 난 그런 거 원하지 않아."

엘리엇은 돌아서서 빌리 옆을 스치고 지나가 방 저편, 탁자와 궤 너머의 막아 놓은 창문 근처에 가서 섰다. 이 언쟁을 더는 듣고 싶지 않았다.

언젠가 자신도 해야 할지 모르는 선택을 떠올리고 싶지 않았다.

그는 자신들에게 뒤틀린 방식으로나마 행운이 따랐음을 깨달았다. 운이 아주 살짝만 더 엇나갔더라도 루시에게 노출된 사람이 버질로 끝나지 않을 수도 있었다. 특히 루시가 — 사라지기 전 체스터가 그랬던 것처럼 — 가끔씩만 읊조림에 빠져들고 그 외에는 제정신을 유지했더라면, 의도치 않게 집안 전체를 전염시켜 다들 까맣게 모르고 있다가 —

"이이이이이이이…"

길게 늘어지며 떨리는 한 줄기 고음이 방 저쪽에서 벌어지던 언쟁을 끝냈고, 빌리의 주의를 사로잡았고, 엘리엇의 주의를 사로잡았다. 엘리엇은 잠시나마 돌아보고 싶은 충동에 맞섰다. 몸 안의 모든 신경, 모든 본능, 머릿속의 모든 생각이 한목소리로 입을 모아 절대로, 오, 하느님 맙소사, *절대로 보고 싶지 않을 것이라고* 악을 써댔다.

그는 돌아섰다. 보았다.

모두가 보았다.

알프레드가 누워 있던 침대 옆에 서 있었다. 불안정하게 비틀거리는 모습이 통증이나 취기와는 무관해 보였다. 다리는 튀어나오지 않아야 할 부분이 끔찍하리 만치 튀어나와 있었고, 간이 부목이 다리를 똑바로 지지해 주지도 못했지만, 그는 상처를 의식하지 못하는 것처럼 보였다. 시선이 멍했지만, 전에 엘리엇이 보았던 취기로 흐려진 눈빛은 보이지 않았다.

아무것도 보이지 않았다. 아무것도.

"이이이이이이이…"

아이다가 숨을 들이켜며 휘청거렸다. 흔들림 없고 무엇에든 대비가 된 것만 같던 빌리도 온몸이 마비된 듯했다. 어처구니없게도, 엘리엇은 자신 또한 두 사람 눈에는 그렇게 보일지 궁금했다.

알프레드의 얼굴, 목, 팔에서 몸 안에 있던 모든 불순물을 한번에 쏟아 내기라도 하듯 걸쭉한 땀이 비어져 나왔다. 메스꺼움과 부패와 알코올이 뒤섞인 아릿한 혼합물이 방 안 가득 퍼져 눈물이 고이게 만들었다.

마침내, 영원 같던 순간이 지나고, 그 음절들이 나오기 시작했다.

"이스슬라아츠 쓰쿨—"

아이다가 밴시의 곡성처럼 귀청을 찢을 듯한 비명을 내지르며 탁자 위에 놓여 있던 자신의 소총을 낚아채고, 방아쇠를 당겼다.

14장

다음날 밤 늦게 개구리와 곤충과 밤새들이 어둠과 나무의 장막 뒤에 숨어 야간 오케스트라를 지휘했다. 굳은 땅 언저리에서 느릿한 물결이 거의 소리 없이 찰싹거렸다. 의식이 없다시피 한 마을 사람 수십 명이 나직하게 영창하며 헤네시 집안의 땅 주위를 서성였다. 그들 대부분은 — 일부 흩어진 낙오자들과 탈출을 시도하는 사람들을 막아 세우기 위해 늪에 숨어 기다리는 자들을 제외하면 — 매일 밤 해가 지면 그곳으로 모여들었다.

엘리엇과 빌리는 색이 바랜 낡은 집 맞은편의 쓰러진 통나무 뒤에 옹송그린 채 아무 소리도 내지 않으려 애썼다.

아직 계획이 실패했다고 말하기에는 한참 일렀다. 아이다가 맡은 일의 첫 번째 단계를 완료하려면 적어도 몇 분은 더 필요할 터였다. 엘리엇도 이성적으로는 충분히 이해했다.

감정적으로는 엉망진창이었고, 공황에 빠지기 직전이었다. 자신보다 더 용감한 사람도 겁에 질리거나 아예 미쳐 버릴 만한 상

218

황 속에 이미 목까지 잠긴 채로 더 깊이 들어갈 각오를 하고 있다
는 사실만으로도 충분히 나빴다. 그런데 그것만으로도 모자라서
그런 일들이 있은 뒤에 아이다 글릭에게 이토록 크게 기대자니…

그녀는 그 지독한 합창이 머릿속에 메아리치지 않는다고, 불발
로 끝난 약혼자의 영창이 자신을 장악하지 못했다고 몇 번이고
맹세했다. 확실히, 엘리엇에게는 그 말을 의심할 만한 근거가 없
었다. 그녀의 표정과 자세를 지켜보고 목소리를 들어 보았지만,
그 자신이 노출되었을 때처럼 희미하게 무언가에 몰두해 있는 기
색은 느껴지지 않았다. 물론 증상이 *아직* 나타나지 않았을 뿐일
수도 있었지만, 정말로 ─ 워낙 조금만 들었기 때문인지, 아이다
본인의 비명소리 때문에 아예 듣지 못했기 때문인지, 알프레드가
병세를 전파하지 못하는 부류였기 때문인지 ─ 화를 면한 것처
럼 보였다.

엘리엇은 그녀가 그 사실을 고맙게 여기는지 저주로 여기는지
궁금해할 뻔했다.

총알 세 발을 쏜 이후 ─ 두 번째 총알은 버질의 요청에 따라
그를 다가올 변화로부터 구해주기 위해서, 그리고 세 번째 총알
은 오빠인 리처드의 숨을 끊어 주기 위해서였다 ─ 이십여 시간
동안, 그녀는 거의 아무 말도 하지 않았다. 그녀는 자신의 정신이
온전하다고 주장하며 논의했던 대로 계획을 진행하지 않겠다면
빌리와 엘리엇은 따라올 수 없는 은신처로 가겠다고 고집했다.

그녀가 잠을 잤더라도 잠깐 눈을 붙인 정도에 지나지 않았을
터였다. 식사를 했더라도 다른 사람들은 보지 못했다. 그 중에서

도 최악은, 그녀가 맨 처음 딱 한 번 무기를 떨어뜨리고 사랑했던 사람들의 피 속에 쓰러지듯 엎드려 슬픔을 쏟아낸 뒤로는 눈물 한 방울 흘리지 않았다는 것이었다.

엘리엇은 물론 이해했다. 자신이 체스터에게 똑같은 일을 해야 했다면 어떻게 반응했을지 상상도 할 수 없었건만, 그녀는 친구와 오빠에다 결혼하기로 했던 상대마저 잃었다. 하지만 그녀가 지금껏 일어난 일들과 억지로 해야만 했던 행위에 대해 보이는 반응이 아무리 이해할 만하다고는 해도, 그게 건강하지도 희망적이지도 않은 태도임을 지적하는 데에는 엘리엇이 그동안 들었던 인간 심리에 관한 수많은 수업을 끌어들일 필요도 없었다. 그녀가 제 역할을 해내리라는 믿음에 의지해서 그들 자신의 정신과 생명이 걸린 계획을 진행한다는 건 어쩌면 무분별한 짓인지도 몰랐다.

하지만 엘리엇의 뱃속이 한층 더 비비 꼬이려 들고, 일이 어그러졌다는 기분이 들기 시작할 무렵, 새로운 소리 하나가 다른 모든 소리를 가리며 호코목의 밤을 가득 채웠다. 먼저 기계가 털털거리는 소리가 연달아 나더니 이어서 규칙적으로 다다다다 하는 굉음이 울리면서 아이다가 맡은 일을 진행 중임을 알렸다.

그녀가 예상했고 두 사람이 소망했던 대로, 헤네시 집에서 가장 가까운 이웃이 소유한 휘발유 트랙터 ─ 부지 내에서도 가장 높고 마른 땅에서만 이용할 수 있긴 했지만, 그래도 부락 전체에서 가장 현대적인 장비에 속하는 ─ 는 아직도 문제없이 작동했다.

또한 그들이 바랐던 대로, 트랙터 소리는 주의를 끌기에 충분하고도 남았다. 혜네시 일가의 부지에 있던 영창자들이 거의 완벽하게 통일된 동작으로 고개를 돌려 강렬하고도 텅 빈 눈빛을 보냈다. 그들이 목소리를 높여 구절이 트랙터 소리보다 더 커지자 엘리엇은 머릿속에 느껴지는 압력에 움찔하기 시작했다. 그는 보호 주문을 몇 번이고 웅얼거리면서 빌린 부적을 움켜쥐었다. 빌리도 자신의 부적들을 꽉 쥐었다. 타락자들이 넘어가 주지 않는다면 얼마 버티지 못할…

하지만 그들은 넘어갔다. 행군하는 군부대와 날아드는 벌떼의 중간 정도에 해당하는 추악한 모습으로, 그들은 한 사람도 빠짐없이 기계화된 사이렌의 노래를 향해 출발했다. 거리가 멀어지면서 목소리가 다소나마 잦아들었고, 젊은 학생은 진심으로 안도의 한숨을 내쉬었다.

집 안에 남아 있는 현지인들이 있는지는 여전히 알 길이 없었지만, 바로 그런 상황에 대비해 무기를 가져온 터였다. 엘리엇은 그런 상황이 오지 않기를 기도했다.

"가자." 빌리가 나직이 말했다. 둘은 몸을 낮추고 엄폐물 뒤에서 튀어나와 가장 가까운 다음 은신처로 내달렸다. 혜네시네 헛간으로.

헛간 치고 크지는 않아도 생김새는 튼튼해 보였다. 근처의 다른 많은 집들보다 훨씬 더. 중앙의 문은 사슬로 잠겨 있었지만, 어차피 주의를 끌지 않고 그 문을 연다는 건 터무니없는 짓이었다. 두 사람은 대신 창고 옆쪽의 더 작은 문으로 갔다. 거기에도 자물쇠가 달려 있었지만 빌리가 윈체스터 개머리판으로 쳐서 해결했다.

날카로운 소리 한 번으로는 털털거리는 엔진을 쫓는 사람들의 주의를 끌 리 없었다.

부디 그렇기를 바랐다.

그들은 잠깐만 안으로 들어가서 타락자들이 모두 사라졌으며 주변을 어슬렁거리는 이도, 돌아와서 그들을 발견할 만한 이도 없다는 게 확실해질 때까지만 대기하다가 본채로 이동할 계획이었다. 헛간 자체에서 중요한 걸 발견하리라고는 생각하지 않았다.

그래도 안으로 들어가 불을 켜도 안전하겠다는 판단이 서자, 엘리엇은 아이다가 비축한 물자 중에서 챙겨 온 작은 손전등을 켰다. 가볍게 주위를 한 번 둘러보고 아무도 숨어 있지 않다는 걸 확인하려는 의도에서였다. 물론 다른 사람이 있었더라면 이미 영창이 틀렸을 테지만.

대신에 그는 전조등 하나가 깨졌고 메말라 쩍쩍 갈라진 진흙이 화이트 월 타이어를 뒤덮고 있는 진홍색 렉싱턴 시리즈 T 한 대와 마주했다.

실용적인 차는 전혀 아니었고, 값싼 차도 아니었고, 이곳 현지인들이 소유할 법한 유형의 차도 확실히 아니었다. 그것만으로도 충분히 눈에 띄었으리라. 설령 엘리엇이 아는 차가 아니었더라도.

하지만 엘리엇이 아는 차였다.

"체스터의 차예요!" 목소리를 낮춘 것은 조심성 때문이라기보다는 상충하는 수많은 감정들의 무게 때문이었다. 빌리가 무어라고 속삭여 대꾸했지만 엘리엇은 듣지 않았다. 이미 차로 달려가서 손전등을 앞세워 열린 차창 안을 열심히 살피는 중이었다.

비어 있었다. 비어 있는 게 당연했다. 그렇지 않을 거라고 생각한 스스로가 이미 바보스럽게 느껴졌다.

빌리가 뒤로 다가와 그의 어깨에 한 손을 얹었다. "먼지를 봐라. 적어도 몇 주는 여기 있었다."

"네. 알아요, 전…" 그는 말을 멈추며 생각에 잠겼다. "하지만 체스터는 기차를 타고 여기에 왔는데."

"흠." 그리고 잠시 후, "보아하니 체스터가 최근에 이곳에 한 번만 온 게 아니로군."

"그건 말이 되지만, 왜 차를 두고 갔을까요?"

어리둥절함도 잠시, 차를 더욱 꼼꼼하게 다시 살폈다. 놀라운 일도 아니지만, 무언가를 발견한 사람은 예리한 사냥꾼의 눈을 지닌 빌리였다.

뒷좌석 커버가 얇게 찢어진 흔적으로 미루어 무언가 가죽 시트를 깊게 누르고 있었던 위치를 짐작할 수 있었다. 무언가 한동안 그곳에 놓여 있다 옮겨졌다. 상대적으로 작은 크기에 비해 묵직한 물건이었다. 전체적으로는 직사각형이고, 한쪽 면은 시트를 찢을 정도로 거친 물건이.

그렇다면 둘 다 틀림없이 여기에 있었다. 아니면 적어도 최근까지는 있었거나. 체스터와 우야라니 둘 다.

엘리엇은 지난 며칠 간 앞으로 무슨 일이 기다리고 있을지 걱정하느라 워낙 지치고 겁을 먹었던 나머지 환희할 기력까지는 없었다. 하지만 지친 미소를 끌어낼 정도로는 희망적인 흔적이었고, 빌리도 비슷한 미소로 화답했다.

두 사람은 손전등을 끄고 다시 헛간 옆문으로 살금살금 돌아가 누가 움직이는 기미가 있는지 귀를 기울였다. 본채로 가서 부디 두 사람의 탐색을 마무리 지어야 할 때가 되고도 남았다.

헤네시 일가의 집 내부에 누가 얼마나 남아 있는지 알지 못하는 판국에 문이나 빤히 보이는 창문을 통해 들어가는 것은 어리석은 짓이었다. 하지만 아이다는 집 아래쪽이 ― 부락의 다른 여러 집들이 그렇듯 ― 일부는 고르지 않은 형태의 지하실이고 나머지는 마루 밑 공간으로 이루어져 있다고 장담했다. 마루 밑 공간에서 내부로 들어갈 방법을 찾을 수 있을 거라면서.

그래서 그들은 탁 트인 뜰을 단숨에 내달려 진흙과 거미줄이 가득한 집 아래로 들어갔다. 보이지 않는 곳에서 희미하게 들려오는 물 떨어지는 소리와 어느 작은 동물이 가끔씩 쪼르르 내달리는 소리가 끊임없이 배경음 노릇을 했다. 그 소리들 너머로는 아직도 저 멀리 길에서 털털거리는 트랙터 엔진 소리가 들렸다.

한두 번인가 아이다의 소총 소리가 소식을 전했다. 엘리엇이 근심 가득한 얼굴로 돌아보자 연장자는 고개를 가로저었다. "지금 당장은 계획을 끝까지 밀고 나가는 것만이 아이다를 돕는 길이야. 명심해, 아이다가 총을 쏜다는 건 여전히 살아있고 제정신이라는 뜻이다."

그리고 총을 계속 쏘아야 할 정도로 여전히 위험에 처해있다는 뜻이기도 하지. 빌리가 의도했을 법한 정도만큼 안심되는 얘기는 아니었다.

그들은 진흙과 오물을 뒤집어쓴 채 주변을 살폈다. 손은 늘 손전등 전구 앞쪽에 두었다. 이렇게 하면 부지 내의 누구에게도 들킬 염려는 없었지만, 대신 흐릿하게 옆으로 퍼져 나가는 빛에만 의지해서 수색을 해야 했다.

그래도 길고 불편한 순간들 끝에 그 정도 조명만으로도 소득이 있었다. 집의 지하실로 통하는 것으로 보이는 창문이 여럿이었다. 사실 그중 하나는 창문을 통째로 뜯어내 썩은 나무 창틀이 거의 다 부서진 뒤 다시 대충 쑤셔 넣은 모습이 마치 그들을 위해 미리 준비된 것처럼 보일 정도였다. 가볍기 찌르기만 해도 창이 도로 빠져나올 듯했다.

"유인책 같은 걸까요?" 엘리엇이 물었다.

"누구를? 우리는 아니야. 이건 한참 전에 부서진 거다."

조심스럽게, 의심스럽게, 그들은 창문이 안으로 떨어져 박살 나서 누군가의 경계심을 사지 않도록 힘을 합쳐 창문을 끌어냈다. 창문을 치운 다음에는 빌리가 먼저 미끄러지듯 구멍을 통과해 부서진 돌바닥 위에 내려섰고, 엘리엇도 그 뒤를 바짝 따랐다.

최선을 다하기는 했지만 아예 소리를 내지 않을 수는 없었다. 울퉁불퉁한 돌바닥은 걸음걸이가 확실한 빌리조차 때때로 발을 헛디디게 했고, 여기저기 늪이 유입되어 생긴 웅덩이들이 밟혀

찰박거렸다. 평소에는 폐소 공포증이 없던 엘리엇은 갇혀서 질식할 듯한 기분을 느꼈고, 통로는 하수구와 무덤에서 최악인 부분들만 골라 합쳐 놓은 것처럼 보였다. 머릿속에 든 영창이 그의 두려움에 힘을 얻었는지 솟아오르는 통에 안 그래도 흐트러진 집중력을 더욱 나누어 프랑스어 보호 주문을 읊는 데에 할애해야 했다.

그처럼 산만해진 탓에 호흡이 힘들어진 것이 반드시 머릿속에서 일어난 착각만은 아니라는 사실을 깨닫는 데에 더 오랜 시간이 걸렸다. 흰 곰팡이 냄새가 어찌나 진한지 폐 속으로 들어올 뿐만 아니라 혀를 통해 맛으로도 느껴질 정도였다. 흰 곰팡이 맛과 다른 더 지독한 것들의 맛이었다. 갑자기 토할 것 같은 기분 속에서도 가장 최근에 먹은 식사를 게워내지 않은 것은 순전히 의지력 덕분이었다.

"맙소사! *대체 무슨 냄새죠?*"

"썩은 내." 엘리엇이 들었던 빌리의 목소리 중에서 가장 음울한 목소리였다. "밑을 보지 마라."

당연히 엘리엇은 밑을 보았고, 더는 구토를 참지 못했다.

그래도 구토한 덕분에 비명을 질러 부끄러운 꼴을 보이고 혹시라도 위험에 처하기까지 하는 일은 피할 수 있었다.

복도의 낮은 한 지점에 늪의 물이 고여 지금까지 만난 것 중에서 가장 커다란 웅덩이를 이루고 있었다. 사실 벽 한 부분이 무너져 일종의 자연 벽감이 형성된 탓에 웅덩이가 복도 너비보다도 더 컸다.

그 벽감 안쪽에 쌓인 부패하고 물을 먹은 시체 더미가 복도까지 흘러나왔다. 한 시체는 파란 제복 조각을 걸치고 있었는데, 어떤 제복이었는지 확인하기에는 너무 많은 부분이 유실된 뒤였다. 혹시 경찰이었을까?

가장 최근에 생긴 시체는 트위드로 지은 듯한 정장 코트 차림이었다.

설령 시체에 부패의 흔적이 전혀 닿지 않고 고이 보존되어 있었더라도 이름을 알아내기는 불가능했으리라. 이 불쌍한 사람을 죽인 것이 작은 폭발이었든 아니면 산탄총이었든 간에 얼굴이 날아간 상태였으니까.

"일어서!" 매정하지는 않았지만 항의를 용납할 생각이 없는 목소리였다. "계속 가야 한다."

뱃속이 뒤집힌 순간부터 반대편 벽에 기대어 웅크리고 있던 엘리엇이 몸을 바로했다. "왜, 바빠요?" 입술을 닦으며 물었다.

빌리는 빈정거림을 이해하지 못했거나 무시하기로 한 모양이었다. "그래, 일부 뼈에 *갉힌* 흔적이 있는 걸 보니 장소를 옮기고 싶군."

엘리엇은 단 한순간도 친구의 말이 농담일지 모른다고는 생각하지 않았다. 다시 욕지기가 치솟았고, 두 눈이 틀림없이 발치에 있는 두개골들의 텅 빈 눈구멍보다도 더 커졌을 테지만, 그는 고개를 끄덕이고 걸음을 재개했다.

잠시 생각해 본 끝에, 지금 이렇게 걸어가는 상황 자체가 신경쓰이기 시작한다는 사실을 깨달았다.

통로가 이렇게 길 수는 없었다. 이 지하층이 위쪽의 집보다 더 멀리 뻗어 있지 않은 한은. 통로는 조금 더 앞쪽에서 꺾이며 왔던 방향으로 돌아갔다. 그것도 이상하기는 했지만 그나마 그건 불규칙한 지반 때문인지도 몰랐다. 어쨌든 이곳은 늪지대니까. 지하실을 지을 때 지나치게 땅이 물러서 건물을 지지하지 못하는 지점을 우회해야 했을지도. 하지만 그것만으로는 지하실이 위층들보다 더 넓은 이유는 설명이 되지 않았다.

복도의 "U" 지점을 돌자 갈림길이 다가왔다. 한쪽 길은 창고나 다용도실로 보이는 곳으로 이어졌고, 그 안에 다시 본채로 올라가는 계단이 있었다. 그리고 다른 길은…

두 사람은 보기는 했지만 자신들이 무엇을 보고 있는지는 정확히 알지 못했다. 아니, 자신들이 왜 그것을 *여기서* 보고 있는지는.

곰팡이와 진흙과 ── 냄새로 판단컨대 ── 그보다 훨씬 고약한 것들의 얼룩으로 뒤덮인 벽돌 벽으로 둘러싸인 길고 탁 트인 방 안에 다수의 간이침대와 더불어 의자 여러 개가 여기저기 놓여 있었다. 간이침대의 침구류는 소변과 땀과 피로 얼룩진 채 둘둘 말리고 찢어져 한쪽에 치워져 있었다. 의자 대부분은 일부는 돌이고 일부는 진흙이며 깊이가 2.5센티미터쯤 되는 고인물에 완전히 잠긴 바닥 이곳저곳에 흩어져 있었다. 한때는 다양한 종류의 옷이었을 것으로 보이는, 찢어지거나 색이 바랜 천 더미들도 있었다.

방 전체를 복도와 분리하는 쇠창살은 지하실을 완성하고 한참 뒤, 아마도 꽤 최근의 어떤 시점에 얼기설기 서투른 솜씨로 회반 죽을 발라 고정한 것이었다. 그 창살에 달린 문 하나가 활짝 열려 있었고, 묵직한 자물쇠가 근처 바닥에 놓여 있었다.

여긴 뭐 하는 곳이지?

마침내 입을 연 빌리의 목소리는 거의 태평하게 들릴 정도였다. "체스터 집안에 지하 감옥이 있다는 사실을 알고 있었나?"

엘리엇이 두 손을 들어 올렸다가 떨어뜨렸다. 대답할 말을 찾을 수 없었다.

복도는 간이 감방을 지나서도 계속됐지만, 잠깐 살펴보니 그쪽에는 오랫동안 손대지 않은 잡동사니로 가득 차 있거나 아예 텅빈 다른 저장 공간뿐이었다.

계단 말고는 다른 선택의 여지가 없었다. 빌리가 어깨에 멨던 윈체스터를 내리고 엘리엇이 마지못해 리볼버를 꺼낸 뒤, 그들은 살금살금 조마조마하게 계단을 올랐다. 엘리엇은 계단 수직면에 발이 닿을 때마다, 낡은 목재가 삐걱거릴 때마다, 신발에 긁힌 축축한 진흙이 둔하게 질척일 때마다 흠칫거렸다.

계단 꼭대기의 뚜껑 문이 열려진 채로 어두운 집 안으로 들어가는 입구를 제공했다. 두 남자는 귀엣말로 의견을 교환한 끝에 마지못해 들킬 위험을 무릅쓰고 손전등을 켜기로 했다. 그렇지 않으면 완전한 암흑이었다. 그나마 발각될 가능성을 최소화할 수 있기를 바라며 이번에도 손바닥을 전구 가까이 두었다.

널따란 홀은 크기가 더 크다는 것만 제외하면 최근에 들렀던 다른 두 집에도 잘 어울릴 법했다. 바닥에 간 깔개가 뭉쳐 구겨져 벽에 붙어 있었다. 평소에는 지하실로 내려가는 뚜껑 문을 덮어 두던 깔개일까?

바닥에는 그 외에도 부서진 액자와 찢어진 그림 및 사진 여럿이 나무와 유리 파편 사이에 놓여 있었다. 기묘한 통로와 뚜껑 문에다 이제 분노에 차 난동을 부린 흔적까지 마주하자, 엘리엇은 다양한 고딕 소설들을 떠올렸다. 전혀 위로가 되지 않는 연상이었다.

홀 저쪽 끝, 지금 그들이 서 있는 자리에서는 보이지 않는 곳에서 대형 괘종시계 소리로 추정되는 것이 공허하게 똑딱거리며 시간의 흐름을 알렸다. 딱히 가지 말아야 할 이유도 없었기에 그들은 소리가 나는 방향으로 갔다.

그림자 속에서 나타난 시계는 진짜 골동품이었지만, 이 음울한 짐승과도 같은 실내에서 일어난 모종의 사건으로 피해를 입은 상태이기는 마찬가지였다. 황동 진자는 아직도 흔들거렸지만 유리 케이스는 박살 났고 섬세한 시계 바늘들은 엉망으로 휘어져 주변의 로마 숫자들 대신 시계 바깥을 가리켰다.

침입자들의 눈에 중앙 홀 양끝에 하나씩 붙어 있는 한 쌍의 방이 들어왔다. 오른쪽 방에서 이제는 되풀이되는 악몽처럼 친숙하면서도 달갑지 않은 예의 구절을 끊임없이 읊조리는 소리가 들려왔다. 엘리엇은 머리 아래쪽에서 미약한 압력만을 느꼈다. 영창자 하나를 상대로는 보호 수단들이 버텨 주었다. 그는 빌리와 나란히 방으로 들어갔다.

다양한 의자와 뒤집힌 탁자, 재로 뒤덮인 벽난로, 문갑 위에 놓인 낡은 라디오로 미루어 일종의 응접실이거나 적어도 과거에는 그랬던 모양이었다. 또 다른 문은 엘리엇이 짐작하기에 주방일 듯한 방으로 이어졌고, 널찍한 계단은 현재는 어둠에 잠겨 있는 머리 위의 또 다른 세상인 2층으로 통했다.

방 한가운데, 천을 씌운 의자 위에, 두 사람이 들었던 목소리의 주인공인 남자가 웅크려 앉아 있었다. 남자는 둘보다 나이가 많았고, 지저분하고 수염이 까칠했으며, 무릎 위에 쌍발 산탄총을 얹어 놓고 있었다.

남자가 정말로 그것을 사용할지도 모른다는 깨달음에 엘리엇 자신의 총이 갑자기 천근만근 무거워지면서 총을 쥔 손에 감각이 사라졌다.

두 사람이 방으로 들어선 그 순간, 남자가 낭송을 멈추고 고개를 들었다. 감염되었을지는 몰라도 아직 완전히 넘어간 것은 아니었다. 남자가 무기를 움켜쥐었다.

"너희들 뭐야? 왜 내 집에 있는 거지?"

엘리엇은 낯선 상대를 겨누고 있지 않다는 것이 보이도록 권총을 옆으로 들어 올리고 한 발 앞으로 다가갔다. "함부로 침입해서 죄송합니다."

그 말에 노인이 숨이 막히도록 깔깔거렸다. "그거야 아직 안 당했어도 너희도 곧 당할 텐데 뭘." 그가 쌕쌕거렸다.

"음. 네, 그런 것 같더군요. 전 엘리엇 라즐로라고 합니다. 사람을 찾고 있는데 ―"

"체스터. 체스터를 찾고 있겠지."

"네!" 맙소사, 드디어 이곳에서 체스터에 대해 들어 본 사람이 나왔다. 엘리엇은 타고 남은 미미한 희망의 불을 느꼈다. "체스터를 아세요? 여기 있나요?"

"내 조카야." 노인이 말했다. "체스터는 내 조카야."

엘리엇 뒤에서 빌리가 목청을 가다듬으며 더욱 본격적으로 방 안으로 들어섰다. "체스터의 아버지에게 다른 가족은 없다고 들었습니다만."

"그래, 그랬겠지. 개 놈의 자식. 제 놈이 노다지를 캔 다음부터는 자기 집안에서 '질 낮은' 쪽은 필요 없다 이거지." 노인은 — 우드로. 부동산 권리증에서 읽은 내용이 엘리엇의 머리에 떠올랐다. *이 사람이 우드로 헤네시겠구나* — 순간 해묵은 원한에 열을 내다 못해 자신이 겁을 먹었던 것도, 막 시작된 광증도 잊은 듯했다. "우리랑은 연을 끊고 싶어 했지. 하지만 체스터는 달랐어. 체스터는 한 번도 제 출신을 잊은 적이 없지."

우드로가 다시 킬킬거렸지만, 이번 킬킬거림은 한 차례 흐느낌과 더불어 축축하고 지저분한 침을 뱉는 것으로 끝났다. "이제 보니 녀석도 잊었더라면 좋았을 걸 그랬지만."

그는 엘리엇이 묻기도 전에 말을 이었다. "라즐로라고 했지? 그래, 녀석이 네 이야기를 하더군. 녀석이 그러기… 전에. 자기 '연구'에 널 끌어들이지 않아서 다행이랬지. 그런 소릴 할 게 아니었나 보군? 그렇지?"

엘리엇은 의자 옆에 무릎을 꿇었다. 체스터가 적어도 한동안은 엘리엇의 안전을 염려할 정도로 제정신으로 — *자기 자신으*

로 — 남아 있었다는 사실을 알게 되자 한편으로는 울고 싶은 심정이었다. 하지만 지금은 때가 아님을 알았기에 충동을 억눌렀다. "혜네시 씨, 여기서 무슨 일이 있었던 거죠?"

"체스터가 있었지!"

고함 소리에 엘리엇은 하마터면 나자빠질 뻔했다.

"체스터랑 녀석이 찾은 그 망할 놈의 *것이.*"

빌리가 고개를 옆으로 기울였다. "내 생각이 맞다면 그 '것'은 우리 동족이 맡은 신성한 책임입니다만."

우드로는 그 말을 들었는지 몰라도 들은 척도 하지 않았다. "녀석은 처음엔 연구를 계속하는 동안 그걸 잠시 여기에 숨겨 놓으려던 것뿐이었어. 원래 있던 곳은 더는 안전하지 않다면서, 어떤 사람을 믿을 수 없다는 걸 알게 됐다더군. 그게 누구였는지 말했는지는 기억이 안 나. 그걸 헛간에 있는 자기 차 안에 보관했지. 별일은 없었어. 동물들은 그게 영 싫었는지 헛간 근처에 오려 들지 않았지만, 우린 그냥 차가 어딘가 마음에 안 드나 보다 했지.

그런데 녀석이 다시 왔어. 녀석은… 머리가 어딘가 이상했어. 그걸 없애게 도와달라더군. 그래서 우린 그 망할 것을 가지고 늪으로 들어갔지. 하지만 늪이…" 남자는 갈색으로 변한 이를 드러내며 웃었지만, 눈물이 뺨을 타고 흘러내렸다. "늪이 그걸 받아들이지 않았어."

엘리엇의 귀에 빌리가 희미하게 숨을 들이켜는 소리가 들렸다.

"그러더니," 우드로가 말했다. "그러더니 체스터가… 헛소리를 지껄이기 시작하는 거야. 그땐 내가 직접 듣진 못했지. 귀가 예전

같질 않아서. 하지만 우리 가족들은⋯ 다들 불안해하긴 했는데, 그래도 처음엔 그게 다였어. 체스터는 떠나려고 했지만, 보내도 괜찮을지 확신이 안 서기에 녀석을 방에 가둬 놓았지. 그러다 나의 샐리가, 갑자기⋯"

눈물이 더 쏟아졌다. 코에서 콧물이 흘러나왔고, 입가로 침이 뚝뚝 떨어졌다.

"두 사람을 가둬 놓을 곳이 필요했단 말이야, 응? 마침 내 증조 부님이 지하철도[6] 정거장으로 쓰려고 지으신 지하실이 있었지. 나랑 우리 애들이 거기다 회반죽을 발라서 철창을 박고 어떻게 하면 좋을지 알아낼 때까지 미친 사람들을 거기에 가둬 놓기로 했어.

하지만 결국 *정말로* 어떻게 하면 좋을지 알아내지는 못했지. 그리고 광기가 계속 퍼져서 결국 우리 가족 전부가⋯ 그 다음에는 몇몇 이웃들까지⋯"

남자가 위를 올려다보았고, 엘리엇은 그가 일종의 사죄를 구하고 있는지도 모르겠다고 생각했다. "난 막을 수 없었어. 같이 오래 있어 줄 수도 없었고. 어두운 귀를 솜으로 틀어막아도 다 들리다시피 했으니. 계속 애는 써 봤지만 이 집을 혼자 힘으로 건사하는 건 무리더군.

그러다 들키고 말았지. 마을 저 끝에 사는 사람들 몇이랑. 참견하기 좋아하는 집배원이랑. 체스터네 학교에서 온 무슨 교수

---

6   19세기 초중반에 노예제도가 남아 있는 지역의 노예들을 자유 주 및 캐나다로 탈출 시키기 위해조직된 탈출망으로, 이름과 달리 실제로 철도를 이용했던 것은 아니다.

한테.”

 이번엔 엘리엇의 숨이 막힐 차례였다. 폴라스키가 정말 여기까지 왔었구나! 그래서 그는 어떻게 된 걸까? 마을을 돌아다니는 타락자 중 하나였을까? 엘리엇과 빌리가 폴라스키와 마주치지 않은 것은 순전히 운에 불과했을까?

 “나는… 그치들이 돌아가 관원들을 데려오게 놔둘 수 있어야지. 그랬다간 우리 가족을 데려갈 테니까. 그렇다고 그치들이 변해서 광기를 더 퍼뜨리게 둘 수도 없었고! 자네도 이해하지, 그렇지? 이해하지?”

 방 안의 온도가 20도는 떨어진 것 같았다. “헤네시 씨… 뭘 하신 겁니까?”

 “그냥 둘 순 없었다고. 그건 안 되지.” 우드로가 산탄총 위로 몸을 수그리며 의자를 흔들기 시작했다. “하지만 헛되이 죽게 둔 건 아냐. 미친 사람들은 자기가 뭘 먹는지 신경을 안 쓰거든. 그리고 나 혼자서는 도저히 계속 밥을 챙겨 줄 수가 없었으니까…”

 이제 엘리엇은 정말로 게처럼 허겁지겁 노인에게서 물러나다 뒤집힌 탁자에 부딪혔다. 조금 전 이미 뱃속을 게워내지 않았더라면 그 자리에서 토했으리라. 트위드 재킷을 입은 얼굴 없는 시체가 누구였을지 이제 깨달았던 것이다.

 “그러다 결국 내가 틈을 보이고 만 거야.” 우드로는 엘리엇이 움직였다는 사실을 알아차리지도 못한 듯 여전히 자신이 웅크린 자리를 내려다볼 뿐이었다. “녀석들이 술책을 부릴 정도로 똑똑할 줄은 몰랐지. 아래층에 내려갔는데 우리 아들 토머스가 진흙에 얼굴을 박고 있더군. 허둥지둥 녀석을 확인하러 갔는데, 녀석이 날 붙잡더니 내 귀에서 솜을 잡아 뺐어. 내가 들을 수밖에 없게 그 염병할 영창을 속살거렸지…" 또 흐느낌.

"그때부터 쭉 여기 있었어. 내가… 변할 차례가 오기를 기다리면서. 한동안은 미친 녀석들이 밖에 나가 사람들을 닥치는 대로 잡다가 체스터가 감염시킬 수 있게 이리로 데리고 오더군. 그렇지만 얼마 후부터는 그냥 밖으로 나가 퍼져서 점점 더 직접 사람들을 바꿔 놓더라고. 이젠 남은 사람이 있나 모르겠어."

빌리가 탁자로 다가와 엘리엇을 부축해 일으켰다. 강인하고 흔들림이 없는 건 여전했지만, 얼굴은 아픈 사람처럼 창백해져 있었다. "이건 우리가 생각했던 것보다 더 심각하군."

빌리는 자기 말이 얼마나 진실에 가까운지 아직 모르고 있었다. 이번만큼은 엘리엇이 먼저 자신의 친구가 놓친 사실을, 자신의 뱃속을 잿더미로 만들고 피를 얼어붙게 만든 사실을 알아차렸으니까.

"그게 무슨 소리죠?" 그가 덜덜 떨리는 목소리로 헤네시에게 물었다. "사람들을 체스터가 감염시킬 수 있게 '이리로 데리고 왔다'뇨?"

"무슨 소리 같냐? 체스터는 이 집에서 나간 적이 없단 소리야."

15장

그 순간 우드로 헤네시의 선언에 호응하듯, 그 소리가 시작되었다. 그것은 머리 위, 어둠에 잠긴 2층 어딘가에서 들려왔다. 불규칙한 패턴으로 쿵쿵거리는 그 소리는 비틀거리는 발소리 같으면서도 어딘가 달랐다.

쿵… 쿵-**쿵**. 쿵… 쿵-**쿵**.

그들이 널찍한 계단으로 다가가자 소리가 서서히 더 커졌다.

쿵… 쿵-**쿵**.

빌리가 손전등으로 계단을 비추었지만 불빛이 약해서 계단 맨 위 칸 너머의 아주 작은 영역만을 밝힐 따름이었다. 그는 손전등을 이쪽저쪽으로 휘저어 계단참을 따라 움직이고 있을지도 모르는 누군가 — 무언가 — 를 찾으려 했지만, 여전히 미미한 빛과 나무 난간이 드리운 그림자 외에는 아무것도 보이지 않았다.

엘리엇의 머릿속 저 깊숙한 곳, 그가 계속해서 영창을 가두어 두려 애쓰는 곳만큼이나 깊숙한 곳에서, 저게 과연 정상인가, 불과 조금 전까지만 해도 손전등 빛이 더 강하지 않았나 하는 의문이 들었다.

그리고 그들은 그 목소리를 들었다.

목소리는 그간 마주쳤던 다른 타락자들의 외침보다 낮고 조용했음에도 어쩐지 더욱 강력하고 열광적이었다.

쿵…

"이스슬라아츠 쓰쿨크리스, 이스슬라이츠 체오샤슈…"

…쿵-쿵.

"브노크투 브슈루 셀로슈트 에스크루아싸…"

엘리엇은 영창이 두개골과 자신을 보호하는 마법들을 두들겨대자 비명을 지르며 움츠러들었다. 빌리도 움찔하며 피부가 갑자기 창백해지는 걸 보니 같은 느낌을 받은 게 분명했다.

쿵…

"스비스트 츠슐트바 울베슈싸 이크라비스…"

…쿵-쿵.

"이스슬라아츠 이크라비스 불로슈쿠 을라츠부울 로샤아…"

빌리는 이제 손에 쥔 손전등을 덜덜 떨면서도 계속 위를 비추었고, 마침내 보잘 것 없는 빛의 웅덩이 안으로 그 형체가 발을 들였다.

엘리엇의 비명은 새로운 공포를 발견해서가 아니라 이미 알고 있던 공포를 확인한 데에서 오는 비명이었다. 말의 내용만 익숙한 것이 아니었다. 그걸 발음하는 목소리도 아는 목소리였다.

쿵…

"올베슈싸 슐라츠틀리 브룰로슈트 체브쿠싸안사…"

체스터 헤네시가 눈도 깜빡이지 않고 서 있었다. 머리카락과 살갗과 너덜거리는 옷은 말라붙은 진흙과 피와 그 외 무엇인지 알 수 없는 것으로 뻣뻣했다. 그는 발을 내딛을 때마다 앞으로 고꾸라질 것만 같다가 완전히 넘어지기 직전에 반대발로 간신히 몸을 지탱했다. 그렇게 완성된 앞뒤로 왔다갔다 몸을 흔드는 동작은 제정신인 사람이라면 오래 지속할 수 없을 만큼 기이하고 이 세상의 움직임 같지 않았다.

그리고 예의 악독한 전례문도 한 구절 한 구절, 한 줄 한 줄 계속 입에서 쏟아져 나왔는데, 엘리엇이 이전에 다른 타락자들에게서 들었던 것보다 최소한 두 배는 더 길었다. 말이 그를 두들기며 이미 영혼 속에 침투해 있던 불완전한 메아리들을 불러냈다. 피부가 식은땀으로 축축해지고 온몸이 떨렸다. 한 번도 겪어 본 적 없는 힘이었다. 영창이 일상적인 대화보다 훨씬 강력하듯, 이 영창은 그동안 들었던 다른 영창들보다 훨씬 더 강력했다. 자신과 빌리가 의지하고 있는 보호 수단으로는 기껏해야 몇 분 정도밖에 버티지 못하리라는 예감이 들었다.

"체스터!" 목이 떨리는 와중에도 우렁찬 외침이었다. "체스터, 나야. 엘리엇이야."

체스터는 늘었다. 틀림없이 들었을 터였다. 하지만 엘리엇을 알아보았다는 기미는 고사하고 아무런 반응도 없었다. 그가 계단을 두 칸 더 내려오면서 이번에도 물리 법칙과 인간의 신체 구조에 따르면 넘어지고도 남았을 자세를 버티며 막힘없이 연도를 이어 나갔다. 엘리엇이 들었던 것보다 십 수 줄은 더 이어지던 연도가 마침내 끝났을 때도 그저 처음으로 돌아가 다시 시작할 따름이었다.

"이스슬라이츠 쓰쿨크리스, 이스슬라이츠 체오샤슈…"

"빌어먹을, 체스터." 엘리엇은 자신의 목소리가 갈라지고 뱃속이 내려앉는 것을 느꼈다. 그 순간 가슴 속에서 심장이 멈추고 단단히 얼어붙었더라도 전혀 놀라지 않았으리라. 눈에 고인 눈물이 방을 흐릿하고 파편적인 이미지들로 이루어진 조각난 만화경으로 만들었다. "나야. 이러지 마. 우리에게 돌아와." 그리고, 훨씬 더 부드러운 목소리로, "내게 돌아와."

또 두 걸음. 또 넘어질 것처럼. 또 그 저주받을 구절을 읊으면서.

빌리가 돌진하여 문갑 위로 뛰어올랐다가 다시 계단 난간을 뛰어넘어 널찍한 단 위, 오물로 뒤덮인 체스터 옆에 내려섰다. 엘리엇은 그가 소총을 왼손에 든 채 오른손을 휘두르는 모습에 순간 고마운 마음이 들었다. 틀림없이 사냥꾼의 본능은 — 그가 느끼는 두려움이나 이질적인 음절들이 머릿속에 가하는 압력은 말할 것도 없고 — 총을 쏘라고, 가능한 한 빠르고 확실하게 위협을 끝장내라고 다그쳤으리라. 그처럼 공격은 하되 죽이지는 않으려고 노력한다는 건 엘리엇으로서도 차마 바라지 못했던 태도였다.

이렇다 할 소득은 없었지만.

빌리는 버릇대로 말아 쥔 주먹의 날을 이용해 광인의 관자놀이에 상대방이 무력해질 만한 타격을 가했다.

그러자 체스터의 머리가… *꺾였다.*

턱 아래쪽은 꿈쩍 하지 않았다. 턱 위쪽, 머리의 나머지 부분만이 오른쪽으로 급격히 기울면서 두 입술이 한쪽은 굳게 다물어지고 다른 한쪽은 양껏 벌어졌다. 마치 관절이 분리되어 휘두른 주먹의 두께만큼 벌어진 듯한 모습이었다.

자신이 보고 있는 광경을 받아들일 수 없었던 빌리는 팔을 반쯤 뻗은 상태 그대로 얼어붙었다.

체스터는 턱이 일그러졌음에도 아주 살짝만 불분명해진 발음으로 영창을 계속하며 모기를 쫓듯 무심히 손을 휘둘렀다. 빌리가 나무 난간을 산산조각 내며 뚫고 나가 바닥에 고통스럽게 등부터 떨어졌다.

엘리엇은 움직일 수 없었고, 자신이 숨을 쉬고 있는지조차 확신하지 못했다. 체스터가 다시 계단을 내려오기 시작했다.

빌리가 뭐라고 외쳤지만 엘리엇에게는 들리지 않았다. 오직 연도만이 귀 속에서 메아리쳤다.

일행이 자신의 말을 듣지 않거나 듣지 못한다는 것을 깨달은 빌리는 소총을 더듬어 체스터를 향해 들어올렸다⋯

그러자 엘리엇이 힘과 자유를 되찾아 비명을 지르면서 동료가 총을 쏘기 전에 멈추게 하려 했다.

빌리는 정말로 멈추었지만, 엘리엇 때문은 아니었다. 우드로가 이제 다시 예의 이질적인 언어를 읊조리며 빌리의 뒤에서 덮쳐와 산탄총을 몽둥이처럼 휘둘렀다. 빌리는 아슬아슬하게 옆으로 굴렀고, 두 사람은 요란하게 치고 받으며 방 저편으로 가 버렸다.

엘리엇 혼자 체스터를 상대하도록 남겨둔 채.

그의 손에 들린 리볼버의 총열이 다가오는 형체를 겨누고 있었다. 겨냥은 고사하고 총을 뽑은 기억조차 없었다.

"오, 맙소사. 체스터, *제발!* 제발 멈춰."

두 걸음. 또 한 구절. 이제 계단 절반을 한참 지난 위치까지.

"*제발!*" 그는 눈물 때문에 체스터를 제대로 볼 수 없었고, 흐릿하게 움직이는 형체 가운데를 겨냥할 따름이었다. "제발 쏘게 만들지 마."

두 걸음 더. 엘리엇은 자신의 정신과 기억과 영혼이 끝나고 연도가 시작되는 지점을 분간할 수 없었다.

또 한 구절. 또 한 걸음의 시작.

엘리엇이 입을 열었다. 입에서 나온 것은 너무나도 부드러워 숨결이라고 하기도 어려웠다. "사랑해."

손가락에 힘이 들어갔다. 방아쇠가 꿈틀거렸다.

체스터가 걸음을 마무리하고, 다시 한 걸음을 내딛고, 거의 넘어지려다, 불가능한 방식으로 몸을 지탱했다.

리볼버는 발사되지 않았다.

엘리엇은 쏠 수 없었다. 공이치기가 떨어지기까지 남은 극히 미세한 거리가 일 킬로미터처럼 느껴졌다. 체스터가 계단 맨 아래까지 다가오도록 엘리엇은 쏘지 못하고 흐느끼기만 했다.

하지만 누군가는 쏘았다. 빠르게 두 발 연속으로.

그 총성은 세상의 종말을 알리는 가브리엘 대천사의 나팔이었다. 방 안의 모든 것이 ─ 심지어, 아주 잠깐 동안은, 엘리엇의 머릿속에 울리던 연도마저도 ─ 침묵했다.

체스터의 머리가 뒤쪽으로 꺾였다. 이마 중앙에서 살짝 오른쪽에 난 구멍과 더러운 셔츠의 심장 바로 윗부분에 난 두 번째 구멍에서 진한 검은색 피가 흘렀다. 체스터는 이것마저 가벼운 애로 사항에 지나지 않는다는 듯 천천히 몸을 바로 하더니, 앞으로 무너지면서 얼굴부터 떨어져 미끄러져 내리다 계단 밑에 쌓인 더미에 부딪쳤다.

유리 조각이 쨍그랑 소리를 내며 바닥에 쏟아졌고, 그것을 신호로 세상이 다시 움직이기 시작했다. 다시 방 저쪽 모퉁이에서 몸부림치는 빌리와 우드로의 고통 어린 신음과 격한 주먹질 소리가 들려왔지만, 엘리엇은 그쪽은 안중에도 없이 충격에 찬 눈길을 왼편으로 던질 수밖에 없었다.

방의 창문 중 하나에 부서진 구멍 한 쌍이 나 있었고, 아직도 그 주변으로 금이 퍼져 나가며 유리 조각이 떨어지고 있었다. 그 너머로 아이다 글릭의 창백한 형체가 어렴풋이 눈에 들어왔다. 두 손에 스프링필드를 들고 두 눈은 충격으로 휘둥그레져 있었는데, 짐작컨대 행동에 나서기 전에 목격했을 불가능한 광경 때문인 듯했다.

엘리엇 속의 무언가가 부서졌다.

아까는 떨렸던 손이 이제는 돌처럼 흔들림 없이 차가운 강철을 아이다의 가슴에 똑바로 겨누었다. 하지만 몸의 나머지 부분은 분자 하나까지 빠짐없이 떨리고 경련하고 타올랐다. 그는 목의 고통이 심장의 고통에 필적하는 지경에 이를 때까지 괴성을 질러 댔다.

후일 그는 자신의 행동을 순전히 연도 탓으로, 비정상적인 외부의 힘 탓으로 돌릴 수 있으면 좋겠다고 생각했다. 하지만 그렇게 말한다면 거짓말이리라.

나중에 그는 자신이 정확히 무슨 말을 했는지 기억하지 못했다. 자신이 그녀에게 어떤 추악한 욕설을 했는지도, 무슨 주장을 했는지도, 어떤 협박을 입 밖에 냈는지도. 그녀를 살인자로 낙인찍었던 것과, 그녀에게 사탄의 가장 깊숙한 구덩이에나 빠지라고 했던 것과, 자신에게 마지막으로 딱 한 번의 기회만 있었더라면, 마지막으로 기적과도 같은 몇 마디 말을 던질 기회만 있었더라면, 체스터에게 접근해서 정신을 차리고 영혼을 되찾도록 설득할 수 있었다고 — 설득하려고 했다고 — 말했던 것은 어렴풋이 떠올랐다.

물론 터무니없는 소리였다. 그런 말을 하는 바로 그 순간에도 터무니없는 소리라는 걸 알고 있었지만, 그는 그 앎을 받아들이는 대신 깊이 묻어버렸다. 그는 살심에 가까운 분노를 길길이 불태우면서 용광로로 삼아 그 외의 모든 생각은 태워 얼씬도 못하게 했다. 그렇지 않았더라면 분노가 막고 있던 것들 — 깊이를 헤아릴 수 없는 슬픔, 이가 갈리고 속이 뒤틀리는 상실감, 방금 일어난 일에 대한 깨달음, 그리고 그 상황을 바꾸기 위해 그가 할 수 있는 일은 *아무것도*, 정말 아무것도 없었다는 걸 알면서도 밀려오는 걷잡을 수 없는 죄책감 — 이 눈보라처럼 확실하게 그를 얼려 버렸을 테니까.

그러는 내내, 아이다는 고개를 아주 살짝 기울이고 뺨을 씰룩인 것 말고는 아무 것도 하지 않았다. 아무 말도 하지 않았다. 그 날 밤의 사건들 때문에 그녀 또한 충격으로 기진맥진한 상태였든, 아니면 마지막까지 남아있던 친구와 가족들의 운명을 확인한 뒤에는 엘리엇이 자신을 쏘아 죽여도 상관없다는 심정이었든 ── 아니면 그녀만이 아는 또 다른 이유 때문이었든 ── 간에, 그녀는 자기 목숨을 구하기 위해 움직이지도 항변하지도 않았다.

나중에 엘리엇은 자신이 정말로 그녀를 쏘고 말았을지 아니면 미칠 듯한 분노가 사그라지며 힘을 다했을지 생각해 보았고, 그 답을 알지 못한다는 사실에 부끄러워했다. 하지만 그는 그 답을 영영 알 수 없었다. 엘리엇의 어깨 너머를 바라보던 아이다의 표정이 마침내 *정말로* 바뀌는가 싶더니 힘없는 공포의 가면으로 변했으므로.

그는 처음에는 눈치 채지 못했다. 무언가 바닥을 가로질러 미끄러져 움직이는 희미한 소리를 알아차리지 못한 탓이었다. 하지만 그 다음에 찾아온 소리는 광분한 가운데에도 들리지 않을 수 없었다.

"스비스트 츠슐트바 울베슈싸 이크라비스…"

돌아서려고 돌아선 것이 아니었다. 그저 몸이 머리보다 앞서서 움직였을 뿐.

방 저편에서 몸싸움을 벌이던 빌리와 우드로도 드잡이를 멈춘 채였다. 두 남자가 바라본 광경은 너무나 말도 안 되는 것이라 심지어 타락한 헤네시 영감마저 순간 정신을 차릴 정도였다.

체스터가, 여전히 머리 일부가 한쪽으로 일그러지고 아이다의

총알이 이마를 뚫고 간 부분이 활짝 벌어진 채로, 다시 두 발로
일어섰다.

"이스슬라이츠 이크라비스 불로슈쿠 들라츠부울 로샤아…"

엘리엇이 웃음도 울음도 아닌 한데 뒤섞여 구분되지 않는 감정
을 담은 원시적인 소리를 냈다. 이성적인 사고가 장어처럼 꿈틀
거리며 빠져나가려 들었고, 눈앞에 나타난 현실일 리가 없는데도
현실임을 부정할 수 없는 것을 붙들려 애쓰느니 손을 놓아 버리
고 연도나 아니면 보다 평범한 섬망 상태로 빠져들고 싶은 유혹
을 느꼈다.

체스터는 죽었다. 분명 죽었음에 *틀림없었건만*, 그는 일어섰고,
움직였고, 말을 했다. 그는 호흡을 위해서 쉬는 법도 없이 영창을
끊임없이 이어 나갔고, 엘리엇은 다시 한 번 광기의 물결에 거의
몸을 내맡기면서 체스터의 셔츠가 찢어진 부분 주위에서 희미하
게 꼼지락거리는 끊어진 실 자락들을 지켜보았다. 그것들이 영창
에 맞추어 춤추는 모습을 보았다.

체스터는 어떻게 해서인가 *가슴에 난 총알구멍을 통해서* 폐로,
목소리로 공기를 불어넣었다.

하지만 온갖 공포가 엘리엇에게 고통을 안기고 머릿속을 마구
잡이로 쇄도하며 두들기는 와중에도, 한 줄기 생각이 갑자기 지
극히 선명하게 솟구쳤다. 그 생각은 엘리엇의 머릿속에서 홍해
앞의 모세처럼 혼란, 분노, 광기, 그 모두를 갈라냈다.

그의 앞에 있는 이것은, 가능하든 불가능하든, 살아있든 죽었
든, 체스터는 아니었다. 한때는 체스터였지만, 이제 그의 친구는,

그가 사랑했던 남자는, 떠난 뒤였다.

새롭게 눈물이 솟아나며 또 다시 방의 풍경이 번졌지만, 이번에 리볼버를 들어 올리는 동작에는 망설임이 없었다.

빠르게 여섯 발. 총알이 떨어져 찰칵하는 금속성밖에 나지 않게 된 뒤에도 한참 계속 방아쇠를 당겼다. 몇 발이나 표적을 맞추었는지는 알 수 없었지만, 한때 체스터 헤네시였던 것은 비틀거리다가 난간 끝에 몸이 걸렸다.

그것은 여전히 쓰러지지도 낭송을 그치지도 않았지만, 엘리엇의 행동은 저마다 마비 상태에 빠져 있던 다른 사람들을 일깨웠다. 우레와 같은 폭음과 함께, 아이다와 빌리가 휘청거리는 그것을 향해서 탄창이 빌 때까지 소총을 쏘았다.

빌리가 윈체스터의 약실에 총알을 채우기 시작하는 것과 동시에 아이다가 빈 소총을 떨어뜨리고 콜트를 꺼내 계속 쏘았다. 그녀는 탄창이 바닥나자 다시 소총을 회수해 사용한 탄창을 배출하고 새 탄창을 꽂아 넣었다.

하지만 결국엔 총알 세례가 과한 지경에 이르렀다. 체스터가 다시 쓰러지며 묵직하고 질퍽하게 충돌했다. 용케 꼿꼿한 자세를 유지했고, 용케 살아있기는 했지만, 목과 턱은 남아 나질 않아 조리 있게 말하는 것은 물론이고 아예 소리도 내지 못했다.

비틀비틀 무릎을 꿇고 일어난 우드로가 공격하기 위해서가 아니라 주의를 끌기 위해서 손을 뻗어 빌리의 소매를 힘없이 잡아당겼다. 빌리가 노인의 말을 듣기 위해 무릎을 꿇는 사이, 엘리엇은 ― 그리고 이내 아이다도 ― 조심스럽게 찢어지고 짓이겨진 시체를 향해 다가갔다.

체스터가 아니야. 체스터가 아니야. 아니야!

하지만 그런 말을 되뇌는 것도 차라리 앞서 그것이 사람에게는 불가능한 방식으로 서서 사람에게는 불가능한 방식으로 살아남았을 때가 더 쉬웠다. 그것이 듣고 있는 모든 사람의 생각 속에 공포를 불어넣을 때가.

이제 죽어 너덜너덜해진 살덩어리에 불과해지고 나니…

엘리엇은 비통한 절규를 내지르며 쓰러졌다. 세상이 꺼져갔고, 기억도 꺼져갔고, 자기 자신의 이름마저 떠나가기 시작했다. 그는 텅 비워져 갔다.

그리고 내부에서, 저 황량한 말들이 ― 이제는 여러 번 들은 연도 전체가 아니라, 수 주일 전 그의 내부에 파고든 편린만으로 충분하고도 남았다 ― 솟구쳐 그 공허를 채워 나갔다.

16장

하지만, 오래는 아니었다.

실은 ─ 남은 자아와 더불어 시간 감각을 완전히 잃어버렸던 엘리엇은 알지 못했지만 ─ 불과 몇 분 지나지 않아 정신이, 영혼이 돌아오기 시작했다. 기묘한 온기가 느껴지는 곳이 다름 아닌 그의 오른손임을 서서히 자각하는 동시에, 그 온기로부터 날카로우면서도 어쩐지 편안한 감각이 퍼져 나갔다. 감각이 퍼져 나가며 의식을 실어 날랐다. 예의 구절이 다시 영혼 속의 벽장 안으로 달아나 갇히며 그가 돌아올 공간을 내어주자 이전의 자아가 도로 몸속에 스며들었고, 그는 다시 엘리엇 라즐로가 되었다.

몸 아래로 단단한 나무가 느껴졌고, 고개를 들자 무릎을 꿇고 두 손으로 엘리엇의 손을 잡은 채 칼라알리수트로 중얼거리는 빌리가 보였다. 운율을 들으니 모종의 기도나 호신용 만트라 같았다. 목에 두른 무수한 끈들을 굵게 한 가닥으로 모았고, 무수한 호부들은…

엘리엇이 눈을 깜빡였다. 부적들은 자신의 손에 쥐여 있었다. 기묘한 감각의 근원이자 — 적어도 부분적으로는 — 그가 거의 굴복할 뻔했던 암흑을 몰아낸 것은 바로 그 부적들이었다.

"고…" 앞서 질렀던 비명 탓에 목이 형편없이 갈라져 꺽꺽 댄다고도 할 수 없는 소리가 나왔다. 침을 삼키고 깊이 숨을 들이쉰 뒤 다시 시도해 보았다. "고마워요. 이제… 괜찮아요."

물론 괜찮지 않았다. 영영 괜찮지 않을지도 몰랐다. 하지만 자신으로 돌아왔고, 통제력을 되찾았다.

빌리가 기도를 중단하고 고개를 끄덕이며 희미한 미소를 지었다. 그는 부드럽게 손을 놓고 조심스레 엘리엇의 손가락에서 수호 부적들을 떼어냈다. 부적들이 사라지자 엘리엇의 마음속에 두려움이 솟아올랐지만, 말들은 돌아오지 않았다. 이제 다시 그 자신의 보호 주문과 목에 건 빌린 부적만으로 충분했다.

그는 균형 감각이 돌아올 때까지 빌리에게 기대고 있다가 비틀거리며 몸을 일으켰다. 아이다는 여전히 시체 곁에 서 있었고, 엘리엇은 다시 슬픔에 휩싸이지 않기 위해 서둘러 시체에서 눈길을 돌렸다. 우드로 헤네시는 방 저쪽에 남아 그들 모두를 바라보며 내면에서 일어나는 사투로 인해 입술을 부르르 떨고 있었다.

이윽고 빌리는 엘리엇이 일어서는 모습을 보고 한 차례 고개를 끄덕이더니 우드로 헤네시가 쓰러졌던 곳으로 돌아갔다.

그는 사라진 뒤였다.

의아하게 여긴 엘리엇이 무언가를 말하려…

옆방에서 산탄총이 울부짖었다. 둔탁하고 허허로운 쿵 소리가 뒤따랐다. 이제 엘리엇은 의아해하지 않았다.

빌리와 아이다도 딱히 놀란 것 같지 않았고 말하고 싶은 기분도 아닌 듯했기에, 엘리엇 역시 말하지 않았다. 소리 내어 말하지는 않았다.

제발, 하느님, 저게 마지막이게 해 주세요. 이날 밤에는, 그리고 앞으로도 오랫동안, 더는 또 다른 참상을 감당할 수 없을 것만 같았다.

대신 그는 아이다의 발밑에 펼쳐진 끔찍한 곤죽을 피해 어색한 방향에서 어물어물 그녀에게 다가갔다.

"아이다, 내가 한 말… 미안해요."

아이다는 그의 말을 알아듣는 데만도 잠시 시간이 걸렸다. "뭐?"

"아까요. 제가… 당신이 총을 쏜 다음에… 제정신이 아니었어요. 진심으로 한 말이 아니었어요."

"알았어."

그게 다야? 그렇게 사납게 고래고래 비난을 퍼부었는데? 엘리엇은 일순 분개했지만, 이내 그녀가 그동안 겪은 일들을 되새겼다. 그녀도 그와 똑같은 참상들을 보았고, 그보다 더 많은 사람들을 잃었다. 슬픔에 빠진 이기적인 남자애의 모욕 외에도 여러 가지로 정신이 팔려 무감각해졌더라도 이상하지 않았다.

대신 그는 이렇게 물었다. "괜찮아요?" 그러고는 자신의 질문이 너무 바보스럽게 들리지 않을까 싶어 체스터의 망가진 시체에 대해 깊이 생각하지 않으려 애쓰며 아래쪽을 가리켰다. "제 말은,

영창 때문에…"

"오. 그래, 괜찮아. 밖에 있느라 못 들었어."

일리 있는 말이었다. 체스터의 낭송은 다른 자들에 비해 조용한 편이었다. 운이 더럽게 좋았다. 그들은 ──

커다란 마찰음이 엘리엇의 생각을 비둘기 떼처럼 흩어 놓았다. 그들이 소리가 나는 방향으로 고개를 돌리자 문 하나가 열려 있고 빌리가 보이질 않았다. 뭔지 몰라도 옆방에서 들려온 소리였다.

엘리엇이 몸을 숙여 떨어진 권총을 집으면서 반대쪽 손을 주머니에 넣어 여분의 총알을 더듬었다. "빌리?"

대답을 들었을 때는 이루 말할 수 없는 안도감이 밀려왔다. "그래, 곧 나간다."

과연, 잠시 후 사냥꾼이 작은 트렁크 가방을 찾아 들고 문간에 나타났다. 낡은 가죽과 황동 이음쇠에 두텁게 먼지가 쌓인 것으로 보아 이곳이 지옥으로 변하기 한참 전부터 사용하지 않은 물건인 듯했다.

빌리가 가방을 바닥에 내려놓고 양쪽 걸쇠를 푼 다음 중앙의 자물쇠를 만지작거렸다. 그러더니 어깨를 한 번 으쓱하고는 소총을 들어 자물쇠가 완전히 떨어져 나갈 때까지 쳤다.

그는 두 사람이 지켜보는 가운데 트렁크를 열고 안에 든 낡은 병, 단지, 작은 상자들을 내버렸다. 그러고는 마침내 고개를 들었다. "정 어쩔 수 없으면 손으로 들고 가겠지만 혹시 끈 같은 것을 찾아 줄 수 있으면 더 좋겠군."

뒤늦게 이해가 되었다. "*우야라아니*를 거기에 넣어서 가지고 가려는 거군요." 엘리엇이 짐작했다.

"그래."

"하지만 어디 있는지 모르잖아요. 늪에 던져 넣었다고 했는데."

빌리가 일어나 방을 뒤지기 시작했다. "아냐, 우드로 헤네시가 마지막으로 제정신일 때 내게 말해 줬다. *우야라아니*를 찾는 방법을."

그들은 동이 트고 얼마 지나지 않아 참극의 집을 나서 호코목 늪 더 깊숙이 들어갔다.

빌리는 한 방에서 찾아낸 벨트 여러 개로 트렁크를 등에 묶어 메고 있었다. 편할 리 없는 모습이었고, 추가될 돌의 무게까지 생각하면 더욱 그랬다. 하지만 그가 움직이는 속도는 느려지지 않았고, 우드로가 어떤 방향이나 지표나 표지물을 일러주었는지는 몰라도 얕은 물을 통과하고 진흙 둔덕을 가로질러 나가는 걸음에 주저함이 없었다.

아무도 그들을 가로막지 않았고, 늪에서 들려오는 자연의 노래를 방해하는 영창 소리도 없었다. 부락을 빠져나가는 길에 시체 여러 구를 지나쳤는데, 시체에 난 총상들이 간밤에 아이다가 겪었던 분투를 소리 없이 증언했다. 엘리엇은 그중 하나가 그녀의 친구이자 자신들을 그녀의 삼촌 집에서 나갈 수밖에 없게 만든 감염의 원천이었던 루시임을 알아보았다.

이전에 아이다가 살인에 대해 내비쳤던 망설임이나, 그녀로 하여금 상대에게 치명상을 피해 몸을 가누지 못할 정도의 부상만 입히도록 했던 희망 혹은 애정의 불꽃은, 버질과 알프레드와 함께 죽어 버렸다. 시체 대부분은 머리나 심장에 상처가 있었고, 다른 덜 심각한 곳에 상처를 입은 뒤에 머리나 심장에 상처가 추가된 사람도 적지 않았다. 엘리엇은 그녀가 의도적으로 부상자들의 목숨을 끊었다는 불가피한 결론 앞에 몸서리쳤다.

부락 주민 대다수는 총격이 아니라 그보다 훨씬 직접적인 형태의 불에 의해 죽었다. 가장 큰 헛간 하나가 까맣게 탄 장작더미나 다름없는 모습으로 아직도 잉걸불을 피워 올렸고, 검은 연기가 덩굴손 모양으로 소용돌이치며 떠올라 낮게 걸린 구름과 요사스럽게 뒤섞였다. 폐허 한가운데에는 트랙터의 금속 뼈대가 서 있었고, 엘리엇은 가서 확인해 보면 상당한 양의 뼈 무더기를 발견하리라 확신했다. 어쩌면 타락자들이 털털거리는 엔진에 꾀여 안으로 들어간 뒤 바깥에서 문을 잠근 흔적마저 있을지도.

그는 확인하러 가지 *않았다.*

그는 자신들이 늪 깊숙한 곳에 얼마나 오래 있었는지도 확신하지 못했다. 걸어 다니던 기억이 파편적이고 간헐적으로만 남았는데, 그 원인은 영영 알아내지 못했다. 연도 때문은 아니었다. 비록 연도가 신경이 쓰이기는 했지만 — 그리고 호신용 만트라의 효과가 점점 떨어져 다시 『이본의 서』가 필요해지기까지 시간이 얼마 남지 않았지만 — 기억이 조각날 정도로 영향력이 강한 것은 아니었다. 설령 그랬다 한들, 왜 출발하기 전 아침이나 늪에서 나온 뒤의 저녁에 대한 기억은 멀쩡한데 우거진 삼나무 그늘 밑에서 진창을 나아가던 이 시간에 대한 기억만 흐려졌단 말인가?

아니, 그보다는 마치 늪 자체가 부락에 고통을 안겼던 은은한 광기를 일부 빨아들인 탓에, 무모한 침입자들이 목적을 이루기 위해서는 그 광기를 통과해야만 하는 듯했다.

그는 물을 기억했다. 차갑고 탁하고 고요하고, 보통은 무시해도 될 정도로 얕지만, 때로는 무릎이나 그 위까지 젖을 정도로 깊던 물을. 물은 살짝 엉겨 붙는 듯했다. 액체 자체가 그들을 막으려 애쓰는 것처럼.

그는 동물들의 울음소리가 적대적인 불협화음으로 돌변하던 것을 기억했다. 이전에도 당했던 것처럼 새들이 날아들었다. 작은 파충류와 밍크들이 달려들었고, 심지어 사슴 한두 마리도 물을 흩뿌리고 달라붙는 진흙탕을 힘겹게 가로질러 세 인간을 피하는 대신 도리어 세 인간을 향해 이를 드러낸 채 다가왔다. 그는 자신과 다른 사람들의 총성을 기억했고, 빌리의 파나가 마음껏 들이마시던 뜨거운 피보라를 기억했다.

그는 나무들을 기억했다. 담배 한 대나 술 한 병을 놓고 둘러앉아 어깨 너머로 아직 살날이 많이 남아 있는 다른 사람들을 향해 악의가 깃든 눈알을 부라리는 심술궂은 늙은이들처럼 무리 지어 있던 나무들을. 때때로 나무들은 더욱 몸을 수그리고 가지를 손가락처럼 늘어뜨리며 방랑자들의 머리와 어깨를 훑었다. 엘리엇은 가지들이 분명 갑자기 주먹을 꽉 쥐며 자신의 두개골을 붙잡아 발이 땅에서 떨어지도록 홱 잡아당기리라 확신했다.

그리고 그는 그 돌을 기억했다.

드넓게 펼쳐진 호코목을 그렇게 많이 가로질렀을 리 만무했건
만, 돌이 기다리는 언덕배기와 잡목림 사이의 골은 늪의 정중앙,
어쩌면 온 세상의 정중앙에 자리한 것처럼 느껴졌다. 물살이 점
점 강해졌고, 그는 자신들이 습지에 무작위로 형성된 급류나 늪
으로 흘러드는 물줄기 자투리를 통과해 접근하고 있다고 생각
했다.

하지만 더 가까이 다가가 작은 파도에 가까운 물결을 보고 나
니 물이 *각도나 방향과 무관하게* 돌에서 먼 방향으로 흘러 나가
고 있음을 알 수 있었다.

반짝이는 검은 돌은 늪에서 불과 몇 센티미터 튀어나와 있었지
만, 그 정도도 과했다. 빌리가 주장한 것처럼 대강 트렁크 안에
들어갈 정도로 작은 크기에다, 특히 그렇게 가지고 다닐 수 있을
정도의 무게라면, 완전히 물속에 잠겨 있거나 물 밑의 진흙에 묻
혀 있어야 마땅했다.

그 돌은 그렇지 않았고, 그렇다고 떠 있는 것처럼 보이지도 않
았다. 아주 미세하게 까닥이거나 떠오르는 일조차 없이 단단한
흙이나 아예 시멘트에 박혀 있는 것처럼 완벽한 부동 상태를 유
지했다. 엘리엇은 우드로 헤네시가 반쯤 정신이 나가 고함치던
중 했던 말을 떠올렸다.

늪이 그걸 받아들이지 않았다고.

"전에 들은 적이 있다." 빌리가 속삭였지만, 그가 지금 보고 있
는 것을 동행들에게 설명하려는 것인지 아니면 자신에게 설명하
려는 것인지 엘리엇으로는 짐작할 수 없었다. "때로 사악한 아네

르사아필루크가 무수히 늘어나 칼라알레크를 상대로 음모를 꾸미고 우야라아니가 평소보다 더욱 큰 소리로 노래를 부르면, 안가코크는 돌에 다가가 의례문을 읊는다고. 더 호의적인 토오르나트를 불러 자신을 사악한 영혼들에게서 지키고 우야라아니를 달래어 다시 잠재우는 거지. 그러면 때로는 우야라아니가 동굴의 얼음 깊숙이 묻힌 모습으로 발견되는데, 단, 그때도 빈 공간 안에 들어 있다는군. 일종의 거품이랄까. 얼음조차 돌을 피해 물러난 것처럼 말이다.”

그가 조심스럽게 트렁크 가방을 풀고 옆의 무성한 수풀 위에 올려놓은 뒤 돌을 향해 신중하게 걸음을 옮겼다. “우야라아니의 진짜 정체가 무엇이든, 자연마저 그걸 거부한다. 나도 그 얘기를 완전히 믿지는 않았던 것 같다만… 이전에는 말이다.”

그러더니, 그는 재빨리 달려들어 — 자신에게 두 번 생각할 여유를 허락하지 않으려는 것처럼 — 몸을 숙이고 돌을 늪의 요람에서 뽑아냈다. 무게 때문에 근육이 꿈틀거렸지만 그것 말고는 아무런 저항도 없어 보였다. 돌은 물속에 고정된 것처럼 있었으면서도 몸부림치거나 미끄덩거리거나 흘러내리는 일 없이 솟아나왔다. 빌리가 몸을 틀어 돌을 기다리고 있던 가방에 넣고 트렁크를 쾅 닫았다.

그렇게 간단했다.

엘리엇은 돌에 새겨진 상징을 흘끗 보았을 뿐이었다. 여전히 읽을 엄두도 낼 수 없었다. 그럼에도 그는 자신이 내내 옳았음을 확실히 알았다. 자신의 머릿속에 있으며 아이다의 부락 전체를 광기로 몰아갔던 연도가 저 고대의 알려지지 않은 글귀에서 나왔다는 것을.

네가 해냈어, 체스터. 해내지 못했더라면 좋았겠지만, 네가 해냈어. 네가 적어도 한동안은 네 성취를 자랑스러워할 수 있을 만큼 너로 남아 있었기를 바랄게.

빌리가 트렁크를 들어 올렸고, 무게 때문에 낑낑거리다 마침내 균형을 잡았다. 엘리엇과 아이다가 끈 메는 것을 도왔고, 그들은 다시 한 번 왔던 길을 향해 발걸음을 옮겼다.

"왜?" 설명을 요구하는 아이다의 목소리는 그녀의 약혼자가 죽은 이래 엘리엇이 들은 그녀의 목소리 가운데 가장 활기 있게 들렸다. "도대체 왜 거기로 돌아가고 싶은 건데?"

빌리는 아무 말도 하지 않았지만 눈을 가늘게 뜨고 노려보는 눈초리에는 똑같은 질문이 담겨 있었다.

그들은 다시 한 번 이제는 사멸한 부락의 경계에 서 있었다. 빌리와 아이다는 피신처를 찾아 쉬다가 내일 출발해야 할지 아니면 바로 톤턴으로 향한 뒤 아컴으로 가야 할지, 그리고 만약 후자라면 걸어서 가야 할지 아니면 남아있는 차량 중 하나를 이용해 볼 것인지를 두고 막 논의를 시작한 참이었다. 하지만 엘리엇이 자신의 의도를 알리는 바람에 대화는 오래 가지 못했다.

"저기, 이중에 그 집 안을 다시 보고 싶은 사람은 아무도 없다는 거 알아요…" 그리고 가엾은 *체스터의 누더기가 된 몸*도. "… 저는 특히 그렇고요. 하지만 뭐라도 찾아야 해요. *뭐라도 가지고*

돌아가야죠. 징표나 가보 같은 거요. 체스터의 부모님을 위해서요." *그리고 나를 위해서도.* 엘리엇은 코를 한 차례 훌쩍였을 뿐, 다시 감정에 휩쓸려 허물어지지는 않았다.

"좋은 생각 같진 ㅡ" 아이다가 입을 열었지만 빌리가 끼어들었다.

"아니, 맞는 말이야. 체스터의 가족에게는 그 애의 무언가를 간직할 권리가 있지."

엘리엇은 어쩐지 그 "가족"이라는 말이 체스터의 어머니나 아버지를 가리키지는 않는다는 느낌을 받았다. 미소를 지어 감사를 표했지만 돌아오는 것은 평소와 다름없는 냉정한 표정뿐이었다.

아이다가 두 사람을 번갈아 보더니 어깨를 으쓱였다. "좋아. 몇 분만이야."

그들은 이번에는 앞문으로 들어갔고, 엘리엇은 계단이 있는 응접실 근처에는 얼씬도 하지 않았다. 그쪽으로 가야 할 필요가 있을지도 몰랐지만 ㅡ 2층으로 가는 길은 거기밖에 없었고, 필요한 물건을 2층이 아닌 다른 곳에서 찾는다는 보장은 없었으니까 ㅡ 꼭 그래야만 하기 전까지는 최대한 미룰 작정이었다.

대신 그는 일행들을 내버려두고 다른 복도를 지나 다시 뚜껑문을 통해 기묘한 지하실로 내려갔다. 한손으로는 손전등을 들었고, 반대쪽 손으로는 입과 코를 덮어 타락한 영혼들이 며칠 혹은 몇 주씩 자신이 만든 오물 속에 살았던 감방의 끔찍한 냄새를 누그러뜨리려는 헛된 노력을 기울였다.

열린 문 사이로 들어가 다시 침대, 흩어진 침구류, 버려진 옷

무더기를 마주했다. 엘리엇은 대체자신이 왜 이런 곳에서 뭔가 쓸 만한 걸 찾을 수 있으리라 생각했을까 의아해하며 무심히 그 더미들을 하나 둘 쑤석거렸다…

세 번째 더미에서 진흙과 오물로 엉겨 붙어 덩어리를 이루고 있던 꼭대기 부분이 떨어져 내리더니 낯익은 코트가 모습을 드러 냈다.

친구들과 떨어져 있었기에, 엘리엇은 체스터가 남긴 물건을 바라보며 다시 눈물을 쏟았다. 흐느낌이 온몸을 뒤틀었고, 뱃속이 다시는 채워질 수 없는 무저갱처럼 느껴졌으며, 그 무저갱이 자신을 통째로 삼켜 주기만을 소망할 따름이었다.

소망은 이루어지지 않았고, 결국 눈물이 마르자 눈이 화끈거리고 쓰라렸다. 그제야 엘리엇은 코트를 집어 들고 살폈다. 옷 자체를 가지고 돌아갈 수는 없었다. 그에게도 딱히 의미 있는 물건은 아니었고, 체스터의 부모에게도 별 의미는 없을 테고, 어차피 닦아낼 수 없을 정도로 더러워진 뒤였다. 하지만 안에 뭔가 들어 있지는 않을까?

바깥 주머니는 텅 빈 채 옷감만이 수색에 나선 엘리엇의 손가락을 반겼다. 하지만 왼쪽 가슴 안주머니에서는 만년필 한 자루 —— 오물이 수일에 걸쳐 겉을 뒤덮는 수준을 넘어 속까지 스며들지만 않았더라도 꽤 괜찮은 기념품이 될 뻔했다 —— 와 두껍게 접힌 작은 종이들이 나왔다. 엘리엇은 그걸 조심스럽게 빼내 한 침대 위에 늘어놓았다.

대부분은 잉크가 알아볼 수 없을 정도로 번지고 종이 자체도

푹 젖고 변색되어 손쓸 수 없는 지경이었다. 하지만 맨 가운데에 있던 몇 장은 더 불운했던 동료들 덕분에 부분적으로나마 무사했다. 엘리엇은 그것들을 죽 훑어보았다.

이제 보니 앞에 놓인 종이들은 서로 다른 두 가지 서류였다. 그중 대부분을 차지했으며, 따라서 살아남은 서류 중에서도 대부분을 차지한 것은, 필기장에서 찢어 낸 크기가 작은 현대식 종이로 되어 있었다. 엘리엇은 거기 적힌 글씨가 체스터의 필체임을 즉시 알아보았다. 나중에 찬찬히 읽어 보며 내용을 살펴보겠지만, 당장은 체스터의 물건이라는 사실을 확인한 것만으로도 충분했다.

극히 일부만이 살아남은 다른 서류는 훨씬 더 오래되고, 얇고, 내구성이 떨어지는 재질로 되어 있었다. 진짜 종이가 아니라 일종의 양피지인지도 몰랐다. 물에 젖지 않은 얼마 안 되는 부분들은 하도 오랫동안 말라 있던 탓에 접힌 선을 *정확히* 따라서 접지 않으면 바스라질 듯했다. 오물 속에 묻힌 데다 감방의 탁한 공기 한가운데에 있었음에도 세월의 냄새가 미세하게 풍겼다.

엘리엇은 체스터가 그것들을 어디서 손에 넣었는지 짐작할 수 없었고, 뭐라고 쓰여 있는지는 더더욱 알 수 없었다. 거기 적힌 글이 그리스어라는 것까지는 알 수 있었으나, 그는 그리스어를 배운 적이 없었다.

최소한 뭔가 건지기는 했다. 하지만 엘리엇은 서류를 조심스럽게 접어 자신의 주머니에 넣으며 얼굴을 찌푸렸다. 체스터의 물건이기는 했지만 특별한 기억이나 감정을 불러일으키는 물건은 아니었다. 체스터의 부모님이 고마워할 물건도 아니었고, 엘리엇 자신에게도 기념물로서의 가치는 전무했다. 그것들은 체스터를 그에게서 앗아간 강박적인 프로젝트의 상징이었다.

그러니 다른 물건을 더 찾아봐야 했고, 이 아래에서는 아니었다. 놀랄 일도 아니었지만 그래도 혹시나 —

"엘리엇!" 계단 위 뚜껑 문이 있는 곳에서 빌리의 외침이 메아리쳤다. "이리 올라와 봐라."

오, 하느님, 제발 그만 하시죠. 어떻게 여기서 무슨 일이 더 있을 수 있단 말입니까?

엘리엇은 마치 머리로는 상상도 할 수 없는 새로운 참상을 몸이 먼저 예감하는 것처럼 묘하게 뻣뻣한 몸놀림으로 느릿느릿 계단으로 돌아갔고, 순전히 습관과 근육 기억에 의지해 자신을 위층으로 차츰차츰 끌어올렸다.

뚜껑 문에 이르자 빌리와 아이다가 복도에서 기다리고 있었다. 둘 다 가만히 서 있었음에도 어쩐지 초조하게 꼼지락거린다는 인상을 주었다.

"무슨 일인데요?"

둘 다 대답은 물론 눈을 마주치는 것조차 주저하며 순간 다른 곳을 보았다. 그러더니…

"체스터가 사라졌다." 빌리가 말했다.

그 말은 문자 그대로 아무 의미도 갖지 못했다. 연도의 내용만큼이나 그랬다. "무슨 말인지 모르겠는데요."

이번에는 아이다가 나섰다. "엘리엇, 체스터의 시체 말이야. 그게 사라졌다고."

엘리엇은 이해가 찾아 들기를 기다렸다. 그래도 소용이 없자, 그는 무작정 두 사람을 밀치고 나가 응접실로 향했다.

"엘리엇…"

그는 자신을 부르는 소리를 무시하고 모퉁이를 돌았다.

가구는 뒤집힌 채였고, 방도 선홍색 피가 흩뿌려진 그대로였다.

하지만 말라가는 피 웅덩이와 이제는 일어났다는 사실조차 알기 어려운 무자비한 살육의 잔재를 제외하면, 체스터는 전혀 남아 있지 않았다. 체스터가 쓰러졌던 계단 밑에도, 방의 다른 어디에도.

"동물들이에요." 엘리엇은 그렇게 선언하며 발자국이나 발톱자국, 피가 흐른 흔적 따위를 찾아 방을 훑었지만 아무것도 발견하지 못했다. "동물들이 물어 간 거예요. 부서진 창문을 막아 둬야 했는데."

"크기가 큰 동물이 이곳에 다녀간 흔적은 없구나, 엘리엇." 빌리가 아이를 대하듯 천천히 말했다.

"그럼 타락자 중 하나겠죠. 아이다가 그들을 전부 죽이진 못했을 거 아녜요. 그중 하나가 몰래 들어와서 끌고 간 거예요."

"뭘 위해서?"

"그걸 *제가* 알아요? 미친 것들인데!"

아이다가 고개를 가로저었다. "그런 흔적도 없어. 게다가 우리가 왜 그렇게 오랫동안 널 혼자 지하실에 뒀을 거라고 생각해? 우리도 먼저 찾아봤지. 이 아래랑 위층까지 전부. 아무런 흔적도 없었어.”

“그럼 뭔가 놓친 거겠죠! 다들 봤잖아요! 우리가 한 짓을…” 방
이 핑글핑글 돌았다. 엘리엇은 몸을 지탱하기 위해 한 손을 난간
에 얹었다가 난간이 말라붙어가는 핏덩어리로 아직도 끈적끈적
하다는 사실을 깨닫고 손을 뗐다.

“다들 어떤 꼴이 됐는지 봤잖아요.” 그가 손바닥에 묻은 붉은
것을 홀린 듯이 바라보며 중얼거렸다. “체스터가 일어나서 여기
서 걸어 나갔을 리는 없잖아요!”

“아마 그렇지는 않겠지.” 빌리가 동의했지만, 엘리엇은 충격으
로 마음이 어지러운 와중에도 그가 그 가능성을 완전히 배제하지
는 않는다는 걸 눈치 챘다. “하지만 이곳에 다른 누군가가 왔다는
의미는 된다. 체스터를 밖으로 옮길 정도로 힘이 세거나 수가 많
고, 흔적을 남기지 않을 정도로 은밀한 누군가가. 우린 그게 누군
지도 모르고 왜 그랬는지도 모르지.

그러니 우리는 떠나야 해. 지금 당장. 놈, 아니면 놈들, 아니면
*그것*이 돌아오기 전에.”

“이대로 갈 순 없어요.” 왜 손에 묻은 오물에서 눈을 뗄 수 없는
걸까?

왜 마음 한편에서 머릿속 깊숙이 몰아넣은 구절을 다시 불러내
근심과 슬픔을 씻어 내리고 싶다는 소망이 드는 걸까?

“체스터에게 무슨 일이 생겼는지 알기 전에는 갈 수 없어요. 못
가요. 못 간다고요!”

빌리에게 옷깃을 붙들린 채로 오랜 세월 헤네시 가문의 집이었

지만 앞으로 다시는 그렇지 못할 장소에서 끌려 나가는 동안, 엘리엇은 항의를 늘어놓고 심지어 소리를 지르는 와중에도 여전히 자신의 활짝 편 손바닥을 뚫어져라 바라보고 있었다.

17장

남아있는 쌀쌀함이 어서 가시기를 바라는 데이지의 간절한 마음은 안중에도 없이, 봄은 차디찬 못에 발가락을 담갔다 뺐다 하며 수영을 망설이는 사람마냥 본격적으로 찾아오려 들지 않았다.

데이지와 미스캐토닉의 동료들이 자주 이야기하듯, 라디오에서 듣기로는 —— 라디오에서 상업 지구 인근에 발생한 독감과 그 독감이 아컴에 야기한 경제적 손실에 대한 소식만 끝없이 늘어놓지 않을 때 듣기로는 —— 전국의 나머지 지역에는 봄에 어울리는 날씨가 찾아왔다고 하니 더더욱 이상한 일이었다. 심지어 뉴잉글랜드의 다른 지역들만 해도 한참 전에 날이 풀리고 눈이 녹고 초목이 푸른빛을 띠고 꽃이 활짝 피었다. 오직 버몬트와 로드아일랜드 사이, 동해안과 캣츠킬 산맥 사이에 해당하는 이 지역에서만 겨울의 그림자가 이울 기미를 보이지 않았다.

그런 날씨 문제가 그녀의 가장 큰 근심거리로 남아 있었더라면 좋았으련만.

데이지는 두 팔로 자신을 감싸고 바람이 불어오는 방향으로 몸을 기울였다. 두툼한 외투 속의 온기를 유지하고 머리에 쓴 클로슈 모자가 날아가지 않도록 하기 위함이기도 했지만, 주로 왁스지와 두꺼운 포장용 종이로 겹겹이 싸 가슴에 꼭 껴안고 있는 꾸러미를 보호하기 위해서였다. 약간 일찍 퇴근했음에도 짙은 구름이 깔려 날이 한층 빠르게 어두워졌기 때문에 주로 불을 밝힌 가로등과 지나가는 차량들의 전조등 빛에 의지해 집으로 돌아가야 했다.

집에 도착하면 무엇을 하게 될 지는 그녀도 알 수 없었다.

엘리엇과 빌리 시왁은 전날 아침에 돌아왔다. 함께 온 젊은 여자는 아이다라고만 소개했는데, 누구 하나 뜻이 통하는 대화를 나눌 상태가 아니었던 탓에 그 이름마저도 데이지가 구슬려 간신히 알아낸 것이었다. 그들은 느닷없이 그녀의 문 앞에 나타나 조용히 회복할 수 있게 피신처를 제공해 달라고 간청했다. 빈약한 아컴 전화번호부에 그녀의 이름이 올라 있지 않으리라는 것은 거의 확실했건만 대체 어떻게 주소를 알아냈는지도 아직 파악하지 못한 상태였다.

그녀는 자신이 두 독신남과 지내는 모습을 보면 이웃들이 입방아를 찧으리라는 걸 알았다. 그중 하나가 대학교 학생이라는 점은 말할 것도 없었고, 심지어 아이다의 존재도 추문을 누그러뜨리는 데에 큰 도움은 되지 않을 터였다. 데이지는 세 사람을 아래층 세입자들 몰래 들인 뒤 조용히 해달라고 신신당부했다.

엘리엇의 상태는 그런 요구조차 강요할 수는 없게 만들 정도였다.

도대체 그게 어떤 상태인지는 모르겠지만 말이지. 그녀는 염려스러웠던 만큼이나 그들이 자신에게 전후사정을 들려주기를 망설인다는 사실에 적잖이 짜증이 났고, 현 상황을 고려하면 자신에게 짜증을 낼 자격이 있다고 느꼈다.

주로 빌리를 통해 일부 사정을 알아내기는 했다. 그는 자신들이 헤네시 일가를 찾아냈고, 체스터뿐만 아니라 부락 전체가 모종의 광증에 휘말렸음을 발견했고, 상황이… 추악해졌다고 설명했다. 폴라스키 교수를 포함한 많은 사람들이 죽어 있는 것을 발견했다. 피가 뿌려졌고, 엘리엇은 정서적으로 불안정한 상태였기 때문에 끌고 다녀야 했고, 도주 과정에서 수차례 복병들을 물리치며 간신히 목숨을 구해 빠져나왔다. *우야라아니*를 회수했지만 체스터가 어떻게 되었는지는 확실하지 않았다.

데이지가 열을 올리며 빌리가 모든 것을 밝히고 있지 않은 것이 분명하며 자신은 그런 식으로 진실에서 배제되는 게 달갑지 않다고 말하자, 그는 악령이며 고대의 저주며 기묘한 것들에 대한 이야기를 늘어놓으면서 그녀는 그런 것들을 결코 믿지 않을 테고 알지 못하는 편이 더 행복할 거라고 말했다.

이상하게도 그녀는 조금도 행복한 *기분*이 들지 않았다.

오, 정령들에 관한 이야기야 물론 허튼소리였다. 그녀는 고대 문헌과 그런 문헌을 창조한 문화에 대해 공부했기 때문에 오늘날 과학과 산업의 시대를 살아가는 많은 현대인들보다는 더 유연한 사고를 지니고 있었지만, 이런 오컬트 나부랑이에 대해서는 선을 그었다. 그녀는 자신이 심심파적 삼아 읽는 책들에 등장하는 유령과 망령과 흡혈귀들보다 훨씬 더 심각한 그런 가능성들이 실재한다면 세상이 얼마나 끔찍해질지 *상상조차* 하고 싶지 않았다. 빌리의 신앙에야 그런 것들이 포함되어 있을 수 있고, 아이다야 교육받지 못한 촌사람이라지만, 데이지는 그 정도로 어리석지 않았다. 그래서 심리학도이자 모든 면에서 현대적인 청년인 엘리엇 라즐로가 그런 이야기에 넘어갔다는 사실이 뜻밖이었다.

하긴, 현재로서는 엘리엇은 잘 봐줘도 정신착란 상태였으니까. 데이지는 집착 끝에 미쳐버린 체스터가 부락에 취기나 환각을 유발하는 모종의 물질을 들였고, 세 사람이 빌리의 신앙에 영향을 받아 마을 사람들의 행동 속에서 좀 더 일관된 패턴을 보게 되었으리라 추측했다. 하지만 자신이 옳든 그르든, 그곳에서 정말로 무슨 일이 일어났든, 그것이 불쌍한 청년에게 미친 영향을 부정할 수는 없었다. 거기에다 엘리엇이 자기 몸을 지키기 위해 어떤 폭력을 행했으며 체스터가 어떤 정신 나간 행동을 하는 광경을 보았는지는 몰라도, 그것들이 다 더해진 결과 엘리엇은 망가진 상태였다.

엘리엇은 도착한 날 밤 내내 끔찍한 열병을 앓는 것처럼 뒤척이고 잠꼬대를 하고 주로 영어보다는 프랑스어로 비명을 내지르며 빈번히 깨곤 했다. 땀이 데이지의 침대 시트를 흠뻑 적셨고 ─ 그녀는 침대를 엘리엇에게 내 주었고, 빌리는 그 옆 바닥에서 자도록 했으며, 자신은 아이다와 함께 거실에서 잤다 ─ 몽유병자처럼 중얼거리는 소리가 닫힌 문을 통과해 흘러들어 데이지의 꿈자리마저 사납게 만들었다.

수녀원의 조나단 하커처럼 말이지.[7] 데이지는 자신도 모르게 그렇게 생각했다. 이 모든 상황이 자신이 아끼는 소설들을 닮았다는 생각이 자꾸만 되풀이되자 이제는 조금도 매력적으로 느껴지지 않았다.

그녀가 프랑스어에 대해 물었더니 빌리는 엘리엇이 연구하던 책 중 하나에서 보호 주문을 찾아냈지만, 사본을 소지하고 다녀도 가끔씩 원본을 다시 읽지 않으면 효과가 점점 줄어든다고 설명했다.

또 신비주의적인 헛소리였지만, 엘리엇이 그 만트라가 자신을 보호해 준다고 믿는다면야 사고를 집중시키는 역할 정도는 해 줄 법도 했다. 하지만 이 경우에도 칼라알레크의 설명은 무시할망정 데이지 자신이 두 눈으로 직접 본 것까지 부정할 수는 없었다. 분명 엘리엇의 상태는 불과 하룻밤 사이에도 악화되고 있었다.

하지만 어떻게 돕는다? 경찰에 갈 수는 없는 노릇이었다. 빌리는 ― 그리고 틀림없이 슬픔 때문에 그날 밤 대부분을 음울한 침묵 속에 보내던 아이다조차 ― 폭력 사태가 일어나 마을 주민 모두가 죽었다는 점을 분명히 했다. 그런 판국에 부락민들이 미쳐 버렸다는 두 사람의 이야기를 뒷받침할 증거도 전혀 없으니, 경찰은 분명 정당방위라는 주장을 일축할 터였다.

사실 다른 상황이었더라면 그녀도 그런 이야기를 받아들이지

---

7 브램 스토커의 소설 『드라큘라』에서 주인공 조나단 하커가 드라큘라의 성에서 탈출해 수녀원으로 도피한 뒤 신경쇠약에 시달리는 대목을 가리킨다.

않았을 게 분명했다. 하지만 그녀는 엘리엇 라즐로가 지금처럼 헛소리를 중얼거리는 껍데기가 되기 전에는 믿음직하고 올바른 영혼의 소유자였음을 알고 있었고, 빌리도 그간 알고 지낸 바로는 과격한 상상의 나래를 펼치는 사람과는 거리가 멀었다. 그래서 그녀는 구체적인 내용 몇 가지가 의심스럽기는 했지만 그들의 이야기를 완전히 무시하지는 않았다.

경찰은 안 된다. 그렇다면 무언가 설득력 있고 의심할 여지가 없는 거짓말을 지어내지 않는 한은 엘리엇을 병원에 데려갈 수 없다는 의미였다. 의학이 엘리엇에게 도움이 되기나 한다면 말이지만.

나중에야 깨닫기는 했지만, 그것은 또한 데이지가 가엾은 윌모트 폴라스키의 운명을 그의 친구나 동료들에게 절대 알려서는 안 된다는 의미이기도 했다. 그가 호코목 늪의 어느 작고 이름 없는 마을에서 살해당했다는 사실을 그녀가 어떻게 아는지 해명할 수 있을 리 없었다. 그의 운명은 그와 관련된 모든 사람들에게 미해결의 수수께끼로 남아야만 했다. 앞으로 무수한 밤을 그에 대한 죄책감에 시달리며 보내게 되리라.

이런 모든 점들을 고려할 때 데이지가 도울 수 있는 방법은 단 하나뿐이었고, 그래서 겁이 났다.

처음에는 그 방법을 일축했다. 어차피 엘리엇의 망상에 장단을 맞춰 주는 것일 뿐, 정말로는 도움이 되지도 못할 텐데. 하지만 만약 그것만으로 충분하다면? 엘리엇이 그 덕분에 힘을 얻어 정신을 차릴 수 있다면?

딱히 빚을 지지도 않은 상대에게 혹시나, 혹시*라*도 도움이 될까 싶어 벌이기에는 어리석은데다 헤아릴 수 없이 위험한 일이었다. 이미 무리해서 도와준 적도 있는 상대였다. 충분한 호감이야 있다지만 제대로 된 친구라고도 할 수 없고 그저 도서관의 많은 봉사학생 중 하나일 뿐이었다.

직위를, 직장을, 경력 전체를 잃을 수도 있었다. 고소당할지도 몰랐다. 최악의 경우, 예상치 못한 일이 일어나기라도 한다면 그녀 때문에 귀중한 문헌과 그 안에 담긴 지식, 역사, 문화가 훼손되거나 유실될 수도 있었다.

그날 종일 데이지는 그런 일은 생각하지도 말자며 수차례 자신을 타일렀다. 그리고 그때마다 이내 내면의 고통으로 오들오들 떨며 이를 악문 엘리엇의 얼굴을 떠올렸다.

과거 그녀는 친구가 다시 나타나지 않자 — 당사자는 누구에게도 말하지 않았지만, 그녀는 그가 그 친구를 사랑한다는 사실을 알았다 — 그 얼굴이 서서히 평상시의 명랑함을 잃어가는 것을 보았다. 사라진 체스터의 행방을 찾는 데에 도움이 될 수도 있을 미미하기 그지없는 기회를 발견하자 그 얼굴에 주저 없이 목숨을 걸겠다는 결의가 어리는 것도 보았다.

그 모든 노력의 결과는? 돌아온 거라고는 폭력과 죄책감, 상실과, 어쩌면, 광증뿐이었다.

그래서 근무 시간이 끝나갈 무렵 데이지 워커는 한숨을 내쉬었다. 그녀는 두통 때문에 일찍 퇴근하겠다고 양해를 구했다. 특수장서고에 아무도 없고, 아미티지 박사가 관내 어디에도 없음을 확인한 뒤 장서고 안으로 들어갔다. 그리고 그녀가 거의 신성하게 여기는 사서로서의 책임을 위반했다.

미스캐토닉 캠퍼스에서 불과 몇 블록 떨어진 집이 눈에 들어오자, 그녀는 꾸러미를 더욱 단단히 끌어안았다.

하느님과 모든 천사들에게 감사하게도 그날 저녁에는 비가 내리지 않았다.

안개로 희뿌연 다음 가로등 불빛이 빛의 섬을 드리우며 인근의 똑같이 생긴 다른 블록들과 마찬가지로 줄줄이 늘어선 브라운스톤 연립주택의 자태를 드러냈다. 일부러 대학교에서 가까운 곳에 지은 이 집들은 일부 학교와 관련이 없는 주민들도 살기는 했지만 수십 년 간 수많은 교직원 및 학생들에게 보금자리를 제공해왔다. 각 집단이 다른 집단과 가까운 곳에서 살면 안 된다는 공식적인 구획이나 법은 없었으나 교직원과 학생들은 암묵적인 동의 하에 되도록 거주 구역을 분리했다. 서로가 어색해질 수도 있는 상황을 줄이기 위함이었다.

데이지는 계단을 성큼 올라 순전히 습관적으로 우편함에 든 자신의 우편물을 낚아채고는 안으로 들어갔다. 집 전체가 그녀의 것이었더라면 고르지 않았을 레이스 커튼과 보기 싫은 페이즐리 무늬가 들어간 카펫이 그녀의 귀가를 반겼다. 그녀는 그것들과 양쪽에 있는 문들을 무시하고 곧장 계단으로 향했다.

2층을 함께 쓰는 앨버트슨 양과 린즈워스 양이 축음기에 올려놓은 테드 루이스 음반의 소리가 계단에서도 흐릿하고 먹먹하게 들렸다. 그 정도면 음량이 지나치게 컸지만, 데이지는 평소에도 항의를 하는 성격은 아니었다. 특히 오늘 저녁에는 그녀의 방에서 나올 수 있는 지나친 소음을 가려줄 테니 반갑기까지 했고.

마침내, 데이지는 자기 집이라고 부르는 3층 집 출입문 앞에 이르렀다.

그런 집들이 그렇듯 크기가 크지는 않았다. 거실, 침실, 작은 벽장 두 개, 조그만 세면실 하나, 그보다는 살짝 덜 조그만 주방 하나. 장식은 최소로만 하는 주의였으나 — 벽에 걸린 사진 몇 장과 유물에 가까울 정도로 낡은 미스캐토닉 깃발, 그리고 여기저기 놓은 화분 두어 개 — 집을 설계할 때 안배했던 것보다 더 많은 책장을 들인 탓에 실제보다 더욱 좁게 느껴졌다.

혼자 사는 입장에서 공간 부족이 신경 쓰였던 적은 없었다. 하지만 손님 셋은 집을 한계에 이르게 하고도 남았다.

데이지가 등 뒤로 문의 걸쇠를 걸자 소파에 있던 아이다가 고개를 들었다. 데이지보다 연하인 아가씨 옆의 협탁에는 코카콜라 병이 놓여 있었고 — 데이지가 냉장고에서 아무거나 꺼내 먹어도 좋다고 말해 둔 터였다 — 무릎에 『스타일스 저택의 괴사건』을 펼쳐 둔 채였다. 많이 읽지는 못한 모양이었고, 애거서 크리스티는 데이지의 책장에 있는 작가 중에서 가장 읽기 까다로운 작가는 당연히 아니었다. 그럼에도 사서는 깜짝 놀랐다. 그녀는 그제야 자신이 시골뜨기인 아이다를 완전 일자무식까지는 아니라도 그저 그런 수준의 독자도 되지 못할 정도로 무지하리라고 짐작해 왔음을 깨닫고는 그런 억측을 한 스스로에게 순간 부끄러움을 느꼈다.

미스캐토닉 도서관에서 빠르게 승진하는 바람에 스스로 생각했던 것보다 더 건방을 떨고 있었는지도.

그녀는 추리소설이 재미있느냐고 물을까 생각했지만 —— 상대방이야 알 리도 없었지만, 신중하지 못한 추측을 했던 것을 만회하려는 그녀만의 방법인 셈이었다 —— 미처 묻기도 전에 아이다가 먼저 입을 열었다.

"아직도 저기 있어요." 그녀가 고개를 침실 쪽으로 기울이며 말했다. "거의 하루 종일요. 빌리가 걱정이 많아요."

"그렇군요." 그럼 한담은 나중에 하기로 하자. 마지막 순간에 찾아온 자신의 행동에 대한 회의를 떨쳐 버리면서, 데이지는 모자와 코트를 벗어 벽장에 걸고 초조한 손놀림으로 포장한 꾸러미를 매만지며 옆방으로 향했다.

엘리엇은 침대에 앉아 베개 몇 개와 머리판에 몸을 기대고 있었다. 겉보기에는 깨어 있었지만 눈은 아무것도 보지 않았고 입은 소리 없이 입 모양만 만들었다.

빌리는 그 옆에서 자기 목에 걸었던 부적 대부분을 벗어 기괴한 꽃다발처럼 쥐고 엘리엇의 가슴에 대고 있었다. 모어인 칼라알리수트로 의례문인지 기도인지를 읊조리는 그의 목소리는 허나 입술이나 치아보디는 목구멍에서 나오는 것처럼 들렸고, 반대쪽 손으로는 운율에 맞추어 간단한 패턴을 그리고 있었다. 하지만 데이지가 나타나자, 그는 말과 손짓을 중도에 멈추었다.

"신경 쓰지 말고 계속해요." 그녀가 말했다.

"신경 쓰여서 그러는 게 아닙니다. 이 노래를 백 번은 했지만 별로 소용이 없군요. 난 안가코크가 아니고, 설령 안가코크였더라도 북이나 가면이나 그 외 정령들을 복종하게 만들 다른 도구가 없습니다. 엘리엇의 병은 몸에 있는 것도, 심지어 정신에 있는 것도 아니고, 아네르사아크에 있는 것 같군요. 영혼 말입니다."

데이지는 그와 입씨름할 생각은 없었다. 더구나 설령 그녀가 믿는 것처럼 정말로 엘리엇의 정신이 문제라고 해도… "자요." 그녀가 꾸러미를 내밀며 아주 조심스럽게 포장을 벗기기 시작했다. "이게 도움이 될지도 몰라요."

빌리가 눈썹을 치켜세웠고, 오래된 종이 냄새가 방 안에 퍼지고 낡아 갈라진 가죽 장정이 드러나자 엘리엇마저 처음으로 관심을 보이는 것처럼 고개를 돌렸다. 열이 들끓는 젊은이가 희미하게 숨을 들이켰고, 축복을 애원하듯이 두 손을 내밀었다.

"어느 책인지 어떻게 알았습니까?" 빌리가 물었다. "난 책 제목을 기억하지 못했는데."

"프랑스어로 된 보호 주문이라고 했잖아요. 그런 책이 많을 리 없었고, 내게는 엘리엇이 요청한 모든 문헌에 대한 기록이 있으니까요." 그녀가 학생에게 눈길을 돌리며 천천히 『이본의 서』를 건넸다. "엘리엇? 엘리엇, 내 말 들리니?"

잠깐 뜸을 들이기는 했지만, 엘리엇이 고개를 끄덕였다.

"*제발* 조심해 줘. 이 책에 무슨 일이 생겼다가는… '내가 곤란해질 거야'라는 말 정도로는 어림도 없을 테니까. 그랬다간 난 모든 걸 잃을 거야. 모든 걸."

엘리엇은 다시 고개를 끄덕였고, 광증 혹은 병마와 사투를 벌이느라 머리에 문자 그대로 경련이 일어나고, 입술이 부르르 떨리고, 목에 핏발이 서는 와중에도 놀라울 정도로 조심스럽게 책을 받아 부드러운 손길로 책장을 넘겼다. 데이지는 자신도 모르게 참고 있던 숨을 내뱉었다.

"갑시다." 빌리는 자리에서 일어나며 부적을 대부분 챙겼지만 엘리엇이 목에 걸고 있는 것은 남겨 두었다. "공간을 좀 줍시다."

데이지는 엘리엇이 놀랄 만큼 조심성을 발휘하는 모습을 보았지만 그래도 책을 자신의 감독 없이 두고 가기는 망설여졌기에 얼굴을 찌푸렸다.

빌리가 침대를 돌아 그녀 옆에 섰다. "그 편이 엘리엇에게 더 나을 겁니다."

데이지는 자꾸 조마조마한 눈길로 뒤를 돌아보면서도 빌리가 이끄는 대로 거실로 나왔지만, 문은 살짝 열어 두겠다고 고집했다.

두 사람은 아이다와 함께 앉아 ― 데이지는 소파에, 빌리는 작은 의자에 ― 앞에 놓인 다른 퍼즐에 집중하려 노력했다.

방의 중심을 차지하는 것은 기단부에 담쟁이덩굴과 이파리 모양을 정교하게 새긴 오크 나무로 만든 커피 테이블이었다. 현게까지 데이지이 기구 중 가장 값비싼 것으로, 수년 전 독립할 때 부모님에게 받은 선물이었다. 어머니라면 용납하지 않았을 만큼 지나치게 오랫동안 관리 없이 방치했다는 사실을 인정할 수밖에 없을 정도였는데도 갓 윤을 낸 것처럼 여전히 광택이 살아 있었다.

테이블 위에는 엘리엇이 체스터의 버려진 코트에서 꺼내 온 종이 조각들이 흩어져 있었다. 간밤에는 삼인조가 들이닥쳐서 정신이 없었고 오늘은 일하느라 시간이 없었기 때문에, 데이지가 이것들을 자세히 살펴보는 것은 지금이 처음이었다.

그래서 그녀는 한동안 그 일에만 집중했다. 손은 거의 대지 않았고 ― 특히 더 오래되고 더 연약한 조각들은 ― 움직일 필요가 있을 때 기껏해야 손끝으로 살짝 찌르는 정도가 고작이었다. 가끔 바스락거리는 소리와 침실에서 들려오는 프랑스어를 속삭이는 소리를 제외하면 작업은 침묵 속에서 이루어졌다.

엘리엇의 숨죽인 목소리가 사라지며 가볍게 코 고는 소리로 바뀌었고, 그녀가 마침내 몸을 똑바로 펴며 다른 사람들보다도 자신을 향해서 고개를 끄덕였다.

"이건," 그녀가 종이만큼이나 양피지를 닮기도 한 더 오래된 조각들에 적힌 글씨를 가리키며 선언했다. "고대 그리스어예요. 글이 충분히 남아 있지도 않고, 나도 그 내용이나 출처가 뭐라고 얘기할 수 있을 만큼 고대 그리스어를 잘 알지는 못해요.

하지만 체스터가 이걸 모종의 음역을 위한 중간 단계로 사용하고 있었다는 정도는 말할 수 있어요. 이것들은," 여기서 그녀는 더 신식 종이에 학생이 직접 적은 기록을 가리켰다. "음소와 음절의 목록이에요."

빌리와 아이다가 부연 설명을 기대하는 표정으로 계속 데이지를 쳐다보았다.

"좋아요. 언어 A, 언어 B, 언어 C가 있다고 해 봐요. 세 언어가

각각 다른 문자를 사용하고요. 만약 언어 A를 발음하는 방법을 언어 B로 표기한 지침이 있고, 언어 B와 C를 구사할 줄 안다면, 그걸 이용해서 언어 A를 언어 C로 소리 나는 대로 옮겨 적을 수 있겠죠. 그런다고 말의 *의미*를 알 수는 없지만 소리 내어 발음은 할 수 있어요. 그러면… 왜들 그래요?"

두 손님이 음울한 표정으로 서로를 쳐다보더니 다시 그녀에게 시선을 돌렸다.

"그럼 헤네시 군은," 빌리가 말했다. "어떤 언어를 고대 그리스어로 음역하는 방법을 발견했고, 다시 고대 그리스어를 영어 알파벳으로 음역하는 지침을 적어 놓은 겁니까?"

"내가 보기에는 그래요."

"그럼 그 원래 언어란?" 그는 특히 그 부분에 집중하는 듯했다. 대학 박물관에서 나누었던 대화를 떠올리니 데이지도 그 이유를 알 수 있었다.

"그 원본이 리네고르 비문에 적힌 글이냐고 묻는 거라면, 유감이지만 확실히 말할 수는 없어요. 체스터가 원본을 옮겨 적었다고 해도, 살아남은 쪽지 중에는 없어요."

"그래도 안전한 가정 같습니다만"

데이지가 고개를 끄덕였다. "아마도요."

"그 쪽지들을 없애거나 내가 가져가야겠습니다. 쪽지 자체를 통해 연도의 감염이 전파될 수 있을 거라고 *생각하지는* 않지만 ― 그런 일은 감염원이 *우야라아니나* 리네고르 비문일 경우에만 일어나는 듯하군요 ― 혹시 모르는 일이기도 하고, 다른 누군가가 그것들을 이용해서 비문을 번역할 위험을 무릅쓸 수도 없으니까."

좋아, 거기까지. 데이지는 빌리의 신앙을 존중하려고 노력했지만, 그가 웬 저주가 전파될지도 모른다고 믿는다는 이유만으로 마지막 남은 체스터의 연구를 가져가게 둘 수는 없었다. 그보다 훨씬 더 오래된 게 틀림없는 문헌의 살아남은 조각들이야 말할 것도 없었고.

"그건 차차 논의하기로 하죠." 그녀가 조심스럽게 말했다. "당신이 고향으로 돌아갈 때가 되면요. 하지만 ─"

"때가 됐습니다. 내일 떠날 작정입니다."

데이지가 멍하니 쳐다보았고, 아이다도 처음으로 대화에 열의를 보였다. "하지만 일이 안 끝났잖아!" 둘 중 더 젊은 아가씨가 항의했다.

"내 일은 끝났다. 내가 할 일은 우리 동족이 도난당한 물건을 찾는 것이었지. 찾았지 않나. 가지고 돌아가야 해."

데이지의 뱃속에서 차가운 불길과 방어적인 충동과 무딘 분노가 뒤섞여 차올랐다. "그냥 떠나겠다고요? 엘리엇을 저 상태로 두고?"

빌리에게는 겸연쩍은 표정을 지으면서 눈길을 구석에 놓아 둔 트렁크 가방으로 던졌다가 다시 테이블로 내리깔 정도의 예의는 있었다. "엘리엇에게 내가 해 줄 수 있는 일은 다 했습니다. 내 부적들이 도움이 되는 모양이니 기꺼이 몇 개를 두고 가겠지만, 그것 말고는 ─"

데이지는 화가 나 쏘아붙이고 싶은 것을 억누르며 자리에서 일어나 마실 차를 가져오는 동안 기분이 진정되기를 바라며 냉큼 주방으로 들어가 버렸다.

소용없었다. 따뜻한 찻잔을 손에 쥐고 돌아왔을 때에도 여전히 속이 부글거렸고, 완고한 칼라알레크를 향한 분노가 줄어들지 않았다. 그녀만 그런 것도 아니었다. 아이다와 빌리는 옆방에 있는 엘리엇을 깨우지 않도록 목소리를 낮추려 애쓰면서도 거칠고 속삭이는 목소리로 언쟁을 벌였다.

"…신성한 책임이다." 데이지가 소파로 돌아올 무렵 빌리가 그렇게 주장하고 있었다. "이건 내게 맡겨진 일이고, 그 전에는 내 아버지에게 맡겨진 일이었지. 내가 할 일은 분명해."

"개소리 하시네."

데이지는 찻잔을 바라보며 콜록거렸지만, 빌리는… 빌리의 얼굴이 처음에는 창백해졌다가 이내 벌겋게 달아올랐다. 목에 힘줄이 불거졌고 호흡이 거칠어졌다. "함께 싸운 사이니까," 그가 으르렁거렸다. "그리고 방금 한 모욕이 어떤 의미인지 알지도 못할 테니까, 그 말은 용서하지. 하지만―"

"개소리." 아이다가 개의치 않고 다시 말했다. "지금 당신 동족이나 아버지를 모욕하는 건 내가 아냐."

"음, 아이다…" 데이지가 조심스럽게 잔을 테이블 위, 서류에서 멀리 떨어진 곳에 내려놓았다. "빌리 입장도 생각을 해 보고―"

하지만 아이다는 거기서 멈출 생각이 없는 게 분명했다. "우린 체스터 헤네시가 살아있는지, 어디에 있는지, 심지어 *무엇인지*도 모른다고!"

살아있는지? "무엇"인지? 내게 말하지 않은 얘기가 얼마나 있는 거야? 그러나 데이지가 질문을 던질 작정이었더라도 아이다가 끼어들 틈을 주지 않았다.

"우린 아직 살아서 돌아다니는 그런 뒤틀린 미치광이들이 몇이나 더 있는지도 모르고, 체스터가 다시 그런 빌어먹을 난장판을 일으킬 수 있는지 어떤지도 몰라. 안 그래?"

자부심에 상처를 입고 분노가 들끓어 목이 뻣뻣했지만, 빌리는 결국 고개를 끄덕였다.

"그게 다 그 망할 돌 때문이라고. 그러니까 말해 보셔, 윌리엄 시왁, 당신네가 당신네의 그 '신성한 책임'이라는 걸 잃어버리는 바람에 일어난 피해를 무시하는 게 어떻게 아버지의 명예를 지키고 동족 앞에 당당하게 나서는 방법이라는 거야?"

빌리가 화가 나 거칠게 씩씩거리는 소리가 간간이 끼어드는 것을 제외하면 한동안 침묵만이 흘렀다. 하지만 결국 그도 주먹을 풀고 사나운 눈빛을 거두었다.

"아마 아니겠지." 그가 의자에 몸을 기대며 인정했다. "어쩌면… 그 말에 일리가 있을지도."

데이지가 마치 누가 자신을 막 옷걸이에서 꺼낸 것처럼 어깨를 늘어뜨렸다.

"그럼 말해 봐라." 빌리가 도발이거나, 진심으로 궁금해서 묻는 질문이거나, 둘 다일 수도 있는 어조로 말을 이었다. "내가 동의한다고 치지. 내가 이 문제를 매듭지을 때까지 남기로 한다고 쳐.

그건 무슨 의미지? 이 일은 언제 끝나는 거지? 내가 아직 하지 않았고 해야 하는 일이라는 게 정확히 뭐지?"

그 질문에는 데이지도 아이다도 답할 수 없었다.

18장

사방이 황폐한 얼음과 황량한 눈과 삐쭉삐쭉한 봉우리들과 텅비고 굶주린 하늘이었다.

멀리서 울부짖는 바람과 그보다 더 멀리서 들려오는 목소리들 가운데 어느 쪽이 더 큰 고통에 시달리는지 알 수 없었다.

그 자신도 피도 살도 없고 고통조차 없이 오로지 실낱 같은 가닥으로만 연결된 채 몸의 다른 부분과 분리된 다리를 다시 한 번 보고는 소름 끼치는 비명을 내질렀다.

나무처럼 굵은 덩굴손이 사면을 돌아 그를 향해 다가오면서 무언가가 서리로 뒤덮인 돌 위를 무지막지하게 긁는 소리가 났고, 이번에는 두 번째, 세 번째 소리가 뒤를 이었다.

나무도 아니고 돌도 아니고 비늘도 아니고 뼈도 아닌, 뭔가 완전히… 다른 것. 가죽이 아닌 가죽, 살이 아닌 살. 어떤 형언할 수 없는 방식으로 물질조차 아닌 물질. 단단하고, 만질 수 있고, 실재하면서도… 그렇지 않은 것.

가까이 다가오는 것을 향해 넋 나간 듯 횡설수설하느라 여념이 없는 부분을 제외하고 머릿속에 남은 아주 작은 영역에, "덩굴손" 역시 적절한 표현은 아니라는 깨달음이 찾아들었다. 이건 웬 떠다니는 해파리의 길고 너덜거리는 부속지도 아니었고, 어느 두족류의 굵고 움켜쥐는 촉수도 아니었고, 한 마리 구불거리는 뱀조차 아니었다.

아니, 각각의 덩굴손은 그보다는 셀 수 없을 정도로 많은 부분으로 이루어진 불가능할 정도로 긴 손가락으로, 이 거인의 손가락에는 마디뼈가 두 개나 세 개가 아니라 수만 개씩 이어지면서 피부와 뼈, 아니 더 정확하게는 이 상상도 할 수 없는 흉물덩어리를 구성하는 피부와 뼈에 상응하는 모종의 물질을 연결하여 움켜쥐는 사슬을 형성했다.

그는 두 손과 남아있는 발과 눈 위에 흡사 화필처럼 획을 그리는 애매하게 남은 다리 그루터기를 이용해서 몸을 뒤로 밀면서 허우적거렸다. 휘둘러 대는 팔들은 그가 버둥거리는 위치가 산자락에서 한참 멀리 떨어진 곳이라는 사실에도 아랑곳 않고 쫓아왔고, 결국 그는 팔들의 *끄트머리*가 닿는 범위에 들어왔다. 첫 번째 팔의 근원이 어기적거리며 시야에 나타났고, 다른 둘도 뒤를 따랐다.

각각의 근원은 사람들이 한데 뭉친 군체였으며, 그 사람들의 한껏 떡 벌어진 입 구멍 너머로는 텅 빈 암흑뿐이었다. 모두가 두 팔을 앞으로 뻗고 있었고, 바로 이 팔들이 늘어나고, 뒤틀리고, 꼬이고, 더불어 얽혀 탐색 중인 고리의 기단부를 형성했다. 무게가 지나치게 무거운 탓에 고리를 지탱하는 사람들의 무리가 균형을 잃고 쓰러져야 마땅했건만, 다들 전혀 힘에 부치지 않는 것처럼 보였다.

"이스슬라아츠 쓰쿨크리스, 이스슬라아츠 체오샤슈…"

동굴 같은 입들에서 저 저주받을 익숙한 의례문의 도입부가 흘러나와 반복되고 또 반복되었다. 입술과 혀와 목구멍이 움직이지 않는 이 비참한 영혼들이 직접 내는 소리가 아니라, 그들은 확성기나 라디오 스피커에 지나지 않는 양 그들을 통해서 내는 소리였다. 세 개의 독립된 군체에 달린 수십 개의 얼굴로부터 수백, 수천이 합창하는 목소리가 솟아나왔다.

하지만 이조차 최악은 아니었다. 그의 뱃속의 구렁, 영혼의 심연에서 영혼을 찢어발기는 마지막 비명을 끌어낸 최후의 공포는 그런 것이 아니었다. 아니, 그 비명을 끌어낸 것은 죽어서 축 처지고 끔찍하게 늘어진 와중에도 얼핏 알아보지 않을 수 없었던 특정한 얼굴 몇 개였다.

교수들. 학우들. 호코목 가장자리에 위치한 저 가난하고 이름 없는 촌락의 거주민들.

폴라스키. 우드로. 경비원 제레미. 루시. 버질. 알프레드.

아이다. 데이지. 빌리.

체스터.

불구가 된 몸으로나마 최대한 빨리 달아나고자 몸부림쳐 보았지만, 팔다리가 주인을 배신하는 통에 그는 어기적거리는 무리 중 가장 가까이에 있는 첫 번째 덩굴손을 향해서 미끄러졌고, 심장 속에서 느껴지는 것은 다름 아닌 저들과 합류하고 싶다는, 자신의 팔다리를 바쳐 저 꿈틀거리며 탐색하는 총체의 일부가 되고 싶다는 무시무시한 갈망이었으니…

엘리엇이 허우적거리면서 땀에 흠뻑 젖은 매트리스 위에서 몸을 뒤집자 이불과 시트가 떨어지는 깃털처럼 주변에 흩날리고 베개들이 방을 가로질러 날아가 벽에 맞아 튀거나 커튼에 감겼다. 숨이 턱 막히고 가빠져 호흡이 되질 않았다. 또 다른 단어, 이전에도 듣고 잠을 깬 적이 있는 기묘한 단어가 예의 불완전한 구절보다도 더욱 크게 머릿속에 울려 퍼지면서 마음속에 어찌나 묵직하게 내려앉는지 소리 내어 속삭이지 않을 수 없었다.

"초카스라…"

그러자 묘하게 도움이 되었다. 그 단어가 그로 하여금 숨을 헐떡이던 것을 끊어내고 더 느리고 정돈된 호흡을 할 수 있도록 해 주었다. 그리고 그런 다음에는 또 다른 것도 깨닫도록 해 주었다.

즉, 그가 실제로 깨닫고 있다는 것을. 그가 생각하고 있다는 것을.

그가 존재한다는 것을.

헤네시 집에서 끌려나온 이후 처음으로, 엘리엇은 — 기진맥진하고, 섭에 질리고, 슬퍼하고 있을망정 — 완전히 그 자신이었다.

그는 자신의 것이 아님이 분명한 침실을 이리저리 둘러보았다. 그가 내친 누비이불은 파란색과 금색 패턴에 가장자리를 따라 깔끔한 주름장식이 달려 있었다. 시트와 베개는 연보라색이었고, 커튼은 그보다 짙은 보라색이었다.

맞은편에는 거울이 달린 화장대가 서 있었고, 화장대 위에는 여러 가지 향수와 화장 도구들이 가지런히 놓여 있었다. 그가 던진 쿠션들이 그중 어느 하나를 맞춰 바닥에 떨어뜨리거나 거울을 기우뚱하게 만들지 것은 순전히 운이었다. 그랬더라면 틀림없이 데이지가 좋아하지 않았을 —

데이지! 이곳은 데이지의 침실이었다. 아무리 믿는 사람이라고 해도 젊은 남자를 이곳에 재우다니, 그의 상태가 심각했던 게 분명했다.

기억의 조각과 파편들이 밀려들었다. 차량들로 이루어진 바리케이드 사이에 길을 내기 위해 조심스럽게 마을 변두리로 걸어가던 기억이 떠올랐다. 아이다는 남아있는 타락자들이 숨어 있다가 덮치면 총을 쏠 채비를 하고 그와 빌리의 뒤에서 따라왔다. 결국 총을 쏠 필요가 있었는지 어떤지는 기억나지 않았다.

길을 치운 다음 그가 버려진 부락민의 차 하나를 운전해서 톤턴에 당도할 때까지는 정신을 차리고 있었지만, 더는 도저히 버틸 수 없었다. 아이다가 아컴까지 차를 몰고 왔는지 — 평생 차를 몬 거리를 다 합쳐도 몇 킬로미터에 불과했지만, 그녀도 기본적인 운전법은 알았다 — 아니면 기차를 탔는지는 기억나지 않았다.

그 뒤로는 연도와 슬픔과 꿈들 외에는 아무것도 기억나지 않다가 데이지가 방에 들어왔고, 그는 어떻게 해서인가 그녀가 가지고 온 것을 느꼈다.

고개를 돌리면서도 확인하기가 두려웠지만, 『이본의 서』는 여전히 멀쩡한 상태로 왼편 작은 협탁에 놓여 있었다. 안도의 한숨을 내쉬었다. 요동을 치다 책이 훼손되었더라면 그걸로 그는 끝이었으리라. 데이지의 손에 살해당하지 않더라도 책에 담긴 주문을 사용할 수 없으면 죽은 신세였을 테니까.

마침내, 엘리엇은 자신을 내려다보았다. 누군가 그를 대강이나마 씻겨서 늪의 진흙 대부분과 고난 중에 묻은 피와 시큼한 땀을 닦아 놓았다. 옷도 갈아 입혀진 상태였는데, 틀림없이 새 것으로 보이는 남성용 파자마 한 벌을 누가 샀으며 값은 얼마나 나가는지 의문이었다.

그는 아마도 방이 핑핑 돌리라 예상하면서 일어나 앉았고, 예상이 정확했던 것으로 판명되자 침대 기둥을 붙들었다. 일단 최악의 어지럼증이 지나간 뒤에는 일어서서 균형 감각을 시험해 보았다. 계단을 시험해 볼 엄두는 나지 않았고, 애초에 어딜 가려는 것도 아니었지만, 옆방 정도는 괜찮을 듯했다. 물을 한 잔 마시고 싶었다. 목구멍이 아플 정도로 바싹 말라 있어서, 대체 자신이 비명을 얼마나 질렀는지, 그리고 데이지의 이웃들을 방해하지는 않았는지 궁금해졌다.

그는 비틀비틀 걸음을 내딛으며 한 번은 거의 넘어질 뻔하기도 한 끝에 몇 센티미터 열려 있는 문에 도달했다. 엿들을 생각은 없었지만 다른 사람들은 한창 대화 중이었고, 그는 자신도 모르게 걸음을 멈추고 대화의 맥을 짚어 보았다.

"…이미 다 했던 이야기지만요." 데이지가 말하고 있었다.

"동의합니다." 빌리였다. "그러니 다시 한 번 내가 했던 질문으로 돌아오게 됩니다만. 내가 남는다면 그걸로 이룰 수 있는 게…
뭡니까?"

내가 남는다면? 엘리엇이 없는 사이에 무슨 이야기가?

빌리가 말을 이었다. "톤턴에 가기 전이나 지금이나 추적할 단
서가 없기는 마찬가집니다. 사실 그때보다도 더 없지요. 체스터
가 아직도 살아 있다면 어디로 갔을지 모릅니다. 아니면 삼촌 집
에 가기 *전에* 이미 어디론가 가서 얼마나 되는지 모를 사람들을
감염시켰을 수도 있고! 우리가 아이다의 집에서 일어난 일이 다
른 곳에서도 일어나지 않게 막을 방법을 찾아낸다고 해도 이미
너무 늦었을지도 모릅니다."

방에 내려앉은 무기력한 침묵은 엘리엇에게는 너무나도 익숙
했다. 이전에 다같이 탐색을 진행하며 겪었을 뿐만 아니라 혼자
서 연구를 하면서도 겪었던 침묵이었다. 모두가 같은 자리를 맴
도는 대화만 반복하면서 새로운 것은 아무 것도 제시하지 못하는
상태였다.

하지만 그들은 체스터를 알지 못했다. 자신만큼은 알지 못했다.

"그냥 아무데나 가지는 않았을 거예요." 엘리엇이 문을 밀어 열
며 쉰 목소리로 말했다.

빌리와 데이지가 냉큼 일어나 곁으로 다가왔다.

"괜찮나? 기분은 좀 어떻지?"

"필요한 게 있을까?"

"뭘 기억하지?"

질문이 겹쳐 하나씩 알아듣는 것만도 벅찼고, 누가 뭘 물어봤

는지 확실하지도 않았다. 부탁하지도 않았을뿐더러 당사자의 의
지에는 반하다시피 하는 일이었지만, 엘리엇은 부축을 받아 소파
로 옮겨졌다. 그래도 데이지가 손에 쥐여 준 물 잔은 반가웠고,
그는 단숨에 그것을 벌컥벌컥 들이켜다 거의 목이 막힐 뻔했다.

　마침내 모두가 자리를 잡았다. 빌리는 서서, 데이지는 커피 테
이블 너머 의자에 앉아서, 엘리엇을 열심히 바라보았다. 아이다
도 그의 말을 기다리기는 했지만, 완전히 집중하지는 않고 있었
다. 그는 찌르르한 동정심을 느꼈고, 모쪼록 다른 두 사람이 아이
다에게 그녀가 겪은 상실을 가능한 수준 이상으로 더 빨리 극복
하도록 몰아세우지 않았기를 바랐다.

　다시 입을 열었을 때는 목소리에 어느 정도 물기가 돌아왔지
만, 그래도 그의 목소리는 여전히 나무껍질처럼 거칠게 느껴지고
들렸다.

　"체스터는 자기 자신을 잃어버릴 정도로 집착에 빠졌죠." 엘리
엇은 그 이름을 말하며 움찔하지 않으려 애썼다. "그리고 집착의
대상에도요. 광기, 연도, 그건 *우야라아니*에서 왔어요. 체스터의
삶 전체가 그 빌어먹을… 그 돌을 중심으로 돌았어요." 그가 미안
하다는 듯한 눈길을 보내자 빌리는 그저 어깨를 으쓱일 따름이
었다.

　하지만 엘리엇은 자신을 바라보는 데이지의 당혹스러운 표정
을 알아차렸다. 친구들이 그녀에게 어디까지 이야기했을지, 그리
고 그녀가 어디까지 믿었을지 궁금했다. 사실, 순간적으로 자신
에 대한 반감이랄까, 심지어 실망까지 느껴졌다고 생각했다.

뭐, 이해는 했다. 그도 그녀와 같은 입장이었더라면 믿지 않았을 테니까. 하지만 그녀는 현장에 없었고, 그는 있었다.

"전 체스터의 자아가 얼마나 남았는지는 몰라요. 체스터가 생각이나 기억을 할 수 있는지, 아니면… 무언가 다른 것에게 완전히 조종당하고 있는지는 몰라요. 하지만 만약 체스터가… 사라지지 않았다면… 그럼 우야라아니를 되찾으러 올 거예요. 적어도 다시 우야라아니나 리네고르 비문 가까이에는 있으려고 할 거예요."

그 주장에 여러 가지 변화무쌍한 표정과 곁눈질이 오갔다. "가능한 얘기야." 빌리가 인정했다. "하지만 그 말에 의지하고 싶지는 않군. 가정이 너무 많아. 그리고 네가 옳다고 해도," 그가 손을 들어 엘리엇의 반론을 막으며 말을 이었다. "체스터가 혹시 살아 있을 경우 '근처에' 있을지도 모른다는 정도로는 할 수 있는 게 많지 않지."

"체스터의 기록은요?" 엘리엇이 테이블에 펼쳐진 종이를 가리켰다.

데이지가 고개를 가로저으며 자신이 알아낸 사실, 즉, 그 문서는 어떤 언어를 — 확실하지는 않지만 아마도 그 돌에 새겨진 언어를 — 고대 그리스어로 음역한 뒤 다시 영어로 음역한 것임을 설명했다. 이 시점에서 도움이 될 만한 점은 전혀 없었다.

"체스터의 기록이 더 있다면 모르겠지만…" 그녀가 말꼬리를 흐리며 의미심장한 표정을 지었다.

"저희 방에는 확실히 없어요." 엘리엇이 말했다. "체스터는 중요한 기록은 늘 몸에 지니고 다녔어요. 떠나면서 가지고 떠났고요. 다만…" 그가 이맛살을 찌푸리며 생각에 잠겼다. 꿈의 잔재와 끊임없이 메아리치는 낯선 언어가 생각을 방해하지 않으면 좋으련만!

"연구 자료들은 방에 두지 않았어요." 그가 말을 끝맺었다. "공간이 없었거든요."

"그게 지금 우리에게 쓸모가 있을까?" 빌리가 미심쩍다는 듯 물었다.

데이지가 인상을 썼다. "달리 더 찾아볼 곳도 없잖아요. 엘리엇, 체스터가 연구 자료를 뒀을 만한 곳을 아니?"

"말한 적은 없지만, 제 추측으로는…" 엘리엇은 다시 한 번 말을 멈추며 생각과 기억이 되살아나기를 기다렸고, 서서히 자신이 말하고자 했던 바를 깨달았다. "체스터는 폴라스키 교수님의 도움을 받고 있었어요. 연구 자료들은 교수님께 있을 거라고 봐요."

사서가 몸을 의자에 깊숙이 묻었다. 빌리가 입을 열기도 전에 무슨 질문이 나올지 알 수 있었다.

"폴라스키가 그런 것들을 어디에 두는지 아나?"

"나한테," 그녀가 시인했다. "짐작가는 곳은 있어요."

하느님 맙소사, 내가 해고당하려고 작정을 한 걸까?

엘리엇은 상태가 많이 나아지기는 했지만 아직 연립주택을 나설 처지는 아니었고, 그는 데이지에게 『이본의 서』를 조금만 더 그대로 두어 달라고, 좀 더 원본 곁에 있게 해달라고 애원했다.

데이지에게는 당혹스럽게도 엘리엇은 진심으로 그걸 진짜 보호 주문이라고 믿는 모양이었다.

그가 충분히 정신을 되찾은 지금은 책이 위험해질 이유가 없었기에 그녀는 선선히 승낙했다. 그래도 책을 들키지 않게 돌려놓을 완벽한 기회를 흘려보내고 자신의 눈길 닿지 않는 곳에 둔다고 생각하니 속이 울렁거렸다.

그렇다면, 아컴에 바람이 거세게 몰아치는 이날 밤 야심한 시각에 그녀는 무엇을 하려는 것일까? 그야, 그저 남남이나 다름없는 두 사람을 이끌고 미스캐토닉 캠퍼스를 가로질러, 순찰 중인 경비원들에게 들키지 않기를 바라며, *실종된 교수의 연구실에 무단으로 침입할 작정*이었다.

"해고로 끝나면 좋게." 데이지는 스스로를 소리 내어 비웃을 뻔했다. 내가 *체포되려고 작정*을 한 걸까?

그래도 어쩔 수 없었다. 모든 상식이 그녀에게 이 일에서 완전히 발을 빼라고 말했지만, 미해결의 수수께끼가 주는 매혹과, 온갖 고생을 겪은 엘리엇, 그리고 심지어 빌리에 대한 의리 때문에라도 계속 도울 수밖에 없었다.

아무리 그게 어리석은 짓이라도.

그녀는 윌모트 폴라스키가 있었더라면 그들이 하려는 일을 허락했을 것이라고 자신을 설득했다. 설령 프로젝트과 관련된 본인의 이권이 동기였다고는 해도 폴라스키는 단독으로 실종된 체스터를 찾으러 갔던 사람이었다. 그가 어떻게 되었는지는 아무에게도 말할 수 없었고, 당연히 그 사실에 대해 자신이 할 수 있는 일도 없었지만, 만일 그의 연구실에 있는 자료가 체스터에게 일어난 일에 대해 더 알아내거나 아예 체스터의 위치를 다시 알아내는 데에 도움이 된다면, 노교수가 지금 그들을 어디에서 지켜보고 있든 간에 연구실을 뒤지는 것을 흔쾌히 허락하리라는 생각이 들었다.

물론, 그런 생각은 양심의 가책은 덜어 주었을지 몰라도 걱정을 덜어주는 데에는 아무런 도움도 되지 않았다…

"어이, 거기 셋! 꼼짝 말고 있어!"

…들킬지도 모른다는 걱정을.

"아무 말 말아요!" 그녀는 일행에게 그렇게 속삭인 뒤 다가오는 경비를 향해 돌아서며 추위 속에서도 갑자기 땀으로 축축해진 손으로 코트를 가다듬었다.

"안녕하세요, 플로이드." 그녀가 억지로 명랑하게 말했다.

납작한 표면과 깊은 주름이 안쓰럽게 뒤섞인 가죽질의 얼굴을 한 나이 든 경비가 가슴을 펴면서 당혹스럽게 눈을 끔뻑였다. "어… 오. 사서, 어, 워커 사서님! 어쩐…"

가엾은 사람을 비웃어서는 안 될 일이었지만, 그녀가 그의 예상을 어찌나 철저하게 벗어났는지 비웃지 않기가 어려웠다. 경비는 젊은이들을 한데 모아 기숙사로 내쫓고 징계 보고서를 작성할 기대에 부풀어 있었던 티가 역력했다.

학생과는 달리 교직원에게는 통행금지 시간도 없었고, 아무리 늦은 시간이라 해도 언제든 캠퍼스를 돌아다니면 안 된다는 규정 자체가 없었다. 원칙상 플로이드에게는 권한이 없었고, 데이지는 어떤 규정도 위반하고 있지 않았다.

그렇다고 해서 한밤중 이곳에서 그녀를 본다는 게 덜 이상한 일이 되는 것은 아니었지만.

"어, 워커 사서님, 이런 질문을 드려도 될지 모르겠습니다만…"

"물론이에요, 플로이드. 늦게까지 일하던 중이었는데 일을 마치려면 처리해야 할 서류 작업이 있다는 걸 조금 전에야 깨달았지 뭐예요."

설령 누가 요모조모 따져본다고 해도 거짓말은 아닌 대답이었다. 데이지는 초조하게 한 손가락으로 손바닥을 두드리며 꼼지락거리는 것까지는 억누를 수 없었지만, 그것 말고는 자세와 표정 모두를 애써 느긋하게 유지했다.

"그러시군요. 그럼, 저…" 경비가 그녀의 동행들에게 슬쩍 시선을 던지더니 낯이 익기는 한데 어디서 보았는지는 모르겠다는 듯 빌리에게 눈길을 고정했다.

그녀는 별것 아니라는 듯 손을 내저었다. "이 근처에서 머물고 있는 외지 친구들이에요. 당연히 이렇게 늦은 시간에 혼자서 돌아다니면 위험할 수도 있으니까요."

플로이드가 그 말을 문자 그대로 곱씹었다. 그의 턱이 움직이는 게 보일 정도였다.

결국, 다른 선택의 여지가 없었던 그가 수긍했다. "그럼, 알겠습니다, 워커 사서님. 그냥, 어, 조심하십쇼. 그리고 저라면 이런 습관을 들이지는 않겠습니다요."

"오, 걱정 말아요, 플로이드, 그럴 의도는 전혀 없으니까." 지난 며칠 간 그녀가 한 말 중에서 가장 진실하게 느껴지는 말이었다.

그가 여전히 뒤를 힐끔거리며 어슬렁어슬렁 멀어지는 가운데, 데이지와 일행들은 걸음을 재개했다.

통행로가 여러 개의 작은 잔디밭과, 분수 하나와, 조각상 받침을 둘러싼 문 달린 정원을 돌아 나가며 아컴 도처에 깔린 여러 안개 밭들을 통과한 끝에 마침내 도서관에 인접한 한 건물 앞에 세 사람을 데려다 놓았다. 건물은 자신의 형제들이 대부분 그렇듯 석조 외벽을 둘렀고, 여러 층 높이로 우뚝 서서 거대하고 장중한 무게감을 전달했다.

데이지는 갑자기 불안이 밀려오는 것을 무시하며 손가방에서 묵직한 열쇠 다발을 꺼냈다. 건물로 들어가는 것 자체에는 아무런 문제도 없었다. 도서관을 포함한 캠퍼스 내의 교육 시설 대다수는 똑같은 열쇠를 사용했다. 그 편이 청소 및 경비 인력에게 각기 다른 열쇠를 맡기는 것보다 훨씬 편리했다. 학기 사이에 각 교수의 교실에 변동이 생길 때마다 열쇠를 교환하는 것보다 훨씬 편리하다는 거야 말할 필요도 없었고.

건물로 들어갈 방법을 찾는 게 가장 큰 장애물이었더라면 좋았으련만.

세 사람은 구름에 가려 흐려진 달빛과 안개 때문에 희뿌연 가로등 불빛이 이따금 창문을 통해 새어 들어올 때만 걷히는 어둠 속에서 널찍하고 소리가 울리는 복도를 따라 나아갔다. 폴라스키는 교원 중에서 오른 도서관을 가장 자주 방문하는 이용자는 아니었고, 평균에도 못 미쳤지만, 데이지는 현재의 자리에 오르기 전에 그의 연구실에 — 오래된 책을 전달하거나, 그보다는 주로 회수하러 — 충분히 자주 가 보았던 터라 위치를 잘 기억하고 있었다. 저쪽에 있는 계단을 올라가고, 저쪽에 있는 복도를 따라 가다가, 왼쪽에서 네 번째 문이었다.

줄줄이 늘어선 연구실 중 하나에 불과한 그 방을 구분해주는 것은 문에 달린 반투명 유리창에 세심하게 새긴 이름뿐이었다.

데이지가 문을 열려고 해 보았다. 놀랍지도 않게 잠겨 있었다.

"난 희망을 갖고 살거든요." 어둠 속에서 어렴풋이 보이는 일행들의 불신 어린 표정을 감지한 그녀가 약간 변명조로 말했다.

"이제 희망만으로는 부족하다는 걸 확인했으니," 빌리가 물었다. "대안은 뭡니까?"

데이지는 한숨을 내쉬고 어쩔 수 없이 고백했다. "잘은 모르겠어요. 내 열쇠 중에 이곳에 맞는 열쇠는 없어서." 건물들이야 공용 열쇠를 사용한다지만 교원 각자의 연구실은 물론 사정이 달랐다.

"여기 오기 전에 논의해야 했던 거 아닙니까."

"뭐하러요? 그래봐야 내 대답은 똑같았을 텐데. '들어가는 법은 나도 몰라요. 뭔가 방법을 찾겠죠.'"

"흠." 빌리가 데이지를 지나쳐 손마디로 나무를 톡톡 두드렸다. "몇 분 정도면 부술 수는 있겠습니다만. 쉽지는 않을 테고 조용하지도 않겠지만, 누군가 건물 안이나 건물 바로 바깥에 있지만 않다면 — "

"그건 *정말이지* 피하고 싶네요. 지난주 박물관 무단침입 건으로 아직도 캠퍼스가 야단이고 경비들도 무척 언짢아 하고 있어요. 또 그런 일이 있으면 거의 틀림없이 우리가 원하는 것 이상으로 행정 본부와 경찰의 이목을 끌게 될 ─ ”

“아, 진짜 말 많네!” 아이다가 두 사람 사이로 비집고 들어오며 빌리를 말 그대로 어깨로 밀쳐 문에서 밀어냈다. “내가 할 테니까 물러들 서셔.” 그녀는 자물쇠가 눈높이에 오도록 한쪽 무릎을 꿇고 앉았다. “혹시 손전등 가져온 사람?”

빌리가 코트에서 손전등을 꺼내 건네려 했지만, 그녀는 고개를 가로저었다. “그냥 내가 하는 거 보이게 비추기만 해.”

그러더니 그녀는 노란 빛에 파묻힌 채 자기 주머니에서 작은 쌈지를 꺼냈고, 다시 그 쌈지에서 철사와 금속 조각 몇 개를 꺼냈다.

그녀도 데이지처럼 남의 시선을 느낄 수 있는 모양이었다. “왜? 내가 고향 은신처에서 그 많은 물자를 어떻게 댔을 거라고 생각했는데? 머리가 돌아버린 사람들이 전부 문을 안 잠그고 다니는 것도 아니었고, 집집마다 내가 기어들어갈 만한 마루 밑 공간이 있는 것도 아니었다고.”

“창문을 깨지?” 빌리가 어깨를 으쓱하며 던져 보았다.

“아무렴, 그럼 근처에 어슬렁거리는 시림한테 내가 안에 있다는 것도 알려주고 좋았겠네. 놈들은 머리가 돈 거지 멍청한 게 아니라고.” 그녀가 손을 놀리자 금속이 긁히면서 자물쇠가 찰칵이는 소리가 났다. “전문가라고 할 주제는 못 되지만 어렸을 때부터 기본은 알았거든. 선생 사무실 자물쇠가 딱히 까다롭진 않겠지.”

딱히 까다롭지 않았을지는 몰라도 족히 3분 동안 짜증 섞인 끙
끙거림과 몇 마디 욕설이 데이지의 간담을 서늘하게 만들고 나서
야 커다란 찰칵 소리가 울리며 마침내 문이 열렸음을 선언했다.

데이지는 그래도 그렇게 다른 일에 관심을 쏟은 것이 아이다에
게 어느 정도 도움이 되었기를 바랐다. 처음 만난 이래로 본 젊은
아가씨의 모습 중에서 자물쇠를 따려고 노력하며 대화를 곁들이
던 때가 가장 활기차 보였다. 애석하게도 그게 설령 정말로 도움
이 되었다 한들 잠시에 불과했다. 데이지가 아가씨의 곁을 지나
쳐 더듬더듬 폴라스키의 책상으로 가서 등을 켰을 무렵, 아이다
는 이전과 마찬가지로 무언가에 사로잡혀 있고 반쯤 의기소침해
보이는 가면을 쓰고 있었다.

데이지는 다시 돌아가 조심스럽게 출입문을 닫았다. 연구실에
는 건물 바깥으로 난 창은 없었고, 탁상 등 불빛이 반투명 유리창
을 통해 새어 나가기는 했지만, 건물 복도를 돌아다니며 그 불빛
을 발견할 사람은 없어야 했다. 정말로 예상치 못한 일이 생기지
않는 한, 어느 정도 시간은 있었다.

연구실은 엷은 먼지로 뒤덮여 거의 한 달 전 폴라스키가 문을
잠그고 불운한 여정에 나선 이후 아무도 이곳에 오지 않았음을
짐작케 했다. 데이지는 먼지가 별로 신경 쓰이지 않았지만 ─ 그
보다 훨씬 더 오랫동안 손길이 닿지 않은 고서들을 다루는 데에
익숙했으니 ─ 아이다는 뒤에서 몇 차례 코를 훌쩍였고, 빌리는
대놓고 재채기를 하는 바람에 데이지는 작은 폭발이 일어난 줄
알았다.

그는 미안하다는 듯 얼굴을 한 차례 찡그릴 따름이었다.

먼지를 제외하면 연구실은 그녀가 기억하던 그대로였고, 설령 이곳에 한 번도 온 적이 없었더라도 예상했을 법한 모습 그대로 였다. 책상에는 타자기 한 대, 펜 여러 자루, 낡은 머그잔 하나와 서류철 더미가 있었다. 책장 여러 개, 낡은 소파 하나, 진열된 책 들과 또 다른 서류들. 커다란 서류 캐비닛이 한쪽 귀퉁이를 차지 했고, 방 전체에 걸쳐 상자 다수가 자리만 있으면 두세 층씩 들어 차 있었다.

"살펴볼 게 많네." 아이다가 말했다.

"그렇죠, 뭐… 폴라스키 교수는 가르치는 것만큼이나 본인 연 구에도 많은 시간을 할애했거든요. 그리고 체스터의 프로젝트가 최우선이었다고 해도 지도를 맡은 학생이 체스터뿐이지는 않았 을 테고요."

빌리가 아무것도 쓰러뜨리지 않고 소파 팔걸이에 앉을 수 있도 록 조심스럽게 책 더미를 치웠다. "그가 왜 *그렇게까지* 체스터의 연구에 관여하려고 했을까요?"

"처음에는 아마 그냥 지도교수로서 조언만 했겠죠. 그런 프로 젝트를 맡거나 혼자서 연구할 만한 주제를 찾았다고 생각하는 학 생들은 그렇게 도움을 청하는 일이 잦아요.

하지만 아마 그 이상으로 발전했겠죠. 두 사람 다 사라지기 전 에도 자신들의 연구에 대해 강경하게 이야기했고, 함께 도서관에 있는 모습도 여러 번 봤어요. 정말 많은 학생들이 출세길을 열어 주고 명성을 확고히 해 줄 대단한 발견을 코앞에 두고 있다고 생각하죠. 그래서 자연히 자신들보다 먼저 태어났고 무엇이든 새로운 것을 받아들이기에는 너무 전통에 얽매이는 고집스러운 어른이 되고 만 답답한 영감쟁이들을 당황하게 만들고요."

그 말이 나직한 쿡쿡거림을 이끌어냈다. "그런 불평을 많이 들었나 봅니다."

데이지가 싱긋 웃었다. "적지 않죠. 특히 제가 학생들과 나이 차이가 크지 않았던 준사서에 불과했던 시절에는요." 그녀는 금세 정색했다. "많은 학생들이 그렇게 생각해요." 그녀가 다시 한 번 말했다. "하지만 체스터는 진짜였던 모양이에요. 폴라스키가 그걸 알아봤고요. 아마 체스터에게 찾아올 영광이 자신에게도 얼마쯤 떨어져서 동료들 사이에서 마지막으로 한 번 두각을 나타낼 수 있기를 바랐겠죠."

폴라스키가 젊은이의 발견을 훔쳐서 체스터의 연구에 자기 이름을 대신 넣으려 했을지도 모른다는 생각이 데이지의 머릿속을 스쳤다. 최선을 다해 무시하기는 했지만 ─ 윌모트 폴라스키가 그런 사기꾼이라는 인상을 받은 적은 한 번도 없었다 ─ 그런 의심이 아예 떠오르지도 않았더라면 좋았겠다 싶었다.

"하지만 당신 말이 맞아요, 아이다." 그녀는 자신이 낼 수 있는 가장 사무적인 사서 목소리로 말했다. "살펴볼 게 많군요. 시작하는 게 좋겠어요."

19장

삼인조는 불편할 정도로 오랫동안 고 윌모트 폴라스키의 종이 상자와 나무 상자와 서류철과 파일을 뒤졌다. 데이지가 즉석에서 지휘를 맡았는데, 그녀가 체계화의 전문가였기 때문만이 아니라 무엇을 찾고 있으며 어떤 유형의 자료가 유용할지를 세 사람 중에서 단연 확실하게 파악하고 있었기 때문이었다.

그렇더라도 살펴야 할 자료가 많았고, 분침이 가고 시침이 가는 것과 거의 비례해 좌절감도 커져갔다.

분류를 거친 자료는 크게 세 부류로 나누어 쌓았다. 세 사람의 목적과는 무관한 자료가 가장 많았고, 다음으로 관련이 있을지도 모르므로 데이지의 자세한 검토를 요하는 자료, 그리고 체스터나 체스터의 프로젝트와 확실히 관련이 있는 자료가 가장 양이 적었다. 마지막 더미가 다른 더미들에 비하면 여전히 작기는 해도 자신들의 목표에 희망이 없지는 않다는 것을 알려 줄 정도의 규모로는 쌓이면서, 데이지의 마음속에서는 좌절감이 사라지는

대신 체스터의 영특함에 대한 분노와 감탄이 반반씩 그 자리를
대체했다.

"이걸 개가 가지고 있으면 안 되지!" 한 번은 그녀가 그렇게 불
쑥 내뱉는 바람에 연구실 바닥에 몸을 숙인 채 앉아 있던 일행들
이 화들짝 놀랐다. 그녀의 손에 들린 것은 다른 대학에서 배포한,
분실되거나 도난당한 자료들의 정보를 담은 사진과 보고서 뭉치
였다. 체스터가 자원 봉사 시간에 분류했던 자료의 일부였다. 그
가 그 업무를 맡았던 것은 접근이 제한된 장서고를 이용할 시간
을 추가로 얻기 위함이었지만, 그것과는 다른 숨은 동기도 있었
던 모양이었다. 체스터가 어떤 단서를 쫓고 있었든, 그는 여러
달, 어쩌면 일 년 이상 거기에 매달려 있었다.

마침내 밤이 깊어 자정보다는 새벽에 더 가까운 시간이 되자
데이지가 일행들을 불러 모았다. 다들 옹기종기 모여 뻣뻣해지고
여기저기 종이에 베여 들쭉날쭉 쓰라린 상처가 생긴 손가락을 돌
보았다. 사서가 여러 가지 서류철과 사진들을 공작새 꼬리처럼
앞에 펴 놓았다. 그녀는 자료들을 짜 맞추어 체스터가 조사를 진
행했을 것으로 보이는 순서를 파악하느라 문자 그대로 머리가 어
질어질했다.

체스터는 나름의 방식으로 정말 천재였다. 그의 집착 때문에
언어학계와 고고학계가 뛰어난, 어쩌면 세상을 바꾸어 놓을 수도
있었을 인재를 잃은 것이 안타까울 따름이었다.

"자," 데이지가 입을 열었다. "이제 알 것 같아요. 체스터가 자신
의 위대한 업적 삼아 리네고르 비문 번역에 집중하기로 한 시점

이나 이유는 모르겠군요. 그냥 사람들이 가끔 빠지곤 하는 매혹 같은 거였겠죠."

빌리는 그 문제를 가볍게 넘기고 싶지 않은 모양이었다. "그럴 지도. 아니면 이미 그때부터 비문이 그를 부르고 있었는지도 모릅니다."

"그래요, 뭐. 어쨌든, 체스터는 틀림없이 현존하는 모든 저작을 연구했고, 다른 모두와 똑같은 벽에 부딪쳤어요. 수십 년 동안 누구 하나 실마리조차 잡지 못했을 만한 이유가 있다는 걸 깨닫고 분명 낙담했겠죠."

"이걸 봐요." 데이지가 앞서 보여 주었던 사진과 보고서들을 가리켰다. "미스캐토닉처럼 유물 컬렉션을 소장하고 있는 여러 대학들 사이에는… 일종의 암묵적인 합의가 있어요. 위조품을 발견한다든가, 유물을 도난당하거나 분실할 경우, 우리는 다른 대학들에 주의를 기울여 달라고 알려요."

"무슨 말을 하려는지 알 것 같습니다." 빌리가 소파에 몸을 기대며 말했다. "버지니아 대학교에서 있었던 애디슨의 *우야라아니* 절도."

"그래요. 물론, 여기에 애디슨의 이름은 언급되지 않았어요. 그가 정식으로 고발당한 적은 없다고 당신이 얘기했죠. 그리고 *우 야라아니*만 도난당한 게 아니었죠. 하지만 보고서에는 사진과 스케치들이 포함돼 있고, 체스터는 즉시 글귀를 알아보았을 거예요."

"그리고 옳은지 그른지는 고민도 하지 않고 내 동족들에게서 훔친 유물을 손에 넣기로 결심했고."

"뭐… 그렇다고 봐야겠죠. 물론 여기에 *그런 얘기*는 전혀 적혀 있지 않지만. 그래도 이 보고서가 체스터의 야심에 불을 지핀 건 틀림없어요. 체스터가 다른 대학의 서류들을 파기 시작한 게 이 보고서가 배포된 뒤부터니까요." 그녀가 고개를 떨어뜨렸다. "유감스럽지만 내가 체스터를 자원봉사자로 받는 바람에 그런 자료에 접근할 권한을 주고 말았군요."

"몰랐잖습니까."

데이지는 마실 것을 챙겨 올 것을 그랬다고 생각하며 목을 가다듬었다. 물론 그녀가 알 수 있었을 리 없었지만, 그래도 죄책감이 들기는 마찬가지였다. 자신이 책임을 져야 했다. 책임자니까. "아무튼, 체스터가 그 다음에 발견한 건 이것들이었을 거예요." 그녀는 다시 손을 뻗어 몇 가지 서류를 새로이 한데 모았다.

"이건 미스캐토닉 졸업생이자 일종의 모험가이며 탐험가였던 레무엘 애버내시의 사적인 비망록과 기록들이에요. 죽으면서 자신의 비망록과 관련 문헌을 대학 측에 남겼죠. 그런 식으로 졸업생들이 유증하는 경우가 많아요." 그녀가 설명했다. "유감스러운 일이지만 그걸 전부 분류해서 쓸 만한 것들의 목록을 만드는 작업은 상당히 밀려 있고요."

순간 아이다가 끼어들자 데이지는 펄쩍 뛸 뻔했다. 젊은 아가씨가 거기 있다는 사실마저 잊고 있었던 탓이었다. "그럼 체스터가 당신네들은 아직 찾지 못했던 뭔가를 찾아냈다?"

"음, 그래요. 지난 세기 말 애버내시가 몽골에서 진행한 탐사

기록에서요."

데이지가 서류철에서 낡은 페로타이프 사진 한 장을 꺼내 일행에게 돌렸다. 어느 암석 사면 하단부에 위치한 화강암으로 보이는 너럭바위를 찍은 사진이었다. 돌 자체는 인공적으로 다듬은 것일 수도 아닐 수도 있었지만, 그 위에 새겨진 상징들이 자연 조성된 것이 아니라는 점에는 의심의 여지가 없었다. 대충 새긴 데다 일부는 비바람에 씻겨 나간 몇 줄짜리 글귀에 불과했지만, 남아 있는 표지들은 충분히 낯익었다.

"몽골?" 빌리가 당혹하며 숨을 삼켰다.

"한때 이 언어를 누가 사용했든 간에," 데이지가 아주 살짝 웃음기를 담아 말했다. "잘 돌아다녔다는 건 분명하네요."

"그렇군요."

"물론 체스터도 연관성을 눈치 챘죠." 그녀가 계속해서 이야기를 이어 나갔다. "애버내시의 기록에 따르면 현지인들은 이것이 악령들을 쫓아내기 위해 쓰는 일종의 보호 주문이라고 했대요. 내 생각엔 체스터가 그걸 읽고 나서 *우야라아니*와 비문 역시 마찬가지 아닐까 생각했던 게 틀림없어요. 여기 체스터가 직접 끼적인 메모를 보면…" 손가락이 또 다른 서류를 가리켰다. "…체스처가 자신이 조사 중이었던 열람 제한 서적들에서 특히 방어 및 보호 주문을 찾기 시작했다는 게 암시되어 있지요.

틀림없이 많은 주문을 찾아냈겠죠. 오래된 문화권의 오컬트 문헌에는 그런 게 꽤 흔하니까. 체스터는『이본의 서』에서 ── 그 책에는 그런 보호 주문들이 많이 실려 있으니 엘리엇이 자신만의,

어, 만트라를 거기서 발견한 것도 놀랍지 않아요 — 고대 그리스어로 적힌 주문에 대한 언급을 찾은 모양이에요. 고대 그리스어보다도 더 오래된 언어에서 옮겨 적은 것으로 추정되는 주문요.”

그녀는 자신의 말에 고개를 끄덕이면서 조각들을 맞추고 체스터가 자신을 찾아와 열람이 엄격하게 제한된 몇 가지 서적들을 요청하면서 자신의 승인을 얻기 위해 폴라스키의 서명을 받아야 했던 것을 떠올렸다.

“그리고 원본 『에이본의 서』보다 오래된 마술서는 많지 않고, 그 중 그리스어로 집필된 책은 더더욱 적으니까, 소거법을 적용한 끝에 『프나코틱 사본』[8]에 이르렀을 거예요.” 열람 제한 서적 중에서도 가장 희귀한 책 중 하나의 제목을 입에 올리자 그녀도 모르게 목소리가 낮아졌다. “하지만 여기 있는 내용에 따르면 그마저도 체스터를 낙담하게 했어요. 물론 고대 그리스어로 된 주문 몇 줄을 찾아냈고, 비문에 새겨진 것과 일치하는 더 오래된 상징들도 몇 개 찾아냈으니 제대로 짚었다는 확신을 갖기에는 충분했죠. 하지만 영문 번역본으로 알 수 있는 건 거기까지였고, 우리 도서관엔 다른 판본은 없어요. 당연히 그것만으로는 *우야라아니*나 비문을 음역하기에는 충분하지 않았고요.”

데이지는 잠시 말을 멈추며 손가락으로 자신의 입술을 두드렸다. “아쉽게도 체스터가 남긴 기록으로는 이후 조사 방향에 대해서는 알 수 없고, 나도 마땅히 다른 선택의 여지가 떠오르지는 않

---

8   H. P. 러브크래프트의 단편 「북극성」에서 처음 등장한 가상의 마도서. 『프나코틱 단장(斷章)』이라고도 불린다.

네요. 물론 만약 체스터가 우리 도서관에 있는 것 같은 축약 필사본들에 우선하는 그리스어 원본 『프나코틱 단장』을 확인할 수 있었다면 몇 가지 답을 알아냈을지도 모르겠지만, 그런 걸 어디서 —"

데이지가 지금까지 보았던 것들이 암시하는 바를 마침내 완전하게 깨닫고는 몸을 벌떡 일어나려 했음이 분명했다. 그랬다는 기억은 나지 않았지만 그랬던 게 틀림없었다. 자신이 흩어진 기록들 한가운데에서 반쯤은 앉고 반쯤은 드러눕다시피 털썩 주저앉았던 것과, 빌리가 늦게나마 자신을 잡아 주려고 급히 옆으로 다가왔던 것은 확실히 기억했으니까.

"뭡니까?" 그가 물었다. "왜 그러는 겁니까?"

"『단장』…" 금방이라도 눈물이 쏟아질 것만 같았고, 뱃속이며 손에서 느껴지는 것과 동일한 떨림이 목소리에서도 들렸다.

이제 아이다도 곁에 와 있었다. "무슨 얘긴지 모르겠는데요."

"체스터의 코트에 있던 거요. 양피지에 적힌 고대 그리스어. 그건 진짜예요. 『프나코티카』에서 나온 거라고요!"

아마 진짜 프나코틱 두루마기에서 찢어낸 것은 아니겠지만, 설령 원본을 베껴 쓴 것이라고 해도 — 아니면 심지어 사본을 베껴 쓴 사본이라고 해도 — 그것만으로 지금까지 데이지가 다루어 본 가장 오래된 문서이자 *세계에서 가장 오래된* 신비주의 및 오컬트 문헌에 속했다. 그 자체로도, 그리고 만일 이전에 한 번도 수집되거나 번역된 적 없는 유실된 부분이 포함되어 있다면 거기 담긴 내용 때문에도, 무엇으로도 대체할 수 없는 물건이었다.

그런 물건이 불완전한 조각 몇 장만 남은 채 소실됐다. 혜네시 집 밑의 진흙과 오물에 흠뻑 젖고 번지고 망가져 사라졌다. 완전히 없어졌다. 사서이자 역사가로서 그런 문화유산을 보존하는 일에 삶을 바쳐왔던 그녀에게는 이것이 모르는 사람들의 죽음보다, 심지어 폴라스키의 죽음보다도 더 큰 일격이었고, 그런 자신의 기분을 깨닫고 느낀 죄책감 또한 비참함을 배가할 따름이었다.

"그거라면 체스터가 음역을 완성할 수 있었겠습니까?" 빌리가 물었다. 데이지는 그 물음이 자신의 주의를 돌려 충격에서 깨어나도록 하기 위한 것이었는지, 아니면 그저 논리적으로 다음에 올 만한 질문일 뿐이었는지 확신할 수 없었지만, 어느 쪽이었든 덕분에 거기에 매달릴 수 있었다.

"그건, 음…" 그녀는 기침을 하며 원래의 평정심을 다소나마 회복하려 노력했지만, 순간적으로 망연자실한 꼴을 보인 데에 대한 부끄러움 탓에 처음에는 그와 눈을 마주치지 못했다. "원문 구절과 그에 상응하는 고대 그리스어 구절을 병기한 표본이 충분했다면 그럴 수도 있었겠죠. 체스터는 언어학도였고, 그런 표본이 충분하다면 최소한 그… 주문의 목적을 어느 정도 파악했을 거예요. 아마 수고를 들여야 했겠지만 ― 고대 그리스어를 읽을 수 있다는 것과 제대로 발음하는 법을 안다는 건 다르거든요 ― 그래요, 그게 체스터에게 필요했던 마지막 조각이었을 거예요."

"그럼," 아이다가 말했다. "그걸로 끝인 거네요?"

빌리가 일어서며 기지개를 켰다. "그걸로 끝일 리가 있나."

그도 데이지와 똑같은 의문을 떠올렸다는 데에는 의심의 여지가 없었다. "체스터가 도대체 어디서 이걸 손에 넣었을까요? 터무니없는 가격은 차치하더라도 그냥 아무 도서관이나 골동품 상점 같은 곳에 들어가서 『프나코틱 단장』을 달라고 한다고 될 일이 아니라고요! 우리 분야에 있는 사람들이 얼마 안 되는 조각들을 찾으려고 수 년을, 때로는 평생을 바쳤는데."

"어쩌면 체스터는 당신의 기록연구사 동료들보다는 적절성이나…" 빌리가 적합한 표현을 고르려 애썼다. "…내력에 대한 관심은 덜했는지도 모르지요. 그리고 더 사적인 연줄이 있었을지도 <u>모르고.</u>"

데이지가 고개를 들었다. 몸짓과 표정 모두 날카로웠다. 체스터가 "더 사적인" 관계를 맺었을 법한 사람이라면 딱 한 명 밖에 떠오르지 않았고, 데이지는 이 조사와 관련해서는 그 여자의 이름을 다시는 듣고 싶지 않았다. 조사와 무관하더라도 마찬가지였고. "지금 그 말은…?"

"그 여자도 당신이 방문한 여러 가게의 고객이었다고 말하지 않았습니까? 역사와 오컬트 '애호가'라고?"

"누굴 얘기하는 건데?" 아이다가 물었지만 데이지는 듣는 둥 마는 둥이었다.

"애호가라는 표현이 정확해요. 솔직히 그 여자가 『단장』에 필적할 정도로 오래되거나 중요한 물건을 찾아내는 데에 필요한 연줄을 갖추고 있을지는 의심스러워요. 그리고 설령 그렇다 해도, 당신 말은 체스터가 운 좋게 여기 있는 이 단서들을 우연히 발견했을 뿐만 아니라, 기적적인 행운까지 따른 덕분에 마침 관계를 맺게 된 상대도 하필이면 몇 안 되는··· 몇 안 되는···"

빌리가 그녀의 생각 속에 지핀 의심의 불꽃이 거세게 솟구쳐 타닥거리는 모닥불로 변했다. 그녀가 그에게 한 손을 내밀자, 그는 친절하게 그녀를 일으켜주었다. 그러자 그녀는 바닥에 앉아있느라 다리가 뻣뻣해진 탓에 ─ 하지만 또한 깊은 망설임, 즉 자신의 불쾌한 상상이 어떤 식으로든 진실에 기초하고 있음을 확인하고 싶지 않다는 강렬한 욕망 탓에 ─ 굼뜬 걸음으로 절룩절룩 폴라스키 교수의 책상을 돌아갔다. 책상 위에 놓인 서류들을 빠르게 훑은 다음 거친 드르륵 소리와 쿵 소리를 연달아 내며 서랍을 하나씩 차례로 열다가···

거기에, 맨 아래 오른쪽 서랍에, 가죽 장정으로 된 작은 꾸러미가 있었다. 폴라스키의 주소록이.

거의 마지못해서, 또 종이에 베일만큼 ─ 날카롭게 쓱 하는 소리를 낸 것 말고는 아무런 반응도 보이지 않았다 ─ 긴장한 채로, 그녀는 주소록 가운데를 향해 페이지를 넘겼다.

찾던 페이지에 이르자 한숨밖에 나오지 않았다.

매커친, 빅토리아. 주소. 전화번호.

폴라스키는 그 여자를 알았다. 전반적으로 닳아 있는 페이지 상태와 옆에 기입한 다른 항목들로 미루어 보아 꽤 전부터 알던 사이였다.

체스터의 부모가 부유했기 때문에, 데이지는 애당초 체스터가 어떻게 매력적이고 비교적 젊은 과부를 만나게 됐는지는 한 번도 궁금하게 여긴 적이 없었다. 이제 답을 알고 나니 입안이 지독하게 씁쓸했다.

"체스터가 그 여자에게 접근한 거네요." 그녀는 자신이 그 말을 으르렁거리듯 내뱉었다는 사실도 깨닫지 못한 채 일행들에게 말했다. "체스터 헤네시가 매커친 부인과 관계한 건 그 여자가 유용할지도 모른다고 생각했기 때문이었어요." 그녀가 이제 자신의 피가 아주 희미하게 묻은 그 망할 항목이 적힌 주소록을 서랍 속에 다시 떨어뜨리고 탕 소리가 울려 퍼지도록 세게 닫았다.

"전부 다 알아 두어야 할 중요한 사실이기는 합니다만," 빌리가 말했다. "체스터가 지금 있을 만한 곳이나 삼촌 집에 가기 전에 있었을 만한 곳에 대해서는 아무것도 알 수 없군요. 결국 매커친과 이야기를 나눠 봐야겠습니다." 그가 그 선언을 진즉 그랬어야 했건만, 이라는 말로 끝맺을 생각이 있었는지는 몰라도, 혼자 속으로만 삭힐 정도의 아량은 있었다.

데이지가 고개를 가로저었지만, 그건 거절이라기보다는 자신들의 상황을 지적하기 위함이었다. "오늘밤은 당연히 안 돼요. 아침이 다 돼 가요. 하루 두고 보면서 대번에 쫓겨나거나 더 심한 꼴을 당하지 않고 접근할 방법을 생각해 보죠."

그리고 내가 『이본의 서』를 장서고에 몰래 돌려놓을 수 있게 말이야. 적어도 내가 한 번에 감당해야 할 무지막지한 바보짓의 개수라도 줄여야지.

세 사람은 넌더리를 내면서도 신속하게 서류들을 원래 들어 있던 상자에 퍼 담기 시작했다. 굳이 이전 순서대로 분류하려 애쓰지는 않았다. 훗날 폴라스키의 연구실에 들어올 ― 청소를 위해서든, 미스캐토닉 대학에서 그가 영영 돌아오지 않으리라는 걸 인정한 뒤 방을 비우기 위해서든 ─ 누군가가 그들이 이곳에 다녀갔다고 의심할 만한 이유만 남기지 않으면 됐다.

"빌리, 아이다." 데이지는 자신이 정리하던 상자를 닫은 다음 두 사람을 돌아보았다. "엘리엇이 이 일을 알 필요는 없어요. 친구를 잃은 것만으로도 충분히 괴로워하고 있는데. 체스터의 행동에 대해 새로 알게 된 사실로 그 기억을 더럽힐 필요는 없겠죠."

두 사람이 즉각 고개를 끄덕였고, 그들은 어서 이곳을 나가 동트기 전에 귀가하기 위해 다시 상자 정리로 돌아갔다.

20장

발견한 사실 중에서 덜 유쾌한 부분들을 엘리엇에게 알리지 않기는 쉬웠다. 그는 침상에서 안정을 취하고 『이본의 서』를 읽을 수 있게 된 덕분에 정신 상태가 크게 호전되기는 했지만, 여전히 자신이 겪은 시련과 그 뒤에 이어진 내적 갈등으로 기진맥진한 상태였다. 혹 그날 밤의 활동을 간추린 세 사람의 이야기가 완전히 만족스럽지 않았더라도, 이의를 제기하기에는 너무 지쳐 있었다.

데이지가 다소 긴장하며 다음날 아침 고대 문헌을 도서관에 돌려놓겠다고 알렸을 때도 그는 반대하지 않았다. 주문의 원본과 충분히 오랫동안 있었기 때문에 앞으로 며칠은 자신이 적어 놓은 사본이나 심지어 기억에만 의지하더라도 버틸 수 있겠다는 기분이 드는 모양이었다.

더욱 놀라웠던 것은 빅토리아 매커친과 대화를 나눌 기회를 찾는 것 또한 예상보다 쉬웠다는 사실이었다.

이번에도 폴라스키의 연구실에 침입했던 삼인조만 나섰다. 엘리엇은 데이지의 주장에 따라 다시 집에 남기로 했다. 더 휴식을 취하는 편이 좋으리라는 판단에서이기도 했지만, 체스터의 옛 애인을 상대할 때 엘리엇이 감정을 통제할 수 있을지 확신이 서지 않았기 때문이기도 했다.

그날 밤 도서관 근무를 마친 뒤 출발한 데이지와 일행들은 그녀를 최소한 매커친의 호사스러운 아파트 건물 안으로는 들여보내 줄 만한 구실을 생각해 둔 뒤였다. 데이지는 풀을 먹여 빳빳한 군청색 코트와 모자를 쓴 문지기에게 홀로 다가가 "가게"— 정확히 어느 가게인지는 의도적으로 생략했다 — 일로 왔다고 알렸다. 매커친 부인이 이전에 관심을 표한 바 있으며 어쩌면 지금 구매가 가능할지도 모를 어느 희귀 서적 건으로 꼭 뵈어야 한다면서.

그들은 애매하지만 그럴듯한 그런 이야기라면 규정을 중요시하는 문지기를 만족시킬 수 있으리라 기대했다. 일단 안으로 들어간 뒤에는 데이지가 몰래 직원 및 배달원용 출입구로 가서 나머지를 안으로 들일 작정이었다.

그러나 문지기는 미안한 듯하면서도 무료한 태도로 맥커친 부인은 바로 조금 전에 외출했으며 얼마나 오랫동안 나가 있을지는 짐작조차 할 수 없노라고 대답했다. 다른 사람들도 그 책에 관심이 있으니 서둘러야 한다고 살짝 연기를 하며 설득하자 — 그와 동시에 흰 장갑을 낀 손 안에 몇 달러를 은밀하게 쥐여 주자 — 문지기는 매커친이 어디로 갔을지 확실하지는 않지만 그녀가 요즘 들어 몇 블록 떨어진 곳에 새로 개업한 레스토랑인 솔턴 앤드 린달에서 식사를 하곤 한다고 알려주었다.

"공공장소에서 말을 걸어도 되겠습니까?" 상업 지구의 독감 유행에 대한 두려움이 커진 탓에 평소보다 약간 줄어든 인파 사이를 헤치고 구불구불한 거리를 나아가는 동안, 빌리가 물었다. "전에 내가 그 여자에게 질문을 하려고 했더니 경찰이 아직 그 여자를 감시하고 있을지 모른다고 했잖습니까."

"그럴지도 모르기는 하지만 솔턴 앤드 린달 같은 업소 *내부*에 경관을 배치했을 것 같지는 않네요. 우리가 들어가는 거야 보겠지만 우린 경찰에게 아무런 의미도 없을 테고요. 그 여자가 창가에 앉아 있거나 공공연히 소란을 피우려 들지만 않는다면 경찰은 우리가 그 여자와 이야기한다는 걸 모를 거예요. 그리고 혹시 알게 되더라도, 뭐, 내가 체스터를 걱정한 나머지 그 여자를 만나러 갔다고 하면 되죠." 미스캐토닉 행정 본부에서 그런 일을 좋아하지는 않겠지만 기껏해야 견책 정도가 전부이리라. 그녀가 이번 조사를 위해서 저지른 다른 숱한 위반 사항들만큼 중대한 문제는 당연히 아니었다.

"지난주에는 그런 위험을 무릅쓰려고 하지 않더니."

"지난주에는 우리에게 남은 선택의 여지가 지금처럼 제한적이지 않았죠."

"흠."

녹색 바탕에 금색 글씨가 적힌 장식 간판과 코린트식 기둥 한 쌍이 레스토랑 입구를 꾸몄다. 널찍한 창문 너머로 줄줄이 배치

된 테이블과 식탁보, 건물 외관과 짝을 맞춰 신록 빛깔 천을 씌운
의자, 그리고 위쪽에 매달린 거대한 유리 샹들리에가 데이지의
눈에 들어왔다. 아울러 괜찮기는 해도 평상복을 입은 그녀 일행
의 옷차림은 더 격식을 갖춘 ― 아니면 그저 더 부유할 뿐인지
도 ― 레스토랑 내부의 손님들과 비교하면 다소 단출해 보인다
는 사실 역시 눈에 들어왔다.

　뭐, 이제 와서 어떻게 할 수 있는 일은 아니었다. 다행히 턱시
도를 입은 지배인은 자제력을 발휘하지 않았더라면 우거지상으
로 발전했을 법한 꿈틀거림을 한 차례 내비친 것 외에는 이의를
제기하지 않았다.

　"어떻게 오셨습니까?"

　"아…" 데이지는 실내를 훑다가 금세 자신이 찾던 것을 발견했
다. "괜찮아요, 그냥 친구 만나러 온 거예요." 그녀는 막을 테면 막
아보라는 듯 어깨를 펴고 단호한 걸음걸이로 지배인 옆을 스쳐
지나갔다.

　데이지는 빅토리아 매커친을 만나본 적은 한 번도 없었지만 누
구인지 짚어 내는 데에는 아무런 어려움이 없었다. 그날 밤 레스
토랑에는 손님이 많지 않았고 ― 그래서 그들의 복장이 더 심한
반대를 불러일으키지 않았는지도 ― 데이지는 매커친을 아는 사
람들이 그녀를 묘사하는 것을 들었던 데다 신문 사교면에서도 비
슷한 묘사를 읽은 바 있었다. 누가 물었더라면 자신은 단 한 번도
신문 사교면을 숙독한 적은 없다며 강하게 부인했겠지만.

　인상착의만으로는 부족했을지 몰라도 혼자 식사 중인 여자의

모습은 ── 일행이 없는 데다 빈 테이블들이 그녀 주위로 황량한 무인지대를 이루고 있는 것이 마치 사회적 따돌림이 옮을까 싶어 다른 손님들이 겁을 먹은 듯했다 ── 충분한 지표가 되어 주었다.

체스터가 사라진 지 수개월째였지만, 여자가 두 사람의 관계 때문에 시달리게 된 오명은 그보다 훨씬 더 오래 갈 터였다.

고개를 높이 치켜들고 앉은 여자의 빨강머리는 요즘 유행하는 스타일보다 더 자유분방했고 길이도 더 길었다. 술 장식이 겹겹이 달린 드레스는 머리카락보다도 더 밝은 선홍색으로, 어디 자기 옷차림을 ── 혹은 그녀 자신을 ── 평가할 테면 해 보라고 도전하는 듯했다. 그리고 그녀는 자기 쪽을 힐끔거리는 사람이 있으면 상대가 다시 식사에 집중할 때까지 빤히 마주보았다.

데이지는 여자의 용기에 감탄하는 마음이 들었고, 체스터가 의도적으로 여자를 이용했다는 사실을 알게 된 것이 매커친 자신의 부적절한 선택을 정당화하거나 변명해 주지는 못하더라도 그간 그녀가 품어 왔던 부글거리는 분노를 유지하기는 어렵게 만들었다.

따라서 "방해해서 죄송합니다, 매커친 부인."이라는 데이지의 인사는 단순한 예의치레가 아니라 진심을 담고 있었다. 그녀는, 그리고 뒤를 이어 빌리와 아이다도, 충격을 받아 멍하니 쳐다보는 다른 손님들을 무시하며 여자의 테이블에 앉았다. 테이블에 거의 빈 커피 잔 하나와 치즈, 올리브, 크래커가 담긴 접시 하나만 놓여 있는 것으로 보아 온 지 오래 되지 않은 모양이었다. 혹시 전채를 주문했더라도 아직 나오기 전이었다. "하지만 잠시만 시간을 내 주셨으면 해요."

이렇게 가까이에서 보니 매커친의 위엄 있는 자세나 노련한 화장도 조각상이나 다름없는 얼굴을 망치는 근심 섞인 주름과 피로로 인해 그늘진 눈 주위를 확실하게 가려 주지는 못했다. 그러나 자신을 찾아온 사람들을 돌아보는 눈빛에는 의심과 반감만이 가득했다.

"내가 아는 사람 같지는 않군요." 그녀가 말했다. "내가 당신을 초대하지 않았다는 것도 확실하고."

"네, 절 모르시죠. 초대하지도 않으셨고요. 시간 오래 빼앗지 않겠다고 약속드릴게요."

"그래, 오래 빼앗진 않겠네요." 매커친이 웨이터들에게 신호하려는 듯 몸을 틀었다.

"저희는 체스터 헤네시의 친구들이에요."

그녀가 동작을 멈추고 다시 바로 앉았다. 오히려 전보다도 더 굳은 표정이었다. "아니, 그건 못 믿겠군요. 동료라면 모를까, 친구들에 대해서는 내게 전부 얘기했으니까."

"좋습니다, 그럼. 동료라고 하죠. 중요한 건 저희가 ─"

"난 체스터의 친구 여럿과 이야기했어요. 교수 하나와도 이야기했고. 경찰과도 이야기했죠. 어느 쪽에도 도움이 될 만한 내용을 들려주지는 못했고, 당신들에게도 도움이 될 만한 이야기는 없으니까, 평화롭게 식사할 수 있도록 내버려 두어 주면 고맙겠군요."

휴, 잘도 돌아가는구나. "매커친 부인, 부탁입니다. 저희에겐 다

른 사람들에게는 없는 정보가 있어요. 어쩌면 ─ "

"한 번만 더 정중히 부탁하겠어요. 제발 날 내버려 둬요." 인내심이 다한 데다 거절당하는 데에 익숙하지 않다는 것이 확연히 느껴지는 말투였다.

데이지는 평정을 유지하기 위해 애썼다. 매커친의 분노와 비협조적인 태도는 충분히 이해할 만했고, 자신들은 그녀에게는 낯선 사람들이었다. 그렇지만⋯

"저희에게는 체스터가 곤경에 처했다고 믿을 만한 이유가 있고, 그건 어느 정도는 부인이 그 애에게 연줄을 대주셨기 때문이에요. 그걸 바로잡고 싶지 않으신가요?"

매커친이 어찌나 퍼렇게 서슬을 세웠는지 데이지는 순간 자신보다 연상인 여자가 정말로 테이블 너머로 달려들지 모른다 싶어 화들짝 움츠러들었다. "체스터는 주관이 뚜렷한 사람이었어." 그녀가 으르렁거렸다. "체스터에겐 자신의 연구가 전부였고, 난 그를 도울 수 있어서 *기뻤어!*"

그 말을 통해 데이지는 한 가지 답을 얻었다. 분노는 깊고 진실했다. 하지만 그 밑에 깔린 희미한 동요, 혹시라도 어쩌면 자신의 "도움"이 연인의 실종에 일조했을지도 모른다는 걱정과 죄책감으로 인한 떨림 역시 마찬가지였다.

사서가 보기에 그건 매커친이 알지 못했다는 증거였다. 체스터가 이후 두 사람의 관계에 진심이었든 아니든 애초에는 자기 목표를 이루려고 그녀를 골라 접근했다는 사실을 알지 못했던 것이다. 그걸 알았더라면 틀림없이 대답 속에 뒤엉킨 감정들이 많이 달랐으리라.

　데이지는 어떻게 대응해야 좋을지 확신이 서지 않았다. 그녀를 연구와 사실을 바탕으로 살아가도록 이끈 그녀의 일면은 거짓말을 방조하려는 태도에 반발하면서 매커친에게 사실을 말하라고 종용했다. 한편 어리석게도 자신의 마음을 타인에게 내주었던 과거를 기억하는 그녀의 또 다른 일면은 상대 여자에 대한 동정심으로 가슴 아파했으며, 그녀에게 더 큰 고통을 안기고 그녀에게 남은 잃어버린 연인의 전부인 추억마저 산산조각 내고 싶지 않아 했다.

　그리고 비록 부끄러운 마음은 들었지만, 둘 중 어느 쪽을 선택해야 조사에 진전을 가져올 정보를 얻을 가능성이 더 높아질 것인지도 고심해야만 했다. 하지만 그런 걸 고려해서 행동한다면 체스터와 다를 바 없어지는 게 아닐까?

　주저함에는 대가가 따랐다. 데이지가 다음 말을 고르기도 전에 매커친이 손을 높이 흔들어 식당 저편에 있는 한 젊은 웨이터의 시선을 끌었다. 웨이터는 대화를 나누던 동료들에게 양해를 구하고 테이블 사이를 누비며 다가오기 시작했다. 매커친이 자신들을 레스토랑에서 쫓아내면 안 되는 이유를 단 하나도 떠올릴 수 없었던 데이지는 실망감이 담즙처럼 차오르는 것을 느꼈다.

　빌리가 테이블 너머로 몸을 내밀며 거칠게 속삭였다. "체스터 헤네시는 저주받았습니다!"

　야, 이걸로 완전히 망했네. 이제 매커친은 세 사람을 쫓아내기 위한 말 외에는 그들을 상대로 단 한마디도 더 낭비하려 들지 않

을 터였다. 충동적인데다 솔직히 괴상하게까지 들리는 주장에 화
가 나서 뺨이 화끈거리는 가운데, 데이지는 일어날 준비를 했
다…

"뭐라고요?" 테이블 위의 모든 접시와 식기가 매커친 쪽으로
덜컥 움직였고, 데이지는 그녀가 두 손으로 식탁보를 움켜쥐었음
을 깨달았다. "그게 무슨 소리죠?"

"*우야라니*." 빌리가 다가오는 웨이터가 엿듣지 못하게 목소
리를 더 낮추어 속삭이다시피 했다. "체스터가 비석에 적힌 글귀
를 풀면서 다른 무언가도 함께 풀려났습니다. 그것이 체스터뿐만
아니라 다른 수십 명의 사람들을 덩달아 미치게 만들었고, 아직
도 계속해서 체스터를 타락시키고 일그러뜨리고 있습니다. 체스
터가 아직 살아있는지 죽었는지는 확실하지 않습니다만, 살아있
다고 해도 그것에 썩 상태고, 앞으로도 상황은 — 체스터에게도,
체스터에게 접근하는 모든 사람에게도 — 더욱 나빠지기만 할
겁니다. 우리가 막지 않는다면 — "

"필요한 게 있으십니까, 부인?"

네 쌍의 눈이 웨이터를 돌아보았고, 그중 세 쌍은 다시 빅토리
아 매커친에게 돌아가 조심스럽게 대답을 기다렸다.

몇 초가 흐르고, 분위기가 점점 더 어색해지면서 웨이터가 꼼
지락거리기 시작했다.

"커피를 더 줘요, 젊은이." 매커친이 너무 나직해서 들리지도
않을 정도의 목소리로 말했다. "부탁해요."

"그… 물론입니다, 부인." 웨이터는 대놓고 당황하면서도 대답

했다. "친구 분들께서도 필요한 게 있으신지요?"

"아니… 이 사람들은 오래 있지는 않을 것 같군요."

더 대화를 나눌 시간이야말로 정확히 데이지와 일행들에게 필요한 것이었지만, 데이지는 사양하고픈 마음이 들 지경이었다. 빌리의 주장이 상류 사회의 교육받고 현대적인 여성에게 설득력을 발휘할 리가… 아무리 오컬트 애호가라 한들 그런 이야기를 믿을 리 없었다.

그렇지만 반응으로 보나 갑자기 창백해진 안색으로 보나 매커친은 그 이야기를 믿는 게 분명했다.

웨이터가 커피를 가지고 돌아올 때까지 매커친은 아무 말도 하지 않았다. 뜨거운 음료가 채워지자 그녀는 점잖지 못하게 벌컥벌컥 한 모금을 길게 들이켰다. 입안을 델 정도로 뜨거웠을 텐데 내색 한 번 없었다. 그녀는 의자 옆의 가방에 손을 뻗어 은색 플라스크를 꺼내더니 맑고 톡 쏘는 냄새가 나는 무언가를 잔에 적잖게 부어 다시 마신만큼 채웠다. 데이지가 초조하게 침을 삼키며 방금 레스토랑 한복판에서 뻔뻔하게 자행된 범법 행위를 목격한 사람이 있을까 싶어 주위를 흘끗 둘러보았지만, 눈치 챈 사람이 있었더라도 아무도 티를 내지 않았다.

매커친은 빠르게 연거푸 커피를 들이켜 잔을 반 이상 비운 다음 냅킨으로 입술을 두드려 닦았다.

"무슨 일이 있었는지 말해요."

빌리가 말했고, 아이다가 가끔씩 설명을 덧붙였다. 대부분 데이지도 이미 들은 내용이었지만 칼라알레크는 이전에는 사서가 절대 믿지 않으리라는 걸 알았기에 전혀 암시하지 않았던 자세한 부분들까지도 털어놓았다. 빌리는 광기의 확산과 연도의 위력에 대해서 그녀가 듣지 못한 내용까지 이야기했을 뿐만 아니라 체스터가 육체적 변화를 겪었으며 죽지 못하는 것으로 보인다는 말까지도 했다.

여전히 몇 가지 소름끼치는 세부는 빼 놓았다는 느낌이 들었지만, 그 정도면 충분히 완전한 이야기였다.

그리고 데이지는 그 이야기가 헛소리이며 두 사람이 자신들이 보았다고 주장하는 것을 보았을 리 없다고 생각하면서도 몸이 떨리는 것을 완전히 억누르지는 못했다. 빌리와 아이다의 표정과 목소리에서는 있는 그대로의 사실만을 말했다는 자신감이 전해졌다. 매커친도 마찬가지로 확신했다. 잔을 붙든 그녀의 두 손이 떨렸고, 두 뺨은 이제 창백한 대신 강한 술기운으로 온통 빨갰다.

그 정도면 데이지의 철통 같던 의심에 아주 미세하게나마 균열을 내기 시작하는 데에는 충분했다. 그녀가 믿게 만들 정도로 충분하지는 않았지만, 머릿속을 파고드는 "혹시 정말이라면?"이라는 아주 작은 벌레들을 마냥 묵살하지 못하도록 하기에는 충분했다.

매커친이 다시 냅킨을 들어 이번에는 흘러나온 눈물 한 방울을 가볍게 두드려 닦아냈다. "그런 생각은 못 했어요… 잊힌 물건들을 찾아내고 오래된 힘들에 대해 공부하는 데에는 늘 위험이 따르는 법이고, 체스터가 사라졌을 때 뭔가 틀림없이 잘못됐다는 건 알았지만, 거기까지는…" 다시 냅킨으로 톡톡. "내가 조금이라도 체스터에게 이런 일이 생길지도 모른다고 생각했다면 절대 도와주지 않았을 거예요. 절대로."

그녀는 누구도 끼어들 틈을 주지 않고 말을 이었다. "난 그 세계에 얼마 있지 않았어요, 알아요? 나는… 형편없는 학생이었고, 더 발전할 가능성도 없었지요. 커튼 뒤를 슬쩍 훔쳐보는 게 흥미로웠을 뿐이에요. 하지만 난 사람들을 알았죠. 은빛… 이런 일들을 훨씬 더 심각하게 받아들이는 단체며 교단에 소속된 사람들을요. 그 중에는 아컴보다 더 오래된 마녀회 소속이라고 주장하는 사람들도 있더군요!

내가 그 사람들 말을 믿은 적이 있나 모르겠지만, 아무래도 상관없었어요. 더 알고 싶지 않았으니까. 난 내 상태 그대로가 행복했죠. 내 지위 덕분에 체스터의 연구를 도울 수 있다는 걸 깨달은 뒤에는 더 행복했고."

그녀가 말을 멈추고 커피를 마저 마셨다. 또 한 잔을 주문하려고 손을 반쯤 들었다가 그러지 않는 편이 좋겠다고 생각했는지 다시 무릎으로 떨어뜨렸다.

"내가 그 사람들에게 도와 달라고 했어요." 그녀가 고백했다. "체스터가 사라진 지 일주일쯤 지났을 때요. 혹시 체스터가… 엮여서는 안 될 문제에 엮여서 곤경에 처한 거라면, 똑같은 옛 전승을 연구한 사람들이 뭔가 말해 줄 수 있을지도 모른다고 생각했죠. 아니면 혹시 그런 지식이 아주 조금이라도 진짜라면, *진짜로* 진짜라면, 그 사람들에게는… 체스터를 찾아낼 다른 수단이 있을지도 모른다고요. 경찰은 영영 존재조차 알 수 없을 방법들요.

그들은 처음에는 도와주겠다고 했어요. 하지만 불과 며칠 만에 약속을 어기더군요. 자신들은 개입할 수 없고 체스터는 자신들과 아무런 상관도 없다면서요. 난… 잃으면 곤란한 친구들을 잃을 만한 말까지 했지만, 누구 하나 꿈쩍 하지 않았어요. 그중 하나가 그 결정은 어떤 외지 사람이 내린 거라고 몰래 알려주더군요. 왜 아컴 오컬트 사회에 속한 사람들이 외지인의 말을 들어야 하는지 나로서는 알 수 없지만."

그 말을 들은 데이지는 어렴풋이 익숙한 이야기라고 생각했지만 정확한 이유는 떠올릴 수 없었고 지금은 거기에 관심을 쏟을 여유도 없었다. 여자의 이야기가 암시하는 바가 신경쓰였다. 아컴에 오컬트 연구자며 비밀 결사가 평균 이상으로 많다는 건 알고 있었지만 듣자 하니 매커친이 하는 것 같은 이야기를 받아들일 정도로 열렬한 믿음을 가진 자들이 참으로 많은 모양이었다… 그녀는 자신이 고향이라고 부르는 도시를 과연 얼마나 제대로 이해하고 있는 걸까 자문했다.

"내 생각에…" 눈에 고인 눈물과 술기운으로 흐릿하던 매커친의 눈이 순간 또렷해졌다. "내 생각에 그들은 두려웠던 것 같아요. 감히 거스를 수 없는 누군가에게 손을 떼라는 지시를 받았겠죠." 다시 눈이 흐릿해졌다. "편집증적으로 들리는 소리라는 건 알지만…"

과연 그럴까? 데이지는 이제 확신할 수 없었다.

하지만 이 대화가 거의 끝나간다는 *것만*은 확실했다. 여자는 — 체스터에 대한 걱정과 알코올로 혀가 풀린 덕에 — 오랫동안 품고 있었던 죄책감이자 마음의 짐을 마침내 털어놓았지만, 더 들려줄 이야기는 없었다.

그래서 데이지는 애초에 그들이 연인을 두 번 잃은 이 과부를 찾아온 이유인 가장 중요한 질문을 던졌다.

"체스터는 어떻게 돌을 손에 넣었죠?『프나코틱 단장』은요? 어떻게 *그런 일*이 가능했나요?"

"내 친구 하나가 체스터를 도울 수 있는 사람을 알았어요. 그 애가 그 남자를 체스터에게 소개해 줬어요. 나중에 내가 체스터를 찾도록 도와줄 사람들을 찾자 내게도 같은 남자를 소개해 줬고."

"그래요? 그게 누구죠?"

"제버다이어 펨브로크라는 남자예요." 매커친이 말했다.

그들은 매커친을 설득해 주소록에서 필요한 정보를 베껴 적은 다음 그녀가 고독한 식사를 계속할 수 있도록 레스토랑을 나섰다. 데이지는 도시를 가로질러 대학 인근에 있는 집으로 돌아오는 내내 택시 기사에게 목적지를 일러줄 때 외에는 침묵을 지켰다. 위층으로 올라가 자리를 잡고 엘리엇에게 — 여전히 체스터에 관해 밝혀진 유쾌하지 않은 사실들은 빼놓고 — 자신들이 알아낸 핵심 사항들을 들려줄 때도 빌리에게 설명을 맡겼다.

데이지가 마침내 결단을 내리고 자신의 결정을 알린 것은 그로부터 30분쯤 뒤, 다들 지치기는 했지만 새로 알아낸 사실 때문에 워낙 흥분한 나머지 쉽사리 잠자리에는 들지 못하던 시점이었다.

"죄송하지만 잘 못 들었는데," 소파 절반을 차지하고 드러누운 엘리엇이 믿지 못하겠다는 듯 가냘픈 목소리로 말했다. "어떻게 했으면 좋겠다고요?"

그 전까지 엘리엇은 반쯤 졸고 있었고, 아이다는 책장에서 꺼내 온 추리 소설에 얼굴을 파묻고 있었으며, 빌리는 커피 테이블 위에서 자신을 상대로 도미노 게임을 하는 중이었다.

이제 엘리엇은 잠이 완전히 달아났고, 다른 둘 역시 데이지에게 완전히 집중했다.

"그러니까," 데이지가 테이블로 다가가 손가방에 손을 넣으며 되풀이했다. "다들 내일 아침에는 나가달라고요."

여전히 말할 의지가 있는 사람은 엘리엇뿐인 듯했다. "이해가 안 되는데요, 우린 ― "

"넌 이제 충분히 나았어, 엘리엇. 나간다고 해가 되진 않겠지. 네겐 네 방이 있고, 빌리와 아이다도 쉽게 하숙집을 구할 수 있을 거예요." 그녀는 세 사람이 헤네시 집에서 가지고 온 트렁크 가방을 가리켰다. "저건 가져가도 되고, 아니면 빌리가 고향에 돌아갈 준비가 될 때까지 내가 맡아 줄 수도 있어요. 그리고 물론 다들 앞으로도 엘리엇을 통해서 도서관을 이용할 수 있어요. 거기에 뭐든 필요한 자료가 있다면 내가 찾는 걸 도와줄게요."

"그럼 어째서…?"

데이지가 접힌 종이 한 장을 조심스럽게 테이블에 놓고 맞은편으로 밀었다. 빌리가 펴 보니 솔턴 앤드 린달에서 알아낸 주소가 적혀 있었다.

"난 여기까지예요." 그녀가 말했다. "이번 일이랑은 끝이에요. 정말 미안하지만 그래야만 해요. 난 이미 나뿐 아니라 다른 사람들의 안녕까지 위협할 수 있는 일들을 감수해 왔어요. 내가 유물 밀매업자와 거래하는 모습을 남에게 보여서는 *절대로* 안 돼요. 조금이라도, 누구에게도요. 우리가 펨브로크와 거래 중이라는 소문만 나도 학계 전체와 역사학계에서 미스캐토닉 대학이 지닌 명성과 입지에 치명적인 피해를 입을 거예요.

내가 되도록 다른 조사 방향을 제안했던 이유도 그 때문이었어요. 아직 다른 조사 방향이라는 게 남아 있었을 때는요. 하지만 이젠 다른 방향은 없고, 내겐… 내겐 선택의 여지가 없군요."

진실이었지만, *완전한* 진실은 아니었다. 이 일에서 빠지려는 것이 주된 이유이기는 했지만, 유일한 이유는 아니었다.

세 사람이 직접 보고 겪은 것에 관해 들려준 이야기는 터무니없었다. 자신에게 말해 주지 않은 내용까지 캐물을 필요도 없이 이미 들은 내용만 해도 완전히 정신 나간 소리였다. 그렇지만…

그렇지만 과거 그녀로 하여금 고서들을 훑어본 이후 불을 끄지 못하게 했던 마음속의 아주 작은 한 부분은 의문을 품기 시작했다. 내심 빌리와 엘리엇을 헨리 제임스의 소설에 나오는 가정교사처럼 여기던 차였다. 정신이 불안정해서 자신이 유령들을 보았다고 상상했던 여자. 그러나 물론, 여자가 옳을지도 몰랐다. 그들이 옳을지도 몰랐다.[9]

9　헨리 제임스의 고딕 공포 소설 『나사의 회전』은 주인공인 여자 가정교사가 겪는 유령 목격담이 사실인지 아닌지 여러 가지 해석이 가능하도록 애매하게 제시하는 서술

다른 사람들을 따라서 본격적으로 이 길에 올랐다가는 틀림없이 공포와 공상의 나래로 빠져들 텐데, 그건 다른 건 몰라도 사서이자 미스캐토닉 대학 특별 장서고의 관리인으로서 냉정함을 유지해야 할 데이지로서는 용납할 수 없는 일이었다.

그러니 마음을 굳게 먹는 수밖에 없었다.

엘리엇이 울상을 짓자 그녀는 강아지를 집에서 내쫓는 사람이 된 기분이었다. 죄책감이 벌레처럼 꿈틀거리며 뱃속을 갉아먹고 나오려 했다. 정말이지 이러고 싶지는 않았고, 앞으로도 도서관에서 조사가 필요하다고 하면 도울 작정이었지만, 그 이상은 자신이 맡은 책임들 때문에 선택의 여지가 없었다.

엘리엇은 데이지의 눈앞에서 이 문제를 찬찬히 생각해 보더니 표정을 풀었다. "이해해요." 결국 그가 말했다.

"아니, 아직 완전히 이해한 건 아냐. 내 얘기가 안 끝났거든. 나는 지금 일어나고 있는 일을 전부 알지는 못하고, 내가 알게 된 것들을 얼마나 믿는지도 잘 모르겠어요." 실제 심정에는 한참 못 미치는 표현이었지만, 그래도 마침내 말했다! "하지만 체스터는 여전히 실종 상태고, 우리에게는 내가 추적할 수는 없지만 그렇다고 무시할 수도 없는 확실한 단서가 있죠. 난 여러분 중에서 어느 한 사람도 — 혹은 나와 함께 일하는 어느 한 사람도 — 경찰과 문제가 생기거나 대학에 해를 입히지 않기를 바라요. 하지만 그렇다고 아직 체스터를 구하거나 다른 사람들이 입을 피해를 막

방식이 특징이다.

을 가능성이 남아 있는데 무한정 모르는 척하고만 있을 수도 없고요."

"체스터를 구할 가능성은 아예 없 ──"

데이지가 손을 들어 반론하려는 엘리엇을 제지했다. "오는 주말까지 체스터를 찾거나, 아니면 적어도 내가 이 문제를 계속해서 여러분 손에 맡겨 둬야 할 다른 이유를 ── 내가 믿을 수 있는 이유를 ── 가지고 와요. 그때까지 못 한다면 나로서는 누가 ── 혹은 무엇이 ── 피해를 입든 상관없이 펨브로크와 체스터의 관계에 대해 아는 바를 경찰에 말할 수밖에 없어요."

침묵이 내려앉았다. 아무도 이 최후통첩이나 그것이 가져올 반향을 반기지 않았다. 마음에 들지 않기는 데이지도 마찬가지였지만, 앞에 놓인 것이 여러 가지 나쁜 선택지뿐인 상황에서는 그나마 가장 올바른, 그게 아니면 적어도 가장 덜 잘못된 선택지를 골라야만 했다. 그녀의 양심이 명령하는 대로 따라야 했다. 최근 들어 아슬아슬하게 선을 넘을 뻔한 경우가 지나치게 잦았다.

그러나 다음날이 찾아와 손님들 ── 동료들, 그동안 친구였을지도 모를 사람들 ── 이 떠나고, 수수께끼나 조사에 관한 생각은 모두 뒤로한 채 오른 도서관의 업무로 돌아가려고 애쓰는 와중에도, 데이지는 여전히 여유 시간이 날 때마다 자신이 옳은 일을 한 것일까 자문했다.

21장

다음날 아침 수선을 피우고 난 — 빌리는 다시 마의 하숙집에 방을 얻었고, 아이다도 엘리엇에게 받은 돈 몇 달러를 써서 똑같이 했다 — 삼인조는 기진맥진했다. 아컴이 낯선 두 사람은 지난 이틀 간 별로 잠을 자지 못했고, 휴식 말고는 거의 아무것도 하지 않았던 엘리엇도 좀 더 쉬며 기운을 회복하고 싶은 생각이 간절했다. 데이지가 내린 결정이 머리로는 이해가 되어도 여전히 마음에 들지는 않았고, 느닷없이 거처를 바꾸는 일도 어렵지는 않았지만 지금 이 상황에서는 번거롭기만 했다.

그런 이유로 그들은 특히 데이지가 정한 마감의 무게 때문에 시간을 낭비하기가 마뜩잖았음에도 남은 낮과 그날 밤까지를 회복에 할애하기로 했다.

데이지의 집에서 나온 둘째 날, 그들은 정오를 앞두고 마 매디슨의 식당에 모여 이른 점심을 먹었다. 다들 전보다 상태가 더 건강해 보였는데, 추가로 쉬어서 그런 것만은 아니었고 몸을 제대로 씻고 새 옷으로 갈아입을 기회가 있었던 덕분이기도 했다.

식사는 침울하게 가라앉은 분위기 속에 이루어졌다. 계획을 세우는 과정은 오래 걸리지 않았고 소득도 많지 않았다. 셋 중 어느 누구도 펨브로크나 펨브로크의 조직 혹은 활동에 대해 아는 게 많지 않았기 때문에 무슨 정보든 귀에 들어오는 대로 따라가 보는 수밖에 달리 방법이 없을 듯했다. 더불어 누구 하나 최근에 벌어진 사건들이나 이전에 짐작했던 바를 되짚고 싶은 마음도 없었기 때문에, 서로 딱히 할 이야기가 없었다.

두어 시간 후, 점심 식사를 마치고 마찬가지로 말없이 택시를 타고 온 그들은 상업 지구 거리에서 차가운 보슬비와 축축한 바람에 맞서고 있었다.

동네가 버려졌다고 말한다면 지나친 과장일 테고, 아이다나 빌리라면 전혀 이상한 점을 눈치 채지 못할 법도 했다. 하지만 엘리엇이 보기에는 확실히 거리에 사람들이 줄어 있었다. 평일 오후치고는 인도에 행인이 많지 않았고 차도에도 자동차가 간헐적으로만 오갔다.

약하지만 꾸준히 내리던 빗줄기가 잠시 그친 사이 길게 뻗은 교차로 쪽을 틈틈이 힐끔거리니 그 이유를 짐작할 수 있었다. 저 멀리 바리케이드와 경찰차들이 상업 지구와 그 너머에 있는 허름한 창고 및 거주 구역을 구분하는 경계선을 이루었다. 아컴 당국에서는 지금도 독감 유행이 퍼지지 않도록 발병을 국지화하려 애쓰는 중이었다. 라디오와 신문에 따르면 당국은 지금까지는 성공을 거두었고 상업 지구에는 아무런 위험도 없다며 생색을 내고 있었다. 하지만 엘리엇은 위험을 무릅쓰지 않고 쇼핑을 미루거나 다른 곳에서 볼일을 보기로 한 사람들의 심정에 충분히 공감할 수 있었다.

그러나 매커친이 제공한 주소가 이곳이었기에 그들은 여기에 와야만 했다.

엘리엇과 일행들 앞의 평범한 브라운스톤 건물은 아컴의 식민지 시대 건축물이나 유럽풍을 표방한 건축물 대다수보다 더 최근 양식이기는 했지만 새것과는 거리가 멀었다. 덧창과 문틀에서 페인트가 벗겨지기 시작하고 있었다.

그는 그 광경에 자신도 모르게 얼굴을 찌푸렸다. "딱히 장물아비 겸 밀수꾼 소굴처럼 보이지는 않지 않아요?"

아이다가 코웃음을 쳤고, 빌리는 한쪽 눈썹을 치켜세웠다.

엘리엇이 얼굴을 붉혔다. "하긴, 그렇네요. 바보 같은 소리였네요. 몇 호예요?"

"2C." 쪽지를 가지고 오는 대신 주소를 암기한 빌리가 말했다.

정문은 더 작은 문이 무수히 늘어선 어둑한 복도로 이어졌다. 어느 하나 열려 있지도, 누가 활동하는 낌새가 보이지도 않았고, 하다못해 반투명 유리창을 통해 빛이 비치지도 않았다. 대다수는 어떤 사업에 종사하는 곳이라는 이름조차 없이 호수만 표기되어 있었다. 그보다는 정보를 제공하는 얼마 안 되는 집들에는 "벨링턴 앤드 윈저"랄지 "니더마이어 사"처럼 도움 안 되는 이름이 달려 있었다.

"경기가 좋진 않나 본데." 아이다가 말했다.

발밑에서 신음하는 널찍한 계단을 올라가자 위층에도 거의 똑같이 생긴 복도가 나왔다.

빌리가 가리켰다. "저기 있군. 2C."

호수에 이름까지 적힌 몇 안 되는 문 중 하나였지만, 이름 ── 웨스트 사이드 대여 및 보관 관리 유한회사 ── 이 긁혀 지워지고 닳은 탓에 읽으려면 옆에 바짝 붙어야 했다.

엘리엇이 어깨를 으쓱하고, 문을 두드리고, 열었다.

그는 한때 자신이 이런 행위에 전전긍긍했던 시절이 있었음을 떠올리지 않을 수 없었다. 지난 한 주를 겪고 난 이제는 감정에 거의 아무런 동요도 없었다.

안에는 한쪽 벽을 따라 늘어선 의자 몇 개와 녹이 슨 정수기 하나, 그리고 책상 하나가 있었다. 책상 뒤로는 또 다른 방으로 통하는 문과, 이 방을 차지한 유일한 사람이 있었다.

여자는 얼굴이 가무잡잡해서 밝은 빨간색 립스틱이 그만큼 더 돋보였다. 맵시 있는 선홍색 베레모와 군청색 바지 정장 차림은 ── 몇 살쯤 더 나이가 들었다는 것만 제외하면 ── 금요일 밤에 마실 나온 미스캐토닉 대학 상급생들 사이에 끼더라도 전혀 어색하지 않을 듯했다.

여자는 설령 잠재 고객들을 보고 반가웠다 하더라도 겉으로는 조금도 내색하지 않았다.

"무슨 볼 일이 있으신가요?" 여자가 정중하지만 살짝 차갑게 물었다.

"어, 네." 엘리엇이 대답했다. "제버다이어 펨브로크를 만나러 왔습니다."

젊은 학생은 순진할지는 몰라도 어리석지는 않았다. 무작정 들어와서 밀매업자의 이름을 대며 만나고 싶다고 해서 될 일이 아니라는 것쯤은 입을 열기도 전부터 알고 있었다. 그렇지만 범죄자를 대하는 적절한 예의범절이 무엇인지는 조금도 짐작이 가질 않았고, 그걸 알아내려고 노력할 만한 인내심도 없었다.

여자는 한 차례 눈을 날카롭게 깜빡인 것 말고는 엘리엇의 말에 놀란 기색을 보이지 않았다. "죄송하지만 오늘은 도와드릴 수 있는 분이 아무도 안 계시네요. 이름과 주소 혹은 전화번호를 남기고 싶으시면 — "

빌리는 엘리엇보다도 인내심이 부족했다. "게임할 시간 없습니다. 저 안에 있습니까?" 그가 여자 뒤에 있는 문으로 두 걸음 다가갔다.

책상 뒤에 숨어 있는 무언가가 철컥 하는 금속성을 내더니 여자가 마침내 일어섰고…

여자의 손에 들린 M1921 톰슨 기관단총이 총열 밑에 무지막지한 종양처럼 생긴 묵직한 드럼 탄창을 단 채 총구를 떡 벌리고 있었다.

"안에 안 계시고 당신들도 못 들어가요."

아이다가 몸을 낮추어 웅크리며 콜트를 뽑아 들었다. 상대 여자가 휙 돌며 그쪽을 겨냥했다. 총열이 아이다 쪽으로 향하며 자신을 지나가자 엘리엇의 몸에 있는 모든 근육이 움츠러들었다…

그리고 빌리도 권총을 뽑아 들었다. 엘리엇은 소리를 지르는 한편 그 권총이 체스터와 대면했던 그 끔찍한 순간에 자신이 갖고 있던 리볼버임을 알아보았다. 빌리가 그걸 가지고 돌아왔다는 사실은 물론 주웠다는 사실조차 모르고 있었다.

"워, *워!* 다들 좀… 잠깐만요!" 엘리엇은 두 손을 계속 들고 있었다. "진정해요!"

그런 다음, "저기, 아가씨… 어, 성함이." 여자가 자신의 이름을 말해 주지 않자 그가 말을 이었다. "우린 여길 털러 온 것도 아니고 펨브로크 씨를 해치러 온 것도 아니에요. 아가씨를 해치러 온 것도 아니고."

"그야 어림도 없지."

"음. 하지만 우리랑 얘기는 해 보는 게 좋을걸요."

"그 이유는?"

"사람 목숨이 걸렸으니까요. 뭔가 끔찍한 일이 일어나고 있을지도 모르니까요. 그것도 어쩌면 이곳 아컴에서요. 그리고 모두가 총을 쏘기 시작하면 아가씨가 바랄 수 있는 최상의 결과라고 해 봐야 무지하게 고생스러운 청소를 하는 걸 테니까요."

여자가 마침내 희미한 미소를 보였다. "쉽게 겁을 먹지 않는구나?"

"농담해요? 겁나 죽겠다고요. 하지만 지난 며칠 간 우리가 본 걸 보고 나면…" 그는 어쩔 수 없이 몸을 떨고 말았다. "들어도 안 믿겠지만요."

"내가 뭘 믿는지 안다면 놀랄지도 몰라, 라즐로 군."

이런데도 한동안 놀랄 일은 없으리라 생각했다니. "어떻게…?"

"여기 라즐로 군의 친구처럼 몸집 큰 에스키모가 아컴에 오더니 갑자기 사람들이 이 가게 저 가게를 돌아다니면서 우리가… 옮긴 물건에 대해 묻고 다닌다? 당연히 내가 사람을 시켜 미행하게 했지. 적어도 아컴을 떠날 때까지는."

"이누이트다." 빌리가 정정했다. 그러더니 불쑥, "그럼 호텔 밖에 있던 남자가 날 감시하고 있었던 게 맞았군!"

엘리엇은 빌리에게 대체 무슨 소리를 하는 거냐고 물으려 했지만 여자가 끼어들 틈을 주지 않았다.

"그래, 그쪽한테 들킨 걸 좋아하진 않았지. 나도 마찬가지였고." 여자가 잠시 말을 끊고 생각에 잠겼다. "자, 상황은 이래. 당신들이 여기에 펨브로크 씨를 찾으러 왔다는 사실 자체가 이미 내 의문 몇 가지에 답을 해 줬지만, 훨씬 많은 의문이 새로 생기기도 했어. 그러니 좋아, 얘기를 해 보자고. 일단 거기 딱총들부터 넘기고."

아이다와 빌리 둘 다 망설였지만 엘리엇이 채근했다. "우린 답이 필요해요. 이 아가씨에게…"

이번에는 여자도 기꺼이 이름을 밝혔다. "벤틀리. 앨리스 벤틀리."

"벤틀리 양에게 우리가 원하는 답이 있을지도 모르잖아요. 게다가 데이지는 우리가 어디 있는지 아니까 우리 소식을 기다리고 있을 거라고요." 마지막 말은 친구들뿐만 아니라 벤틀리를 향한 것이기도 했는데, 또 다시 살짝 웃는 모습으로 보아 그녀도 그 사실을 잘 아는 모양이었다.

물론 그녀는 데이지가 앞으로 며칠 간은 세 사람의 소식을 기대하지 않으리라는 사실은 몰랐고, 엘리엇도 알려 줄 이유는 없었다.

아이다는 툴툴거리고 빌리는 무겁게 침묵하면서 권총을 넘겼다. 벤틀리가 권총을 서랍에 넣고 토미를 도로 책상 밑에 걸었다. "이런다고 내가 비무장일 거라고 생각하진 말고." 그녀가 경고했다.

엘리엇과 아이다가 고개를 끄덕였다. 자기 차례가 되자 빌리는 — 엘리엇이 알기로 여전히 코트 밑에 파나를 지니고 있는 — 그저 미소만 지었다.

벤틀리가 뒤에 있는 문을 열고 세 사람을 다음 방으로 안내했다. 방의 크기와 또 다른 문들로 미루어 보아 이 층의 상당 부분이 실제로는 펨브로크의 사업에 쓰이는 게 틀림없었다. 다른 사무실들은 위장에 불과했다.

탁 트인 벽 대부분을 뒤덮은 책장에는 희귀 고서와 현대적인 장부들이 꽂혀 있었다. 여러 가지 오래된 조각상, 조그마한 보석, 청동 무기 등 아마도 펨브로크의 마음에 든 모양인 여러 문화권의 작은 유물들이 여기저기 놓여 있었다.

다시 한 번, 엘리엇은 이런 것들에 매혹될 기력이 남아 있었던 더 단순했던 옛 시절이 그리웠다. 미스캐토닉 박물관 직원들이 이곳을 보았더라면 몽땅 뇌졸중으로 쓰러졌으리라 상상하며 살짝 즐거워하지 않을 수는 없었지만.

안내자가 세 사람을 한 책장 앞에 놓인 탁자로 데려가 의자를 권했다. 엘리엇과 아이다는 앉았지만 빌리는 팔짱을 끼고 노려보았다.

"다른 사람들에게서 훔친 보물과 신성한 물건들을 취급한다는 사실에 조금이라도 가책을 느끼기는 하는—"

"아니. 난 아무것도 훔친 적 없고, 누구든 출처에 대한 확실한 증거를 가지고 와서 소유권을 증명할 수만 있다면 만족스러운 거래 조건을 제시할 의향이 있어." 벤틀리는 그 말과 함께 두 사람과 마찬가지로 탁자를 두고 앉았다.

결국에는 빌리도 낮게 으르렁거리며 똑같이 했다.

엘리엇이 먼저 운을 떼기로 했다. "우리한테 얘기해도 사장이 싫어하지 않겠어요?"

"모르지. 혹시라도 찾게 되면 물어보려고."

일행들은 깜짝 놀랐다. 엘리엇은 아니었다. 그런 대답을 의식적으로 예상했던 건 아니지만 충격은 없었다.

"'내가'라고 했죠." 엘리엇이 지적했다. "*내가* 사람들을 시켜 미행하게 했다고."

벤틀리가 고개를 끄덕였다. "펨브로크 씨는 두어 주 전에 사라졌어. 그 전부터 행동이 이상하더라고. 정신이 다른 데 팔린 것처럼."

엘리엇은 순간 눈을 질끈 감았다. 펨브로크를 곱게 여기지는 않았지만 상대가 누가 됐든 자신이 아는 그런 상황에 처하기를 기원할 마음은 없었다. 설상가상으로, 그렇다면 사람을 미치게 만드는 구절을 퍼뜨린 근원이 실종된 밀수업자일 가능성도 있었다.

"두어 주 전이라고요." 체스터가 사라지고 오래 지나지 않아서
였다. 연관된 일일 가능성이 농후하지 않은가?

"내가 낌새를 챘을 때…" 이번에는 벤틀리 쪽이 머뭇거릴 차례
였다. "라즐로 군의 이름은 알아냈는데. 친구들 이름은 못 알아냈
어."

"시왁 씨와 글릭 양이에요."

"그렇구나. 시왁 씨가 아컴에서 *우야라아니*를 찾는 중이고 나
머지는 보스의 새 고객에 대해 물어보고 다닌다는 사실을 알고
나니 그쪽에서 보스에게 무슨 짓을 했을지도 모르겠다 싶더라고.
그래서 모두를 미행하게 한 거야. 하지만 여기 와서 보스를 찾는
걸 보니 그 가능성은 제외해도 되겠다 싶네."

새 고객. "체스터 말이군요." 엘리엇이 나직이 말했다.

여자는 직업적인 — 그리고 틀림없이 습관적인 — 조심성이
작동했는지 순간 머뭇거렸지만, 고개를 끄덕였다. "체스터 헤네
시. 맞아."

마침내. *마침내* 모든 조각이 맞아 떨어질지도 몰랐다. 엘리엇
은 체스터의 이름을 입에 올릴 때마다 온몸을 관통하는 고통 대
신 그 점에 집중하려 애썼다.

"그래서 우릴 돕는 거군요. 펨브로크를 찾으려고."

"아직은 그쪽이랑 얘기만 하는 거야. '돕는' 부분에 대해서는
동의한 바 없어. 하지만 맞아, 부분적으로는 그런 이유에서지."

"그럼 다른 부분은?"

여자는 대답하는 대신 이렇게 말했다. "넌 헤네시의 친한 친구

라고 알고 있는데."

"전… 그래요. 맞아요."

벤틀리가 못마땅하다는 듯 얼굴을 찌푸렸다. "네 친구는 이런 일에는 재주가 없어, 라즐로 군. 공부에는 빠삭한지 몰라도 바보 천치라고. 걔가 더 현명했더라면 이런 일은 생기지 않았을지도…" 그녀가 말꼬리를 흐리며 탁자를 바라보았다. 엘리엇이 이곳에 온 이래 처음 보는 자신 없는 모습이었다.

몇 분 대화를 나누어 보니 엘리엇과 일행들이 이미 추론했던 내용들이 사실로 밝혀졌다. 빅토리아 매커친의 상류사회 친구 하나가 체스터를 펨브로크에게 소개해 주었고, 체스터가 펨브로크를 고용해서 *우야라아니*와 『프나코틱 단장』의 일부를 무엇이든 손닿는 대로 구해 달라고 했다. 버지니아 대학교에서 일어난 악명 높은 절도 행각 덕분에 돌을 구하는 것은 상대적으로 간단했다. 하지만 『단장』은 훨씬 까다로웠고, 결국 획득할 수 있었던 것은 순전히 체스터가 이 일에 아낌없이 투자한 돈의 액수 덕분이었다.

엘리엇이 마침내 체스터의 집착을 이해했다 싶을 때마다, 그 집착이 생각했던 것 이상으로 더 강렬했다는 사실을 자꾸만 확인하게 되었다.

"그게 실수였지." 앨리스가 말했다. "그만한 돈을 그렇게 마구잡이로 뿌리면 되나. 펨브로크 씨는 적어도 내가 아는 한 대놓고 고객에게 사기를 친 적은 한 번도 없었지만, 이게 큰 건이라는 건 바로 알아봤지. 부잣집 도련님의 변덕 같은 것보다 한참 더 크고

훨씬 더 값나가는 일이라는 걸 말야.

보스의 목표가 뭐였는지는 나도 몰라. 그냥 헤네시에게서 돈을 더 뜯어내려는 속셈이었는지, 아니면 전모를 알아내면 꼬맹이의 발견에 관한 정보를 팔 수 있을 거라고 생각했는지. 일단 헤네시가 하는 짓을 전부 조사하고 그 애를 꼬드겨 더 자세한 내용을 알아내는 것부터 시작했지. 돌을 보관하고 연구를 할 수 있게 방도 빌려줬어. 펨브로크 씨에게는 여인숙이며 창고 같은 부동산이 여럿 있거든."

엘리엇의 머릿속에서 또 한 조각이 맞아떨어졌다. 바로 그곳이 체스터가 삼촌 집에 몸을 의탁하기 전까지 *우야라아니*를 보관했던 — 그리고 실종된 뒤 숨어 지냈던 — 곳임에 틀림없었다.

"<u>보스</u>는 기회가 있을 때마다 헤네시의 기록을 훔쳐보며 *우야라아니*에 대해 연구했어. 심지어 다른 관련 유물을 검토하려고 미스캐토닉 박물관에도 몰래 들어가기까지 했지."

엘리엇으로서는 믿기 힘든 말이었다. "잠깐만요. 체스터는 이 일에 몇 달, 어쩌면 몇 년을 투자한 언어학도라고요. 물론 당신 사장도 똑똑한 사람이겠지만 아무리 그래도 —"

분위기를 누그러뜨렸던 보람도 없이 앞서 보았던 앨리스의 딱딱하고 차가운 표정이 다시 돌아왔다. "우리가 여기서 뭘 한다고 생각하지, 라즐로 군? 우리가 무슨 길모퉁이 전당포처럼 그럴듯한 물건을 쓸어 담은 다음 바가지 씌워 팔아 넘기는 줄 알아?"

"어…"

"제버다이어 펨브로크는 본인이 다루는 물건들에 대해 너희 교수들 대부분보다 더 잘 알고, 날 가르쳤어… 본인이 아는 *전부*는 아니더라도 자신이 자리를 비운 동안 내가 아무 문제없이 사업을 관리하고도 남을 만큼은 가르쳐 줬지. 보스는 역사와 오컬트의 전문가야. 그러니 혼자 힘으로 자세한 번역이나 음역을 하는 것까지는 역부족이더라도 헤네시의 연구를 따라가는 정도야 하고도 남았다고."

"전… 물론 그렇겠죠. 죄송해요."

"그래." 앨리스가 다시 고개를 숙였다. "사실, 네 생각이 맞았으면 좋겠어. 그런 걸 할 줄 몰랐더라면 좋았을 텐데. 보스가 헤네시보다 먼저 발견을 해내려고 했던 건지, 자기가 알아낸 걸 팔려고 했던 건지, 아니면… 다른 속셈이 있었던 건지는 모르겠어. 하지만 헤네시가 사라지고 얼마 안 돼서 그도 사라졌지.

이제 그쪽 차례야. 무슨 일이 일어나고 있다는 건데? 내가 안 믿을 거라는 소리는 말고."

그들이 이야기했다. 더 정확히는 엘리엇과 빌리가 이야기했다. 아이다는 자신의 집과 부락에 일어났던 일을 되새기고 싶지 않았는지 다시 자기만의 생각에 빠져 있었다. 말 한마디 얹지 않는 것은 물론 한마디도 듣지 않는 듯했다.

이야기가 끝나자 앨리스는 공포에 질린 눈으로 세 사람을 빤히 쳐다보았다. 하지만 엘리엇으로서는 놀랍게도 불신 어린 눈길은 아니었다.

"맙소사. 제버다이어와 나도 그간 저주 때문에 수호 부적 같은 것에 의지해야 했던 적이 몇 번 있기는 했지만, 이런 이야기는 한 번도 들어본 적 없어. 적어도 그 정도까지는…"

"그 정도까지는?" 빌리가 되풀이했다.

앨리스가 잠시 머뭇거리다 자리에서 일어나 방을 나갔다. 그녀는 낡고 곰팡내 나는 가죽 장정 고서 몇 권을 쌓아 들고 돌아왔다. 데이지 워커가 이 자리에 있었더라면 개인이, 그것도 범죄자가 그 책들을 몰래 소장 중이라는 사실에 필경 기겁했으리라.

하지만 앨리스는 그중 어느 한 권을 펴는 대신 두 책 사이에 끼워져 있던 반듯한 글씨가 적힌 쪽지 한 장을 뽑았다. "어떤… 언어가 있어. 여기 있는 책 여러 권에 언급된 언어지. 그중에서도 다른 문장보다 더 자주 등장하는 한 문장이 있어. 그걸 문장이라고 부른다면 말이지만."

앨리스가 소리 내어 목청을 가다듬자 엘리엇은 좀 요란을 떤다고 생각했다. 그녀가 문장을 읽기 전까지는. 그제야 그는 그것이 불가능한 발음을 서투르게 입에 올릴 수밖에 없는 상황에 앞서 마음의 준비를 하는 것이었음을 깨달았다.

"판글루이 므글루나파 크툴루 르리예 우가나글 파타근."[10]

추악한 불협화음이었다. 으르렁거리는 가래 낀 듯한 소리가 귀를 긁어댔고, 필시 목도 긁어댔을 터였다. 엘리엇은 움찔했고, 친구들도 비슷하게 반응했음을 확인했다.

"대체 그게 뭐예요?" 엘리엇이 물었다.

앨리스가 얼굴을 찌푸렸다. "그럼 그쪽에서 말하는 연도는 이

---

10 H. P. 러브크래프트의 단편 「크툴루의 부름」에 등장한 주문.

런 소리가 아냐?"

"아녜요! 그건…" 엘리엇은 적절한 표현을 찾느라 애를 먹었다. 그 구절에 대해 너무 열심히 생각하지 않으면서 설명을 하려니 더더욱 어려웠다. "연도도 방금 그 말처럼 이질적이기는 하지만 그 정도로 비인간적이지는 않아요. 모순처럼 들리겠지만요."

"허. 그게 좋은 건지 나쁜 건지 모르겠네." 앨리스가 종이를 한쪽으로 치워 놓고 책 위에 손을 얹었다. "펨브로크 씨랑 일하면서 이런 책들을 많이 읽었고, 지난 몇 주 동안은 그 중 몇 권을 더 자세하게 연구했어."

"가벼운 읽을거리가 필요했던 모양이로군?" 빌리가 중얼거렸다.

"난 바보가 아니야, 시왁 씨. 보스는 사라지기 전에 내게 혜네시의 이상한 행동에 대해 말했고, 본인이 사라지기 전에 똑같은 행동을 보였지. 세 사람이 내 사무실에 나타나기 한참 전부터 뭔가 부자연스러운 일이 일어나고 있다는 건 알았다고. 난 그게 뭔지 직접 알아보려고 했지만 별로 알아내진 못했지.

그리고 여기 있는 책들에 자주 등장하지만 정체를 알 수 없는 대목은 내가 방금 읽은 그 언어가 유일했어. 그게 당신들이 이야기하는 그 언어가 아니라면, 유감스럽지만 이것들은…" 그녀가 책 더미를 가볍게 쳤다. "…전혀 도움이 안 되겠네."

"『프나코틱 단장』을 확인해 봐야 해." 빌리가 제안했다. 그러고는, 여러 사람이 깜짝 놀랐다는 눈치를 보이자, "왜? 난 이런 문헌들에 대해서는 모르지만, 체스터가 *우야라아니*를 음역할 때 그 책을 참고했다고 하지 않았나?"

"유감스럽게도," 앨리스가 말했다. "『프나코틱 사본』의 영문 축약본보다 더 오래된 판본에는 내 손이 미치질 않아. 펨브로크도 자기 연줄을 총동원하고서야 겨우 혜네시에게 판 『단장』을 찾아냈다고."

엘리엇이 초조하게 손목을 긁었다. "하지만 우린 팔 의향이 있는 사람이 필요한 게 아닌데요. 거기 적힌 내용에 대해 더 알 수 있도록 도와줄 사람이면 돼요. 그럼 얘기가 좀 다를까요?"

"있잖아, 어쩌면 그럴지도 모르겠네." 앨리스가 다시 자리에서 일어섰다. "내게 펨브로크 씨의 고객 명단이 있어. 그중에는 보지 않고는 믿지 못할 개인 장서고를 갖춘 사람들도 있지. 내가 전화 좀 해 볼게." 그녀가 억지웃음을 지었다. "자리가 편했으면 좋겠네. 좀 시간이 걸릴 테니까."

"좀"은 네 시간으로 늘어났고, 계속 늘어나고 있었다. 앨리스 벤틀리가 옆방에서 전화를 마치고 다시 다른 사람들과 합류하기까지 한 시간이 걸렸고, 나머지는 그녀가 오는 중이라고 장담한 도움을 기다리는 시간이었다. 삼인조는 앨리스가 불러 낸 "도움"이 아무 소용도 없어서 시간 낭비만 하는 꼴이 될 가능성에 대해 잠깐 논의했다. 하지만 결국 달리 이렇다 할 선택의 여지가 없었다.

엘리엇은 의자에 앉아 고개를 푹 숙이고 — 그가 알았더라면 수치스럽게 여겼겠지만 — 옷깃에 살짝 침을 흘리면서 낮잠을 잤다. 아이다는 방에 있는 책 중에서 유물과 관계가 없는 최근에

나온 책, 다름 아닌 매사추세츠 지역 원주민들의 국가에 관한 논
문에 몰두하려 노력했다. 하지만 얼마 전부터는 그녀도 독서는
잊어버린 채 눈도 거의 깜빡이지 않고 그저 앉아만 있었다. 엘리
엇처럼 깊이 잠든 거나 마찬가지였다.

마지막으로 빌리는 소용돌이치는 생각들 속에서 아직도 분이
다 가시지 않은 채로 앨리스와 단둘이 적대적인 침묵을 유지했다.

결국 그는 침묵을 깨기로 마음먹었지만, 친구들을 깨우지 않기
위해 목소리를 낮추었다.

"진실을 말할 생각이 있기는 한가?"

앨리스는 빌리가 옆에 있다는 사실 자체를 잊어버리고 있었다
는 얼굴이었다. "뭐라고?"

"진실. 우리를 돕는 이유에 대한."

"펨브로크 씨를 —"

빌리가 코웃음 쳤다. "펨브로크 씨는 헤네시에게 감염됐든 어
리석게도 직접 *우야라아니*를 읽어서든 미쳤을 게 거의 확실해.
그나마도 살아있기나 하면 그렇다는 거고. 만약 미친 자들과 마
주쳤거나 그 애를 따라서 애 삼촌 집까지 갔다면 살아 있지 못할
가능성이 매우 크지. 어느 쪽이든 그가 어떻게 됐는지 우리가 알
아낸다는 보장은 없고, 혹시 직접 마주치기라도 하면 아마 어쩔
수 없이 죽여야 할 거다. 똑똑하니까 그 정도는 다 알고 있을 텐
데."

"그렇다고 내가 희망을 잃었다는 얘기는 아니지." 앨리스가 뻗
댔다.

"자기 입으로 그것만이 동기는 아니라고 말하지 않았나. 엘리엇은 잊어버렸을지 몰라도 난 안 잊었다."

"글쎄, 또 모르지. 내가 아컴에 비정상적인 광기를 일으키는 역병이 도는 꼴을 보고 싶지 않은 걸지도?" 그녀도 낮은 목소리로 말하기는 했지만 점점 화가 치밀어 오르는 기색이 역력했다.

"그렇군. 선량한 마음씨 때문이다?"

앨리스가 이 사이로 소리를 냈다. "그쪽이 날 나쁘게 생각한다고 해서 ― "

"그럴 만도 하지!"

" ― 실제로 그런 건 아냐. 난 다칠 필요가 없는 사람들이 다치는 모습을 보고 싶은 생각은 없어."

"암, 자신에게 *보이지* 않는 방식으로 다치게 하는 걸로 족하다 이거로군!"

앨리스는 주먹을 불끈 쥐고 일어나 문으로 갔지만, 걸쇠에 손을 뻗는 대신 돌아섰다. "난 당신들이 말한 것보다 훨씬 덜 심각한 저주들이 남긴 여파를 봤고, 그런 걸 다시 보고 싶지는 않아. 마음대로 생각해. 내가 그저 내 몸과 내 사업을 건사하려고 이런다고 생각하는 게 마음이 편하면 그렇게 하라고."

빌리가 미소를 짓는다기보다는 이를 드러내는 것에 가까운 표정을 지었다. "자기 사업이라 이거군? 펨브로크가 아주 가 버렸기를 바라시나?"

"지옥에나 가, 시왁."

"왜들 그래요?" 대화 소리에 반쯤 잠에서 깬 엘리엇이 입 안 가득 솜뭉치를 문 것처럼 말했다.

"문화 교류 중이야." 앨리스가 빈정거렸다. "네 에스키모 친구랑."

"이누이트." 엘리엇과 빌리가 한목소리로 정정했다.

앨리스가 이를 드러내며 도로 의자에 앉았다.

엘리엇이 긴장을 감지할 정도로 정신이 들었는지 화제를 돌렸다. "우리가 누구를 기다리는 건지 말해 줄 수 있어요?"

"펨브로크 씨의 가장 중요한 고객 중 하나야." 앨리스는 처음에는 뚱했지만 금세 평정을 되찾았다. "내가 만나본 가장 안목 높은 수집가 중 하나이자 오컬트계에서 꽤 알려진 사람이지. 마침 지금 아컴에 있어서 운이 좋았어."

"오? 여기 사람이 아니에요?"

"아냐. 루이지애나. 내가 알기로는 뉴올리언스 외곽에 있는 작은 마을 출신이야."

엘리엇은 이제 완전히 잠에서 깨어 자세를 바로 했고, 빌리는 이맛살을 찌푸렸다.

"짚이는 데가 있는 거야?" 앨리스가 물었다.

"데이지가 얘기했던 고객일까요?" 엘리엇이 머릿속에 떠오른 의문을 입 밖에 냈다.

빌리가 고개를 끄덕였다. "그리고 매커친도 자기 오컬트 친구들이 외지에서 온 누군가에게 손 떼란 소리를 들었다고 했지…"

"어이구야." 아컴의 악명 높은 안개보다도 눅진하게 늘어지는 남부식 억양이 문 열리는 소리 너머로 들려왔다. "왜 이리 귀가

간지럽나 했더니만."

　모두가 쳐다보았지만 그중에서도 앨리스가 가장 놀란 기색이
었다. 빌리는 누군가가 안쪽 방은 물론이고 바깥 사무실에만 들
어와도 신호가 오도록 그녀가 안배해 둔 안전장치가 어떤 것이었
을지 궁금해졌다.

　문간에 선 남자의 생김새는 목소리와 전혀 어울리지 않았다.
사실, 빌리는 목소리의 주인공이 그 남자가 아니라는 사실을 즉
각 깨달았다. 첫 번째 남자는 운전기사 제복과 모자를 입었고, 시
선을 바닥으로 향하고 있어 얼굴이 잘 보이지 않았다. 그는 문을
열고 다른 사람이 들어올 수 있도록 비켜선 뒤 바깥 사무실로 돌
아갔다.

　앞서 들었던 목소리의 주인공은 첫 번째 남자의 고용주로 짐작
되는 이 두 번째 남자였다.

　"안녕하시오, 여러분. 하이럼 라파예트-모지스 인사드리리다."

22장

엘리엇은 상대를 빤히 쳐다보는 자신의 태도가 무례하게 비칠 수 있음을 알았다. 그래도 어쩔 수 없었고, 보아하니 일행들도 똑같은 내적 갈등에 시달리는 모양이었다. 이 남자에게는 어딘가 관심을 요구하는 데가 있었다.

라파예트-모지스는 키가 크고 말랐지만 여위지는 않은 나이든 남자로, 아마도 아주 건강한 60세 정도일 듯했다. 검은색과 흰색이 섞인 염소수염과 달리 머리카락은 은색이었다. 웬만한 사람들이 가진 옷 전부보다 더 값이 나가는 암회색 정장 차림에 지팡이를 짚었는데, 걸음걸이가 굳건한 것을 보니 아마도 멋을 부리기 위한 용도였다.

엘리엇이 보기에는 모든 면에서 남부의 유서 깊은 가문 출신 신사를 그림으로 그린 듯한 모습이었다.

"벤틀리 양이 내가 이 자리에 도움이 될지도 모르겠다고 하더구려." 그가 탁자로 다가오며 말을 이었다. "내 기꺼이 도우리다.

친애하는 제버다이어에게 무슨 일이 생겼는데 내가 있는 힘껏 돕
지 않는다면 참으로 미안한 노릇 아니겠소."

엘리엇의 시선이 자석에 끌리듯 지팡이로 향했다. 지팡이의 둥
근 머리 부분은 검은 유리, 어쩌면 흑요석으로 만들었는데, 내부
에 흰색과 은색 반점이 무수했다. 꼭 밤하늘을 작게 한 조각 떼어
낸 것만 같았다.

그리고 그 머리를 감싸 쥔 손가락은… 길고, 가늘고, 날렵했다.
피아니스트, 아니면 외과의사의 손가락이었다.

아니면 마법사나.

손톱은 완벽하고 깔끔하게 관리해 거울처럼 보일 정도였다.
단, 라파예트-모지스의 왼손 약지만은 예외로, 그쪽은 손톱 자체
가 없었다. 손톱이 빠진 것처럼 보이지도 않았다. 손톱이 있어야
할 자리에 흔적 하나 없이 손가락 피부가 마냥 반듯하게 쭉 이어
졌다.

새로 들어온 남자는 탁자에 의자 하나가 부족한 것을 보더니
손가락을 튀겼다. 그와 거의 동시에 운전기사가 무엇이 필요할
지 이미 알고 있었던 것처럼 바깥 사무실에서 의자를 들고 나타
났다. 그는 의자를 탁자와 문 중간에 놓은 다음 다시 밖으로 나
갔다. 라파예트-모지스가 자리에 앉으며 두 손을 지팡이 위에
포갰다.

"말씀해 보시오, 여러분, 뭐가 필요한지."

종전과 마찬가지로 엘리엇이 간간이 빌리의 도움을 받아가며
이야기를 들려주었다. 전부 다. 그럴 생각은 아니었고, 좀 더 사적

이거나 불편한 사항들은 얼버무리고 대부분의 사람들이 얼토당토않는 소리라고 깎아내리겠다 싶은 부분들은 생략할 작정이었지만, 어째서인지 전부 다 나오고 말았다. 심지어 체스터에 대한 자신의 감정을 상세히 밝히지 않는 데에만도 의식적인 노력이 필요했는데, 그건 웬만한 상황에서라면 남에게 말할까 말까 *고민조차* 하지 않았을 화제였다.

엘리엇은 이야기를 마치고 나서야 희미한 메스꺼움을 느끼며 자신이 정확히 *왜* 그토록 솔직하게 말했을까 의아해했다.

타지에서 온 기이한 연장자는 이야기가 끝날 때까지 한마디도 하지 않았다. 그리고 마침내 그가 꺼낸 말은 엘리엇이 들으리라고는 전혀 예상하지 못했던 내용이었다.

"라즐로 군은 정신에 대해 공부하는가?"

"저는… 저, 뭐라고 하셨죠?" *이자가 내 말을 듣기나 한 걸까?*

"인간 정신 말이네. 공부하는 분야가?"

엘리엇이 얼떨떨하게 고개를 끄덕였다. "네, 심리학도 맞습니다."

"그럴 것 같았지!" 라파예트-모지스가 킬킬거리려다 만 듯한 미소와 함께 몸을 뒤로 젖혔다. "내 보니까 알겠더군. 말하는 투나 생각하는 방식이나." 이 대목에서 그는 느닷없이 다시 진지해지더니, "머릿속에 되풀이되는 구절과 자네가 꾸는 꿈에 대해서 생각하는 바를 들으니."

그가 지팡이에 얹은 손가락을 천천히 날갯짓하는 나비처럼 한꺼번에 풀었다.

"『이본의 서』에 있는 보호 주문을 숙달한 건 잘했네. 쉬운 일이 아니지. 감탄했다네. 어디 그럼, 신앙도 갖고 있는가?"

엘리엇은 어질어질해지기 시작했다.

그리고 빌리는 짜증이 난 모양이었다. "라파예트-모지스 씨, 시간이 촉박해서 ─ "

노인이 침착하기 그지없던 사냥꾼마저 움찔할 만큼 총알보다 빠르게 고개를 돌렸고, 명랑하고 매력적이던 태도도 그만큼 빠르게 사라졌다. "차례를 기다리시오, 시왁 선생."

그는 다시 희미한 미소를 띠고 엘리엇을 돌아보았다. 친구 대신 모욕감을 느낀 대학생은 대답을 거부하고 더는 장단을 맞춰주지 않기로 마음먹었다. 하지만 결심을 완전히 굳히기 전에 먼저 대답이 나오고 말았다.

"그러니까, 부모님은 저를 선한 기독교인으로 키우셨고, 저도 믿음은 있다고 생각합니다. 하지만 신앙이 제 삶에서 그다지 많은 부분을 차지하지는 않습니다."

"그래, 그런 것 같더군. 요새는 많은 사람들이 신앙을 대수롭지 않게 여기지. 하지만 다른 사람들에게는… 오, 다른 사람들에게는… 여기 라즐로 군의 친구처럼 말이야." 그가 이전에 드러냈던 적의는 온데간데없이 빌리 쪽으로 손짓했다. "이누이트는 믿음이 *맹렬하지 않소?*"

"나라면 우리가 믿는다고 하지는 않겠습니다." 사냥꾼이 조심스럽게 대답했다. "우리는 *압니다.* 어떤 존재가 이 세상을 우리와 나누어 쓰며 다른 세상에는 어떤 존재가 사는지 알고 두려워하지요."

"오, 하지만 실은 모르는 거라오. 안다고 생각할 뿐. 그래도 두려워하는 건 옳은 일이오."

라파예트-모지스가 지팡이를 무릎에 걸쳐 놓으며 몸을 의자에 기댔다.

"어떤 이들은 아직도 선생네 정령들보다 더 오래된 신들을 기억한다오." 그가 빌리에게 말했다. "아니면 그쪽의 하늘에 계신 여호와나." 이어서 엘리엇, 아이다, 앨리스를 향해 하는 말이었다. "이곳 매사추세츠에도, 아컴에도 그런 이들이 제법 있다오. 여러분은 그걸 '마녀 숭배'라고 부르거나 벽지 무지렁이들이 믿는 원시적인 미신이라고 여기지. 내 생각에도 일부는 그럴 거요. 하지만 일부만 그렇지."

그가 지팡이에 달린 흑요석 머리 부분으로 탁자 너머의 앨리스를 가리켰다. "아가씨는 알 텐데. 펨브로크 선생이 뭘 팔았고 누구에게 팔았는지 관심 있게 보아 왔다면 말이오. 아가씨가 읽었다고 주장하는 문헌들을 절반만이라도 읽었다면 말이오. 그러셨소, 벤틀리 양?"

앨리스는 한 차례 깊이 숨을 들이쉬더니 — 엘리엇은 그녀가 주저하는 것처럼 보인다고 생각했다 — 앞서 가지고 왔던 고서 더미에 다시 한 번 손을 얹었다. "확실히 이중 몇 권은 사교 집단을 언급하더군요. 대다수는 오래 전에 사라졌지만 제가 알게 된 바에 따르면 일부 집단은 오늘날까지도 살아남아 있을지 모른다고요. 기독교나 이슬람교나 혹은 그 외 어떤 다른 이교 신앙에서 갈라져 나온 단순한 종교 분파는 아니에요. 그들이 숭상하는 건… 뭐라고 해야 할지. 그에 비하면 사탄이나 사탄의 숙주들에 대한 어떤 관념도 빛이 바랠 만큼 끔찍한 것들이죠."

엘리엇은 계절에 어울리지 않는 바깥 날씨가 닫힌 문 사이로 스며든 것처럼 한기를 느꼈다. 앨리스가 한 말은 그 자체로는 딱히 무시무시하지 않았다. 그도 인류가 그동안 수많은 기이하고 심지어 끔찍하기까지 한 믿음들을 지어내 왔다는 건 알았다. 하지만 오늘 이렇게 그동안 자신이 경험했던 모든 일들과, 점점 더 불편해지는 하이럼 라파예트-모지스 씨의 존재에 비추어 보니, 그런 생각이 훨씬 더 그럴듯하게 느껴졌다.

더 현실적으로.

"그것들이란 무어요, 벤틀리 양?" 노인이 쉽사리 만족하지 않는 교수와 열광적인 심문관 중간쯤 어딘가에 해당하는 태도로 캐물었다. "누구를 모신다는 소리일꼬?"

그녀는 답할 마음이 전혀 없다는 자세를 취하고 있었지만, 엘리엇이 그랬던 것처럼 어쩔 수 없이 대답이 나오는 모양이었다. "그들은… 여러 가지 형태를 지니고 있는 듯해요. 칭호도 무척 많고요. 우리 세계나 우리 우주, 심지어 '바깥'에서도 한참 떨어진 곳에 유폐되어 있지만 늘 문지방에 도사린 채 적절한 부름만 있으면 넘어오려 들죠.

그중 일부에 대해서는 모호한 묘사밖에 찾지 못했어요. 이 책들 어딘가에 그들의 이름이 있겠지만 전문 번역은 손에 넣질 못해서. 숲의 검은 염소. 기어다니는 혼돈. 꿈꾸는 사제.[11]" 앨리스는 그 이름들을 입에 올리는 것만으로도 혀가 바싹 마르는지 침을 삼켰다. "하지만 이런 게 당신들에게 어떤 식으로든 의미가 있는지, 헤네시가 찾아낸 것이 이런 사교와 관련이 있는지는 알지 못…"

"그만!" 엘리엇은 자신이 일어났던 것을 기억하지 못했고, 이제 일어나고 보니 자신이 왜 그렇게 격한 반응을 보였는지도 알 수 없었다. 단지 그 모든 것이… 위험하게 느껴졌을 뿐이었다.

노인이 눈썹을 치켜세웠다. "뭘 그만하라는 말인가, 라즐로군? 그저 대화를 나누며 기본적인 사실들을 정리하고 있을 뿐이거늘. 애초에 내 도움을 청한 건 여러분 아닌가."

엘리엇이 천천히 자리에 앉았다. 그 옆에서 앨리스는 쌓여 있는 책 중 한 권의 책등 가죽에 새겨진 제목을 손톱으로 초조하게 따라 긁었다.

"그래서 이 사교들에 대해서 묻는 거예요?" 아이다가 물었다. 그녀가 오랫동안 침묵을 지킨 탓에 또 다시 그녀의 존재를 잊고 있던 엘리엇은 펄쩍 뛰었다. *슬픔을 극복하는 게 내가 생각했던 것보다 더 힘든 모양이지.* "연도가 그 중 하나랑 관련이 있다고 보는 거?"

"불가능한 일은 아니오. 고내의 존재들을 숭배하던 이들 가운데는 자신들이 알게 된 비밀이나 자신들이 목격한 공포로 인해 정신이 나간 자들이 적지 않으니."

11　크툴루 신화에 등장하는 신적 존재들의 별칭으로, 순서대로 슈브-니구라스, 니알라토텝, 크툴루를 가리킨다.

좋아, 그건 좀 말이 되네, 엘리엇은 생각했다. 자신들이 본 효과와 동일하지는 않았어도 그 정도면 비슷했다.

"그럼," 라파예트-모지스가 계속했다. "함께 어떤 답을 찾아낼 수 있을지 알아봅시다."

그가 다시 손가락을 튕겼고, 하인이 다시 문간에 나타났다. 이번에는 반질반질하게 윤을 냈고 쇠로 된 걸쇠 하나 말고는 아무런 장식도 없는 작은 나무 상자 하나를 든 채였다. 하인이 조심스럽게 상자를 주인에게 건넨 뒤 방을 나가는 대신 주인의 어깨 너머에 섰다.

"『프나코틱 단장』이오." 라파예트-모지스의 목소리는 거의 황홀경에 빠진 듯했다. "물론 완전판은 아니지. 수많은 부분이 여전히 발견되지 않은 상태고, 어쩌면 오래 전에 유실됐거나 다른 자들의 손에 단 한 권밖에 남아 있지 않을지도 모르지. 그래도 내 것만큼 종합적인 컬렉션은 전 세계를 통틀어도 아예 없거나 있더라도 극소수에 불과할 거요."

그가 지팡이를 의자에 기대어 놓은 뒤 상자를 무릎 위에 반듯이 놓고 걸쇠를 보란 듯이 획 젖혔다.

낡은 양피지 냄새가 방 안에 퍼졌지만, 맨 처음 나온 것은 훨씬 더 신식 종이로 된 문서 몇 장이었다. 라파예트-모지스는 그중 한 장만 자신이 갖고 나머지는 운전기사에게 건네 들고 있게 했다.

"자, 라즐로 군, 아마 마음이 불편할 테니 미리 사과하겠네만, 내가 라즐로 군의 연도를 조금 들어 보지 않으면 안 되겠군."

"안 됩니다! 감염이 ─ "

"자자, 젊은이, 내가 그런 풋내기는 아니라네. 말했듯이 젊은이가 간단한 주문이나마 사용한 것은 잘한 일이네마는, 정말로 능숙한 사람은 무얼 할 수 있는지 내 살짝 보여 주지."

그러더니 그는 챙겨 둔 문서를 읽기 시작했다. 아니, 문서는 기억을 환기하는 차원에서 가끔씩 참조하기만 할 뿐이고 암송하는 것에 가까웠다. 라틴어였고, 의례문처럼 리듬이 실려 있었지만, 어떤 정식 교회에서도 들어 본 적 없는 말이었다. 엘리엇은 라틴어를 겉핥기 수준으로만 배운 터였다. 체스터라면 틀림없이 그 의미를 전부 알았을 테지만 엘리엇으로서는 여기저기 단어 하나 정도씩을 알아듣는 게 고작이었다.

하지만 뜻을 이해하지는 못해도 효과는 감지했다. 마치 무언가에 감싸인 듯… 구속당하는 느낌이 아니라 담요에 감싸인 것처럼 포근한 기분이었다. 머리 깊숙한 곳에서 끊임없이 울리는 지긋지긋한 메아리가 처음 노출되었던 이래로 가장 조용해졌다.

끝까지 다 읽은 라파예트-모지스가 다시 영어로 말했다. "이제 이 방의 모두가 보호받고 있소." 그가 선언했다. "오랫동안은 아니지만 단언하는데 라즐로 군이 내가 듣고 싶어 하는 것을 들려줘도 괜찮을 정도는 된다오."

그래도 불안했던 엘리엇은 친구들을 바라보았다. 아이다는 별로 신경 쓰지 않는다는 듯 어깨를 한 차례 으쓱했고, 빌리는 천천히 고개를 끄덕였다. 한 차례 깊고 고르게 숨을 들이쉬며, 엘리엇이 입을 열었다.

"이스슬라아츠 쓰쿨크리스, 이스슬라아츠 체오샤슈… 어…"

참으로 이상했다. 나머지 구절도 다른 보호 수단 하에 수없이 들었던 터였다. 하지만 지금 의식적으로 되새기려고 보니 그를 진짜로 감염시켰던 맨 첫 구절밖에 떠오르지 않았다. 구절들이 의도했던 대로 뿌리를 내리지 못하자 완전히 빠져나가 버린 것만 같았다.

"브느… 브노슈? 아니, 그게 아닌데…"

노인이 신경 쓰지 말라는 듯 손을 내저었다. "걱정할 것 없네, 라즐로 군. 그만하면 됐으니."

"그 정도로요?" 앨리스가 다들 생각하고 있었던 질문을 미심쩍다는 듯 입에 올렸다.

"물론이오." 노인은 눈동자의 초점을 흐린 채 기억 속의 전승을 되짚었다. "그 언어는… 마지막 선인류 가운데 한 종족이 사용했던 언어로군."

앨리스는 입을 딱 벌렸지만 다른 사람들은 어리둥절하기만 했다.

"인류 이전에 지구를 걸어 다녔던 사람," 라파예트-모지스가 설명했다. "혹은 사람 비슷한 존재요. 특히 이 종족은… 엄밀히 말하면 파충류는 아니지만 우리보다는 파충류에 더 가까웠지. 그중 극소수는 우리의 시조들과 동시대에 살았을 정도로 오랫동안 살아남아 여러 가지를 가르쳐 주었다오. 비밀. 문헌. 마법. 그렇다면 적어도 어디서부터 찾아보아야 할지는 알겠군." 그가 다시 한 번 손가락으로 상자를 가리켰다.

망연자실한 침묵이 서늘한 바람처럼 방안에 퍼졌다. 엘리엇은 불신 어린 표정을 하나라도 발견할 수 있기를, 그래서 자신도 그 의심에 의지할 수 있기를 애타게 바라는 듯이 다른 사람들을 차례로 확인했다.

아무도 없었다. 앨리스와 빌리는 엘리엇을 마주 쳐다보았고, 아이다는 아무것도 보고 있지 않았다. 다들 그 기이한 이야기를 한마디도 빠짐없이 믿었다. 그도 마찬가지였다.

그는 자신이 믿지 않으면 좋았겠다고 생각했다.

"혹시, 음, 탁자가 필요하실까요?" 앨리스가 물었다. 목소리에 주저함이 담겨 있었는데, 엘리엇도 그 조심스러움에는 동감이었다. 그는 이 기이한 방문객이 지금보다 더 가까이 다가오지 않았으면 했다.

하지만 라파예트-모지스는 고개를 가로젓더니 운전기사에게 손을 내밀어 다른 문서들을 돌려받았다. 그러고는 발치를 가리켰다. 하인이 망설임 없이 네 발로 엎드려 등을 곧게 폈다. 주인은 하인이 가구에 불과하다는 듯 상자를 그 위에 올려놓고 내용물을 뒤적이기 시작했다.

엘리엇은 솟구치는 구역질을 억눌렀다.

오컬트 연구자가 카드 한 벌처럼 두텁게 쌓인 누런 양피지를 하나씩 훑고 치우며 분류했다. 낡고 바스락거리는 물건을 다루는 손놀림이 민첩하면서도 신중함이 역력했다.

"옳지, 여기 있구려. 그 언어로 된 의식과 기도는 대부분 수호와 금제용으로, 인류와 선인류가 양자를 위협하는 세력으로부터 자신들을 보호하고자 공유했던 것이라오. 어디, 라즐로 군이 꿈 속에서 본 것이 있다면 후보를 좁히는 데에 도움이 될 듯하오 만?"

그리하여 엘리엇은 다시 한 번 이 불편한 이방인에게 가슴에만 담아두고 싶었던 내밀한 내용들을 털어놓기 시작했다. 얼음. 비명들. 광기로 이루어진 저 끔찍하고 터무니없는 팔들, 그리고 부분적으로 붕괴되었던 엘리엇 자신의 몸.

상대는 엘리엇이 하는 이야기마다 고개를 끄덕이더니 이어서 빌리에게 *우야라아니*의 역사와 거기 얽힌 신화에 대해 더 묻고는 마찬가지로 대답을 귀담아들었다. 그러다 자기 앞에 놓인 단편적인 기록들을 마지막으로 한바탕 추려낸 끝에…

"옳지. 여기 있군. 힘, 괴이, 정령, 신. 일부는 이 세상의 것이 아닌 물질로 이루어진 존재요, 일부는 *관념*으로 이루어진 존재. 생각으로 이루어졌단 말이오. 그것은 이미 자연과 성난 영혼들에 씐 사람들이 느끼는 두려움 속에서 깨어났고, 저 위의 폭풍을 담은 구름과 내면의 악몽을 담은 구름을 뚫고 지평선에서 지평선까지 욕심 많은 덩굴손을 내 뻗었다오.

사람들은 그것을 악취 나는 생각이라고 불렀소. 육신을 짜는 자. 천 겹의 꿈. 하지만 『프나코틱 단장』조차 그것의 이름을 알려주지는…"

"초카스라." 엘리엇은 말할 생각이 없었지만 말이 그냥 튀어나오고 말았다. 하지만 일단 내뱉고 나니 연도를 통해서나 살아있는 사람의 입을 통해서는 한 번도 들은 적 없고 오로지 끔찍한 꿈에서 깨어나던 순간에만 자신을 찾아온 말임에도 그것이 정답임을 알 수 있었다. "그것의 이름은 초카스라예요."

엘리엇이 그걸 어떻게 아는지 궁금한 사람이 있었더라도 묻지는 않기로 한 모양이었다. 다들 엘리엇처럼 새로 알게 된 사실을 의심하지 않고 받아들이는 단계에 이르렀는지도.

"그렇군. 그럼 초카스라라고 하지."

"이 지독한 토오르나크가 *우야라아니* 속에 갇혀 있었던 겁니까?" 빌리가 캐물었다. 그는 자신이 찾던 해답을 갈구하듯 상체를 의자 앞으로 쭉 내밀고 있었다. "아니면 리네고르 비문 속에? 이 고대의 '선인류'가 쓰던 마법은 그것을 속박하기 위한 것이었습니까?"

오컬트 연구자가 다시 양피지로 흘끗 시선을 던지더니 너덜너덜 구멍이 뚫려 해당 내용이 통째로 사라진 곳들을 찌푸린 얼굴로 바라보았다.

"속박하기 위해서, 그렇소이다." 결국 그가 대답했다. "하지만 엄밀히 말하면 돌 속에는 아니오. 오, 어쩌면 그게 그들의 의도였는지도 모르겠소만, 고대인들은 초카스라의 성질을 이해하지 못했다오. 명심하시오, 일부는 물질이고 일부는 생각이라는 걸.

그 옛 존재는 당신네들의 *우야라아니* 안에 속박되지 않았소, 시왁 선생. 그는 주문에 *의해* 속박됐던 게 아니라 주문 *자체*에 속박되어 있었지. 돌에 새긴 글자들 속에. 상징들 속에. 소리들 속에."

엘리엇은 숨이 막혔고, 이내 정신없이 기침이 터져 나오기 시작해 몇 분 후 얼굴이 시뻘겋게 변하고 눈에서 눈물이 줄줄 흐르는 지경에 이르러서야 그쳤다. 머릿속에 든 말이… 초카스라 자체의 조각이자 씨앗이라니! 욕지기가 났고, 유린당한 기분마저 들었으며, 벽에 머리를 쾅쾅 박아 안에 침범한 것을 몰아내고 싶은 절박한 충동을 억눌러야만 했다.

그는 호흡을 회복하고 앨리스가 물 한 잔을 가져다준 다음에야 힘없이 고개를 끄덕여 라파예트-모지스에게 이야기를 계속해 달라고 청했다.

"여기 실린 내용 일부는 저 위대한 돌을 지키기로 했던 자들이 여러분도 직접 보았던 광기에, 그리고 광기보다 더한 것에 희생당했을 때 깨달은 것이라오. 나머지는 위대한 현자와 마법사들이 추측한 것이고.

돌에 새겨진 말을 읽은 자들은 그 말에 집착하고, 그 말을 되풀이하고, 그 반복이 다른 사람들을 오염시켰소. 그들이 영영 이해할 수 없을 무언가의 정수가 그들의 생각을, 꿈 자체를 서서히 대체했지. 만일 발원자가 충분히 오랫동안 살아남아 충분히 감염되면, 그는… 몸도 정신처럼 타락하는 변화를 겪게 된다오. 그리고 만일 충분히 많은 이들이 오염되고, 그중 하나라도 연도 *전체*를 머릿속에 담게 된다면…"

"초카스라가," 엘리엇이 속절없이 속삭였다. "다시 태어나는군요."

"유감이지만 바로 그렇네. 처음에는 연도에 빠져 흡수당하고 다시 만들어진 광인의 형상을 따라 빚어진 물리적인 신체 안에서만 존재하지. 하지만 결국에는 시간이 주어지고, 지성이 주어지고, 육신이 주어지면… *완전한* 각성이 일어난다네. 완전한 변신이. 그리하면 옛 존재가 자신의 자연을 거스르는 광영 속에 다시 지구를 걷겠지.”

엘리엇은 머리를 무릎 사이에 묻고 구토하지 않으려 애썼다. 간만에 이야기에 완전히 몰두해 있던 아이다가 몸을 숙여 한 손을 엘리엇의 어깨에 얹었다.

“어떻게…” 앨리스는 적절한 말을 찾으려 애썼다. “일부 수호자들이 타락했다고 하셨죠. 그들은 어떻게 이런 일을 멈출 수 있었죠? 어떻게… 그걸 억눌렀죠?” 그녀는 그 이름을 발음하고 싶지 않은 듯했다.

“벤틀리 양, 내가 제대로 이해한 게 맞다면, 연도가 발원자로부터 퍼지는 범위에는 한계가 있다오. A는 B를 감염시킬 수 있고, B는 C를 감염시킬 수 있고… 하지만 일단, 글쎄, E나 F나 그쯤에 이르면 더 지속될 수 없지. 말이 힘을 잃는 거요.”

젊은 학생이 몸을 바로 세우며 빌리와 아이다에게 의미심장한 눈길을 던졌다. 적어도 아이다의 오빠나 일부 다른 사람들이 왜 해를 끼치지 못했는지는 설명이 되었다.

하지만 라파예트-모지스의 말은 끝나지 않았다. “여기 실린 내용에 따르면 발원자나 돌에 적힌 글귀에 의해 감염된 사람은 누구든 끝장이오. 허나 그 외 나머지 사람들은 다른 오염된 자들로부터 충분히 오랫동안 격리할 수만 있다면 — 몇 달, 아니면 더 오래 — 회복할지도 모른다오. 힘을 보충하거나 퍼뜨릴 기회가 없으면 영향력이 저절로 사라질지도 모른다는 얘기요."

"무, 뭐라고요?" 그 순간 세상의 다른 모든 것들이 엘리엇에게서 멀어졌다. 단 하나의 생각을 제외한 모든 것이. *끝이 있을지도 몰라!* 언젠가는 그도 다시 자기 자신으로 돌아갈 수 있을지 몰랐다.

"여기 그렇게 적혀 있다네. 거짓말은 않겠네, 라즐로 군. 확률은 희박한 게 사실이야. 회복이 된다 해도 확률은 오 분의 일, 육 분의 일이나 될까. 하지만 가능성이 아예 없는 것보다야 나을 테지."

확실히 나았다. 희박한 가능성이지만, 희망은 희망이었다.

갑자기 누군가 탁자에서 물러나면서 자신이 앉아 있던 의자를 바닥에 쓰러뜨려 우당탕하는 소리가 났고, 이어서 귀를 찢을 듯한 비명이, 지극히 순수한 고통과 절망으로 가득한 절규가 방 안을 가득 매웠다.

아이다가 두 손으로 머리카락을 쥐고 뿌리에서 피가 나도록 몇 움큼씩 잡아 뜯으며 구석에서 몸부림쳤다. 그녀는 계속 비명을 내지르며 무릎에 멍이 들 정도로 털썩 주저앉았고, 목구멍을 찢어발기던 울부짖음이 마침내 온몸을 뒤흔드는 끊임없는 흐느낌으로 변했다.

오, 하느님 맙소사. 엘리엇은 즉시 곁으로 가서 아이다를 붙들려 했지만, 그녀가 미친 듯이 팔을 휘둘러 그를 뿌리쳤다. 곁에 서서 무력한 눈길을 보내며 동정심에 눈물 흘리는 것 말고는 달리 할 수 있는 일이 없었다.

"오, 저런." 라파예트-모지스가 앉은 채로 고개를 내저으며 한

숨을 흘렸다. "마을 사람들을 몇이나 쏘았다고 했지? 피붙이가
몇이었다고?"

빌리가 그녀 앞에 쪼그려 앉았다. "당신이 알 수는 없는 일이었
어, 아이다." 엘리엇이 직접 듣지 않았더라면 저 완고한 사냥꾼이
그토록 다정한 목소리를 냈다는 사실을 믿지 않았으리라. "그리
고 알았더라도 선택의 여지가 없었지. 당신이 그렇게 하지 않았
더라면 우린 전부 죽거나 미쳤을 테니까."

흐느낌이 그치지는 않았지만 점차 낮아졌고, 고르지 못하던 숨
소리도 안정을 찾아갔다. 이번에는 그녀도 조심스럽게 내민 엘리
엇의 손을 거절하지 않았고, 다정한 부축을 받아 탁자로 돌아왔
다. 엘리엇은 절반만 빈 자신의 물 잔을 아이다 앞에 놓았다. 그
가 할 수 있는 거라곤 그게 전부 같았다.

"그게 바로 *우야라아니*가 내 동족에게 온 이유겠군요." 잠시 소
강상태가 지나고 빌리가 말했다. "그리고 돌의 나머지 부분도 틀
림없이 비슷한 성향을 지닌 다른 이들에게 갔을 테고. 그 안에 깃
든 힘을 존중하고 경계할 줄 알지만 읽을 지식은 없는 사람들 말
입니다. 그래서 천 겹의 꿈이 다시는 나오지 않도록."

노인이 조심스럽게 문헌들을 상자 안에 담기 시작했다. "그러
하오. 그리고 효과가 있었던 모양이고. 지금까지는 말이오."

"네, 하지만 우리가 상대해야 하는 건 '지금'이죠." 앨리스가 지
적했다. "그래서 우린 어떻게 해야 하죠? 돌을 부술까요? 글귀를
긁어내요?"

"그게 현명한 생각 같지는 않구려. 효과가 있을지도 모르지만,

금제를 완전히 풀어 버릴지도 모르지. 어느 쪽인지 알 방법은 없고. 돌을 *우야라아니*와 비문으로 쪼갠 것이 무엇인지는 몰라도 균열이 행간에만 생기고 글자는 건드리지 않은 탓에 우리로서는 달리 할 수 있는 게 없소. 과거에 아무도 그 방법을 시도하지 않은 이유가 있으리라고 봐야 할 테고, 나로서는 이토록 중차대한 일을 동전 던지기에 맡기는 도박을 하고 싶지는 않구려.”

엘리엇이 소리 내어 쿡 웃었다. “네, 그랬더라면 너무 쉬웠겠죠.” 그가 아랫입술을 깨물며 잠시 말을 멈추었다. “마법?” 그가 조심스럽게 제안했다. 온갖 일을 겪고 나서도 그 단어를 소리 내어 말하자니 바보스럽게 들렸다. “제 주문이랑 빌리의 부적들은 연도를 최소한 한동안은 막아냈어요. 그리고 선생께서는 그보다 훨씬 더 강력한, 음, 주문들을 이용하실 수 있는 듯한데요.”

“오, 젊은이, 나를 너무 추켜세우는군. 물론 내가 몇 가지 강력한 의식을 이용할 수야 있네마는 초카스라를 속박하는 주문은 우리 인류가 행했던 마법들을 통틀어 가장 강력한 것 중 하나인지라. 오늘날 전 세계에서 나만큼 옛 비밀들에 숙달한 사람은 많지 않은데, 젊은이가 말한 그런 일은 우리 모두의 힘을 다 합쳐도 역부족일세.”

“그렇다고 해서,” 그가 덧붙였다. “내가 라즐로 군에게 쓸 만한 주문 몇 가지를 가르쳐 주지 못한다는 얘기는 아니야. 자네가 지금까지 본 어느 주문보다도 훨씬 더 복잡하고 도움이 될 만한 주문들이 있다네. 지금 이용하고 있는 보호 수단과 자네의 친구가 지닌 부적들? 그것들은 시간은 벌 수 있어도 승산을 높이지는 못하지. 내 가르침에 따른다면 불운한 고통에서 회복할 가능성이 훨씬 커질 게야."

"저는…"그 유혹적인 제안에 엘리엇은 다시 한 번 무너져 눈물을 쏟을 뻔했다. "하지만 그걸로는 초카스라를 해결하는 데에는 도움이 되지 않겠죠."

"그래, 그렇진 않겠지. 그저 만사가 나락으로 떨어지기 전에 가능한 한 여기서 멀어지는 것이 가장 나을지도 몰라. 어떻게 생각하는가, 젊은이? 이걸 배울 머리는 갖추었던데."

엘리엇은 가슴이 미어지는 기분을 느끼면서도 이미 거절의 뜻으로 고개를 가로젓고 있었다. "제 고향을 버릴 수는 없습니다. 제 친구들도요."오컬트나, 고대의 책이나, 주문과 마법과 "고대의 존재"와는 더 엮이고 싶지도 않고 말이야. 설령 엮인다고 해도 오늘밤 당신처럼 소름 끼치도록 냉담해 보이는 인간을 믿을 생각은 조금도 없고!

"그거 안타깝군."손가락을 한 번 튀기자 라파예트-모지스의 손에 인쇄된 명함 한 장이 나타났다. 그가 상자를 들고 운전기사를 일어서게 했다. 하인은 어색한 자세를 유지하느라 몸이 뻣뻣해진 기색도 없이 명함을 받아 엘리엇에게 다가가더니 그것을 학생의 코트 주머니에 넣었다. "마음이 바뀔지도 모르는 일이니." 운전기사가 자기 곁으로 돌아오자 노인이 말했다. "다른 무언가가 먼저 자네 마음을 바꿔 놓기 전에 그러기를 바라지."

"다들 사태를 실제 이상으로 복잡하게 생각하는군." 아이다를 자리로 데려온 이후 쭉 서 있던 빌리가 의미심장하게 코트 속에 손을 넣어 눈 칼을 꺼냈다. "이 생명체는 아직 나타나지 않았다. 아직 우리가 상대하는 건 난폭한 미치광이 무리고, 전해지는 이 야기가 사실이라면 최악이라고 해 봐야 육체를 지닌 존재지. 그 리고 육체를 지닌 존재는 죽을 수 있어."

"그럴까요?" 엘리엇이 물었다. "우리도 처음에는 체스터가…" 그는 말을 끝맺지 못했다. 여전히 말하기 고통스러웠다.

"더 철저할 필요는 있겠지." *그게 쉬운 일인 것처럼 말하기는.* "하지만 라파예트-모지스 씨의 이야기를 듣지 않았나. 그… 융합 은… 타락자 가운데 적어도 한 사람이 돌에서 직접 연도 전체를 읽어 알게 될 때만 일어난다고. 그런 자만 없다면 이미 일어난 피 해를 돌이킬 수는 없더라도 연도가 퍼지는 범위를 제한하고 그보 다 훨씬 심한 일이 뒤따르는 걸 막을 수 있어. 현재 우리는 그게 헤네시 군이 아니면 펨브로크 씨를 의미한다는 걸 알지."

"그건 사람을 의도적으로 추적해 살해하겠다는 소리잖아요." 엘리엇은 서성이려다 걸음을 멈추었고, 자신이 제자리에서 온몸 을 떨고 있음을 깨달았다. "그건 정당방위가 아니라 고의적이고 냉혈한 살인이라고요!"

"그래. 맞다. 불쾌한 일이지. 네게 더 나은 생각이 있다면 기꺼 이 들을 테니 지금 말해 봐라."

엘리엇에게는 더 나은 생각이 없었고, 절박하게 주위를 둘러보 았지만 다른 사람도 마찬가지임을 알리는 음울한 표정뿐이었다.

생각만으로도 즉시 속이 메스꺼웠고, 그들이 사냥하는 상태가 체스터 — 혹은 체스터의 남은 부분 — 일지도 모른다는 사실 때문에 더더욱 그랬다. "다른 사람들은 어쩌고요?" 엘리엇이 따졌다. "우리가 싸워서 돌파해야 했던 타락자들은요? 이제 적절한 치료와 시간이 주어지면 일부는 회복할 가능성이 있다는 걸 알게 됐잖아요. 그 사람들도 살육할 정도로 무신경한 겁니까?"

"엘리엇, 내가 이중 어떤 일에도 '무신경'하지 않다는 건 너도 잘 알 거다. 하지만 그럴 일을 할 각오가 있나? 그렇지 않으면 일어날 일을 막기 위해서? 있다."

엘리엇은 이번에도 주위를 둘러보았지만 양심의 가책에 시달리면서도 단호한 표정들 속에서 이의를 발견하지 못했고, 이번에도 다른 선택지를 찾으려고 머리가 빠개지도록 간절히 생각해 보았지만 아무런 대안을 내놓지 못했다.

"어떻게요?" 그가 어깨를 늘어뜨리며 물었다. "제 보호 주문이랑 당신의 부적들로는 간당간당했잖아요."

"아하!" 라파예트-모지스가 지팡이에 기대며 일어섰고, 그제야 엘리엇은 그가 모든 문서를 말없는 기사가 들고 있는 상자 안에 도로 넣은 것은 아니라는 사실을 깨달았다. 노인의 반대쪽 손에는 『프나코틱 단장』을 헤집기에 앞서 먼저 따로 빼 놓았던 여러 가지 문서가 들려 있었다. "이보게, 라즐로 군, 내가 더 두움이 될 시도 모르겠군. 어디, 라틴어는 읽을 줄 아는가? 고대 라틴 문자로 말이야."

"유감스럽게도 제가 아는 건 단어랑 구절 몇 개뿐…"

"내 말을 제대로 이해하지 못한 모양이군, 젊은이. *이해*는 별로 중요하지 않고, *읽*을 수 있느냔 말이네? 소리 내서?"

"오." 엘리엇이 입술을 오므리며 생각해 보았다. "제가 읽은 건 대부분 현대 알파벳으로 적힌 글이었지만, 둘은 비슷하게 생기기도 했고, 잘 모르더라도 고대 문자를 웬만큼 보았으니 알아낼 수 있을 것 같습니다."

"좋아. 미리 '알아내' 두도록 하게. 중요한 순간에 망설이거나 실수를 해서는 안 되니까." 그가 문서 하나를 건넸다.

처음 몇 줄을 훑어본 엘리엇은 그것이 노인이 앞서 이 자리에 있는 모두를 낭송으로부터 보호하기 위해 사용했던 보호 주문임을 깨달았다.

"몇 분마다 한 번씩 되풀이해야 할 테고, 그럴 때 일행들이 옆에 있어야 하네." 라파예트-모지스가 경고했다. "하지만 지금까지 사용해 왔던 주문보다는 초카스라의 구절로부터 젊은이를 더 잘 보호해 줄 걸세. 젊은이의 친구들도 마찬가지고."

자신뿐 아니라 다른 사람들도 보호해야 하며, 자신이 실패했다가는 그 결과가 자신에게만 미치지 않으리라는 사실을 의식하자, 엘리엇은 속이 뒤틀리는 기분이었다. 그럼에도 고맙기는 했고, 그렇게 말하기도 했다. 이 오컬트 연구자가 이토록 열심히 도우려 드는 까닭이 여전히 궁금하기는 했지만.

타인에게 보탬이 되기 위해서? 그건 하이럼 라파예트-모지스답지 않았다. 부당한 평가일지도 모르겠지만, 그가 동정심을 모르는 사람이라는 엘리엇의 확신에는 흔들림이 없었다. 어쩌면 그저 제 한 몸 건사하기 위해 초카스라의 강림을 피하려는 건지도. 아니면 여전히 엘리엇을 제자로 삼고 싶은 마음에 그를 보호하려

는 것이거나.

뭐, *그게* 목적이라면, 앞으로 며칠 동안 무슨 일이 일어나든 상관없이 오래도록 기다려야 하리라.

동기가 무엇이 됐든, 라파예트-모지스는 아직 용건이 끝나지 않은 모양이었다. 그는 잠깐 망설이더니 첫 번째 문서와 마찬가지로 손으로 썼지만 더 먼지가 쌓이고 더 누렇게 변한 두 번째 문서를 건넸다. 그것 역시 고대 라틴 문자로 적혀 있었다.

"상황이 절박해지면 쓰게나." 학생의 말없는 의문에 그가 설명했다. "도움이 필요한데 다른 수단은 전부 실패했을 경우에. 하지만 명심하게, 라즐로 군. 정말 *절박할* 때여야 하네. 최후의 수단으로. 연도가 존재하는 상황에서 저 너머를 향해 자신을 열어젖히는 식으로 마법들을 섞게 되면 무슨 일이 일어날지 모른다네. 잘못될 수도 있지.

더구나 자네를 도우러 올 존재는 자네의 친구가 아니고, 이 마법들은 자네가 바라는 만큼 단단한 금제도 아니라네. 한 번은, 딱 한 번만은 아마 위험을 무릅써도 될 게야. 한 번이라면 아마 수백만의 바글거리는 필멸자 중 하나에 불과한 존재로 남을 수 있겠지. 하지만 그 이상 사용했다가는 *발각될* 게야. 그리고 내 장담하는데, 자네가 어떤 신을 믿든 그 신에게 맹세코, 자넨 발각되고 싶지는 않을 걸세!"

그 말을 어떻게 받아들여야 좋을지는 알 수 없었지만, 엘리엇은 뼛속까지 겁을 집어먹은 채 몹시 주저하면서 전갈 꼬리를 잡듯 두 손가락으로 주문을 받아 쥐었다.

그러자마자 라파예트-모지스가 함박웃음과 함께 고개를 연신 끄덕이면서 지팡이를 더욱 단단히 움켜쥐었다. "다른 위험도 따를지 모르지만 모든 가능성에 다 대비할 시간은 없구려. 다 같이 그저… 기도하는 수밖에. 자, 내가 제공할 수 있는 건 이게 전부인 듯하군. 여러분의 노력에 행운이 있기를 빌겠소이다. 라즐로 군, 모든 일이 마무리되고 나서도 자네와 아컴이 여전히 남아 있거든 내 제안을 재고해 주기를 바라겠네. 연락을 기다림세."

그는 깜짝 놀란 청중들이 무어라 한마디 하기도 전에 사라졌고, 운전기사가 수수한 나무 상자를 들고 뒤를 따랐다.

바깥 사무실 문이 단단한 쿵 소리와 함께 닫힐 때까지 어느 누구도 움직이지 않았고, 숨조차 쉬지 못하는 것만 같았다. 엘리엇은 친구들이 탁자 주변에서 서성이는 소리를 듣고도 자신에게 맡겨진 문서 — 주문 — 에서 눈을 뗄 수 없었다.

그리고 그제야, 미처 묻지 못했던 질문들이 한꺼번에 떠올랐다.

하이럼 라파예트-모지스는 아컴 유한계급 내의 오컬트 단체 및 마녀회와 무슨 관계가 있는가? 대체 그가 누구이기에 그들이 그의 말에 따라 — 엘리엇은 그가 말한 게 틀림없다고 확신했다 — 체스터 헤네시 수색에 관여하지 않기로 결정했는가?

그는 누구이기에 그런 명령을 내렸으며, 왜 그런 명령을 내렸는가? 앨리스에게 연락을 받고 펨브로크의 사무실에 들어와 자신들에게 이야기를 들려달라고 하기 전에는 지금 일어나는 일에 관해서 얼마나 알고 있었나?

결국 그가 노리는 것은 무엇인가?

　전부 엘리엇이 기필고 물으려 했던 질문들이었건만, 그런 질문들을 던질 기회가 있을 때마다 머릿속에서 완전히 증발해 버렸다. 수수께끼의 노인에게는 편리한 망각이었고, 앞서 라파예트-모지스가 던진 질문에 대답해야 한다는 충동을 느낀 바 있는 엘리엇으로서는 그것을 단순히 정신이 팔려 잊어버린 탓으로 돌리고 싶지 않았다.

　생각이 줄달음치고 심장이 쿵쾅거리는 가운데, 그는 다시 다른 사람들에게 주의를 돌렸다. 아직도 해야 할 일이 산더미처럼 남아 있었다.

23장

오컬트 연구자가 퇴장한 이후 방 안에 가득하던 침묵을 마침내 깨뜨린 사람은 아이다였다.

"헤네시든 펨브로크든 누가 됐든 어떻게 찾을 건데? 노인네 그 얘긴 한마디도 않더만."

다시 침묵.

"저 사람이 그 문제를 깜빡하고 넘어갔을 것 같지는 않아요." 엘리엇이 심사숙고 끝에 말했다. "그러니까 그건 자기도 도와줄 수 없었거나, 아니면 거기까지는 자기 도움이 필요하지 않다고 느꼈던 거겠죠."

앨리스가 숙녀답지 못하게 콧방귀를 뀌었다. "우리한테 도움이 필요 없다니, 금시초문인걸."

엘리엇도 그 말에는 동의할 수밖에 없었다. 전혀 떠오르는 바가 없었고, 그들이 무언가를 짜맞춰내지 못한다면 라파예트-모지스의 모든 도움도 허사로 돌아갈 터였다.

빌리가 문으로 다가가더니 마치 나무와 외벽 너머로 아컴의 거리가 내다보이는 것처럼 문을 응시했다. "고용주가 있을 만한 곳은 이미 다 찾아봤겠지, 벤틀리 양?"

앨리스는 고개를 끄덕였다가 다시 "뭐, 대부분은."이라고 정정했다.

빌리가 그녀와 일행들을 돌아보았다. "대부분?"

"내가 말했던 펨브로크 씨 부동산 있지? 창고 두 채랑 여인숙 한둘은 독감 발생 지역 안에 있거든. 내가 위험을 감수하고 확인하려고 했더라도 경찰에 걸리지 않고 저지선을 통과하기는 어려웠을 거야. 그렇지만 어차피 쓸데없는 짓이야. 펨브로크 씨가 뭘 피해 숨어 있었든 차마 거기에 머물 엄두는 내지 못했을 테니까. 자기 엄마가 18년에 스페인 독감으로 죽었으니…"

앨리스가 말꼬리를 흐렸다. 만난 지 몇 시간밖에 안 된 사이였지만, 엘리엇에게는 그녀의 머릿속에서 톱니바퀴가 돌아가는 소리가 들리다시피 했다.

"설마 그럴 리가." 그녀가 속삭였다. 그러더니 더 큰 목소리로, "하지만 이번에는 독감이 아니었다면."

엘리엇의 턱이 탁자에 닿을 만큼 떨어졌다. "설마." 그가 부정했다. "설마, 그런… 그럴 리가…"

하지만 그럴 리가 있었다. 체스터가 *우야라아니*를 숨겨 놓고 그 비밀을 연구할 수 있도록 펨브로크가 자기 소유의 여인숙 하나를 제공했다고 하지 않았던가? 체스터가 호코목의 친척에게 가기 전 상대적으로 제정신이었던 기간에는 그곳에 숨어 있었으리라 추측하지 않았던가?

당국이 상업 지구 너머의 빈민가 몇 블록에 격리한 것은 질병이 아니었다. 그들이 격리한 것은 전염성 정신질환의 유행이었다.

그들이 격리한 것은 연도였다.

진즉 그 가능성을 고려하지 않은 스스로가 바보처럼 느껴질 정도였다. 다만…

"경찰들은 어쩌고요? 경찰들은 자기네가 정말로 상대하는 게 뭔지 깨닫지 않았을까요? 아니면 아예 감염됐다거나?"

"거리를 유지하라는 주의를 받았다면 얘기가 다르지. 누구든 지나치게 가까이 다가오면 발포하라는 명령까지 받았을지도 모르고." 물론 극단적인 대응이긴 하지만, 그만큼 위험한 전염병임을 납득시킨다면 그런 명령을 거부하지는 않을 터였다. 누가 납득시킨다는 건지 엘리엇으로서는 짐작도 가지 않았지만.

"아뇨." 그가 반박했다. "아뇨, 그래도 조금만 무리 지어 몰려왔더라면 당했을 거예요. 한 명만 경찰에게 영창이 들릴 정도로 접근하면 그만인데."

아이다가 거칠게 쉰 목소리로 속삭였다. "그 사람들이 밖으로 나오고 싶어 할 때의 얘기지." 그러더니, 다른 사람들의 표정을 보고는, "내… 들은 아무도 떠나려 하질 않았어. 늘 혜네시 집에 다시 모여들었고. 어쩌면 이쪽에 있는 사람들도 아무데도 갈 생각이 없을지 모르지. 적어도 아직은 말이야."

어째서인지, 엘리엇에게는 그런 생각이 위안이 되지 않았다.

"경찰이 주의를 받았을지도 모른다고 했는데," 빌리가 앨리스에게 말했다. "누구에게서? 주의를 줄 정도로 이 사태를 알 만한 사람이 누굴까?"

"아직도 이해가 안 돼? 빅토리아 매커친과 대화도 해 봤겠다, 그 여자가 사교 집단 근처를 기웃거린 정도만으로 어떤 인간들이랑 알고 지내는지 깨달았으면서? 아컴에는 문명과 과학이라는 표면 아래에 있는 것에 대해 많은 걸 아는 부유한 권력자들이 수두룩하다고. 심지어 그 영역에 직접 발을 담가 본 자들도 있고. 그중엔 정부 관리들도 있어, 라즐로 군, 시왁 씨.

이 도시에서 뭔가 비정상적인 일이 일어나서 온 동네를 휩쓸면 그런 걸 눈치 챌 만한 지식이 있는 사람들은 눈치 채게 *돼 있어.* 그래서 뭘 어떻게 *하면* 되는지까지는 모르더라도."

엘리엇의 머리가 핑글핑글 돌았다. 방이 울렁거려 토할 지경이었다.

그러니까 아컴의 엘리트 중에서 일부는 안다는 소리였다. 자기네가 맞닥뜨린 진짜 공포, 진짜 위험에 대해서 알지는 못하더라도 이게 평범한 재난이 아니라는 정도는 알았다. "독감"은 시민과 언론을 위한 거짓말, 겉치레였다. 게다가 그들은 몰라서 그랬다고는 해도 퍼져가는 공포와 도시의 나머지 지역 사이에 경찰을 배치하기까지 했다.

그런데도, 그런 수고를 들인 보람도 없이, 결국 이 일을 막아야 할 사람은 그들 — 외국인 사냥꾼, 고아가 된 시골뜨기, 이제 막 만난 범죄자의 오른팔, 그리고 반쯤 정신이 나간 대학생 — 이었다. 일부 당국 관계자들이 뭔가 잘못됐다는 정도는 알지 몰라도,

그중에서 *진실*을 아는 사람은 아무도 없었으니까.

끔찍하고 지독하게 불공평한 일이었다. 부당했다. 엘리엇이 사태의 한가운데에 있지만 않았더라도 울음이 나올 때까지 웃어버렸으리라. 하지만 그는 한가운데에 있었다… 그리고 누군가는 뭔가를 해야만 했다. 그게 누구라도 좋으니 그가 아닌 다른 사람이었더라면 좋았겠지만, 그렇다고 모른 척하고 가 버릴 수는 없었다. 이제 와서는 아니었다.

빌리는 자신들이 처한 상황에 대해 훨씬 덜 동요하는 기색이었다. "그게 사실이라면 우리가 알아야 할 사항은 웬만큼 알게 된 셈이로군. 광기의 중심을 어디에서 찾을 수 있을지도 알게 됐고, 우리가 상대할 발원자가 둘이 아니라 하나뿐이라는 것도 알게 됐으니."

그 선언에 엘리엇이 점차 심해지던 히스테리 속에서 퍼뜩 깨어났다. "그걸 어떻게 알죠?"

"해를 입은 사람들은," 빌리가 설명했다. "해를 퍼뜨릴 수밖에 없고, 거기서 다시 해를 입은 사람들은 해를 더 멀리 퍼뜨리게 되지. 복잡미묘한 원리가 아니야. 그랬더라면 너희 당국에서 눈치채지도 못했을 테고, 우리도… 우리가 지금까지 상대해 온 것을 상대할 일도 없었겠지."

모두가 고개를 끄덕였다. 여기까지는 다들 이해했다.

"너희 경찰은 출입을 통제하는 지역은 둘이 아니라 하나다. 너희 도시에 퍼진 소문에 따르면 집단 유행도 두 차례가 아니라 한 차례 일어났지. 체스터와 펨브로크가 각각 광기를 퍼뜨리고 있다면…"

맞는 말이었다. "집단 유행이 두 번 일어났겠죠." 엘리엇이 말을 받았다.

"그거다. 유행이 한 번뿐이었으니 체스터는 아컴에 돌아오지 않았고 발원자는 펨브로크이거나… 아니면 체스터가 아컴을 떠나기 전 광증을 퍼뜨리기 시작했고, 이후 다시 돌아왔을지도 모르며, 펨브로크는 죽었거나 그냥 체스터의 무리 중 하나에 불과하다는 소리지."

"자, 그럼." 앨리스가 탁자에서 물러나 일어섰다. "이제 당신들을 그 안에 들여보낼 방법을 찾을 차례라는 소리겠네. 그리고 그런 다음 조금이라도 살아남을 가능성을 키울 방법도."

엘리엇이 마음을 돌리려 설득에 나섰지만 애석하게도 "당신들을"이라는 앨리스의 말은 진심이었다. 그녀는 물자를 제공하고 경찰 몰래 들어갈 수 있도록 도울 의향은 있었지만 함께 사자 굴에 들어가는 것에 대해서는 선을 그었다.

아쉽기는 해도 탓할 수는 없었다. 그녀도 지금 일어나고 있는 일을 믿었고, 분명 심각하게 받아들이기는 했지만, 그래도 앨리스에게 이 일은 이론의 영역에, 낯선 사람들이 들려준 이야기와 낡은 책들에서 얻어들은 옛 전승에 불과했다. 그녀는 세 사람과는 달리 그것을 경험하지 않았고, 아컴과 그 너머의 세계 어디까지 미칠지 알 수 없는 위험을 *실감하지* 못했다.

더구나 그녀는 결국 밀수꾼에 장물아비였다. 이타적인 성격의 일에 이끌리는 직업은 아니었다. 앨리스가 지금처럼 신경 써 주는 것만으로도 고마운 줄 알아야 한다는 건 엘리엇도 알고 있었다.

그보다도 내심 불편했던 점은 그들이 추적해서 죽여야 하는 상대가 자신의 고용주일지도 모른다는 걸 알면서도 앨리스가 선뜻 계획에 협조했다는 사실이었다. 하지만 엘리엇이 그 점을 지적하자 그녀는 철학적이라고 불러야 할 법한 태도로 어깨를 한 차례 으쓱할 따름이었다.

"펨브로크 씨가 당신들이 말하는 그런 존재가 됐다면 이미 가망이 없는 거잖아. 그리고 우리 둘 다 이게 세상에서 제일 안전한 사업이 아니라는 건 알았어. 괴물과 저주가 아니라도 매주 법을 어기는 데에 전혀 거리낌이 없는 고명하신 부자님들을 상대하는 일이잖아. 누굴 만나러 나갔다가 영영 돌아오지 못할 날이 오리라는 건 늘 염두에 두고 있었지. 난 여길 계속 운영할 수 있어. 아마 더 낫게 만들 수도 있을걸. 어차피 일상 업무는 대부분 내가 처리해 왔으니까. 그리고 혹시 내게 보스이자 친구를 위해 애도할 마음이 남아있다고 해도, 당신들이 보는 앞에서 그럴 일은 절대 없고."

그 이야기는 그걸로 끝이었다.

다음날까지 기다렸다 행동에 나서는 것도 잠깐 고려하기는 했지만, 생각을 떠올린 즉시 폐기했다. 이제는 데이지가 경찰에 가기로 정해 놓은 마감 기한보다도 훨씬 심각한 문제를 염려해야 했다. 천 겹의 꿈이 현현하기 전까지 남아있는 시간이 몇 주일지 며칠일지 알 방법은 없었다.

아니면 그보다 적을지도.

그런 연유로 이후 몇 시간은 계획을 세우고 준비하는 데에 힘을 쏟았다. 엘리엇은 이 과정이 놀라우리만치 힘을 북돋워 준다는 사실을 깨달았다. 아무리 생각만으로도 위험하고 진저리난다 해도, 자신이 이 모든 사태를 마무리 짓고 다른 사람들을 끔찍한 죽음—혹은 죽음보다 더 나쁜 운명—에서 구할 수 있을지도 모를 일을 마침내 *하고 있다*는 사실이 전에 없이 결의를 확고하게 다져 주었다.

그가 알고 사랑했던 체스터라면 그를 자랑스러워했으리라. 그렇게 생각하니 미소가 지어졌다.

엘리엇은 라파예트-모지스가 준 주문을 꼼꼼히 읽으면서 때가 찾아오면 제대로 발음할 수 있도록 점검했다. 아이다와 빌리는 무기를 챙긴 다음—가지고 온 권총뿐만 아니라 앨리스가 빌려준 더 강력한 화기도—천 조각을 꼬아서 간이 귀마개를 만들었다. 엘리엇의 끊임없는 영창에만 의존하고 싶은 사람은 아무도 없었다.

그들은 출입이 통제된 블록들과 펨브로크 소유의 부동산에 집중해 아컴 지도를 자세히 살폈다. 광기의 근원이 그중 힌 곳에 남아 있으리라는 보장도, 애초에 광기가 그곳에서 시작했다는 보장도 없었지만, 적어도 수색의 출발점으로 삼을 만은 했다.

그들은 앨리스가 경찰의 주의를 돌리는 가운데 저지선을 통과할 계획을 세웠다. 일단 세 사람이 안으로 들어가고 나면 앨리스는 펨브로크의 부유한 권력층 인맥을 이용해 시 정부 내의 믿음 있는 자들에게 이 위협이 생각보다 거대하다는 것과, 어떤 위험 요소들이 있다는 것과, 해를 입은 사람들은 혹시라도 회복할 수 있도록, 그리고 광기를 퍼뜨리지 않도록 완전히 격리시켜야만 한다는 것을 전하기로 했다.

물론 그녀의 말을 믿지 않을 수도 있었다. 오컬트를 직접 수행하는 연구자라고 해도 그녀가 할 이야기를 받아들이기는 쉽지 않을 터였다. 만일 그들이 조금이라도 고집을 부린다면, 정말로 행동에 나설 무렵에는 이미 너무 늦은 뒤일지도 몰랐다.

"그리고 물론," 그녀가 경고했다. "그쪽에서 내 말을 정말로 믿는다면, 그냥 경찰을 보내서 동네 전체를 불살라 없애고 움직이는 건 뭐든지 쏘게 할지도 모르지. 그러니 꾸물거리지 않는 게 좋을 거야."

마침내, 행장을 차리고, 적절하다 싶은 기도를 읊조리고, 출발할 때가 되었다.

"경관님. 경관님, 도와주세요!"

차도와 인도를 따라 배치한 차량과 목재 장벽 주변에 모인 경찰들을 향해 내달리는 벤틀리의 목소리에는 확실히 설득력이 있었다. 빌리 시왁이 그녀의 실체를 몰랐더라면 정말로 겁을 먹었다고 생각했을 법했다.

하긴, 저 여자나 사라진 고용주나 설득력 있는 거짓말쟁이들 아니던가?

빌리는 근처의 어둑한 골목에 쪼그린 채, 코트 밑에 감춘 총신

을 자른 엽총을 붙들고, 일행들의 거친 숨소리에 예민하게 반응
하면서 ─ 이 동네에선 은밀하게 있는 법을 아는 사람이 *아무도*
없는 건가? ─ 푸른 옷을 입은 경찰들이 벤틀리의 비명을 듣고
무료함에서 깨어나 소란의 원인을 조사하기 위해 움직이는 모습
을 지켜보았다.

저주에 쒼 연구생 하나와 슬픔과 죄책감에 목이 멘 여자 하나.
그 둘만큼 싸울 때 곁에 두고 싶지 않은 사람들도 없으리라. 하지
만 앞으로 닥칠 일을 기다리며 울부짖던 ─ 절대로 그 사실을 내
색하지 않았지만 ─ 빌리의 신경은 두 사람의 존재 덕분에 조금
이나마 차분해졌다.

지난 며칠을 함께하고 났더니 두 사람이 곁에 있는 것이 달가
웠다. 비록 둘 다 은밀하기가 사향 소 같다고는 해도.

"무슨 일이십니까, 아가씨?" 가장 가까이에 있던 경찰관이 작
은 조랑말 꽁무니에 붙여도 어울릴 만큼 굵직한 콧수염 너머로
물었다.

그녀는 숨을 몰아쉬느라 말을 하기 힘들어 하며 자신이 온 방
향을 가리켰다.

사실 그럴 필요도 없었다. 봉쇄 지점에서 불과 몇 발 움직였을
뿐인 경찰들의 눈에도 한 골목길이 보였다. 그곳에서, 옅은 안개
에 아주 살짝 흐트러진 가로등 불빛 아래, 세 남자가 몸싸움을 벌
이고 있었고, 그중 둘이 세 번째 남자를 떠밀었다. 억눌린 외침이
건너편까지 전해졌지만 무슨 말을 하는지는 알아들을 수 없었다.

이 거리에서는 세 싸움꾼의 얼굴 또한 분명하지 않았다. 그럼

에도 빌리는 다른 두 남자의 "피해자"가 실은 벤틀리의 명령으로 헤네시 부부가 묵는 호텔 밖에서 자신을 미행했던 자임을 알아보았다.

경찰들은 더 잘 보기 위해 나무 바리케이드에서 몇 걸음 떨어져 나오기는 했어도 서둘러 근무지를 이탈할 기미는 보이지 않았다. 어쨌든 그냥 주먹 싸움일 뿐이었으니까. 싸움이 훨씬 오랫동안 계속된다면 아마 두어 명이 가서 말리기야 하겠지만 그 외에는 굳이 —

마치 일부러 극적 효과를 극대하기 위해 계획이라도 한 것처럼 — 물론, 계획한 것이었다 — 그제야 세 번째 남자가 수적 열세에 겁을 먹었거나 분개한 듯한 모습으로 코트 안에서 리볼버를 꺼내 쏘았다.

총알은 두 사람의 머리보다 한참 위쪽으로 날아갔고, 둘은 즉시 겁을 먹고 달아났다. 그러나 총이 등장하고 총성이 울리자 경찰들의 대응이 곧바로 바뀌었다.

경찰은 용의자에게 무기를 버리고 손을 들라고 외치면서 리볼버를 뽑아 들고 교차로로 우르르 몰려갔다. 세 남자는 골목길 저편으로 사라졌고, 빌리는 그들이 작은 팬터마임을 선보인 뒤 달아날 경로를 이미 마련해 두었다는 것을 알고 있었다. 경찰이 따라잡기 전에 완전히 사라져 있으리라.

저지선이 비는 시간은 잠깐에 불과할 터였다.

빌리가 제대로 된 말이라고 할 수 없는 소리를 낮게 내뱉으며 전력 질주를 시작했다. 엘리엇과 아이다가 잘 따라오는지 돌아볼 필요는 없었다. 서투른 발소리와 특히 학생의 다급한 헐떡임만으로도 충분히 알 수 있었다.

한 골목에서 다른 골목으로, 나무 바리케이드 이쪽에서 저쪽으로. 간단했다. 어차피 경찰은 독감이 기승을 부리는 구역 안으로 몰래 들어가려는 사람을 경계하지는 않을 거 아닌가?

그렇게 간단하게, 그들은 생각하기조차 끔찍한 광기의 반경 안에 다시 들어와 있었다. 다만 이번에는 알고도, 자진해서, 더욱 깊이 들어갈 각오를 하고 들어와 있었다.

어쩌면 우리 모두 이미 완전히 정신이 나갔는지도 모르지. 빌리는 속으로 그렇게 생각했으나 그런 말을 입 밖에 낼 의향은 추호도 없었다. 처음 *우야라아니*를 손에 넣었을 때 아컴을 떠났더라면 좋았겠다는 마음도 잠시 들었지만, 자신답지 못한 생각이다 싶어 떨쳐 버렸다.

그들은 가로등 사이의 그림자를 벗어나지 않고 가능할 때마다 골목과 뒷길을 이용해 살금살금 나아갔다. 거리가 탁 트여 빈민가 외곽의 다른 교차로에 설치된 저지선에 있는 다른 경찰들의 시야에 들어오는 지점에서는 더더욱 신중을 기했다. 걸음마다 어찌나 조심했는지 길 하나를 건너는 데에 몇 분씩 걸리곤 했다.

그들은 일단 한두 블록 안쪽으로 들어가면 동네에 격리된 "병자"들처럼 보일 테니 평범하게 걸을 수 있으리라 기대했다. 하지만 이곳의 거리들은 완전히 버려져 있었다. 이따금 여기저기 창문에 불빛이 보이는 것 외에는 사람의 흔적이 보이지 않았다. 이곳에서 타락을 피한 사람이 있더라도 실내에서 문을 걸어 잠그고 있는 모양이었다. 그 점에는 빌리도 별로 놀라지 않았다. 그게 유일하게 합리적인 선택이었으니까.

하지만 다른 사람들은 어디에 있는 거지? 이미 그 몹쓸 연도에 타락한 시민들은 어디에 있는 거지? 아이다의 고향에 있던 사람들은 부락을 정처 없이 떠돌면서 독살스러운 말을 새로이 흘려넣을 다른 사람들을 찾아다니거나, 자신들을 사로잡은 비정상적인 집착의 고동치는 심장부인 헤네시 집 근처에 모여 들었다.

이곳에는 배회하는 사람들이 보이지 않았다. 이곳은 고립된 범위가 좁으므로 타락자들이 한 지점에 모여 있다면 빌리와 일행들에게 소리가 들려야만 했다.

하지만 귀에 들리는 것이라고는 라파예트-모지스의 보호 주문을 끝없이 되풀이하는 엘리엇의 중얼거림뿐이었다. 물론 빌리는 라틴어를 전혀 하지 못했지만, 젊은이가 이따금 이런저런 단어나 발음에 막혀서 머뭇거리고 더듬거린다는 건 언어와 관계없이 분명히 알 수 있었다.

"엘리엇…" 엘리엇이 한 차례 심하게 더듬거리자 빌리가 움찔하며 으르렁거렸다.

"나도 알아요. 노력하고 있다고요!" 엘리엇은 숨죽여 속삭이는 목소리조차 불안으로 갈라질 지경이었다. 이미 함께 온갖 일을 겪었으면서도 곧 무너질 듯한 목소리였다.

빌리에게는 그의 응석을 받아줄 시간도 인내심도 없었다. "우린 네게 의지하고 있다." 그는 그 말만 남기고는 일부러 다음 교차로에 다시 집중했다.

"우린 네게 의지하고 있다."

그래, 나도 빌어먹게 잘 안다고. 엘리엇은 신경을 갉아먹는 침묵이 모래알처럼 바스러질 때까지 비명을 지르고 고함을 치고 악을 쓰고 싶었다. *바로 그게 문제라는 거야!*

그에게는 무리였다. 그 자신에 대한, 자신의 목숨 또는 정신에 대한 염려. 한시도 그침 없이 웅얼거리며 머릿속에 떠오르는 모든 생각을 하나하나 휘감아 나가는 전염성 연도. 아직 제정신으로 돌아올 수 있을지도 모를 무고한 사람들을 어쩔 수 없이 죽여야 하는 상황에 처할지도 모른다는 자각. 육신을 짜는 자와, 자신들이 실패할 경우 아컴을, 더 나아가 세계를 기다리고 있을 운명에 대해 알게 된 끔찍한 지식… 어느 하나 버겁기 그지없었고, 엘리엇이 자신보다 훨씬 더 용감하다고 생각하는 사람들의 의지마저 뭉개 놓기에 충분했다.

하지만 그는 결국 바로 이 주문, 이 라틴어 영창이야말로 실패의 원인이 될 것임을 알고 있었다. 앨리스의 사무실에서 십 수번을 검토한 주문이었다. 미리 고대 라틴 문자와 현대 알파벳의 차이를 파악해 두었으므로 어떻게 읽어야 하는지도 알았다. 응당 막힘없이, 힘 하나 기울이지 않고 입에서 술술 나와야만 했다.

전에 사용했던 프랑스어 주문 같았더라면, 주문에 의지하는 사람이 그 혼자였더라면, 입에서 술술 나왔을 텐데.

지금은 자신이 빌리와 아이다도 보호하고 있다는 — 빌리의 말처럼 그들이 자신에게 의지하고 있다는 — 바로 그 사실 때문에 혀가 굳어 음절을 제대로 만들어낼 수도 없었다. 책임이 지나치게 막중했다. 두 사람을 실망시킬까 봐 두려웠던 탓에 두 사람을 실망시키고 있었다.

그에게는 무리였건만, 이미 너무 늦은 뒤에야 그 사실을 깨달은 스스로가 저주스러웠다. 돌아갈 수도 없었다. 대안이 없었다.

그는 이를 꽉 깨물고 숨을 깊이 들이쉬었다. 자신이어야만 한다면, 이 일을 해야만 하는 사람이 자신이라면, 결단코 일행들을 실망시키지는 않을 작정이었다.

엘리엇은 눈에 고인 눈물이 시야를 흐려서 문서를 가리고 계속 자신을 방해하지 않도록 눈을 힘껏 깜빡이면서 맨 위부터 다시 시작했다.

한동안은 종이에서 잠시나마 눈을 뗄 엄두조차 내지 못했다. 위험을 살피고 자신들이 발각되지 않도록 신경 쓰는 일은 빌리와 아이다에게 맡긴 채 이끌리는 대로 따라갔다. 수차례 단어에 막혀 더듬거렸지만, 그래도 *가끔*은 끝까지 실수 없이 반복을 마쳤다. 낭독에 한 번 성공할 때마다 효과가 얼마나 지속되는지 정확히 알지 못했기 때문에 — 라파예트-모지스의 말에 의하면 효과가 짧다는 것만 알 뿐이었다 — 그들이 얼마나 잘, 혹은 얼마나 꾸준하게 보호받고 있는지도 알 길이 없었다. 쌀쌀한 늦은 밤인데도 땀이 흐르는 게 느껴졌다.

마침내 고개를 들고 주변을 돌아보니, 예민한 신경 탓인지 낡고 허물어질 듯한 동네 풍경에 음울한 악의가 겹쳐 보였다. 건물들은 누구든 곁을 지나가는 불운한 이가 있으면 천천히 집어삼켜 흡수하고 소화해 버릴 심산으로 좁은 길 쪽으로 의도적으로 늘어진 것처럼 보였다. 발밑에 깔린 돌은 갈라지고 벌어진 균열 탓에 지저분한 이빨 같았고, 이따금 보이는 불 켜진 창문들은 깊지만 불안정했던 잠에서 갓 깨어난 거대한 짐승들의 이글거리고 성난 눈동자였다. 밤안개가 짙지 않았음에도 가로등이 드리운 빛의 섬은 매번 더 작고 더 멀게 보였다. 고작 몇 블록 밖의 소리도 닿지 않는 듯, 부자연스러운 침묵의 장막이 세 사람을 에워쌌다.

아니면 그게 정말 예민한 신경 탓인 걸까? 엘리엇은 열병에 걸려 꿈을 꾸듯 터덜터덜 호코목을 가로지르던 때를, *우야라아니가* 잠들어 있던 장소를, 어렴풋한 부패의 기운이 어려 있던 늪과 거의 절박할 정도로 침입자들을 몰아내려고 했던 자연 자체를 본의 아니게 떠올렸다.

그중 어디까지가 실제로 있었던 일인지는 영영 확신하지 못하겠지만, 그렇다고 그 모든 일이 전적으로 자신의 머릿속에서만 일어났다고 믿을 생각도 없었다. 그렇다면 지금 이 상황인들 누가 단정할 수 있으랴?

부리나케 일행들을 살펴보아도 아무것도 알 수 없었다. 빌리는 언제나처럼 냉철하고 단호해 보였지만, 엘리엇이 보는 것과 똑같은 세계를 보고 있었다 한들 그가 어디 얼굴에 드러내기나 했을까? 그리고 아이다는… 평소에도 정신이 다른 곳에 가 있지 않은 것처럼 보이지 않을 때가 드물었으니 이제 와서 아이다가 무슨 생각을 하는지 누가 알 수 있겠는가?

그러던 중 빌리의 표정이 *정말로* 바뀌었는데, 하지만 그것은 실제든 상상이든 주변 환경에 어떤 이상 현상이 발생한 탓은 아

니었다. 그가 한 손을 들며 나직하게 쉿 소리를 내어 일행을 멈춰
세운 것은 좁은 샛길의 끝과, 그 너머에 있는 사람들이 눈에 들어
왔기 때문이었다.

삼인조가 현재 위치한 작은 샛길이 더 넓은 길과 만나는 T자형
교차로 근처에서, 이곳에 온 이래 처음 본 감염자 둘이 정처 없이
떠돌고 있었다. 거의 갇힌 것처럼 보일 정도였다. 움직임이 몹시
좁은 범위에 국한되어 있지만 않았더라도, 엘리엇은 그들이 길을
잃은 사람들처럼 보인다고 했으리라. 길 한쪽에서 다른 쪽으로
갔다가 돌아오고, 이 건물에서 저 건물로 갔다가 다시 이 건물로
돌아오기를 자꾸만 반복하는 모습이었다.

엘리엇에게는 두 사람의 얼굴이 보이지 않았고, 혹시 그들이
저 끔찍하고도 이제는 지나치게 익숙해져 버린 영창을 되뇌고 있
었더라도 그에게는 들리지 않는 것으로 보아 고작해야 낮게 중얼
거리는 정도에 불과했다. 그렇지만 산만한, 거의 껍데기만 남은
것처럼 보이는 움직임만으로도 두 사람이 타락했음을 확신하기
에는 충분했다.

그러자 궁금해졌다. 교차로와 그 주변 몇 미터에 한정된 이 기
묘하고 반복적인 어기적거림은…

이건 반쯤 아무 생각도 없이 본능적으로 보초를 서는 행위가
아닐까? 두 사람은 일종의 초병인 걸까?

엘리엇이 빌리 쪽으로 몸을 숙여 자신의 가설을 속삭이자 다른
두 사람이 고개를 끄덕였다. "여기서 기다려." 빌리가 소리를 낸
다기보다도 입모양만 내는 것에 가깝게 말하고는 그림자를 쏜살

같이 내달리고 틈틈이 생울타리나 현관 앞 층층대 뒤에 몸을 웅 크리며 살금살금 앞으로 나아갔다.

몇 분이 지났다. 두 타락자는 어색한 순회를 계속했다. 가로등 하나가 깜빡이다 흐릿해지더니 다시 밝아졌다. 엘리엇은 아이다 의 손이 앨리스에게서 받은 펌프 액션 레밍턴의 손잡이를 움켜쥐 었다 놓기를 반복하는 모습을 지켜보았다.

자기 자신의 두려움에 정신이 팔려 있지 않을 때면 엘리엇은 아이다가 걱정스러웠다. 그녀는 아컴에 도착한 이래 지나치게 속 으로만 파고들었고, 라파예트-모지스가 사실을 밝힌 뒤에는 더 더욱 그랬다… 앞으로 닥칠 일에서 모두가 살아남는다면, 그녀에 게는 집중적인 정신 치료가 필요할 터였다. 엘리엇은 아이다가 그럴 수 있도록 돕고 싶었다.

빌리가 움직인 순간, 그 폭발적인 속도에는 엘리엇마저 깜짝 놀랐다. 빌리는 두 보초 중 더 가까이 있는 자를 완전히 지나쳐 내달려 교차로를 건너 갔다. 두 번째 보초가 막 길 건너편 건물의 벽돌 벽 가까이 당도해 돌아서려던 찰나, 빌리가 마지막 몇 걸음 을 건너뛰어 달려들며 손을 내뻗었다.

손바닥이 두개골과 만나더니 무지막지한 힘으로 벽돌 벽에 밀 어붙였다. 엘리엇의 귀에 야구방망이로 지나치게 익은 멜론을 때 리는 것 같은 소리가 들렸다. 구역질이 치밀어 올라 고개를 돌렸 다. 잠시 후 다시 돌아보니 빌리가 피 묻은 파나를 들고 두 번째 보초의 시체 옆에 서 있었다.

사냥꾼이 입술 앞에 손가락을 세워 조용히 하라는 신호를 보낸 뒤 일행들에게 앞으로 나오라고 손짓했다. 엘리엇은 시체나 벽에 묻은 얼룩을 보지 않으려 애쓰며 나아갔다. 빌리가 칼날을 죽은 사람의 소매에 닦고 도로 칼집에 넣었다.

"꼭 그래야 했어요?" 엘리엇이 따졌다.

"그래." 빌리가 처음에는 피로 얼룩진 건물을, 이어서 그 옆에 있는 건물을 가리켰다. "둘 다 펨브로크의 건물이다. 창고, 여인숙. 이 둘이 보초를 설 자리로 이 교차로를 선택한 건 우연이 아니야."

엘리엇이 한차례 깊고 고르지 못한 숨을 들이쉰 다음 고개를 끄덕였다. "알겠어요. 그럼 어느 쪽으로 ─ ?"

그것은 여인숙에서 시작되었다.

"…브슈루 셸로슈트 에스크루아싸…"

수십 명, 혹은 그 이상의 무수한 목소리였다. 목소리가 서서히 귀에 들어올 즈음에는 이미 영창이 진행 중이었다. 나지막했던 소리가 차츰 알아들을 수 있게 변하는 것으로 보아 어딘가 멀리에서부터 다가온 것 같았다. 목소리의 등장이 우연이었는지 아니면 보초들의 죽음으로 인한 것이었는지는 엘리엇으로서는 알 수 없었을뿐더러, 심장이 멎을 정도로 공포에 휩싸인 그 순간에는 아무래도 상관없었다.

"스비스트 츠슐트바 울베슈싸 이크라비스…"

현관문이 활짝 열리며 그들이 하나씩 하나씩, 끝없는 흐름을 이루며 쏟아져 나왔다. 다들 지저분하고, 머리가 덥수룩하고, 수염을 깎지 않은 모습이었다. 옷을 입지 않거나 일부만 걸친 이들이 있는가 하면 헝클어지고 빨지 않은 외출복 차림인 이들도 있었다.

그리고 일부는… 오, 주님 맙소사!

일부는 더는 완전한 인간이라 할 수 없었다.

이쪽 사람은 목이 축 늘어져 턱이 흉골에 달라붙어서 목구멍이 영구적으로 터무니없으리만치 벌어져 있었다. 저쪽 사람은 한 손과 손가락들이 퍼티처럼 늘어져 덜렁거리며 길바닥에 질질 끌렸다. 어처구니없게도 육체의 일부가, 살과 피부가, 마치 다른 무언가가 아무렇게나 입혀 놓은 몸에 잘 맞지 않는 옷에 지나지 않는 것처럼 보였다. *다른 어떤 존재가.*

몸이 망가졌든 그렇지 않든, 다들 완벽하게 한목소리로 입을 모아 영창했다.

엘리엇은 연도의 힘이 자신을 휩쓸고 지나가는 것을 감지했지만, 그 감각은 둔중하고 멀게만 느껴졌다. 프랑스어 주문과 빌린 이누이트 호부로만 보호받을 때보다 훨씬 더 그러했다. 자신이 힘겹게 읊어 온 주문이 잠시나마 효과가 있다는 사실을 확인하니 두려움이 치솟는 와중에도 긴장의 매듭이 풀리는 기분이었다.

하지만 저들에게 압도되었다가는 *그것도* 별 도움이 되지 못할 터였다.

"도망쳐야 해요!" 자신의 목소리에서 히스테리가 느껴졌지만, 부끄러워할 겨를이 없었다. "도망쳐야──!"

"이스슬라아츠 이크라비스 불로슈쿠 들라츠부올 로샤아…"

이번 소리는 야금야금 다가드는 군중들뿐만 아니라 그보다 훨씬 더 가까운 곳에서도 들려왔다. 엘리엇의 어깨 너머에서.

맙소사, 안 돼… 제발…

엘리엇과 빌리가 마지못해 뒤를 돌아보았다.

"*올베슈싸 슐라츠틀리 브롤로슈트 체브쿠싸안사*…" 아이다 글릭이 영창했다.

24장

 망연자실해 있던 엘리엇은 무언가가 자신의 옷깃을 낚아채 뒤로 잡아당기는 것을 느끼고서야 움직였다. 팔을 마구 휘저으며 소리를 지르다 상대가 빌리임을 뒤늦게 깨달았고, 그런 뒤에도 좀처럼 자신을 추스르지 못했다.

 그의 앞으로, 이쪽에서는 인파가 몰려들고 저쪽에서는 아이다가 다가왔으며, 그들 앞으로 그 *저주받을* 영창이 파도처럼 높이 솟구쳤다. 영창은 두 가지 다른 주문과 수호 부적에 막혀 흐려진 와중에도 머릿속을 두들기면서 엘리엇 자신의 머릿속에 침투한 감염에게 화답을 촉구했다.

 빌리가 피신처를 찾아 근처에서 유일하게 타락자들이 나오고 있지 않은 건물 안으로 엘리엇을 잡아 끌고 들어갔다. 펨브로크의 창고였다. 그는 세차게 문을 닫고 앞에 상자를 쌓기 시작했다. 두 사람 모두 그렇게 어설프게 쌓은 바리케이드로는 오래 버티지 못하리라는 걸 알면서도 지금 당장은 그 수밖에 없었다.

"거들어!" 빌리가 외쳤지만 엘리엇은 움직일 수 없었다. 얼마 남지 않은 멀쩡한 정신이 머릿속에서 끊임없이 줄달음질치며 대답을 요구했다.

아이다는 어떻게 노출된 것일까? 조금 전 밖에서 일어난 일일 리 없었다. 라파예트-모지스가 그에게 준 보호 주문은 효과를 발휘하고 있었고, 엘리엇은 그게 효과를 발휘하고 있다는 걸 알았다. 그리고 설령 효과가 없었더라도, 변화가 그렇게 즉각적이어서는 안 됐다. 엘리엇 자신이 직접 경험한 체스터의 변화와 아이다의 고향에서 목격한 모든 일들을 토대로 볼 때 보통 변화에는 몇 분, 몇 시간, 심지어 며칠이 걸렸다…

며칠…

엘리엇은 갈수록 다급해지는 친구의 간청과 문 두드리는 소리와 문 너머에서 둔하게 들려오는 구절들을 무시하며 축 처졌다.

아컴에 돌아온 이래 아이다는 넋을 잃고 정신이 팔려 사람이 반쯤만 남은 채 꺼져버린 것처럼 보이기 일쑤였다. 엘리엇은 그것을 그녀가 겪은 상실에 대한 슬픔과 그녀가 해야만 했던 일들로 인한 끔찍한 충격 탓으로 돌렸다. 어쩌면 부분적으로는 그랬을지도 모르지만, 나머지는? 눈치 챘어야 했다. 체스터가 실종되기 전에 보지 않았던가. 앨리스가 펨브로크의 상태를 묘사했을 때 듣지 않았던가. 자신도 그런 집중력 상실을, 타락한 자들만 들을 수 있는 무언가에 사로잡힌 상태를 겪지 않았던가.

그리고 엘리엇 자신과 빌리 둘 모두 혼란 탓에, 공포와 탈진 탓에, 더불어 자신은 거의 미치기 직전까지 이르렀던 탓에… 그날 밤 늦에서 아이다가 두 사람을 아무에게도 들키지 않고 몰래 헤네시 집에 들여보내기 위해서 부락민 전체와 위험천만한 추격전을 벌였을 때 정확히 구체적으로 무슨 일이 있었는지 물어볼 생각을 단 한 번도 하지 않았다는 깨달음이, 이제야, 너무나도, *너무나도* 늦어버린 지금에야 찾아왔다.

너무 겁을 먹은 나머지 자신이 노출되었다는 사실을 밝히지 못했던 걸까? 아니면 슬픔과 절망에 휩싸인 나머지 그 결과에 대해서는 신경 쓸 겨를이 없었던 걸까?

물론, 영영 알지 못하리라. 엘리엇이 스스로를 도왔듯 그녀 또한 도울 수 있었을지는 영영 알지 못하리라.

도와야겠다는 생각 한 번 한 적 없었으므로, 지금 질식할 것처럼 밀려드는 이 죄책감을 영영 떨치지 못하리라.

미안해요, 아이다.

"빌어먹을, 엘리엇!"

엘리엇을 마침내 현실로 끌어낸 것은 빌리의 책망이 아니라 그 뒤에 이어진 짧은 천둥 같은 소리였다. 문과 쌓아 놓은 상자 하나를 뚫고 들쭉날쭉한 구멍이 나타남과 동시에 파편과 지저깨비를 흩날렸다. 욕설을 뱉으며 움츠러든 빌리의 뺨 위로 가느다란 핏줄기가 솟아올랐다.

아이다의 산탄총이었다. 연도에 휩싸인 상태에서도 그녀는 손 닿는 곳에 있는 도구들을 사용하는 법을 잊지 않고 있었다. 엘리엇은 동료에게 고개를 끄덕여 자신이 다시 정신을 차렸음을 알린 다음 자신들이 들어온 엉성한 피신처를 살폈다.

창고는 작은 인공 동굴과도 같았고, 나무 벽으로 이루어진 거대하고 단일한 공간 위쪽으로 금속 통로가 띄엄띄엄 설치되어 있었다. 수용 면적에 비하면 보관 중인 물품은 적어서, 전반적으로 탁 트인 가운데 군데군데 쌓인 상자 더미만이 황량한 공간 속에 섬을 이루었다. 보관품 상당수는 먼지가 두껍게 쌓인 것이 멀리에서도 뚜렷하게 보일 정도였다. 내용물이 무엇인지는 몰라도 분명 인기 있는 물건은 아니었다.

어둑한 조명과 그처럼 군데군데 쌓인 상자 더미 탓에 창고 맞은편이 다 내다보이지는 않았다. 그 사실을 깨닫고 나서야 엘리엇은 애초에 창고 내부가 보이는 이유에 생각이 미쳤다. 위쪽 높이, 서까래 사이, 흐리멍덩한 전기 조명들이 엉성하게 고정되어 있었다. 창고 관리 인원이 당한 뒤로 쭉 켜져 있었던 게 분명했다.

뭐, 실낱같은 운에나마 기대 보는 수밖에. "틀림없이 어딘가에 다른 문이 있을 거예요." 또 한 차례 총성이 터지자 엘리엇이 움찔하며 말했다.

"가!" 빌리가 자신의 산탄총을 쥔 채 보잘것없는 바리케이드 뒤에 몸을 웅크렸다. "문을 찾아."

엘리엇은 달렸다. 그늘 속 어딘가에서 창문 하나가 박살나자 다리를 더욱 재촉했다.

얼마 지나지 않아 출구를 찾을 수 있었다. 작은 옆문 하나, 편리하게도 위에 안내판까지 달려 있었다.

문이 먼지투성이 상자 더미에 막혀 있다는 사실은 덜 편리했다. 엘리엇이 몸을 쭉 뻗어 맨 위에 있는 상자를 시험 삼아 밀어 보았다. 예상대로 꿈쩍 하지 않았다. 그와 빌리의 힘만으로 상자를 치우고 길을 내기란 어림도 없었다.

일부러 한 짓이 틀림없었다. 오래 전 펨브로크의 하수인들이 불법적인 물건을 옮기면서 누군가 간섭하는 불상사를 피하기 위해 뒷문을 막은 모양이었다.

창고 저편에서 총성이 연달아 울렸다. 엘리엇은 소리를 무시하고 생각에 집중하려 애썼다.

펨브로크는 장물아비이자 밀수꾼이었다. 그 말인 즉…

엘리엇이 뒤로 돌아 거대한 창고를 가로질러 내달리며 원을 그리면서 미친 듯이 주위를 살폈다. 그리고 그곳에 그게 있었다.

후미진 모퉁이, 손이 닿지 않았던 출입문 맞은편 바닥에 커다란 뚜껑 문이 박혀 있었다. 위에 서자 두꺼운 나무 너머로 전해지는 냄새만으로도 그곳이 퀴퀴하고 구린내가 풍기는 아컴 하수도 깊숙이 이어진다는 것을 알 수 있었다.

그래, 일리가 있었다. 오물과 증기와 쥐와 벌레와 그보다 심한 것들만 참을 수 있다면, 거대한 터널은 밀수꾼들이 미스캐토닉 강에서부터 도시 내부의 온갖 장소로 이동하는 길로 삼을 만했다.

그리고 만약 펨브로크 소유의 다른 부동산들에노 비슷한 뚜껑 문이 있다면, 여인숙에서 타락자들이 나타났을 때 이미 멀리서부터 영창을 하며 다가왔던 것처럼 들렸던 이유도 설명이 됐다. 그들은 아래에서 올라왔던 것이다.

"나갈 길을 찾았어요." 엘리엇이 외쳤다. "마음에 들지는 않겠지만."

발소리가 쿵쿵거리더니 빌리가 금세 옆에 나타났다. "여기 남는 건 훨씬 더 마음에 안 들 거다." 그의 견해에 종지부를 찍듯, 이미 어느 정도 박살나 있던 앞문과 문을 막고 있던 부서진 상자들이 무너졌음을 알리는 마지막 꿍음이 들렸다.

두 사람은 말 한마디 없이 손을 뻗어 뚜껑 문을 당겨 열었다.

하수도의 공기에 갖가지 냄새가 뒤섞여 흘러나오리라는 것은 충분히 예상했다. 그래도 둘은 냄새 때문에 입구에서 물리적으로 밀려나다시피 했다. 하지만 그 냄새에 섞여서, 혹은 용케 그 냄새를 넘어서, 하수도의 질척한 오물보다도 더욱 부패한 악취를 풍기는 무언가의 다른 냄새가 전해졌다.

빌리는 악취에 움찔하며 구멍 안으로 들어가 녹슨 사다리를 타고 내려가기 시작했다.

"우리가 함께한 내내 지하실이나 땅 밑에서 조금이라도 좋은 게 나왔던 적이 없는데 말이죠." 엘리엇이 투덜거렸다. 빌리는 그의 말을 듣지 못했거나 대꾸하지 않기로 한 모양이었기에 따라 내려가는 수밖에 없었다. 잠시나마 자취를 감출 수 있게 뚜껑 문을 닫고 내려가면 더 좋았겠지만, 여는 데에만 두 사람이 필요했던 문이었다. 혼자 힘으로 잡아당겨 닫을 방법은 없었고, 사다리 구조상 안쪽에서 힘을 합칠 수도 없었다.

빌리의 손전등이 큰 딸각 소리와 함께 아래쪽 통로를 비추었다. 터널이 빛 속에서 꿈틀거렸고, 엘리엇은 자신이 보고 있는 것이 문자 그대로 물결을 이루어 벽을 뒤덮고 낯선 빛을 피해 흩어지는 바퀴벌레와 다른 해충들임을 깨닫고 몸서리쳤다. 벌레들 너머로는 낡고 닳고 오랜 세월 쌓인 찌꺼기로 번들거리는 벽돌 벽이 위쪽으로 완만한 곡선을 그리며 천장을 향해 뻗어 나갔다.

엘리엇은 그나마 하수도의 상층부에 해당하는 이곳에서는 통로 한가운데를 흐르는 오물의 강이 얕다는 사실에 감사했다. 통로 양쪽 가장자리를 따라 난 보행로는 땟국으로 뒤덮이고 위험할 만큼 미끄럽기는 했지만, 비가 비정상적으로 많이 내리는 시기임에도 물에 잠기지는 않은 상태였다. 엘리엇과 빌리는 오물 속을 걸어가지는 않아도 되었다.

그래도 냄새와 걸쭉한 점액질의 물소리와 빨빨거리는 무수한 다리들이 더해지자 차마 사다리 마지막 단에서 내려설 수가 없었다. 뒤를 쫓아오는 존재들에 대한 휘몰아치는 공포도 이 순간만큼은 그가 느끼는 혐오감을 넘어설 수 없었다. 자신도 모르게 주먹을 불끈 쥐자 거칠거칠한 녹에 살갗이 베일 것만 같았다.

"라파예트-모지스의 주문을 다시 읊는 게 좋겠다." 빌리가 어깨 너머에서 나직하게 말했다. "아직도 효력이 유지되는지 알 수 없으니."

친구들 — 음, 친구 *하나지*, 엘리엇이 정정했다 — 에게 자신이 필요하다는 사실을 상기하자 비로소 앞으로 나아갈 수 있었다. 엘리엇은 좁은 보행로로 내려서서 팔을 휘저으며 균형을 잡은 다음 코트에서 쪽지와 손전등을 꺼냈다. 빌리가 자신의 마비 상태를 눈치 채고 풀어주려고 일부러 그렇게 말했을지 살짝 궁금했다.

어느 쪽이든, 좋은 지적이었다. 엘리엇은 사냥꾼에게 선두를 맡기고 손전등으로 라틴어 문헌과 통로 바닥을 번갈아 비추며 다시 주문을 읽어 나갔다. 그리고 다시. 또 다시. 정확하게 발음한 횟수가 더 많았다는 자신감이 들 무렵, 빌리가 속삭임에 가깝게 멈추라고 말하면서 앞쪽에 보이는 출입구를 가리켰다.

"저 안에는 뭐가 있죠?" 엘리엇이 마주 속삭였지만, 질문을 던지기가 무섭게 소리가 들려왔다. 여러 목소리와 정체가 짐작조차 되지 않는 다른 더 불길한 소리들이 묘하게 뒤섞여 희미하게 들려왔다.

빌리가 한 손에는 손전등을, 다른 손에는 산탄총을 들고 그를 보았다. 엘리엇은 조심스럽게 종이를 도로 주머니에 넣고 권총을 꺼냈다. 앨리스 벤틀리에게 받은 또 다른 무기인 레밍턴 모델 51 자동권총이었다. 아주 강력하지는 않아도 경험 부족한 사수에게는 잘 맞는 무기였다.

엘리엇이 고개를 끄덕이고 손을 뻗어 문을 벌컥 열었다. 빌리가 쌍발 산탄총을 쏠 자세를 취하며 쏜살같이 안으로 들어갔다.

방이 워낙 거대한 탓에 손전등이 있어도 별로 보이는 게 없었다. 높이는 몰라도 너비와 깊이는 두 사람이 온 창고와 맞먹었는데, 하지만 그 만한 공간이 하수도에 있어야 할 이유는 없었다. 저 멀리 손전등 빛이 닿는 곳에 흩어진 벽돌들로 보아 얼마 전까지만 해도 여러 개의 독립된 공간으로 나뉘어 있었을 듯했다.

하지만 거의 앞이 보이지 않는 상황에서도, 두 사람은 무언가가 끔찍하게 잘못되었다는 걸 알았다.

예의 썩어가는 살 냄새가 다시 끼쳐 왔지만, 이번에는 더 익숙하고 마찬가지로 불쾌한 다른 냄새가 섞여 있었다. 씻지 않은 몸에서 나는 땀 냄새, 입 냄새, 양은 더 적지만 문 밖의 하수도에서보다 훨씬 더 순수한 인간의 배설물 냄새.

그리고 맙소사, 그 소리들. 팔다리가 신경질적으로 휘적거리는 소리, 끔찍하게 갈아대는 소리, 그리고 엘리엇으로서는 진흙이나 부드러운 찰흙을 거듭 철썩 때리며 쥐어짜는 소리 외에는 비교할 대상이 떠오르지 않는 축축하고 쩔꺽이는 소리.

그런 소리들에다, 연도까지. 오, 평소와는 달리 탁하고 혼란스러운 것이 마치 무수한 목소리가 묵은 죽을 입 안 가득 넣은 채 말하려 애쓰는 것처럼 들렸지만, 머릿속에 가해지는 충격은 똑같았다. 이 방 안에 그들과 함께 있는 흉측한 것의 정체를 확인하느니 차라리 밖으로 나가서 예의 진저리나는 하수도나 아니면 틀림없이 두 사람을 쫓아 아래로 내려왔을 타락자들의 무리를 상대하는 게 낫다며 온몸의 신경이 소리를 질러댔다.

이윽고, 바깥 통로에서도 지나치게 많은 발소리와 훨씬 선명한 합창──이 거대한 홀에서 들려오는 낭송과 완벽하게 일치하는──이 메아리쳐 들려왔고, 엘리엇은 그들이 금방이라도 문 안으로 쏟아져 들어오리라는 것을 알았다. 이제는 달아나는 게 이성적으로나 윤리적으로는 물론 물리적으로도 불가능하다는 것을.

빌리는 늘 그렇듯 한발 앞서 상황을 파악하고 행동을 결정한 뒤였다. 그의 손전등 불빛이 휙 돌아가 문 옆의 금속 쬠쇠에 달린 커다란 손잡이에 가서 멎었다.

빌리가 그쪽으로 달려드는 순간, 엘리엇은 그것이 나이프 스위치임을 깨달았다. 아마도 조명용이리라. 말이 됐다. 시 노동자들은 스위치가 출입구 가까이 있기를 원했을 테니까…

잠시 용을 쓰고 녹 조각이 우수수 떨어진 끝에, 빌리가 스위치를 밀어 올려 회로를 연결했다. 전기가 치직거리더니 천장을 따라 늘어선 커다란 전구들이 켜졌다. 전구에서 나는 웅웅거리는 고음은 불협화음에 묻혀 거의 들리지 않았다.

엘리엇과 빌리는 아컴의 거리 아래 깊은 곳에 위치한 그 방에서 자신들을 기다리는 것이 무엇인지 함께 확인했고, 함께 비명을 질렀다.

수십 명의 타락자들이 방 저쪽 *끄트머리*를 따라 우두커니 서 있었다. 조명 바깥에 드리운 그림자 속에서 타락자들은 *그 자체*로 곧 방의 *끄트머리*처럼 보였고, 윤곽이 희미하게 어른거리는 것이 흡사 이미 모퉁이와 벽, 심지어 서로의 형태에 맞추어 변형을 시작한 것만 같았다. 그 모습이 완전히 선명하게 눈에 들어오지는 않았는데, 어찌된 영문인지 엘리엇의 두 눈이 떨어져 있어야 할 부위들이 연결되어 있는 지점에 좀처럼 초점을 맞추려 들지 않았기 때문이었다.

입술과 눈들이 일제히 파르르 떨리고 뒤틀렸고, 일그러진 입은 여전히 부정한 연도를 내뱉으려고 안간힘을 썼다. 과거 인간이었던 이들로 이루어진 수렁을 따라 느린 흐름이 일었고, 잔물결이 칠 때마다 흔들리는 몸뚱어리들이 벽과 바닥을 따라 그 모든 광경의 한가운데에 위치한 더욱 커다란 덩어리를 향해 아주 조금씩 움직였다.

그곳에, 이 살갗에 싸인 악몽의 고동치는 심장부에, 한때 예닐 곱 개의 서로 다른 몸뚱어리였던 것이 이제 하나의 형체로 뒤섞여 기둥을 형성하고 있었다. 이미 새로운 팔이 자라나 뼈로 이루어진 사슬들이 전부 살로 감싸인 뒤였는데, 엘리엇이 이미 폐가 아플 정도로 비명을 지르고 신물에 목이 멜 지경이 아니었더라면, 그 낯익음에 절규했을 터였다.

꿈속에서 본 것들이었다. 수백 개의 관절이 달린 초카스라의 덩굴손. 육신을 짜는 자가 자신의 끔찍한 베틀 앞에 앉아 있었고, 그의 부활이 이미 진행 중이었다.

그 그로테스크한 혼합체 속에서 알아볼 수 있는 형태를 유지하고 있는 사람은 딱 한 명뿐이었다. 꼭대기 근처에 술 취한 사람처럼 비스듬한 각도로 튀어나온 남자의 머리와 어깨 하나를 중심으로 전체가 모여 있는 광경이 마치 부정한 태양 주위를 다른 모든 천체가 공전하는 것만 같았다.

체스터 헤네시.

그들이 입혔던 상처 일부는 아물어 있었지만, 입술은 반쯤 날아갔고, 두 눈은 머릿속으로 완전히 꺼져 들어간 대신에 또 다른, 여러 개의 면으로 이루어진 눈이 뺨에서 튀어나와 있었다. 하지만 그의 얼굴은 아직도 이전의 형태를 일부 간직하고 있었고, 콧수염은 소름 끼칠 정도로 완벽하게 남아 있었다. 엘리엇이 못 알아볼 수 없을 정도로.

그들 뒤로 위에서 내려온 무리가 영창을 계속하며 방 안으로 흘러들었고, 선두에 아이다가 있었다.

엘리엇은 자신이 생각할 수 있는 유일한 행위, 아주 조금이나마 말이 되는 유일한 행위에 나섰다. 그는 권총을 들어 한때 자신의 가장 소중한 친구였던 것을 향해 사격을 개시했다.

빌리도 옆에서 마찬가지로 산탄총의 총열 두 개를 모두 비운 다음 권총을 뽑아 방아쇠를 당기고 또 당겼다.

아무런 소득도 없었다. 전혀 없었다. 총탄과 산탄이 그 흉측한 덩어리 속으로 사라지며 잔물결을 일으키는 게 고작이었고, 생명체는 움찔하지도 않았다. 체스터의 머리가 깜빡이지 않는 곤충 같은 눈을 두 사람 쪽으로 돌리자 몸뚱어리 전체가 이렇다 할 추진 수단도 없이 벌레처럼 몸을 여러 차례 오므렸다 한 차례 끈적끈적하게 미끄러지는 지극히 부자연스러운 동작으로 두 사람을 향해 구부정하게 다가오기 시작했다.

역겨운 노란 빛 속에 땀으로 번들거리는 얼굴을 한 빌리는 빈 권총을 떨어뜨리고 산탄총을 꺾어 연 다음 재장전을 하려고 악전고투했다. 엘리엇은 한 발짝 물러섰지만, 등 뒤에서 철컥 하는 금속성이 들렸다.

아이다가 입을 움직이면서 자신의 산탄총으로 엘리엇의 머리를 겨누고 서 있었다. 그가 죽어 바닥에 널브러지지 않은 이유는 오로지 그녀가 오염된 정신 탓에 잔탄 수를 확인할 수 없었던 덕분이었음을 깨닫자 두 다리가 흘러내릴 듯했다.

아이다가 기계적으로 무기를 돌려 총열을 잡고 곤봉처럼 휘둘렀고, 다른 자들도 그녀 주위로 나아와 방을 채우기 시작했다. 연도 소리가 보호 주문을 두들겨 댔고, 엘리엇은 자신들이 얼마 버티지 못할 것임을 알았다.

빌리의 산탄총이 다시 두 총열을 모두 비웠다. 이번에도 결과는 마찬가지로 차라리 끊임없이 맥동하며 커져가는 덩어리를 향해 욕설을 퍼붓는 편이 나았을 수준이었다.

선택의 여지가 없었다. 쓸모 있는 무기도 없었고, 물러날 공간도 없었다. 그래서 엘리엇은 그럴 필요가 없기를 간절히 소망해 오기는 했지만 어째서인지 자신이 해야만 하리라는 것을 늘 알고 있었던 행위에 나섰다.

"놈들이 가까이 오지 못하게 해요!" 엘리엇이 외치면서 주머니에서 라파예트-모지스의 다른 주문을 꺼냈다.

시야 가장자리로 손에 파나를 들고 칼라알리수트로 고함을 지르며 곁을 스쳐 지나가는 빌리의 모습이 들어왔다. 엘리엇은 주먹이 날아다니는 것을 보았고, 무리를 이룬 자들이 팔다리와 관절을 붙들려 바닥에 내동댕이쳐지는 것을 보았고, 눈 칼이 피의 원호를 그리는 것을 보았다. 하지만 그는 타락자들이 모여들어 자신의 친구를 에워싸는 것 또한 보았고, 아무리 빌리라고 해도 그런 수적 열세에서는 오래 버티지 못하리라는 것을 알았다.

엘리엇은 그 모든 광경을 보았고, 최선을 다해 그 광경을 무시하면서, 자신 앞의 고대 필사본에만 집중했다.

머릿속으로 발음을 숙달해 두기 위해 미리 주문을 훑어보기는 했다. 하지만 보호 주문과는 달리 소리 내어 읽으려는 시도는 한 번도 한 적이 없었다. 잘못된 시점에 제대로 읽어버릴까 두려웠기에 감히 그럴 엄두는 나지 않았다. 심지어 지금도 주문을 제대로 읽어 버릴까 봐 두려웠고, 주문이 무엇을 불러올지 확인하기가 두려웠지만, 그 두려움 뒤로 묘한 차분함이 따라왔다. 어쩐지 모든 것이 결국 이 순간에 이를 줄 알고 있었던 것만 같았고, 이제는 그 일이 일어나도록 내버려 두기만 하면 되었다.

그는 혀로는 라틴어 발음을 내고 머리로는 고대 라틴 문자와 현대 알파벳 간에 차이를 보이는 몇 가지 문자들을 떠올리려 애쓰며 주문과 사투를 벌였다. 주문은 길지는 않았지만 ─ 오히려 주문이 너무 짧고 간단하다는 사실 때문에 무척 심란했다 ─ 그래도 더듬거린 대목들이 있어서 몇 번이고 처음부터 다시 읽어야 했다.

타락자들이 추가로 빌리 주변에 몰려들었다. 아이다를 포함한 다른 몇은 엘리엇에게 다가왔고, 그들을 피해 물러나다 보니 어느새 반쯤 점액질이 되었으면서도 여전히 벽에 달라붙어 움직이는 몸뚱어리들에 불편할 정도로 가까워져 있었다.

거의 그들의 손이 닿는 곳까지 이르렀을 때, 마침내 엘리엇이 끊임없이 들려오는 비인간적인 합창 위로 선명히 들릴 만큼 커다란 목소리로 주문의 마지막 단어들을 외쳤다.

얼어붙을 듯한 돌풍이 방을 휩쓸고 지나가며 모두를, 심지어 타락자들마저도 순간적으로 멈칫하게 만들었다. 돌풍은 피부에 와닿았고 폐로 달려들었지만 머리카락 한 올이나 옷 한 자락 훑지 않았다. 엘리엇은 머나먼 곳에서 들려오는 소리를 들었다… 무엇을 들었는지 제대로 설명할 수는 없었다. 그것은 들릴 듯 말

듯 낮은 포효, 거대한 골짜기나 다른 깊이를 헤아릴 수 없는 심연의 가장자리에서 들려오는 우렁찬 침묵이었다. 존재가 아닌 부재의 소리였다.

높은 곳에서 움직임의 기미가 느껴졌다. 멀리, 아주 멀리, 천장 자체를 넘어 헤아릴 수 없을 만큼 멀리서 일어나는 움직임이었지만, 그럼에도 엘리엇은 여전히 그것을 볼 수 있었고, 그 모순에 현기증이 일었다. 공간 자체가 그 자리에서 뒤틀렸고, 분명 머리에서 불과 몇 미터 위에 있던 돌 천장이 가늠할 수 없는 방식으로 멀어져 있었다.

그리고 그 멀리서, 무언가가 다가왔다.

그것은 몸부림치고, 뒤틀리고, 똬리를 틀고, 그림자 위에 그림자를 드리웠다. 정체가 무엇이든 뱀 같다고 할 법도 했으나, 질서 정연한 박자로 날개를 퍼덕이는 소리가 함께했다.

그는 시선을 돌렸다. 선택의 여지가 없었다. 공간의 왜곡과 구불거리는 암흑 탓에, 그러잖아도 이미 난타당한 정신으로는 달리 할 수 있는 일이 없었다.

타락자들은 비인간적인 의지에 내몰려 다시 움직이기 시작했지만, 위에 있는 것이 더, 아아, 한참 더 빨랐다. 그림자로 이루어진 고리들이 풀려나오며 엘리엇에게서 가장 가까이 있던 형체를 휘감아 저 위의 불가능한 심연으로 잡아 던지면서 독사 백 마리가 한꺼번에 내는 것 같은 무시무시한 쉭쉭 소리와 머나먼 별들, 혹은 송곳니들의 빛이었을지도 모를 섬광을 발했다.

그것은 어떤 체계적이고도 끔찍한 사냥꾼이라도 되는 양 아주 잠깐 멈추어 신중하게 다음 먹잇감을 고르더니 다시 어스름과 비늘로 뒤덮인 번개 줄기가 되어 내리꽂혔다. 또 다른 타락자가 잡아먹히거나 아니면 짐작도 할 수 없는 다른 운명을 향해 끌려가 사라졌다. 그리고 또 하나가.

그리고 아이다가.

엘리엇은 그림자가 그녀를 감싸는 것을 보았고, 그녀가 위로 들어 올려지자 고함을 질렀다. 마지막 순간까지도 그녀의 입은 달싹이고 있었고 눈에는 아무런 의식의 빛도 ─ 의식하는 대상이 엘리엇이든, 그녀가 맞이할 파멸이든, 다른 무엇이든 ─ 보이지 않았다.

그 전모를 완전히 파악할 수 없는 존재가 위쪽에서 몇 번이고 거듭 덮쳐 와 수십 수백에 이르던 무리가 한줌밖에 남지 않을 지경이 되었다. 그제야 멀리 심연에서 들려오던 포효가 희미해졌고, 얼어붙을 듯한 돌풍이 잦아들었고, 천장이 다시 원래 자리로 돌아왔다.

엘리엇은 그런 상황은 거의 알아차리지도 못했다.

네 번째인가 다섯 번째로 공격이 가해진 순간, 늙은 오컬트 연구가의 첫 번째 경고에 선견지명이 있었음이 밝혀졌다. 초카스라의 연도 속에서 필사적으로 소환술을 사용해서 두 마법이 섞이게 된 결과는 참담했다.

엘리엇은 정확히 무슨 일이 일어났는지는 알 수 없었다. 비정상적인 생명체의 존재가 성장 중이던 천 겹의 꿈에게 어떻게 해선가 힘을 불어넣었던 것인지, 엘리엇과 그가 소환한 존재가 순간적으로 연결되었던 탓에 그의 정신이 취약해졌던 것인지, 아니면 이도 저도 아닌 또 다른 반응이었는지.

엘리엇이 아는 것이라고는 그저 자신이 의지해 왔던 보호 주문이, 자신의 급격히 심해져 가던 타락에 맞서 수 주일에 걸쳐 쌓아 올린 방어책이, 갑자기 애처로울 정도로 무력해졌다는 사실뿐이었다. 자신에게 일어나는 일을 깨닫고 내적 비명을 지르기가 무섭게, 그가 아는 것이라고는 저 끔찍한 말밖에 남지 않게 되었다.

"이스슬라아츠 쓰쿨크리스, 이스슬라아츠 체오샤슈…"

아니, 그것만은 아니었다. 엘리엇이 아는 것이 — 그가 뭔가를 안다고 말할 수 있다면, 엘리엇이라는 사람이 존재하기나 한다고 말할 수 있다면 — 또 있었다. 바로 초카스라가 부른다는 사실이었다.

손가락이 느슨해지며 문서가 가을 낙엽처럼 바닥에 흘러내렸다. 다음 순간, 엘리엇은 자기 몸뚱어리를 방 한가운데까지 끌고 온 맥동하는 점액질의 살덩어리를 향해서 망설임 없이 성큼성큼 다가가 그 속에 몸을 내던졌고, 사라져 버렸다.

25장

"엘리엇!"

가망 없는, 아무 소용없는 절규였다. 빌리는 저 흉물스러운 존재의 피부가 마치 호코목의 탁한 물에 불과한 것처럼 학생이 물결치는 표면 아래로 빠져 들어가는 모습을 지켜보고 있을 수밖에 없었다. 그리고 누구에게도 인정할 생각은 없었지만, 분명히 엘리엇에 대한 슬픔으로 가슴이 미어지기는 했지만, 그의 절규는 주로 공포 때문에 나온 것이었다.

혼자 남았다. 빌리는 낭송이 사나운 눈보라처럼 자신의 보호장막을 두들기는 가운데, 잠시 후면 천 세기 전 지구를 마지막으로 걸었던 위대한 옛 존재가 될 태아 상태의 혼합체를 상대로 혼자 서 있었다.

그것은 빌리에게 거의 신경도 쓰지 않았다. 한때 헤네시였던 얼굴은 그를 외면했고, 덩굴손들은 그에게 뻗어오는 대신 목표를 잃고 움츠러들었다. 그는 위협이 되지 못했고, 흡수하기에 적합

하지도 않았다.

그래도.

감염자들은 뒤로 물러나면서도 불경한 의례문이 소임을 다할 수 있도록 영창을 계속했다. 빌리가 그들을 향해 으르렁거리며 산탄총을 다시 장전했다. 그는 이 혐오스러운 것의 일부가 될 생각이 없었고, 싸워 보지도 않고 무너질 생각도 없었다. 그는 놈들이 자신을 죽이게 만들 작정이었다. 그는 ─

무언가 쩡 하는 날카로운 소리가 귀청이 찢어질 만큼 커다랗게 한 차례 울려 퍼졌다. 빌리는 움찔했지만, 그 뒤에 이어진 것은 더욱 나빴다.

종국에는 초카스라가 될 형체가 자신의 기괴한 입들을 하나도 빠짐없이 이용해 울부짖었다. 감염된 자들과 마찬가지로 무수한 동시에 하나인 목소리였다. 일부는 고음이었고, 일부는 저음이었으며, 전부 흐물흐물 부패해 부글거리는 소리로 지껄여댔다.

엘리엇이 무슨 독이라도 된 것처럼 살덩어리 속에서 내쫓겨 팅겨져 나오더니 돌바닥 위의 축축하고 번들거리는 더미 위로 떨어졌다. 몇 미터를 미끄러지던 그가 빌리의 칼에 쓰러졌던 시체 중 하나에 걸려 멎었다. 정신이 온전한지 어떤지 빌리로서는 알 수 없었지만 적어도 숨은 쉬고 있었다.

사냥꾼이 입을 떡 벌린 채 자기 몸을 갖다 바치다시피 굴복했던 엘리엇이 왜 거부당했는지 의아해하며. 그쪽으로 발걸음을 옮겼다. 어째서…

그러다 부적이 눈에 들어왔다. 빌리의 안가코크가 준 많은 부적 중 하나이자, 자신이 오래 전 젊은이에게 빌려주었던 호부였다. 엘리엇이 스스로 어설프게 익혔던 주문과 더불어 그를 오랫동안 보호해 주었던 물건이었다.

상아를 깎아 고대 상징을 새겨 넣은 부적은 이제 거의 완벽하게 반으로 쪼개져 있었다.

빌리가 들은 격한 파열음의 정체는 바로 호부가 깨지는 소리였다. 엘리엇이 저 끔찍한 덩어리와 하나 되는 것을 막는 과정에서 안에 깃든 마력을 다 소모해 깨진 것이었다.

빌리는 과연 도박이 소용이 있을까 고민하느라 망설이지 않았다. 그는 그린란드의 얼음으로 뒤덮인 야생을 가로지르는 길고 위험천만한 사냥에 임하며 배웠던 대로 곧장 행동에 나섰다. 목에 걸려 있던 가죽 끈을 붙잡아 거기 달린 부적을 하나만 빼고 전부 머리 위로 벗은 다음, 돌진했다.

덩굴손 하나가 거의 방 길이만큼 늘어나 무시무시한 채찍처럼 그를 공격하기는 했지만, 대강 휘두른 수준에 불과했다. 빌리는 그 밑을 굴러 가볍게 피했다. 초카스라가 될 생명체는 여전히 그를 기껏해야 성가신 존재로만 여길 뿐 진짜 위협으로 여기지는 않았다.

빌리가 몸을 굴려 일어나는 힘을 그대로 실어 도약했고, 짐승의 심장이요 이 모든 이야기에서 태고의 연도 *전체*를 알고 있었던 유일한 인물인 체스터 헤네시의 튀어나온 머리를 향해 부적들을 휘둘렀다.

이번에는 비명은 없었다. 그것은 통째로 얼어붙은 듯 정지하더니 이내 온몸에 잔물결과 경련을 퍼뜨리며 추악하게 몸서리쳤다. 벽을 따라 늘어서서 태피처럼 길게 늘어난 수족을 통해서만 그것과 연결되어 있던 감염자들은 연결이 끊어지자 신음하며 움츠러들었다.

다른 몸들이 고깃덩어리의 형태로 체스터에게서 떨어져 나갔다. 여기저기 이따금 보이는 덜 자란 팔이며 불완전한 얼굴만이 그 조직 뭉치가 한때 인간이었음을 말해주었다.

그러는 동안 부적들은 잇따라 빠르게 ― 상아가 깨지고, 가죽이 찢어지고, 나무가 쪼개지며 ― 산산조각 나고 터졌다.

결국에는 체스터 혼자밖에 남지 않았고, 이제는 그도 하늘을 향해 정말로 비명을 토하고 지껄이고 울부짖었다. 얼굴은 여전히 짓이겨진 채였고, 다리 하나는 무릎 아래로 갈라져 두족류 동물을 닮은 더 작은 많은 다리로 변했고, 왼팔은 더 커다란 형태였을 때 튀어나왔던 거대한 덩굴손이 되어 있었다. 여전히 비인간적이었고, 여전히 악취 나는 생각이 되고자 했던 존재의 핵이기는 했지만, 이제는 혼자였다.

빌리가 마찬가지로 무시무시한 외침을 토해 내며 총을 쏘았고…

소용이 없기는 전과 마찬가지였다. 체스터는 비틀거리지도 않고 총알을 흡수했다. 빌리보다 절제력이 부족한 사람이었다면 흐느껴 울었으리라.

빌리가 한 일은 변화를 늦추었을 뿐이었다. 그에게는 한때 체스터였던 존재를 해칠 수 있는 무기가, 그것을 살해할 수단이 없었다.

체스터는 지금 당장은 그저 우두커니 서서 얼마 남지 않은 입들로 울부짖으면서 어깨 위에 올라앉은 덩굴손을 죽어가는 장어처럼 퍼덕거리며 사방을 무작위로 후려칠 뿐이었다. 빌리의 미약한 공격 때문일 리야 없었고, 함께 뒤섞어 있던 자들을 잃으며 받은 충격 때문이었다. 하지만 빌리는 그 존재가 조만간 평정을 되찾고 감히 자신을 해하려 든 그를 공격해 도륙하리라는 것을 알았다. 그러고 나면 그것은 아직도 방 끄트머리에서 대기 중인 사람들과, 지상의 건물들을 돌아다니는 감염자들과, 그 밖에 누구든 필요한 자들을 취해 그냥 처음부터 다시 시작하리라. 아컴의 하수도 밖으로 나가 광기를 앞세워 퍼뜨리며 필요한 자들을 취하리라.

초카스라가 살아나리니.

빌리는 다시 한 번 파나를 뽑아 들고 순전히 상징적인 행위에 그치게 될 최후의 항거에 나설 준비를 했다.

부적들이 속사포처럼 산산조각 나는 소리에 엘리엇의 눈꺼풀이 파르르 떠졌다.

그는 쓰러진 자세 꼼짝 않고 외피 층이 벗겨져 나가면서 체스터가 드러나는 광경을 지켜보았다. 빌리가 체스터를 죽이려 시도했다 실패한 뒤 다시 싸움에 대비하는 모습도.

그는 보았고, 일어나는 모든 일을 있는 그대로 인지했지만, 생각하기는 힘들었다. 아니, 연도 때문은 아니었다. 연도는 다시 한 번 평상시의 끈질긴 간질거림 정도로 약해진 뒤였다.

그가 강제로 알게 된 사실 때문이었다.

엘리엇은 초카스라의 부름에 자신을 완전히 열어젖혔다. 끝없는 찰나 동안, 아직 남아있던 정신의 조각들이 다른 자들과 합쳐졌다. 체스터였던 것을 중심으로 형성된 단일한 총체와 합쳐졌다. 그들은 하나였다.

그리고 엘리엇은 자신 앞의 이 공포가 장차 위대한 옛 존재를 형성하게 될 가장 벌거벗은 형태의 씨앗이요, 가장 작은 씨앗임을 알게 되었다. 초카스라가 문명 전체를 짓밟을 것이며, 감염자들을 흡수해 한없이 커지고 한없이 강해지고자 하는 끝없는 굶주림이 아주 잠깐 누그러지는 정도 외에는 자신이 무슨 짓을 했는지 알아차리지조차 못하리라는 것도. 그것이 아무런 이유도 없이, 심지어 자신이 취할 생명들을 증오해서도 아니고 그저 굳이 안 그럴 필요가 없다는 이유만으로 불구로 만들고, 미치게 하고, 파괴하리라는 것도.

엘리엇은 방출 당한 충격에 퍼뜩 제정신을 되찾고 원래의 자신으로 돌아왔지만, 그것도 일시적인 유예에 불과했다. 그는 이미 부류이, 앞서 맛보았던 공동의 망각 속으로 다시 빨려 들어가고자 하는 충동이 자신을 끌어당기는 것을 느끼고 있었다. 남은 시간은 기껏해야 잠깐에 불과했다. 하지만 결단을 내리는 데에는 그 정도로 충분했다.

저 혼합체가 이곳의 벽을 넘어 자라나 아컴의 지하에서 빠져나간다면 막을 수 없으리라. 육신을 짜는 자는 결코 만족하지 않으리라. 천 겹의 꿈은 전 인류의 악몽이 되리라.

그러니 어떤 대가를 치르더라도 그것이 빠져나가게 둘 수 없었다. 그가 어떤 끔찍한 운명을 자초하게 되더라도 문명 파괴자의 영원한 일부가 되는 것보다는 틀림없이 더 나았다.

엘리엇이 손을 뻗어 자신의 몸을 끌어당기며 바닥을 가로질러서 자신이 떨어뜨렸던 곳 근처에 덩그러니 놓인 쪽지를 향해 나아갔다. 라파예트-모지스의 엄중한 경고를 무시하고, 공포가 온몸을 관통하는 와중에도 서두르지 않고 차분하게 자신을 억누르려 애쓰면서… 계속해서 비명을 지르고 발작적으로 덩굴손을 아무렇게나 휘둘러 대며 끔찍하게 흐느적거리는 동작으로 한 걸음 한 걸음 빌리를 향해 다가가는 체스터의 모습을 무시하면서… 그는 주문을 두 번째로 읽었다.

다시 얼어붙을 듯한 바람이 불고, 무한한 공허에서 나지막한 웅웅거림이 들려왔다. 다시 멀리 위쪽, 천장이 허락하는 곳보다 훨씬 더 높은 곳에서 움직임의 기미가 느껴졌다.

하지만 이미 그 순간에, 엘리엇은 무언가가 달라졌음을 감지했다. 무언가 잘못됐다.

첫 번째 시도 — 맙소사, 그게 고작 조금 전이었단 말인가? — 에서 그는 자신이 불러낸 악몽과 아무런 의사소통도 하지 않았다. 입으로 소리를 내서든 말없이 머릿속으로든 그가 명령을 내린 적은 없었다. 그 존재가 자신이 바라는 상대들만을 먹어치우리라는 것을, 자신과 자신의 일행은 내버려 둔 채 자신의 적들만 사냥하리라는 것을, 어떻게 알았는지는 몰라도 그냥 알았을 따름이었다.

지금은? 그런 확신은 없었고, 다만 갑자기 추위와는 전혀 무관한 뼈에 사무치는 떨림만이 느껴질 뿐이었다.

머리 위, 그림자들이 똬리를 틀고, 암흑이 막이 달린 날개가 펼쳐지는 듯 아닌 듯 팽창하고, 별빛으로 이루어진 송곳니들이 면도날처럼 날카롭게 명멸하고. 그것들이 신속하게 커지고 더 커지고…

더 가까워졌다.

그간 공황에 빠져 무시해 왔던 경고가 사실로 드러났다. 엘리엇 라즐로는 *발각당했다*.

그것이 거듭해서 원을 그리며 그를 향해 내려오는 모습이 마치 동심원들이 차례차례 하강하는 듯했다. 몸에서 모든 힘이 빠져나가 털썩 무릎을 꿇었다. 충돌로 인한 통증은 알아차리지도 못했고, 종이가 다시 한 번 손가락에서 빠져나가는 것도 마찬가지였다.

그의 정신이 다시금 부름과 연도 앞에 항복하기 시작했다. 그는 자신이 부른 몹쓸 포식자의 손아귀에 붙들린 채로 어떤 운명이 자신을 기다리고 있을까 의문을 품었고, 자신의 죽음이 신속하기만을 기원했다. 최소한의 고통만을 동반한 채 다시 정신이 붕괴되기 전에 죽음을 맞이하게 해 준다면… 좋다고까지 할 수는 없더라도 그만하면 괜찮으리라.

그는 나직하게, 더듬더듬, 기도했다. 첫 번째 똬리가 뱀처럼 그를 감싸고 조여들기 시작했다…

　방 맞은편에서 무언가 다른 것이 후려쳐 날아오더니 뱀 같은 몸뚱어리를 빠져나가지 못하게 꽉 감싸 쥐었다.

　소환된 사냥꾼이 돌고, 몸부림치고, 이 세상의 것이 아닌 쉭쉭거리는 소리를 내뱉었고, 엘리엇은 무수한 관절이 달린 덩굴손이 살과 뼈로 된 사슬로 상대를 얽어매어 자신에게서 멀리 떼어내더니 초카스라의 씨앗인 가느다란 덩어리 쪽으로 끌고 가는 광경을 마냥 바라볼 따름이었다.

　그가 살아남은 것은 틀림없이 순전한 우연에 불과했다. 변이한 광인이 무작위로 몸부림을 치는 중이었고, 또 다른 존재는 크기가 어마어마하게 컸다는 점을 고려했을 때, 둘 사이의 우연한 접촉은 언제든 일어날 수 있었고, 심지어 일어나는 게 당연할 법도 했다.

　하지만 어쩌면, 혹시 어쩌면, 또 다른 요인이 있었을지도. 후일 엘리엇은 자문했다. 혼합체와 잠시 하나로 합쳐졌던 것이, 그들의 정신이 하나로 뒤섞였던 것이, 어떤 연결고리를 만들었던 건 아닐까? 바로 그 최후의 순간에, 체스터의 무언가가, 마지막으로 남아 있었던 잉걸불 같은 것이, 자신이 누구인지 알아보았던 건 아닐까?

　아무리 가능성없는 일이라 해도, 아무리 그가 그렇게 순진하지는 않다 해도, 엘리엇은 자신을 구해 준 것이 행운의 변덕이 아니라 자신이 사랑했으며 마찬가지로 자신을 — 엘리엇이 바라는 방식으로는 아니었더라도 그 나름의 방식으로 — 사랑해 주었던 사람의 마지막 행동이었다고 믿고 싶었다.

물론, 진상은 영영 알 수 없으리라.

그가 아는 것이라고는, 덩굴손이 그림자 뱀을 감싸 짓누르고, 뱀의 똬리 또한 한때 체스터였던 형체를 옥죄고… 비늘과 뼈와 다른 것들이 귀가 멀 듯한 파열음과 함께 산산조각 나고… 두 형체가 서로를 휘감고 돌면서 솟구치다가, 보이지 않는 날개가 규칙적으로 퍼덕거리더니, 손상 없이 멀쩡한 천장만을 남겨둔 채로, 모든 필멸자의 시야에서 사라지고… 체스터 헤네시가 마지막으로 한 번 더 사라진 끝에…

…어떻게 해선가, 거의 믿기 힘든 어떤 기적에 의해, 자신들이 승리했다는 사실뿐이었다.

에필로그

엘리엇 라즐로와 빌리 시왁은 흠뻑 젖어 추위에 떨며 미스캐토 닉 강둑에서 나타났다.

유쾌하지는 않더라도 쉬운 결정이었다. 이미 하수도 안에 있었고, 힘찬 강물 소리가 멀리 통로를 타고 메아리치며 나지막이 들려왔기 때문에, 두 사람은 경찰에 발견되어 사살되느니 지하를 통해 격리 지역을 빠져나가기로 했다. 여러 차례 길을 잘못 들어 막다른 길과 마주쳤지만, 결국 미스캐토닉 강의 소리가 올바른 길로 안내해 주었다.

악취가 심했고 에둘러 돌아가는 길이었다는 것만 빼고는, 빠져나오는 데에는 전혀 어려움이 없었다. 타락자들은 두 사람을 무시한 채 연도에 굴복한 이래 처음으로 말없이 서 있기만 했다. 근원이요 중심을 상실하자 내부의 무언가가 충격을 받은 상태였다. 일시적인 상황에 불과하기는 했지만 — 이제는 아무런 의미 없는 짓임에도, 얼마 지나지 않아 그들은 떠돌고, 영창하고, 다른 사람들을 타락시키려는 노력을 재개할 터였다 ─ 당장 달아나는 두 사람으로서는 기회를 틈타 아무 방해 없이 빠져나가게 된 것이 다행스러울 따름이었다.

엘리엇이 그것이 일시적인 상황임을 알았던 까닭은, 그에게도 여전히 그 구절이 들려왔기 때문이었다. 그 저주받을 말은 수 주일 전 처음 들었던 이래 쭉 두개골 아래쪽 깊숙한 은신처에 잠복해 있었고, 아마 앞으로도 늘 그럴 터였다. 당장은 너무 지친 나머지 그것에 관해 깊이 생각하거나 그런 가능성이 시사하는 공포를 진심으로 받아들일 여력이 없었지만, 그런 순간이 오리라는 것은 알았다.

어렴풋이 소란이 강까지 들려왔고, 호기심이 생긴 그들은 상업지구 너머의 거리로 돌아갔다. 엘리엇은 계절에 어울리지 않는 기온에다 흠뻑 젖은 다리와 발 때문에 가는 내내 부들부들 떨었다. 물론 빌리는 훨씬 더 혹독한 추위에 워낙 익숙했기에 추위를 느끼는 기색조차 보이지 않았다.

그래도 일단 바지가 마르기 시작하자 이날 밤 앞서 느꼈던 것보다는 한결 쾌적했다. 아컴이 아주 조금씩 따뜻해지고 있는 걸까? 남아있던 겨울이 마침내 풀리고 있는 걸까?

기분 탓은 아닌지 의문스러웠다. 기분 탓이 *아니라면* 봄이 뒤늦게 찾아온 타이밍이 수상했지만, 그 의문은 머릿속에서 단호하게 몰아냈다. 그 많은 일을 겪고 난 뒤에도 어떤 의문들은, 어떤 연결고리들은, 받아들이기 힘들었다.

어마어마한 경찰 병력과 경찰을 지원하기 위해 서둘러 소집된

건강한 시민들 ── 부두 일꾼, 주정뱅이, 세계대전 참전용사들 ──
이 저지선 가까이 몰려들었다. 그들은 우왕좌왕 돌아다니고, 으
스대고, 질문을 던져댔다. 다들 화기나 둔기로 무장하고 귀마개
나 그 비슷한 보호구를 착용하고 있었다. 머리를 근사하게 치장
하고 값비싼 옷을 차려입은 남자들이 인원을 통제 가능한 규모로
나누고 지시를 내리느라 열심이었다. 다른 아컴 시민들은 열린
창문이나 근처 골목길에서 흥미진진한 눈초리로 병력 소집 과정
을 구경했다. 일부 호기심이 많거나 용기가 충만한 이들이 소리
높여 질문을 던져 보았지만, 대답은 돌아오지 않았다.

　앨리스 벤틀리가 아컴 시 정부 인사 중에서 합리적인 과학의
테두리 밖에 존재하는 것들에 대해 대강이나마 알고 있고 자신의
말을 믿는 사람에게 연락을 취한 게 틀림없었다. 엘리엇이 슬쩍
들어 보니 경찰과 다른 자원자들에게는 "열병"이 사실은 현재 시
에서 원인을 조사 중인 초저주파 때문에 발생한 정신병이라는 설
명이 주어진 상태였다.

　엘리엇이 생각하기에도 제대로 된 과학 지식이 없는 사람에게
는 그럴듯하게 들릴 법했다. 어떤 면에서는 진실과 그렇게 멀리
떨어진 설명도 아니었고.

　언젠가는 앨리스를 찾아가야 하리라. 앨리스는 체스터가 공포
를 퍼뜨리던 유일한 근원이었으며, 따라서 제버다이어 펨브로크
는 이미 죽었거나 남은 감염자 중에 있을 가능성이 농후하다는
사실을 알 자격이 있었다. 충분한 답이라고 할 수는 없었지만, 그
정도 빚은 있었다.

하지만 나중에. 오늘밤은 아니었다.

막 비가 내리기 시작한 순간 —— 지난 수개월 동안 아컴에 내렸던 어떤 비보다도 따스하고 더러운 것을 씻어 내리는 비였다 —— 그는 흰색 병원 가운을 입은 남녀 여럿이 한 모퉁이 주위에 모인 채 자신들이 나설 때만을 기다리고 있는 것을 보았다. 주변의 바퀴 달린 들것에는 전부 가죽 끈이 달려 있었다. 그들을 통솔하는 짜증 섞인 표정의 연장자는 엘리엇이 아는 사람이었다. 한 해 전 그의 맹장 수술을 맡았던 세인트 메리 병원의 주임 의사인 레겐슈타이너 박사였다. 박사는 또 다른 말쑥한 차림의 시 공무원과 한창 언쟁 중이었다.

"…터무니없는 자원 낭비군." 박사가 일갈했다. "검사를 위해서 몇 주 정도는 수용하겠지만 그 이후에도 병세가 계속되면 정신 병원으로 이송하겠네." 박사는 입조심을 시키려는 상대방의 노력은 안중에도 없이 고개를 가로저었다. "이따위 짓은 지긋지긋해, 알겠나? 자네들의 망할 비밀을 지켜주는 것도 이번이 마지막이야. 난 오는 여름에 은퇴할 테니까. 은퇴하고 나면, 우라질, 아주 이 저주받은 도시를 떠야지 원. 뒷일은 모티모어 박사가 맡으라지. *그 친구는* 얼마나 좋아할지 두고 보…" 레겐슈타이너가 마침내 자신이 얼마나 큰 소리로 불평하고 있었는지를 깨닫고는 주변을 쏘아보며 말꼬리를 흐렸다. 엘리엇은 예의 바르게 눈길을 돌렸다.

"가자." 빌리가 엘리엇의 어깨를 잡으며 말했다. "여기서 우리가 더 할 일은 없다. 청소는 저들에게 맡겨 두지."

이곳에 남아 모든 일이 끝났다는 것을 직접 두 눈으로 똑똑히 확인하고 싶은 마음도 있었다. 더구나, 저들이 지하의 방을 찾아낸다면, 그곳에 남아 있는 기형이 된 감염자들을 목격한 사람들의 입을 당국에서 어떻게 단속할 것인지도 궁금했다. 그걸 "초저주파"의 탓으로 돌리지는 못할 테니까. 하지만 빌리의 말이 옳았다. 갔어도 진즉 갔어야 할 시간이었다.

그들은 이제는 볼 만큼 봤다고 판단한 호기심 많은 두 구경꾼에 불과한 척 현장을 빠져나갔다.

엘리엇은 한때 체스터와 함께 사용했던 기숙사 방에 혼자 앉아 아무것도 바라보고 있지 않았다. 손에 든 빳빳한 직사각형 종이를 뒤집고 또 뒤집는 팔락-팔락-팔락 소리만이 침묵을 깨뜨렸다.

그들은 데이지 워커에게 이야기의 결말을, 적어도 그녀가 믿겠다 싶은 만큼은 들려주었다. 데이지는 아이다의 운명을 함께 안타까워했고, 이제는 체스터를 영원히 잃었음이 확실해진 엘리엇을 최선을 다해 위로했고, 탐색을 완수한 빌리를 축하했다. 또한 짧은 논의 끝에 리네고르 비문을 직원과 해당 분야의 전문가들조차 볼 수 없는 곳에 엄중히 보관하도록 박물관의 콤즈 씨에게 건의하는 데에도 동의했다. 다른 누군가가 그 상징들을 음역하는 법을 알아낼 확률이 천문학적이기는 했지만, 체스터가 알아냈을 때라고 확률이 더 높았던 것은 아니었다. 그리고 누구도 *우야라 아니* 없이 연도 전체를 숙달할 수는 없었지만, 초카스라의 재림

이라는 위협이 따르지 않더라도 또 한 차례 광기가 퍼지는 것만
도 충분히 나쁜 일이었다.

데이지는 필요하면 무엇이든 자신과 상담해도 좋다고 분명히
일렀지만, 엘리엇은 아직까지는 그 제안에 응한 적이 없었다. 그
녀가 들려줄 수 있는 말은 얼마 없을 듯했다.

빌리는 떠났다. 기차로 아컴을 떠나는 것은 그가 고향으로 돌
아가기 위해 거쳐야 할 수많은 단계 중 첫 번째에 불과했지만, 우
*야라아니*는 물론 여러 겹의 상자와 트렁크에 안전하게 잠가 넣어
가지고 갔다. 떠나기 전에 빌리는 엘리엇의 손을 붙잡고 그를 형
제라고 부르더니 하나 남은 자신의 부적을 풀어 엘리엇의 목에
걸어 주었다.

"네가 그 저주받을 구절을 완전히 몰아낼 때까지는 아마 이게
도움이 될 거다." 그가 말했다.

물론 엘리엇은 반대했다. *우야라아니*에 오랫동안 노출되면 거
기 적힌 글자를 읽을 수 없는 수호자들마저도 결국에는 광증을
일으킨다고 빌리 입으로 말하지 않았던가?

"그 말은 맞지만 그건 수년 간 노출되어야 그렇다는 소리지. 내
가 고향으로 돌아가는 데에는 몇 주밖에 걸리지 않아. 최악의 경
우 날씨와 항해 일정이 맞지 않더라도 몇 달이면 된다."

"그렇지만 빌리는 그… 안가코크가 아니잖아요! 혹시 더 빨리
영향을 받는다면 ―"

"그럴 것 같지는 않구나. 혹시 그렇게 된다면? 그래도 어떻게든
돌아가기는 할 테고, 내 가족들이 나를 돌봐 주겠지. 나보다는 네

게 훨씬 더 보호가 필요해."

엘리엇은 그 말이 사실임을 알았기에 더는 반박할 수 없었다.

남아 있는 두려움은 그것만이 아니었다. 엘리엇이 소환한 존재는 그를 보았고, 그에게 관심을 가졌고, 그가 누구인지 알았다. 그것이 사라졌다고 해서 안전해진 걸까? 위험이 지나갔을까? 아니면 그것은 ― 혹은 그것과 유사한 무언가가 ― 여전히 깊이를 가늠할 수 없는 공간에 잠복한 채로 다시 한 번 이 세상에 불려 나오기를, 엘리엇을 찾아낼 수 있을 때가 오기를 기다리고 있을까?

그런 일이 일어나기 전까지는 영영 알지 못하리라.

그래서 지금 엘리엇은 홀로 집에 앉아 있었다. 부적을 목에 걸고 프랑스어와 라틴어 수호 주문 모두를 새로이 입에 올리면서. 침대 위 그의 곁에는 두 주문의 사본과, 체스터의 사진들과, 미스캐토닉 대학 행정 본부에서 온 편지 한 통이 펼쳐져 있었다. 짧고 극도로 정중한 편지에는 엘리엇에게 가급적 빨리 학장과 약속을 잡으라는 지시가 담겨 있었다.

그토록 많은 수업과 과제를 빼먹은 그가 퇴학당하면 안 되는 이유를 설명해 보라는 자리였다. 아직까지는 설득력 있는 논거가 단 하나도 떠오르지 않았고, 자신이 그 문제에 신경을 쓰는지도 확실치 않았다.

신경 쓴다고 해서 의미가 있을지도 확실치 않았고.

"오 분의 일, 육 분의 일이나 될까." 늙은 오컬트 연구가는 그렇게 말했다. 엘리엇이 회복할 가능성은, 자아를 잃어버리기 전에 연도에서 해방될 가능성은, 아무리 높게 잡아도 20퍼센트였다.

엘리엇은 다음번에 자아를 잃으면 그때가 마지막이리라는 것을 알았다. 자아를 잃고, 다른 사람들을 감염시키기 시작하리라는 것을.

20퍼센트… 도움을 받지 않는다면.

엘리엇 라즐로는 손에 든 라파예트-모지스의 명함을 뒤집고 또 뒤집으면서, 아무것도 바라보고 있지 않았다.

아컴의 한참 반대편, 아무도 그의 소유임을 알지 못하는 건물 내에 위치한 몹시 은밀한 방에서, 하이럼 라파예트-모지스 또한 생각에 잠겨 앉아 있었다.

그는 쉽게 재질을 파악하기 어려운 호사스러운 가죽을 씌운 가장 편안한 의자에 몸을 묻고 한 손에 켄터키 버번이 담긴 잔을 들고 있었다. 물론 술은 완전히 불법이었지만, 그 의자만큼 불법은 아니었다. 가죽의 정체를 식별할 수 있는 사람이 있을 때나 그렇다는 얘기였지만.

그의 왼편, 방에 있는 두 출입문 중 하나의 옆에서, 과묵한 운전기사가 고개를 갸우뚱하며 말없이 의문을 표했다.

"아니, 레뮤엘." 어떻게 해선가 그 몸짓을 보지도 않고 알아차린 라파예트-모지스가 말했다. "오늘밤에는 네게 더 시킬 일이 없다. 이제 가서 쉬어라."

이미 파문과 함께 형체를 잃어가던 하인이 몸을 돌리더니 끔찍한 철썩 소리와 함께 운전기사의 제복만을 남긴 채 출입구를 거칠게 통과해 사라졌다.

주인은 제복과 코트 걸이를 차례로 흘끗 보고는 고개를 절레절레 저었다. 저 피조물은 라파예트-모지스가 부여한 인간의 형태에 맞는 특징과 행태를 대부분 몹시 빠르게 습득했지만, 뒷정리라는 개념은 전혀 이해하지 못하는 듯했다.

뭐, 그가 나가면서 챙기면 될 일이었다. 당장은 옷가지쯤 내버려 두어도 상관없었다.

라파예트-모지스는 술을 한 모금 홀짝이며 금세 다시 생각에 잠겼다.

녀석들이 해냈다. 그 바보들이, 그 어린애들이 정말로 *해냈다*는 걸 믿기 힘들 정도였다. 오, 물론 바라기야 했다. 녀석들이 해내기를, 자신이 더 깊이 개입하지 않아도 되기를 거의 필사적으로 바라기야 했지만, 차마 기대할 수는 없었거늘…

물론 일이 완벽하게 돌아가지는 않았다. 그는 녀석들과, 아컴의 믿는 이들과, 아컴 사람들이 생각하는 것보다 훨씬 더한 자들인 칼 샌포드와 그의 "은빛황혼회"에 자신을 드러내야 했다. 샌포드는 외부인에게서 자기 사람들이 체스터 헤네시나 진행 중인 사건과 관련된 어떤 일에도 접근하지 못하게 하라는 지시를 받는 것을 달가워하지 않았기에 골칫거리가 될 뻔했다. 라파예트-모지스는 어쩔 수 없이 위계를 내세워서 그 고집 센 개자식에게 자신이 어떤 필멸자들의 사교 집단도 초월하는 힘을 대신하여 아컴에 왔다는 사실을 상기시켜야만 했다. 자신을 증명하기 위해 힘을 보여 주어야 할까 봐 걱정했지만, 샌포드는 샐쭉한 와중에도 현명하게 물러섰다.

만약 그가 그 문제를 힘으로 해결해야 했다면, 혹은 일반 숭배자들 — 이곳의 숭배자들이든 전 세계에 있는 숭배자들이든 — 이 무슨 일이 일어나고 있는지 알게 되었더라면, 혼란의 씨앗을 뿌리게 될 수도 있었고, 그건 적절한 유형의 혼란은 아니었다. 많은 분파와 계파의 지도자들이 자신들이 무슨 짓을 하는지 알고 있었다는 의심을 불러일으킬 수도 있었다. 옛 존재들을 숭배하는 교단 전체를 혼란에 빠지게 할 수도 있었다.

그리고 만약 라파예트-모지스가 어쩔 수 없이 직접 행동에 나서야만 했더라면 결과가 어찌 되었을지는 옛 신들만이 알았으리라. 그가 일찌감치 흐름을 포착했다고 가정할 경우, 아마 자신의 마법만으로 충분히 천 겹의 꿈이 나타나는 것을 막을 수 있었을 테지만, 라파예트-모지스가 이토록 오랫동안 살아오며 지금과 같은 힘과 지위를 획득한 것은 "아마도"와 "가정"에 의지한 덕분은 아니었다. 그의 모든 지식으로도 초카스라의 힘이 얼마나 신속하게 성장하는지, 혹은 인간의 마법을 선인류 마법사들 및 그보다 훨씬 더 오래된 힘들이 사용하는 마법과 섞었을 때 어떤 결과를 초래할지는 확실히 알 수 없었다. 실로 처참한 지경에 이르렀을지도!

그래도 그라면 했을 것이다. 그랬더라면 그가 끔찍한 위험을 무릅써야 했을 테고, 심지어 역효과가 일어나서 방지하려 했던 재앙을 도리어 재촉했을지도 모르지만, 그래도 그는 했을 것이다. 그것이 그의 책무였기에. 아직은 때가 아니었고, 별들의 위치가 맞지 않았고, 다른 존재들은 아직 나타날 준비가 되지 않았다.

만약 초카스라가 제때를 기다리지 않고 지금 깨어났더라면 그 반향은 이루 헤아릴 수 없었을 것이며, 필멸자들이 직립보행을 배우기도 전부터 예정되어 있었던 계획들은 혼란에 빠져들었으리라.

아니, 그런 일은 결코 허용할 수 없었을 터! 하지만 그가 그런 일을 허용하지 않았으리라는 것과는 별개로, 결국 직접 나서지는 않아도 되었다는 ― 슬쩍 옆구리를 찌르고 대답 몇 개를 던져준 것만으로 목표를 이루었다는 ― 사실 자체가 어떤 강대하고 전지적인 존재가 그의 노력을 굽어 살핀다는 충분한 증거였다.

그는 체스판의 졸들에게 건네는 정중한 미소와는 딴판으로 입을 당겨 추하게 벌쭉 웃었다. 한동안은 이곳 아컴에 머물며 앨리스 벤틀리를 통해 유물 암거래를 조종할 방법이 있는지 알아보거나 엘리엇 라즐로가 그를 찾아올지 두고 볼 작정이었다. 그 젊은이라면 쓸 만한 도제가 될 터.

하지만 어떻게 되든 *너무* 늦기 전에는 떠나야 했다. 세계의 다른 지역들에서 해야 할 다른 일들이 있었다.

또한 그에게는 아주 오랫동안 아주 특별히 신경을 써서 보살펴야 하는 사람도 하나 있었다.

이 사람은 오랜 세월을 살아야만 했으니까. 별들이 마침내 제자리를 찾을 때까지 살아남아야 했으니까. 그래서 적절한 시기가 찾아와 옛 존재들이 나타났을 때 육신을 짜는 자도 그들 사이에 설 수 있도록.

하이럼 라파예트-모지스는 맞은편 벽에 달린 편면 유리창 너머로 훤히 들여다보이는 벽 너머의 밀실을 응시했다.

그렇게 그는 두터운 유리와 덧대어진 벽이 제공하는 침묵 속에서, 제버다이어 펨브로크가 초카스라의 부정한 연도를, 그 추악하고 종말의 기운으로 가득한 연도 전체를, 계속해서 되풀이하는 모습을 지켜보았다.

아컴호러

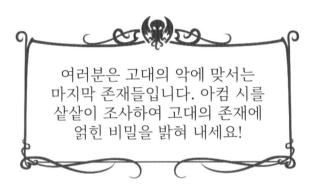

아컴호러 소설 시리즈

느카이의 진노

전세계를 오가는 모험가이자 도둑인 알레산드라 초르치 백작은 최근에 발굴된 고대인의 미라를 쫓아 아컴 시에 찾아온다.

박물관에서 벌어진 총격 속에서 석화된 시체와 눈이 마주치게 되고, 이는 지금까지 그가 경험해 보지 못한 기묘한 모험을 불러오게 되는데...

최후의 의식

아컴 시에 위치한 수수께끼의 예술인 공동체인 신 개척지에 초현실주의 화가 후안 우고 발타사르가 찾아오면서 악몽과 현실의 경계가 무너지기 시작한다.

꿈의 연도

미스캐토닉 대학교의 학생 한 명이 자신의 연구 조사 도중 의문스럽게 실종되고, 그를 걱정하던 룸메이트 엘리엇 라즐로는 직접 친구를 찾아 나선다.

그를 찾기 위한 단서를 모으던 엘리엇은 고대의 공포를 되살리려는 끔찍한 계획의 중심부로 이끌리게 된다.

아코나이트 북스는 아스모디 엔터테인먼트의 출판 브랜드입니다. 아스모디 보드게임 세계관은 물론, 유명 비디오 게임 및 보드게임, 카툰 세계관을 기반으로 하는 소설을 출간하고 있습니다.

홈페이지 (영문)
www.aconytebooks.com

꿈의 연도

Litany of Dreams

초판 1쇄 발행 2022년 6월 10일

지은이 아리 마멜
옮긴이 홍지로
펴낸이 김기찬
펴낸곳 ㈜아스모디코리아
출판등록 2021년 7월 23일 제385-2021-000046호
주소 경기도 안양시 동안구 벌말로123 평촌스마트베이 A동 1901호
전화 031-360-4288
홈페이지 www.asmodee.co.kr
표지디자인 존 콜트하트
한국어판 제목 디자인 임재형
검수 박지희
편집 노승우

ISBN 979-11-978264-2-9